BRAD PARKS

KEIN FALSCHER SCHRITT

THRILLER

Aus dem
amerikanischen Englisch
von Helga Augustin

❀ | FISCHER

Aus Verantwortung für die Umwelt hat sich der S. Fischer Verlag
zu einer nachhaltigen Buchproduktion verpflichtet. Der bewusste Umgang
mit unseren Ressourcen, der Schutz unseres Klimas und der Natur gehören
zu unseren obersten Unternehmenszielen.

Gemeinsam mit unseren Partnern und Lieferanten setzen wir uns für eine
klimaneutrale Buchproduktion ein, die den Erwerb von Klimazertifikaten
zur Kompensation des CO_2-Ausstoßes einschließt.

Weitere Informationen finden Sie unter: www.klimaneutralerverlag.de

Deutsche Erstausgabe
Erschienen bei FISCHER Taschenbuch
Frankfurt am Main, August 2020

Die amerikanische Originalausgabe erschien 2019
unter dem Titel »The Last Act« bei Dutton,
an imprint of Penguin Random House LLC, New York, USA
© 2019 by MAC Enterprises Inc.
© 2019 by Brad Parks

Für die deutschsprachige Ausgabe:
© 2020 S. Fischer Verlag GmbH, Hedderichstraße 114,
D-60596 Frankfurt am Main

Lektorat: Claudia Jürgens, Berlin
Satz: Pinkuin Satz und Datentechnik, Berlin
Druck und Bindung: CPI books GmbH, Leck
Printed in Germany
ISBN 978-3-596-00067-8

Dieses Buch widme ich meinen ehemaligen Kolleginnen und Kollegen von *The Star-Ledger* und *The Washington Post*, die mich als jungen Reporter gefördert haben, und allen Journalisten in der ganzen Welt, die den Mut haben, die Wahrheit zu suchen und zu sagen.

ANMERKUNG DES AUTORS

Diese Geschichte ist frei erfunden.

Allerdings …

Die Idee dazu basiert auf dem Skandal um die US-Bank Wachovia, die von 2004 bis 2007 die gesetzlich vorgeschriebenen Kontrollen zur Geldwäsche ignorierte. Dadurch konnten mindestens 378 Milliarden Dollar über mexikanische Geldwechselstuben, die *casas de cambio*, hin und her transferiert werden.

Laut der amerikanischen Bundesbehörde schuf das Bankhaus damit die »Infrastruktur«, wie sie es später nannte, zwischen mexikanischen Drogenkartellen und dem US-Bankensystem. Die Wachovia, inzwischen von Wells Fargo übernommen, hatte für ihre Dienste viele Milliarden Dollar an Gebühren kassiert.

Welcher Anteil des Geldes aus dem legalen Verkehr mit den *casas de cambio* und welcher aus illegalen Drogenprofiten stammte, ist nicht bekannt. Die US-Drogenvollzugsbehörde – DEA – war auf diese Strukturen eher zufällig durch eine Datenspur gestoßen, die das Sinaloa-Kartell beim Erwerb einer DC-9-Maschine hinterlassen hatte. Dieses Flugzeug wurde bei einer Drogenrazzia in Mexiko vollgeladen mit Kokain beschlagnahmt. Am Ende wurden die Ermittlungen gegen die Wachovia gegen eine Strafzahlung von hundertsechzig Millionen Dollar eingestellt – und damit wurde die größte jemals aufgedeckte Verletzung der Meldepflicht im Rahmen des Geldwäschegesetzes ad acta gelegt.

Trotz dieser relativ hohen Strafe umfasst die Summe lediglich einen Bruchteil des Gewinns, den die Wachovia aus den Geschäften mit den *casas de cambio* erzielte. Zudem muss das Ganze im Zusammenhang mit dem sogenannten »War on Drugs« – dem Krieg gegen Drogen – gesehen werden, den die Vereinigten Staaten seit 1970 führen.

Dieser sogenannte Krieg ist eine der Hauptursachen dafür, dass ein Land, das auf den Prinzipien von Freiheit und Demokratie begründet wurde, heute mehr Bürger ins Gefängnis steckt als Russland und China zusammen. Bei den meisten dieser Straftaten handelt es sich um Bagatelldelikte, die im Vergleich zu dem Profit, den die Wachovia erzielte, nur als Peanuts bezeichnet werden können.

Und doch wurde keine einzige Führungskraft der Wachovia vor Gericht gestellt, und kein einziger Manager verbrachte auch nur einen Tag hinter Gittern.

Deshalb ist diese Geschichte frei erfunden.

Denn wer würde so etwas Unglaubliches glauben?

ERSTER AKT

Ich muss mein eigenes Stück vom Himmel finden.

Pippin, aus dem Musical *Pippin*

1. KAPITEL

Sie lauerten ihm kurz nach Einbruch der Dunkelheit auf, etwa zehn Meter von seinem Auto entfernt.

Kris Langetieg – Ehemann, Vater und leutseliger Rotschopf – kam gerade aus einem Meeting des Schulaufsichtsrats und ging die wenig befahrene Seitenstraße entlang, in der sein Wagen parkte. Den Blick auf den schmalen Gehweg gerichtet und in Gedanken schon halb zu Hause bei seiner Familie, bemerkte er die zwei Männer erst, als sie sich ihm von vorn und von hinten näherten und ihm den Weg verstellten.

Langetieg erkannte die Typen vom Kartell sofort. Er blieb so abrupt stehen, dass seine Schuhsohlen über den in West Virginia verbreiteten feinen Sand rutschten. Auf seiner Oberlippe stand Sommerschweiß.

»So trifft man sich wieder«, sagte der Mann vor ihm.

Der mit der Kanone.

»Was wollen Sie?«, fragte Langetieg, jetzt auch Schweißperlen auf der Stirn. »Ich hab schon nein gesagt.«

»Genau«, erwiderte der Typ hinter ihm und trat noch näher an ihn heran.

Langetieg riss sich zusammen. Er war groß. Groß … und sanftmütig. Panik erfasste ihn.

Vor und hinter ihm ein Mann, rechts ein Zaun und links ein Lieferwagen. Sämtliche Fluchtwege waren blockiert, und sein Auto könnte genauso gut in Ohio stehen. Trotzdem, wenn er die Beine in die Hand nahm und die Arme hochriss, wenn er tief Luft holte …

Und dann schossen die zwölfhundert Volt eines Elektroschockers durch seinen Körper, schüttelten sein Hirn. Er sackte zu Boden, die Muskeln zu einer starren Masse verkrampft.

Die Türen des Lieferwagens gingen auf, und zwei weitere Männer stürmten heraus, beides Mexikaner mit der Statur von Profi-Wrestlern, klein und tatkräftig. Sie packten Langetiegs wehrlosen Körper und verfrachteten ihn hinten in den Wagen.

Auf der Fahrt banden die beiden ihm die Augen zu, fesselten ihn an Händen und Füßen und stopften ihm ein Geschirrtuch in den Mund, das sie mit Klebeband fixierten. Ihre rabiate Effizienz verriet, dass sie das nicht zum ersten Mal machten.

Langetiegs einzige Hoffnung war, dass jemand sie beobachtet und zudem begriffen hatte, dass soeben ein US-Staatsanwalt für den nördlichen Bezirk von West Virginia gegen seinen Willen in ein Auto verfrachtet worden war.

Er lauschte angestrengt nach Polizeisirenen, donnernden Rotorblättern von Hubschraubern oder irgendeinem anderen Hinweis, dass seine Entführung bemerkt worden war.

Aber an einem heißen Sommerabend wie diesem blieben die Einwohner von Martinsburg, West Virginia, lieber in ihren klimatisierten Häusern. So hörte Langetieg bloß das Zischen der Reifen auf dem Asphalt und das Motorgeräusch des Wagens, der ihn von irgendeiner Chance auf Rettung immer weiter forttrug.

Sie fuhren fünfundzwanzig Minuten lang. Die Fesseln schnitten in seine Haut, die Binde drückte auf seine Augen, und ein Stück des Geschirrtuchs steckte so tief in seinem Hals, dass es ihm einen Brechreiz verursachte. Aber er durfte sich auf keinen Fall übergeben. Da er nicht durch den Mund atmen konnte, würde er ersticken, wenn ihm Kotze in die Nase käme.

Langetieg lag auf dem Boden des Lieferwagens, spürte jedes Loch und jede Unebenheit in der Straße. Wegen der unterschiedlichen Fahrweisen und der Beschaffenheit der Straßen konnte er sich ungefähr vorstellen, wo sie gerade waren: anfangs

in der Stadt, danach auf dem Highway und jetzt auf einer Land-
straße.

Der relativ glatte Asphalt war in Schotter übergegangen, es
wurde unebener und lauter, und die Räder wirbelten Steine auf,
die an die Unterseite des Wagens schlugen. Weiter ging es über
Erdboden, der holpriger als Schotter und Asphalt war, aber auch
weniger Geräusche verursachte. Am lautesten wurde es, wenn die
Karosserie über Erdhügel kratzte.

Schließlich hielt der Wagen an. Als die Türen aufgingen, stieg
ihm der Duft von Kiefern in die Nase. Wieder wurde er von den
beiden Wrestlern gepackt, aber da sich seine Muskeln entspannt
hatten, begann er, wie ein verwundetes Tier zu zappeln und Laute auszustoßen, die durch den Knebel gedämpft wurden.

Was ziemlich nutzlos war.

»Du hast noch mal Lust auf den Elektroschocker, Kumpel?«,
fragte einer der Männer auf Englisch mit spanischem Akzent.

Langetieg gab alle Gegenwehr auf. Sie trugen ihn noch etwa
fünf Meter, und dann ging es eine kleine Treppe hinauf in einen
geschlossenen Raum, in dem es nicht mehr nach Kiefern roch,
sondern nach Moder und Schimmel stank.

Sie lösten die Fesseln an seinen Händen und Füßen, drückten
ihn runter auf einen Stuhl und banden ihn gleich wieder fest.

Dann nahmen sie ihm die Augenbinde ab. Der Boss des Kartells stand mit einem Messer in der Hand vor ihm.

Sie zogen ihm den Knebel aus dem Mund.

»Moment, wartet«, sagte Langetieg sofort, als er wieder sprechen konnte. »Ich habe meine Meinung geändert. Ich mache
alles, was ihr wollt. Ich …«

»Sorry«, sagte der Mann. »Zu spät.«

2. KAPITEL

Das war's dann wohl, sagte ich mir an dem Tag auf dem Weg zum Theater. Ein letztes Mal spüren, wie mein Adrenalinpegel steigt, wenn sich vor der Show die Sitze füllten. Ein letztes Mal mit großen Schritten ins Licht treten und mich in einer Figur verlieren. Ein letztes Mal die Gelegenheit haben, das Publikum für mich einzunehmen. Seit meinem siebten Lebensjahr machte ich das schon, in prächtigen und in schäbigen Häusern. Es war eine gute Zeit gewesen – nein, eine großartige: wahrscheinlich besser als die von neunundneunzig Komma neun Prozent aller Menschen, die sich jemals der Illusion hingegeben haben, andere unterhalten zu können; ganz bestimmt besser als alles, was sich ein eher klein geratener, gewöhnlich aussehender Mittelschichtjunge aus Hackensack in New Jersey jemals erhoffen konnte.

Aber im Leben wie im Theater hat alles einmal ein Ende. Und meistens bevor es einem Schauspieler passt. Während ich einst für meine Altklugheit und kleine Statur geschätzt worden war, für meine Fähigkeit, als Teenager Kinderrollen und als junger Erwachsener einen Teenager zu spielen, galt ich jetzt nur noch als der erwachsen gewordene Broadway-Kinderstar.

Mit siebenundzwanzig war ich zu alt für Kinderrollen (mal abgesehen von dem muskulösen Oberkörper und inzwischen schütter gewordenem Haar) und zu jung für die meisten Charakterrollen – und ganz bestimmt zu klein für einen Hauptdarsteller.

14

Außerdem musste ich mir die schmerzliche Wahrheit eingestehen, dass meine Begabung Grenzen hatte. Es war zwar nett, ein mit voller Inbrunst singender Hänfling gewesen zu sein, aber an Mandy Patinkins Vielseitigkeit, Leslie Odom juniors Stimme oder Ben Vereens Tanztalent reichte es nun mal nicht heran, um mir bis ans Ende meiner Tage Broadway-Rollen zu garantieren.

Hinzu kam, dass mein sagenhafter Agent, Al Martelowitz, im Frühjahr gestorben war. Eine Woche nach der Beerdigung ließ mich seine Agentur fallen, weil ich in letzter Zeit nicht genug eingebracht hatte und sich das in Zukunft wohl kaum mehr ändern würde.

Anfragen bei anderen namhaften Agenturen hatten mich gelehrt, dass nicht eine gewillt war, mich zu vertreten. Was mich zwangsläufig dazu verdammte, zusammen mit Hunderten anderen vorzusprechen, was sowohl brutal als auch sinnlos war. Und so schien das Ende meiner Schauspielerkarriere unausweichlich.

Einer meiner liebsten Broadway-Songs ist »Corner of the Sky« aus *Pippin*. Darin lamentiert ein junger Prinz: »Warum habe ich das Gefühl, nirgendwo dazuzupassen?« Obwohl ich die Rolle oft gespielt habe – Pippin ist klein –, konnte ich erst jetzt seine Sorge wirklich nachvollziehen. Mein Stück vom Himmel war immer das Scheinwerferlicht der Bühne gewesen. Ich wusste nicht, wohin ich sonst passte.

Bis jetzt beschränkte sich meine Arbeitssuche auf ein einziges Anschreiben an einen ehemaligen Schauspielkollegen, der ein gemeinnütziges Theater in Arkansas leitete und einen stellvertretenden Geschäftsführer suchte. Aber mir war klar, dass ich aufhören musste, auf die Trümmer meiner Schauspielkarriere zu starren, und endlich erwachsen werden musste. Amanda, meine Verlobte, war Malerin, und zwar eine richtig gute. Sie bemühte sich gerade darum, in der Van Buren Gallery – richtig, *der* Van Buren Gallery – ausgestellt zu werden.

Deshalb war es wichtig, dass einer von uns eine feste Arbeit mit regelmäßigem Einkommen und Krankenversicherung hatte. Amanda konnte das momentan nicht stemmen und gleichzeitig sehr produktiv sein. Also war ich an der Reihe, meinen Collegeabschluss, den ich aus den Erträgen lukrativerer Zeiten in meinem Leben finanziert hatte, endlich für eine einträglichere Beschäftigung zu nutzen.

Also war es das jetzt. Der letzte Vorhang. Der letzte Akt.

Die Sonntagsmatinee am Labor-Day-Wochenende war sowohl aus historischen wie praktischen Gründen das Saisonende im Morgenthau Playhouse. Dieses Repertoiretheater in den Catskills verdankte sein Fortbestehen über ein Vierteljahrhundert hauptsächlich der Nostalgie seines Publikums. Ich war einer von zwei gewerkschaftlich organisierten Schauspielern im Ensemble, weshalb auf sämtlichen Werbeanzeigen groß und breit »… mit Tommy Jump in einer Hauptrolle!« stand.

Als würde sich unser betagtes Publikum daran erinnern, dass Tommy Jump den Gavroche im ersten Broadway-Revival von *Les Misérables* gegeben hatte oder für seine Rolle als großspuriger Jackson in *Cherokee Purples* für den Tony Award nominiert war. Dieses zwar kurzlebige, aber von der Kritik hochgelobte Stück hatte das Pech, in der schwärzesten Phase der Großen Rezession zu debütieren. Damals wollte keiner eine Show sehen, in der eine Familie aus dem gnadenlosen Konkurrenzkampf ausstieg, um alte Tomatensorten biologisch anzubauen und zu verkaufen.

(Klar, lachen Sie nur. Und dann rufen Sie sich ins Gedächtnis, dass der größte Hit der letzten Dekade ein Musical über Alexander Hamilton war, Amerikas ersten Finanzminister.)

Die Ironie, dass ich meinen Abschied von der Bühne mit dem Abgesang in *Der Mann von La Mancha* feierte, entging mir nicht. Ich war in der Morgenthau-Produktion zwar nicht Don Quijote, das wäre dann doch zu aufgesetzt gewesen, sondern Sancho Pansa, weil ein kleiner Mann immer den Sancho spielt. Trotzdem musste ich gegen Windmühlen kämpfen.

Sobald die Ouvertüre begonnen hatte, schien die Aufführung auch schon wieder vorbei zu sein. Aber dieses Gefühl hatte ich jedes Mal, wenn ich auf der Bühne stand. In der Garderobe zog ich mein Kostüm aus, entfernte das Make-up und verabschiedete mich von treuen Freunden, die ich vielleicht nie wiedersehen würde. Wenig später wollte der Inspizient das Bühnenbild abbauen, und wir wurden aus dem Theater gekehrt. Mir blieb also nichts anderes übrig, als mich der Herausforderung eines neuen Lebens zu stellen.

Ich trat gerade aus dem Hinterausgang in die tropische Nachmittagshitze – die hoffentlich letzten Zuckungen eines feuchtheißen Sommers –, als eine Männerstimme meinen Namen rief: »Hi, Tommy.«

Sicher war es jemand, der ein Autogramm auf seinem Theaterheft haben wollte. Ich drehte mich um. Die Sonne schien so grell, dass ich die Hand schützend über meine zusammengekniffenen Augen legen musste. Aber das Gesicht des Mannes erkannte ich trotzdem sofort wieder. Ich hatte ihn ewig nicht gesehen und ganz sicher nicht damit gerechnet, von ihm am Hinterausgang des Morgenthau Playhouse angegrinst zu werden.

»Danny?«, sagte ich. »Danny Ruiz, bist du das? Heilige Scheiße, Danny Danger.«

Sein Spitzname von damals, reine Ironie.

Er kicherte. »Ist lange her, dass jemand mich so genannt hat. Ich wette, dich nennt auch keiner mehr Slugbomb.«

Sein Kosename für mich – Schneckenhit –, ebenfalls ein Scherz. Wir waren im selben Little-League-Baseballteam gewesen, jedenfalls wenn es meine Schauspieltermine erlaubten. Ich hatte wie ein Broadway-Star gespielt, also den Ball nie aus dem Infield rausgekriegt.

»Nein«, bestätigte ich. »Definitiv nicht.«

»Obwohl … vielleicht wäre das angebracht«, sagte Danny, schüttelte mir die Hand und drückte gleichzeitig meinen Bizeps.

»Du hast ganz schön Muckis gekriegt. Was ist denn mit dem kleinen Tommy Jump passiert?«

»Er hat das Gewichtheben für sich entdeckt.«

»Wow. Was stemmst du denn so? Zweihundertzwanzig Pfund?«

»Keine Chance, zumal ich nicht zu viel Muskelmasse antrainieren will. Kein Mensch engagiert einen Schauspieler, der die Arme nicht am Körper anlegen kann.«

»Du siehst trotzdem gut aus.«

»Danke. Du aber auch«, sagte ich. »Mann, wie lange ist es jetzt her?«

»Neun Jahre, wenn ich richtig gerechnet habe.«

Also seit dem Highschool-Abschluss. Ich war von seinem Auftauchen hier so überrascht, dass mir erst jetzt auffiel, dass er an einem Sonntag bei zweiunddreißig Grad Hitze einen Anzug trug.

In unmittelbarer Nähe lungerte noch ein Typ herum, ebenfalls im Anzug.

»Das stimmt, du hast recht«, sagte ich. »O Mann, ich kann's nicht glauben. Danny Danger. Was treibst du denn so?«

»Ich bin beim FBI.«

Das kam wie aus der Pistole geschossen, so dass ich lachen musste. Der Danny Ruiz, den ich kannte, war ein Faulpelz, der seine Hausaufgaben immer erst kurz vor dem Unterricht machte. Von meiner Vorstellung eines FBI-Agenten war er mindestens drei Zeitzonen entfernt.

Aber es war kein Witz. Routiniert zog er ein Portemonnaie aus der Gesäßtasche, klappte es auf und präsentierte mir eine goldene Marke.

»Wie denn, im Ernst?«, fragte ich.

»Irgendwann muss man ja erwachsen werden«, sagte er mit einem leichten Schulterzucken und schob die Dienstmarke zurück in die Hosentasche. »Ich bin jetzt Special Agent Daniel Ruiz. Und das ist Special Agent Rick Gilmartin.«

Der andere Mann nickte. Er war größer als Danny, schätzungsweise eins fünfundachtzig, und hatte blaue Augen. Sein Auftreten mir gegenüber drückte Misstrauen und Abneigung aus – so als hätte ich etwas verbrochen, ihn die Vorschriften aber daran hinderten, mir das klarzumachen. Womit er sich für die Polizeiarbeit wahrscheinlich hervorragend eignete. Seine rechte Hand umklammerte einen Aktenkoffer aus Aluminium.

»Kann ich dir einen Kaffee oder so spendieren?«, fragte Danny. »Ich würde gern etwas mit dir bereden.«

In dem Moment läuteten meine Alarmglocken. Vor mir stand zwar mein ehemaliger Klassenkamerad Danny Ruiz, aber er hatte mich nicht zufällig in einer Show gesehen und wollte jetzt mit mir plaudern. Er war hier als Vertreter *der* Strafverfolgungsbehörde der Vereinigten Staaten von Amerika.

»Worum geht es denn?«, fragte ich verwirrt.

»Komm, wir trinken erst mal einen Kaffee. Weiter oben in der Straße ist ein Diner«, sagte er, noch immer freundlich lächelnd.

Sein Partner lächelte nicht. Der Mann hatte noch kein einziges Wort gesprochen.

***

Ich kannte den Diner gut, er war das billigste Restaurant der Stadt.

Auf dem Weg dorthin erzählte mir Danny von seinem Leben nach der Highschool. Zunächst war er beim Militär gewesen – daran erinnerte ich mich vage –, wo man ihm umgehend seine Faulheit austrieb. Danach nutzte er das GI-Gesetz – das Soldaten die Wiedereingliederung ins Berufsleben erleichtern soll – und studierte Strafrecht am John Jay College. Aufgrund seines guten Studienabschlusses wurde das FBI auf ihn aufmerksam, das ihn unmittelbar danach anwarb. Jetzt arbeitete er in der FBI-Abteilung, die wegen Geldwäsche ermittelte, ein ausgesprochen prestigeträchtiger Job.

Ich hörte ihm nervös und nur mit halbem Ohr zu, während ich zwanghaft überlegte, gegen welche Gesetze ich verstoßen haben könnte. Hatte ich ungewollt Geld gewaschen? Und was genau *war* Geldwäsche überhaupt?

Danny redete nonstop, als würden wir uns bei einem Klassentreffen über Würstchen im Schlafrock unterhalten. Aber das gehörte bei FBI-Agenten wahrscheinlich zur Taktik: den Verdächtigen erst in Sicherheit wiegen und dann die Falle zuschnappen lassen.

Der Diner war nur spärlich besucht. Theatergänger bevorzugten offensichtlich Restaurants, in denen auf den papiernen Tischsets keine Gutscheine für einen Ölwechsel gedruckt waren. Die Kellnerin gab uns mit einer ausladenden Handbewegung zu verstehen, dass wir freie Platzwahl hatten, woraufhin Danny eine Sitzecke weit weg von den anderen Gästen wählte.

»Wenn ich mich nicht verrechnet habe, bist du seit drei Jahren beim FBI, richtig?«, sagte ich, als wir saßen.

»Ja. Kaum zu glauben. Aber es gefällt mir gut. Und du hast die ganze Zeit als Schauspieler gearbeitet?«

Ich bemühte meine Standardantwort: »Ist besser als ein richtiger Job.«

Wieder lächelte Danny. »Hört sich gut an. Wirklich gut. Genau aus dem Grund wollen wir mit dir reden.«

Und dann sagte er einen Satz, den ich aus dem Mund eines FBI-Agenten nie erwartet hätte: »Wir haben einen Schauspieljob für dich.«

»Einen Schauspieljob?«, wiederholte ich ungläubig. »Ich hab also nichts verbrochen?«

Danny lachte. Gilmartin nicht.

»Wie kommst du denn darauf?«, sagte Danny. »Wir wollen dich engagieren.«

20

»Ich fürchte, ich kann dir nicht ganz folgen.«

»Vorab muss aber klar sein, dass du über unser Gespräch hier mit niemandem reden darfst«, sagte Danny. »Und falls du dich entscheidest mitzumachen, musst du eine Verschwiegenheitserklärung unterschreiben. Für jetzt reicht eine mündliche Vereinbarung. Ist das okay? Kannst du versprechen, niemandem von diesem Gespräch zu erzählen?«

»Sicher, kein Problem.«

Er beugte sich näher zu mir her. »Okay, gut. Also manchmal engagiert das FBI Schauspieler, was aus naheliegenden Gründen nicht an die große Glocke gehängt wird. Unsere Agenten können nur begrenzt undercover arbeiten, weil sie irgendwann zu bekannt sind. Und dann gibt es zudem Fälle wie diesen, bei denen das schauspielerische Talent eines FBI-Agenten nicht ausreicht.«

»Und was ist das für eine Rolle?«, wollte ich wissen, fragte mich aber gleichzeitig, ob das hier alles nur ein großer Scherz war.

Danny lehnte sich zurück und nickte Gilmartin zu. Der öffnete den Aktenkoffer und nahm das Fahndungsfoto eines Mannes heraus: weiß, mittleres Alter, braunes Haar mit Geheimratsecken, gepflegter Kinnbart; bleiches, fleischiges Gesicht und dunkle Ringe unter den Augen. Ein Blick genügte, um zu sehen, dass er kein glücklicher Mensch war.

Agent Gilmartin räusperte sich und sprach zum ersten Mal.

»Das ist Mitchell Dupree, ehemaliger Manager der Union South Bank«, sagte er akzentfrei und ausdruckslos wie ein Nachrichtensprecher. »USB ist die fünftgrößte Bank der USA, gleich nach der Citigroup. Dupree arbeitete in der Abteilung für internationale Geschäfte mit Lateinamerika. Für seine Freunde und Nachbarn und selbst für seine Familie war er ein ganz gewöhnlicher Mann. In Wirklichkeit führte er über Jahre ein Doppelleben und arbeitete für das New-Colima-Kartell.«

»New Colima ist die neueste Ausgeburt aus Mexiko«, erklärte Danny. »Damals, als wir beide ein Date für den Abschlussball der Highschool gesucht haben, hat New Colima sich vom Sinaloa-Kartell abgespalten. Ihren ersten großen Auftritt hatte die Truppe, als sie die verstümmelten Leichen von achtunddreißig Zetas – ein weiteres Kartell – auf eine mexikanische Hauptstraße kippte, die gerade so voll war wie die Interstate durch Los Angeles während der Rushhour. So als wollten sie sagen: ›Ihr Jungs glaubt, ihr seid tough? Ihr habt ja keine Ahnung, was tough ist.‹«

»Im Prinzip ist New Colima für Mexiko das, was der IS im Nahen Osten ist. Du erinnerst dich sicher an Saddam, den wir für einen schlimmen Finger hielten, bis dann der IS kam, der noch viel schlimmer ist? Das Gleiche haben wir hier: Die US-Regierung hat sich mächtig ins Zeug gelegt, um Sinaloa zu zerschlagen und El Chapo zu verhaften, aber damit bloß ein Machtvakuum geschaffen, das New Colima allzu gern füllte.«

Gilmartin übernahm wieder. »Die Militanz des Kartells übertrifft alles bisher Dagewesene. Bei Gebietsübernahmen, der Schaffung neuer Transportwege, bei der Bestechung von Amtspersonen und der Anwerbung von Arbeitskräften gehen sie enorm aggressiv vor. Ihre bevorzugte Droge ist Methamphetamin. Sie waren so clever, sich zuerst auf den europäischen und asiatischen Markt zu konzentrieren, und konnten auf diese Weise so richtig mächtig werden, ohne von den amerikanischen Behörden groß gestört zu werden. Und dann haben sie den Markt hier aufgemischt. Schätzungsweise ein Drittel des Meth in Amerika wird von New Colima produziert.

Aber die Drogen sind nicht alles«, fuhr Gilmartin fort. »Geld ist der Treibstoff für den Motor des Kartells. Mit Geld können Waffen, Menschen und Flugzeuge gekauft werden, um weiter zu wachsen. Unsere Drogenfahnder beschlagnahmen gern ein paar Kilo von dem Zeug, halten eine Pressekonferenz ab und verkünden, dass wir den Krieg gegen Drogen gewinnen. Doch wir vom FBI wissen, dass der Zustrom von Drogen nicht gestoppt werden kann. Unser Land ist einfach zu groß. Wir halten es für sinnvoller, uns auf die Geldströme zu konzentrieren. Denn eine der größten logistischen Herausforderungen der Kartelle ist der Geldverkehr. Bargeld ist schwer und sperrig und kann beschlagnahmt werden, besonders bei den Riesensummen, mit denen Kartelle zu tun haben. Deshalb wollen sie die neue Weltwirtschaft dazu nutzen, ihr Geld sicher und bequem mit einem Knopfdruck zu verschieben. Aber sie brauchen Leute wie Mitchell Dupree, die das für sie erledigen. Im Laufe von etwa vier Jahren hat Dupree über eine Milliarde Dollar Kartellgelder gewaschen.«

Als die Kellnerin kam und Gläser mit Wasser auf unseren Tisch stellte, hielt er inne. Danny bestand darauf, dass ich einen Cheeseburger bestellte, die Agenten selbst tranken nur schwarzen Kaffee.

Sobald die Kellnerin wieder weg war, fuhr Gilmartin fort. »Irgendwann wurde Dupree nachlässig. Als wir ihn erwischten, konnten wir ihm ein Offshore-Konto mit mehreren Millionen Dollar nachweisen. Wir glauben, dass es noch mehr Konten gibt, konnten aber nichts mehr finden. Die Staatsanwaltschaft hat ihn wegen Geldwäsche, organisierter Kriminalität, Überweisungsbetrug und so ziemlich allem, was sie ihm noch anhängen konnten, drangekriegt. Er wurde zu neun Jahren verurteilt und sitzt seit sechs Monaten im Bundesgefängnis Morgantown in West Virginia.«

»Zu deiner Info: Das Morgantown ist eine Justizvollzugsanstalt mit geringer Sicherheitsstufe«, unterbrach Danny ihn. »Hauptsächlich Wirtschaftskriminelle, grundsätzlich keine Gewaltverbrecher. Dort sieht's aus wie auf einem College-Campus – keine Gitter, kein Stacheldraht. Es hat was von einem staatlich geführten Club Med. Da geht's nicht ansatzweise so brutal zu wie in anderen Gefängnissen, wo man sich prostituieren muss, um zu überleben.«

Gilmartin ergriff wieder das Wort. »Für uns ist Dupree ein kleiner Schritt zum großen Ziel. Wir hören ihn ab und wissen, dass er eine ganze Schatzkiste mit Dokumenten versteckt hat, sozusagen seine private Lebensversicherung. Wir gehen davon aus, dass er dem Kartell damit droht, die Dokumente der Justiz zu übergeben, wenn ihm oder seiner Familie etwas passiert. Mit diesen Unterlagen könnte man wahrscheinlich die ganze Führungsebene von New Colima anklagen, einschließlich El Vio selbst.«

»Das ist der Boss von New Colima«, sagte Danny. »Sein Name bedeutet so viel wie ›der Seher‹, weil er anscheinend alles sieht. Was in seinem Fall durchaus zynisch ist, denn er sieht nur noch auf einem Auge, das andere ist gruselig weiß. Der Seher ist also halb blind.«

»Wir haben Dupree gesagt, dass wir von der Existenz der Dokumente wissen, und ihm einen Deal angeboten, aber er weigert sich, das Versteck preiszugeben«, fuhr Gilmartin fort. »Egal, wie groß der Druck war, den wir auf ihn ausgeübt haben, er hat den Mund gehalten, was sehr gut fürs Kartell ist und sehr frustrierend für uns.«

Danny übernahm. »Wir haben überall nach den verdammten Dokumenten gesucht, in seinem Haus, seinem Büro, seinem Club. Unsere Agenten sind ihm gefolgt, weil er sie ja irgendwo versteckt haben muss, aber ohne Erfolg. Wir haben seine Finanzen nach Hinweisen durchgepflügt, ob er irgendwo noch ein Büro oder Haus gemietet hat. Aber rausgekommen ist auch dabei nichts.«

Wieder Gilmartin. »Wir haben ein Telefongespräch abgehört, bei dem Dupree beiläufig eine abgelegene Hütte erwähnte, die ihm oder jemandem in seiner Familie gehört. Da hat er wohl öfter die Wochenenden verbracht, aber irgendwelche Hinweise, wo sie ist, haben wir nicht gefunden. Wir glauben, dass er da auch die Dokumente lagert. Ihre Aufgabe ist also ziemlich simpel: Sie gehen unter einem Decknamen als Insasse ins Gefängnis, freunden sich mit Dupree an, gewinnen sein Vertrauen und bringen ihn dazu, Ihnen zu verraten, wo die Hütte steht.«

»Und wie soll ich das machen?«, fragte ich.

»Genau das ist die Herausforderung, Slugbomb«, sagte Danny. »Wenn wir glaubten, das wäre einfach, bräuchten wir dich nicht. Natürlich darfst du dir nicht anmerken lassen, dass du über ihn, die Bank und das Kartell Bescheid weißt. Das würde ihn stutzig machen. Du bist bloß ein weiterer Häftling und sitzt deine Strafe ab. Wenn er dir erzählen will, was er angestellt hat, umso besser. Aber wir sind nicht darauf aus, Dupree noch für irgendwas anderes dranzukriegen. Wir wollen nichts weiter als erfahren, wo die Dokumente sind.«

»Und wenn er mir nichts erzählt?«

»Das halten wir für unwahrscheinlich«, sagte Gilmartin. »Wir haben mit einigen Sozialarbeitern in der Bundesgefängnisverwaltung, BOP, gesprochen, und alle haben gesagt, dass die Insassen in den Gefängnissen mit niedriger Sicherheitsstufe ziemlich viel Freiraum zum Interagieren haben. Da werden schnell Freundschaften geschlossen. Deshalb hat der federführende Sonderermittler auch einen sechsmonatigen Einsatz genehmigt, beginnend mit dem Tag, an dem Sie das Morgantown betreten. Natürlich kommen Sie in dem Moment raus, wo wir die Dokumente sichergestellt haben. Sollten Sie nach sechs Monaten noch immer nichts haben, endet die Operation trotzdem. Die Psychologen sagen, wenn er es Ihnen bis dahin nicht erzählt hat, erzählt er's nie.«

Sechs Monate. Im März wäre ich wieder draußen. Die Kellnerin kam mit dem Kaffee und legte die Rechnung umgedreht vor die beiden Anzugträger.

»Und was passiert mit dem Typ, diesem Dupree, wenn ich herausfinde, wo die Unterlagen sind?«

»Das hängt davon ab, ob er kooperiert oder nicht«, antwortete Gilmartin. »Wenn er sich weigert, können wir nichts mehr für ihn tun. Andernfalls kommen er und seine Familie ins Zeugenschutzprogramm. Das haben wir ihm auch schon angeboten, aber er hat abgelehnt, weil er meint, dass er sich nicht auf uns verlassen kann. Aber wenn wir die Dokumente haben, bleibt ihm keine andere Wahl.«

Ich blickte zwischen den beiden Agenten hin und her. Danny nippte an seinem Kaffee, Gilmartin rührte seine Tasse nicht an.

»Ich weiß nicht«, sagte ich. »Ich … ich spiele in Musicals. Da fängt man nach drei Sätzen an zu singen und hat einen vorgegebenen Text. Was ihr verlangt, ist Improvisation pur. Ich hab zwar mal Unterricht in Improvisation gehabt, aber das hier ist … das ist die Turbo-Variante.«

»Stell dein Licht nicht unter den Scheffel«, sagte Danny. »Du bist smart, sympathisch, und du bist aus Hackensack, Junge! Du bist nicht auf den Mund gefallen. Und mit einem wie dir rechnet er nicht. FBI-Agenten sind alle aus dem gleichen Holz geschnitzt. Aber wie du redest und wie du denkst, das ist kreativ. Er käme nie auf die Idee, dass du für uns arbeitest. Und du bist – ohne dir jetzt zu nahe zu treten – etwa eins sechzig groß, oder?«

»Eins vierundsechzig«, sagte ich zu meiner Verteidigung.

»Auch gut. Die Sache ist, dass du absolut nicht dem Bild eines FBI-Agenten entsprichst. Wahrscheinlich bringst du ihn binnen drei Tagen zum Reden.«

Bevor ich noch eine der unzähligen anderen Fragen stellen konnte, die mir nach und nach einfielen, beugte Danny sich erneut zu mir vor.

»Und: Wir zahlen hundert Riesen. Minimum.«

»Im Ernst?«

»Fünfzig, wenn du reingehst, und fünfzig, wenn du rauskommst, ob du Erfolg hast oder nicht. Plus einen Hunderttausend-Dollar-Bonus, wenn es aufgrund deiner Informationen zur Anklageerhebung kommt.«

Zweihunderttausend Dollar. Eine schwindelerregende Menge Geld. Eine Summe, die einen nachts ruhiger schlafen ließ. Eine Summe, die einen anders in den Spiegel sehen ließ. Und das für sechs Monate Arbeit. Der Job in Arkansas würde sicher nicht mehr als dreißigtausend im Jahr einbringen.

»Das wird natürlich alles schriftlich festgehalten«, fuhr Danny fort. »Wir setzen einen Vertrag auf, in dem du zustimmst, als Informant fürs FBI zu arbeiten, und bestätigst, dass du die damit verbundenen Risiken kennst und blablabla. Hier und jetzt musst du aber bloß ja sagen.«

Ja sagen. Das würde mir wesentlich leichter fallen, wenn kein Gefängnisaufenthalt im Spiel wäre.

»Ich muss das mit meiner Verlobten besprechen«, sagte ich. »Du hast zwar gesagt, ich darf mit niemandem darüber reden, aber …«

»Das ist doch klar«, sagte Danny. »Die Verschwiegenheitsvereinbarung bezieht sich im Grunde auf die sozialen Medien und Presseinterviews. Natürlich kannst du das mit deiner Verlobten besprechen. Ich glaube, ich hab sie auf Facebook gesehen, Amanda, richtig?«

»Richtig.«

»Unsere Büros haben über die Feiertage sowieso mehr oder weniger geschlossen. Du hast heute Abend und morgen, um mit ihr zu reden und darüber nachzudenken. Komm Dienstag, dann braucht der zuständige Sonderermittler eine Antwort. Wenn du es nicht machst, müssen wir uns jemand anderes suchen. Aber du bist meine erste Wahl. Ich habe mich für dich verbürgt.«

»Danke«, sagte ich.

»Mir ist klar, dass du jetzt über eine Menge nachzudenken hast. Aber falls du die Vereinbarung unterschreibst, basteln wir dir gemeinsam eine Hintergrundgeschichte und besprechen weitere Details.«

Er holte seine Geldbörse hervor, zog einen Zwanziger heraus, legte ihn auf den Tisch und nahm die Rechnung. Dann reichte er mir eine Visitenkarte.

»Da steht meine Büro- und Handynummer drauf«, sagte er. »Die Büronummer brauchst du gar nicht zu versuchen, da springt sofort der Anrufbeantworter an. Ruf mich auf dem Handy an, wenn du Fragen hast.«

»Mach ich.«

Danny nickte Gilmartin zu, der sich erhob. Dann glitt Danny von der Sitzbank.

»Wir lassen dich in Ruhe essen«, sagte er. »War schön, dich wiederzusehen, Tommy.«

»Danke, geht mir genauso, Danny.«

Gilmartin nickte knapp. Danny klopfte zweimal auf den Tisch und ging vor Gilmartin zur Tür hinaus.

Ich fuhr mit dem Finger über die Prägebuchstaben der Visitenkarte. Danny, mein Little-League-Teamkamerad, war jetzt Daniel R. Ruiz, Special Agent, Federal Bureau of Investigation, Außenstelle New York.

Die Kellnerin servierte den Cheeseburger in dem Moment, als draußen ein Chevy Caprice vorbeifuhr. Für jemanden, der sich mit den Sonderanfertigungen der Strafverfolgungsbehörden nicht auskannte, war nicht zu erkennen, dass es ein Dienstwagen war: doppelter Auspuff, verstärkte Aufhängung, frisierter Motor.

Danny saß am Lenkrad. Er hatte die Anzugjacke ausgezogen, und seine Dienstwaffe steckte im linken Schulterholster.

Ich starrte auf meinen Burger, als enthielten die Sesamkörner sämtliche Antworten auf die rätselhaften Fragen des Lebens.

Hunderttausend Dollar, vielleicht zweihunderttausend, je nachdem, wie überzeugend ich sein würde. Und überzeugen konnte ich, besonders wenn es um so viel Geld ging. Oder etwa nicht?

Heute hatte ich mir auf dem Weg zum Theater gesagt, dass es das jetzt war.

Aber vielleicht war der letzte Vorhang für mich doch noch nicht gefallen.

3. KAPITEL

Herrera sah sie schon von weitem. Drei Range Rover, alle schwarz und kugelsicher, rasten in einer unregelmäßigen V-Formation die Straße entlang und hinterließen Staubwolken, die noch eine halbe Meile hinter ihnen wie Schlangen in der Luft waberten.

El Vio konnte in einem der Wagen sein. Oder in keinem. Genau wusste man das nie.

Über El Vio wusste man überhaupt nie etwas.

Als die Fahrzeuge sich näherten, mit spiegelnden Windschutzscheiben in der gleißenden Sonne, hörte Herrera schon den General mit aufgebrachter, schriller Stimme auf Spanisch Befehle brüllen. Der General war der Sicherheitschef des Kartells, aber besonders sicher klang er im Moment nicht.

Solche Kontrollen wurden nie angekündigt. Auch ein Muster war nicht auszumachen, jedenfalls konnte Herrera keines erkennen. Es konnten drei in einem Monat sein, ein ganzes Jahr lang nichts und dann an zwei Tagen hintereinander.

Unberechenbarkeit war El Vios oberstes Prinzip, für seine Generale wie für sich selbst. Ständig alles ändern, zu jedem Zeitpunkt: die Aufenthaltsorte, die Restaurants, die man besuchte, die Frauen, mit denen man schlief. Es war unmöglich, einem Mann, der nach keinem festen Plan lebte, aus dem Hinterhalt aufzulauern.

Prinzip Nummer zwei: kein Alkohol, keine Drogen und auch sonst nichts, was den Verstand vernebelte. Nicht für eine Sekunde. Weil das vielleicht die Sekunde war, in der dir etwas entging,

30

was dich das Leben kosten konnte – die Drohne über dir, der Klick beim Entsichern einer Pistole oder die fast unmerkliche Veränderung in den Augen eines Mannes, wenn er dich anlog.

Drittens: Sei verwegen – *atrevido* auf Spanisch. *Atrevido* war eines von El Vios Lieblingswörtern. Angst war was für Hinterwäldler. Chef eines Kartells zu sein erforderte hingegen gewagte Aktionen. Triff deine Feinde schwer genug, schnell genug, und sie sind viel zu verblüfft, um zurückzuschlagen.

Viertens, und am wichtigsten: Sorge dafür, dass die Amerikaner nie etwas Konkretes gegen dich in der Hand haben. Mexikanische Polizisten konnten bestochen oder eingeschüchtert werden, um einer Verhaftung zu entgehen. Mexikanische Richter konnten bestochen oder eingeschüchtert werden, damit sie dich nicht verurteilten. Mexikanische Gefängniswärter konnten bestochen oder eingeschüchtert werden, damit sie dich entkommen ließen. Das ging mit den Amerikanern nicht. Deshalb war eine Auslieferung das Schlimmste, was einem passieren konnte. El Vio fürchtete sie mehr als den Tod.

Vier Grundsätze, deren Einhaltung rigoros befolgt wurde. Von anderen wusste Herrera, dass El Vio sie durch das gründliche Studium seiner Vorgänger entwickelt hatte, von El Patrón bis El Padrino, von El Lazca bis El Chapo. Ihr Aufstieg und, noch wichtiger, ihr Niedergang waren seine Lehrmeister gewesen.

Herrera hatte den General sagen hören, El Vio müsse sich mehr entspannen. Als der reichste und gefürchtetste Mann Mexikos, Herr eines Imperiums, das auf Gerissenheit und Brutalität aufgebaut war, könnte El Vio entspannen und das genießen, was seine Arbeit ihm eingebracht hatte.

Aber soviel Herrera wusste, blieb El Vio immer wachsam. Das war Teil seines Mythos. El Vio, der fünfte Sohn eines armen Avocado-Farmers. El Vio, der als Teenager sein Handwerk beim alten Colima-Kartell gelernt hatte. El Vio, der sich selbst drei Sprachen beibrachte, indem er ausländische Fernsehsendungen sah. El Vio, der zum obersten Vollstrecker des Sinaloa-Kartells aufstieg und dann entschied, sich selbständig zu machen, weil es lukrativer war.

Und siehe da: Während Sinaloa strauchelte, nahm seine Macht zu. El Vio befehligte ein Heer von fünftausend Leuten, etwa genauso viele, wie für die gesamte US-Drogenvollzugsbehörde arbeiteten. Er hatte in den reichsten Märkten Nordamerikas, Europas und Asiens stabile Versorgungswege etabliert.

Trotz alledem konnten die Amerikaner ihm praktisch nichts nachweisen. Nicht einmal mit einer einzigen Unze Methamphetamin konnten sie ihn direkt in Verbindung bringen, geschweige denn mit den Tausenden Kilos, die er jedes Jahr über die Grenze schaffte.

El Vio hatte nur eine Schwachstelle, und das war der Banker.

Herrera kannte die Geschichte vom General, der vorzugsweise in besoffenem Zustand darüber sprach. Es ging um einen Banker in Amerika, der geholfen hatte, einen Teil von El Vios riesigem Vermögen zu waschen. Der Banker wurde erwischt, aber bevor El Vio ihn liquidieren konnte, ließ dieser ihn wissen, dass er Dokumente beiseitegeschafft hatte. Und diese Dokumente waren dazu geeignet, mindestens ein Dutzend Top-Drogenbosse anzuklagen, einschließlich El Vio selbst. Was bedeutete, dass El Vio garantiert ausgeliefert würde.

Wenn dem Banker oder seiner Familie irgendetwas passierte, würden die Dokumente den amerikanischen Behörden übergeben. Diese Tatsache hatte ein Sicherheitsloch in die bis dato wasserdichte Organisation gerissen, das der General als Sicherheitschef noch nicht hatte schließen können.

Was wiederum der Hauptgrund für die Panik war, die Herrera beim Herannahen der Fahrzeuge in dessen Stimme hörte.

Das Gelände, das dem General unterstand, wurde Rosario Nr. 2 genannt. Es gab keinen Grund, ihm einen prägnanteren Namen zu geben, denn es war nur eines unter vielen. El Vio würde sowieso bald anordnen, es abzubauen und woanders wieder aufzubauen. Es umfasste sieben Gebäude und war mit einem drei Meter fünfzig hohen Stacheldrahtzaun umgeben, damit die Arbeiter nicht raus- und Eindringlinge nicht reinkonnten.

Fünf der Gebäude waren einfache Wellblechhallen mit Zuluftventilatoren an beiden Enden. Sie standen weit auseinander, weil Methamphetamin die unselige Eigenschaft besaß, bei der Produktion zu explodieren. Aber das war auch der einzige Nachteil. Denn während für die Produktion von Kokain und Heroin riesige Flächen Anbauland gebraucht wurden – das die Amerikaner mit ihren Satelliten sichten konnten –, war Meth leicht zu verstecken.

Das sechste Gebäude war eine Baracke für den General und seine Lieutenants, die Rosario Nr. 2 überwachten und vor Angriffen der mexikanischen Behörden wie auch vor rivalisierenden Kartellen zu schützen hatten.

Das siebte Gebäude war das wichtigste. Sie nannten es »der Bunker«, weil es aus doppelt bewehrtem Beton bestand. Im Bunker lagerten genug Waffen und Munition, um einem mexikanischen Bataillon einen ganzen Monat lang standzuhalten. Gleichzeitig diente es als Kontrollraum für die Überwachung zahlreicher hochsensibler Sicherheitsmaßnahmen.

Die Beobachtung des Bankers war eine davon.

Als die Range Rover angefahren kamen, standen der General sowie mehrere seiner Lieutenants bereits vor dem Bunker. Einer von ihnen war Herrera.

»Steh gerade«, brüllte der General ihn an. »El Vio will keine Kerle mit hängenden Schultern sehen.«

Herrera richtete sich auf. Die Wagen hielten an.

Aus dem ersten stieg El Vio. Er war ein Meter siebzig groß und wog höchstens siebzig Kilogramm. Sein dichtes schwarzes Haar war nach hinten gegelt, die Augen hinter einer großen verspiegelten Sonnenbrille versteckt. Er setzte sie auch in Innenräumen nicht ab, damit keiner sein rechtes Auge anstarrte, das angeblich bei einem Unfall in der Kindheit verletzt worden war.

Er trug schwarze Cargohosen und ein graues T-Shirt aus atmungsaktivem Material. In seinem Ausrüstungsgürtel steckten unter anderem ein Messer und eine Pistole.

»Vio«, sagte der General und ging zögernd ein paar Schritte auf ihn zu. »Ich freue mich, dich zu sehen.«

Ein Blick Vios genügte, um den General versteinern zu lassen. Sie gaben sich nicht die Hand. Herrera hatte El Vio noch nie jemandem die Hand geben sehen.

»Hast du Neuigkeiten über unseren Freund in West Virginia?«, fragte El Vio.

»Unser Freund.« Damit meinte er den Banker.

»Noch nicht«, sagte der General. »Wir arbeiten dran.«

»Das hast du mir schon letztes Mal erzählt.«

»Bald, sehr bald, ich bin zuversichtlich. Wir haben eine hervorragende Operation in die Wege geleitet.«

»Auch das hast du mir letztes Mal erzählt.«

»Ich tue mein Bestes«, sagte der General mit bebender Stimme.

»Ist das so?«, sagte El Vio in einer Weise, die nicht zu einer Antwort ermutigte.

»Ich brauche nur etwas mehr Zeit«, sagte der General flehentlich. »Die Sache ist bald erledigt.«

Das Versprechen ließ El Vio ungerührt.

»Komm näher«, sagte er leise.

Der General machte ein paar Schritte auf ihn zu.

»Noch näher«, sagte El Vio wieder.

Der General gehorchte. Jetzt zitterte er am ganzen Leib.

»Näher.«

Der General trat noch dichter an ihn heran. Herrera, der hinter ihm war, machte ebenfalls ein paar Schritte vorwärts, doch ohne Angst, denn er verspürte das Bedürfnis, näher bei El Vio zu sein.

»So ist's gut«, sagte El Vio.

»Die Amerikaner haben genauso wenig Erfolg wie ich«, sagte der General. »Sie sind …«

Der General verstummte abrupt, als El Vio mit einer schnellen Bewegung das Messer aus der Scheide zog und in sein Auge stieß. Das rechte.

Der General sackte auf die Knie, schlug aufheulend beide Hände vor das verletzte Gesicht, aus dem jetzt das Blut strömte.

El Vio sah seinen Qualen ohne großes Interesse zu, als würde er einen Käfer beobachten, der auf dem Rücken gelandet war und versuchte, wieder auf die Beine zu kommen. In den Spiegelgläsern von El Vios Brille sah Herrera die winzige Gestalt des knienden Generals.

Dann wandte El Vio sich den umstehenden Lieutenants zu.

»Wer bringt es zu Ende?«, fragte er.

Keiner antwortete. Nicht einmal Herrera. Er war nicht sicher, was El Vio meinte. Den Banker fertigmachen oder …

Dann wurde El Vio lauter. »Wer bringt es zu Ende?«

Jetzt kapierte Herrera. Und er war bereit. *Atrevido. Sei verwegen.* Er richtete sich kerzengerade auf. El Vio mochte keine gebeugten Männer.

Der General hielt den Messergriff umklammert. Er versuchte, die Schneide aus seinem Auge herauszuziehen. Herrera trat zu ihm hin, zog die Waffe und schoss ihm hinters Ohr. Der General kippte vornüber. Herrera feuerte noch drei weitere Schüsse ab.

Er war gleichzeitig angewidert und erregt.

El Vio trat zu der Leiche, drehte sie um, stellte einen Stiefel auf den Schädelrest des Generals, um eine bessere Hebelwirkung zu haben, und zog das Messer heraus. Dann wischte er beide Seiten der Klinge an seiner Hose ab, steckte es zurück in die Scheide und sah Herrera an.

»Glückwunsch«, sagte El Vio. »Du wurdest gerade befördert.«

4. KAPITEL

In den letzten zwanzig Minuten hatte Amanda Porter mindestens zehnmal auf die Wanduhr gesehen. Sie hing in der Küche, die gleichzeitig Wohnzimmer und Atelier war. Ansonsten hatte ihr schäbiges Apartment ohne Klimaanlage im ersten Stock nur noch ein Schlafzimmer und Bad.

Siebzehn Uhr zweiundfünfzig. Bei Vormittagsvorstellungen war Tommy sonst um die Zeit längst zurück, doch offensichtlich verabschiedete er sich noch von seinen Schauspielfreunden und -freundinnen.

Der Deckenventilator wirbelte ein weiteres Mal die gleiche heiße Luft umher, die er schon den ganzen Nachmittag lang vergeblich recycelte. Sie seufzte, begutachtete das Bild, an dem sie gerade halbherzig herummalte. Sie war viel zu abgelenkt, um konzentriert zu arbeiten.

Würde auch dieses Bild im Müll landen? Sie warf wesentlich mehr weg, als sie behielt. Seit Monaten schickte sie Fotos ihrer fertigen Arbeiten an Hudson van Buren, den Besitzer der Van Buren Gallery und einer der einflussreichsten Galeristen. Die minderwertigen achtundneunzig Prozent ihrer Arbeit brauchte er nicht zu sehen, nur die beiden besten, vielen Dank.

Menschen, die Amanda Porter zum ersten Mal begegneten, unterschätzten sie meist, denn sie war schlichtweg bezaubernd mit ihrem niedlichen näselnden Südstaatenakzent, ihrer kleinen Statur von einem Meter siebenundfünfzig, den blauen Augen, dem rotblonden Haar, der Stupsnase und den Sommersprossen.

36

Trotz ihrer siebenundzwanzig Jahre kam es noch immer vor, dass sie beim Lotterieloskauf ihren Ausweis zeigen musste. Ihre zarte Erscheinung ließ nichts von der Intensität vermuten, mit der sie sich ihrer Arbeit widmete. Niemand würde bei ihrem Anblick *»verbissen«* denken, aber genau das war sie – ein verbissenes Mädchen aus einer Kleinstadt irgendwo in Mississippi, das härter, besser und schneller war als alle anderen und keine Kompromisse einging. Genau dieser Perfektionismus zeigte sich in ihrer Kunst – es ging um alles oder nichts. So hatte Amanda sich ein Stipendium am Cooper Union College gesichert und war jetzt auf dem besten Weg, berühmt zu werden.

Und das Bild vor ihr war … vielleicht doch okay? Sie war nicht in der Verfassung, das zu entscheiden, legte den Pinsel ab und fuhr sich mit dem Handrücken über die feuchte Augenbraue, strich gedankenverloren eine Locke hinters Ohr.

Sie dachte an Tommy, an den nächsten Schritt in ihrem gemeinsamen Leben. An die Bedenken, die sie letztes Jahr gehabt hatte – vielleicht auch schon seit sie zusammen waren –, dass ihre Beziehung noch nie einer echten Prüfung ausgesetzt war. Es kam ihr alles zu einfach vor, wie eine Leinwand, die sich von selbst bemalte. Was sollte daran gut sein? Was war Kunst ohne Anstrengung? Was war das Leben ohne Anstrengung? Seit sie aus Plantersville, Mississippi, weggegangen war, hatte sie eines gelernt, nämlich dass nur das wirklich wertvoll war, was man sich erarbeitete.

Sie hatten sich auf einer jener merkwürdigen New-York-Partys für die Schönen, Reichen und die Eklektiker kennengelernt, die ein wohlhabender Mann willkürlich in seinem Park-Avenue-Penthouse versammelt hatte.

Amanda war eingeladen, weil der Gastgeber eines ihrer Bilder entdeckt hatte. Sie fühlte sich sehr einsam dort, was nicht nur an ihrer augenscheinlichen Südstaaten-Herkunft lag. Auch das Reden fiel ihr nicht leicht, denn ihr Akzent stempelte sie oft als eine Art merkwürdige Figur ab. Sie traute sich nicht, zu erzählen, dass sie in einer Kleinstadt in Mississippi aufgewachsen und die weltoffenste Stadt, die sie damals je besucht hatte, Tupelo war, Elvis Presleys Geburtsort; das dortige Museum galt als Inbegriff von Kultur.

Tommy, der ehemalige Broadway-Star, hatte Amanda in einer Ecke entdeckt – wenn viele Menschen versammelt waren, fühlte sie sich in Ecken am wohlsten. Sie waren nicht nur die jüngsten und ärmsten Gäste auf der Party, sie hatten auch kaum jemanden gekannt, dafür aber sofort eine Gemeinsamkeit entdeckt: Sie fühlten sich beide fehl am Platz. Sowohl Amanda wie Tommy waren Kinder alleinerziehender Mütter und hatten zwar nicht gerade von der Hand in den Mund gelebt, aber ein Sommerhaus in den Hamptons war nie in Reichweite gewesen.

Sie mochte ihn sofort. Okay, ja, er war ein bisschen klein. Aber er hatte ein hübsches Lächeln und einen noch hübscheren Hintern. Er war offensichtlich fit, klug, interessant … und interessiert. Wer konnte schon sagen, wie Anziehung funktionierte? Später erzählte Amanda einer Freundin, sie hätte sofort das Gefühl gehabt, auf eine Schüssel Rice Krispies gestoßen zu sein: Ein einziges *Prickeln, Knistern, Knallen.*

Er stellte ihr immer wieder Fragen, und plötzlich dominierte sie das Gespräch. Und Amanda Porter *konnte* reden, auch wenn sie häufig lieber schwieg. Sie redete sogar gern, besonders über Kunst und besonders dann, wenn der Mann, der ihr zuhörte, (a) tatsächlich zuhörte, (b) verstand, was sie sagte, und, ja, (c) sie nicht nur ins Bett kriegen wollte.

Dann bestand die Gastgeberin darauf, dass Tommy »Love Changes Everything« aus dem Musical *Aspects of Love* sang, diesen wunderbar kitschigen Song. Er hatte eine volltönende, warme und charaktervolle Stimme, und seine Darbietung bescherte ihm stürmischen Beifall.

Es dauerte nicht mehr lange, und sie unterhielten sich über

die Gemeinsamkeiten ihrer scheinbar so verschiedenen Leidenschaften.

»Wir sind beide Künstler«, sagte er irgendwann. »Nur dass deine Bühne die Leinwand ist.«

Sie unterhielten sich bis zwei Uhr morgens, und dann begleitete er sie zu Fuß nach Hause, weil sie kein Taxi fanden. Schon auf dem Weg ertappte sie sich bei dem Wunsch, er *würde* versuchen, sie ins Bett zu kriegen. Doch eine große Sorge trieb sie um, nämlich dass dieser gutaussehende, talentierte Mann – der viel Sport trieb und wunderbar singen konnte – schwul war. Ihre Freundinnen zogen sie immer wegen ihres mangelhaften Schwulenradars auf (wobei sie zu ihrer Verteidigung immer anführte, dass sie im religiösen Süden aufgewachsen war und in Plantersville, Mississippi, niemand schwul sein *durfte*). Hatte sie den ganzen Abend mit einem Mann geflirtet, der mehr an ihrem Bruder interessiert war als an ihr?

Dann beschloss sie, der Sache nicht erst bei sich zu Hause auf den Grund zu gehen. Woraufhin sie zwei Stunden auf einer Parkbank rumfummelten.

Nein, nicht schwul.

Die nachfolgenden Erkundungen seiner Leidenschaft und Ausdauer bestätigten das eindeutig.

Schon bald waren sie unzertrennlich. Er sah ihr stundenlang beim Malen zu – »Das ist besser als jede Broadway-Show«, behauptete er –, und sie wurde de facto Mitglied in jedem seiner Ensembles.

Beide hatten sie andere Freunde gehabt, aber die fielen schnell weg. Tommys waren immer in alle Schauspielwinde verstreut, und Amandas waren in zwei Gruppen aufgeteilt: einmal ihre Stipendiaten-Freunde, die meist zurück in ihr jeweiliges Mississippi, Missouri oder Maine gingen, um dort Kunst zu unterrichten und zu versuchen, ihre Bilder vor Ort zu verkaufen; und dann die reichen Kids, die es sich leisten konnten, im Raum New York zu leben, denen sich Amanda allerdings nie besonders nahe gefühlt hatte.

Somit gab es im Prinzip nur noch sie beide, was sie völlig in Ordnung fanden.

Nach drei Monaten machte er ihr einen Heiratsantrag, kurz bevor er mit einer Wanderbühne auf Reisen ging. Sie fand mehrere rationale Argumente, warum das zu schnell ging, die er alle mit einem Satz aus einem ihrer Lieblingsfilme, *Harry und Sally*, vom Tisch fegte: »Wenn man begriffen hat, dass man den Rest des Lebens zusammen verbringen will, dann will man, dass der Rest des Lebens so schnell wie möglich beginnt.«

Sie sagte ja. Er wollte gleich am nächsten Tag zum Standesamt gehen. Sie weigerte sich.

Warte, sagte sie. Lass uns noch warten. Auf den richtigen Zeitpunkt. Bis sie als Künstlerin besser etabliert war und sie beide jene Grenze überschritten hatten, die das Ende ihrer verlängerten Post-College-Adoleszenz markierte und den Beginn eines stabilen, soliden und vernünftigen Erwachsenseins.

Das war vor zwei Jahren gewesen. Hin und wieder hatte er vorgeschlagen, einen Termin festzulegen, aber sie hatte immer Bedenken geäußert. Ihre Standardantwort wurde: »Schatz, es heißt doch ›bis dass der Tod euch scheidet‹, warum also die Eile?«

Sie brachte es nicht fertig, ihm zu gestehen, dass sie noch immer an ihrer Beziehung zweifelte. Sie wollte wissen, wie ihre Beziehung funktionierte, wenn nicht mehr alles neu und aufregend war und der echte Beziehungsalltag begann. Es war allerdings schwierig, das herauszufinden, weil mit Tommy immer etwas neu war: eine neue Show, eine neue Rolle, eine neue Stadt.

Es kam ihr vor wie ewige Flitterwochen. Sie hatten sich noch kein einziges Mal ernsthaft gestritten, so bescheuert das auch klang. Selbst wenn sie verzagte, weil sie wieder an einem Bild gescheitert und richtig schlecht drauf war, reagierte Tommy einfach nur total lieb und fürsorglich. Er sagte, es wäre ihm noch nie so leichtgefallen, nett zu jemandem zu sein.

Und in gewisser Weise war das auch toll. Ein Traum. Sie stellte sich manchmal sogar vor, dass es immer so bleiben würde.

Wenn ... ja wenn sie sicher sein könnte, dass Tommy nicht wie ihr Vater war. Den kannte sie nämlich kaum, weil er sofort das Weite gesucht hatte, als es schwierig wurde.

Denn eines war sonnenklar: Schwierig würde es werden.

***

Um Viertel nach sechs ging die Haustür auf. Dann knarrten leise die Stufen, was ihr sofort sagte, dass etwas los war.

Wenn Tommy Tommy war – voller Enthusiasmus und stürmischer Freude nach einer gelungenen Vorstellung –, rannte er die Treppe hinauf, um ihr direkt von seinem Triumph zu berichten. Oder er wollte sehen, welche Fortschritte sie beim Malen gemacht hatte; oder – und nicht zuletzt – um sie ins Bett zu locken.

Wenn irgendetwas schiefgelaufen war, rannte er nicht. Dann schlich er.

Einmal hatte er ihr erzählt, dass er sich auch deshalb in sie verliebt hatte, weil er ihr gegenüber seine Gefühle – im Gegensatz zu seinen früheren Freundinnen – nicht mit Hilfe seines schauspielerischen Talents verstecken konnte.

»Du liest in mir wie in einem Buch«, sagte er immer.

Das ist gar nicht so schwer, dachte sie dann oft.

Etwas musste in der letzten Show passiert sein. Er hat einen Satz verhauen, das Publikum war träge gewesen – sie würde es gleich herausfinden.

Sie nahm schnell den Pinsel in die Hand und drückte ihn aufs Bild, als hätte sie das schon die ganze Zeit gemacht. Sie schwitzte noch immer. Vielleicht heizte der Deckenventilator den Raum einfach nur auf.

Er trat ein, die Tür leise hinter sich schließend.

»Hi«, sagte er.

»Hi. Wie ist es gelaufen?«, fragte sie, bemerkte jedoch sofort seine Verwirrung.

»Gut«, sagte er, und dann: »Ich muss dir etwas sagen.«

»Das ist lustig, ich muss dir nämlich auch etwas sagen.«

»Du zuerst?«, fragte er. »Meins ist eine ziemlich große Sache.«

Sie tauchte den Pinsel mehrere Male in einen Becher mit trüber Flüssigkeit, trocknete ihn mit einem Tuch ab und sagte: »Nein, fang du an.«

Sie saßen auf Plastikstühlen an einem runden Plastikklapptisch, den einzigen Möbeln, die sie für das Apartment neu angeschafft hatten. Dann berichtete Tommy von der bizarren Begegnung mit den beiden FBI-Agenten, von denen einer ein Schulfreund war. Normalerweise konnte Tommy keine Geschichte ohne kleine Schauspieleinlagen erzählen. Da er das diesmal nicht machte, spürte Amanda, wie schwer er sich tat.

Sie unterbrach ihn kein einziges Mal, ließ ihn die ganze Geschichte erzählen, die mit den Worten endete: »Und, was hältst du davon?«

Amanda hatte die gefalteten Hände vor sich auf den Tisch gelegt. Ihre Beziehung glich dem Leben in einem Wanderzirkus, denn die Reise ging immer dorthin, wo Tommys nächstes Engagement war. Dann kam er nach Hause und verkündete: *Es geht in ein regionales Theater in Cincinnati*, oder: *Wir geben mit einer Wanderbühne das* Phantom der Oper, oder was auch immer.

Sie hatte nie nein gesagt. Warum auch? Solange sie zusammen sein konnten und solange sie nicht zurück nach Plantersville musste, war ihr alles recht. Malen konnte sie überall.

Aber diesmal war die Situation vollkommen anders.

»Also, nur damit ich das alles richtig verstanden habe: Sie schicken dich ins *Gefängnis*?«, sagte sie.

»Ja.«

»In ein echtes Gefängnis. Mit Gittern und Skinheads und echten Knackis. Niedrigste Sicherheitsstufe. Knackis light. Aber immer noch ein Gefängnis.«

»Für sechs Monate, ja.«

Sie starrte auf den Plastiktisch, versuchte, ihre Gedanken zu ordnen.

»Aber wie genau soll das gehen?«, fragte sie und sah auf. »Du klopfst an die Gefängnistür und sagst: ›Hi, kann ich hier bei euch übernachten?‹ Und nach sechs Monaten: ›Oh, war nur ein Scherz. Schönen Tag noch.‹«

»Die sind vom FBI, die können das arrangieren.«

»Und sie glauben, der Typ wird dir sein Herz ausschütten? *Dir?* Irgendeinem Kerl, den er nicht einmal kennt?«

»Na ja, ich muss offensichtlich versuchen, an ihn ranzukommen und sein Vertrauen zu gewinnen. Das FBI kann sicher dafür sorgen, dass ich seinem Arbeitsbereich zugeteilt werde. Irgendwas in der Richtung. Keine Ahnung. Vielleicht erzähle ich ihm, dass ich ausbrechen will, und frage, ob er weiß, wo ich eine Zeitlang untertauchen kann, und dann verrät er mir, wo seine Hütte ist.«

»Und wenn es nicht funktioniert, holen sie dich nach sechs Monaten wieder raus, Sieg oder Niederlage?«

»Genau.«

»Und das ist ihnen hunderttausend Dollar wert?«

»Sieht so aus. Dieser Dupree ist ein großer Fisch. Was glaubst du, wie viel die Regierung für den Krieg gegen Drogen ausgibt? Da sind hundert Riesen bloß ein Trinkgeld.«

»Und wenn was schiefgeht? Wenn dich jemand zusammenschlägt, oder, ich weiß nicht, mir passiert etwas oder … oder deiner Mom?«

»Keine Ahnung. Vermutlich holen sie mich dann raus«, sagte Tommy. »Aber wenn es vor Ablauf der sechs Monate ist, verliere ich die zweiten fünfzigtausend.«

»Dann könntest du die fünfzigtausend nehmen, einen Tag drinbleiben und nach Hause kommen?«

»Theoretisch ja, aber dann verliere ich die Chance auf weitere hundertfünfzigtausend.«

Mehr musste er dazu nicht sagen. Amandas Mutter ging putzen, Tommys Mutter war Schulsekretärin. Sie arbeiteten schon ihr Leben lang, aber diese Zahl hatte noch nie auf ihrem Kontoauszug gestanden.

»Und diesen Danny, wie gut kennst du ihn eigentlich?«

Misstrauen gegenüber Menschen mit Macht gehörte dazu, wenn man arm aufwuchs.

»Wir kennen uns von Kindesbeinen an«, sagte Tommy. »Seit dem Kindergarten, glaube ich. Wir haben ihn Danny Danger genannt, weil er Matchbox-Autos mit Chinakrachern in die Luft gesprengt hat und in Camouflage-Hosen rumgelaufen ist. Wahrscheinlich fand er, das würde ihn zum toughen Kerl machen. Aber im Grund war er ein netter Junge.«

»Würdest du ihm dein Leben anvertrauen?«

Tommy schaukelte mit dem Stuhl und zog ein Gesicht, als hätte er in eine Zitrone gebissen. »Die Frage scheint mir ein bisschen melodramatisch. Mein Leben steht bei der Sache nicht auf dem Spiel.«

Diese Antwort brachte Amanda richtig auf. »O doch, genau darum geht es, *und* um mein Leben. Es … es geht um das Leben unserer Familie.«

Tommy horchte auf. Amanda hatte sie noch nie als Familie bezeichnet.

»Na ja, okay, ich kenne ihn genauso gut wie alle anderen«, sagte Tommy. »Und ja, ich vertraue ihm.«

Amanda atmete tief aus. »Dann willst du es also machen?«

»Glaub mir, *wollen* wäre übertrieben. Ich kann mir was Besseres vorstellen, als die nächsten sechs Monate jedes Mal beim Duschen Angst zu haben, dass mir was passiert. Aber stell dir einfach vor, es wäre ein Schauspieljob in … keine Ahnung, Botswana oder so. Wo du zwar nicht mitkommen könntest, aber der richtig lukrativ ist.«

»Ich bin nicht mit dir zusammen, weil ich reich sein will«, sagte Amanda. »Ich bin mit dir zusammen, weil ich mit dir *zusammen* sein will.«

»Sicher, aber … Es könnte einfach nur eine vorübergehende Widrigkeit sein, die langfristig unsere Zukunft sichert oder die uns zumindest finanziell eine Atempause verschafft. Du könntest weiter malen …«

»Und du könntest weiter als Schauspieler arbeiten«, sagte sie.

Erwischt, dachte sie. Die Sehnsucht in seinem Gesicht war unverkennbar. Als hätte man einem Mann, der gerade fastete, von dem neuen All-you-can-eat-Restaurant nebenan erzählt.

»Erzähl mir nicht, du hättest da nicht selbst schon dran gedacht«, sagte sie.

Und falls nicht, dann sicher jetzt. Die Amanda Porter, die in Tommy wie in einem offenen Buch lesen konnte, hatte ganze Kapitel vor Augen: Sie könnten eine preisgünstige Wohnung in Jersey mieten, in der Nähe seiner Mutter. Er könnte weiter zu Vorsprechen gehen. Er könnte einen Agenten beauftragen, Engagements für ihn zu suchen, anstatt selbst rumzutelefonieren. Er könnte Leute ausfindig machen, die sich an seine Rolle in *Cherokee Purples* erinnerten oder an einen seiner anderen Triumphe und bereit wären, ihm noch eine Chance zu geben.

Und besser noch, mit hunderttausend Dollar oder mehr auf der Bank könnte er versuchen, seinen lange gehegten, kühnsten Traum zu verwirklichen: ein oder zwei Jahre pausieren und selbst ein Musical schreiben – mit einem kleinen Mann in der Hauptrolle.

»Okay, lass uns einen Schritt nach dem anderen machen, ja?«, sagte er. »Findest du, ich soll die Sache in Betracht ziehen oder nicht? Ich hab bis Dienstag Zeit, aber ich kann ihn jederzeit anrufen und sagen: ›Danke, aber nein, sucht euch einen anderen.‹«

»Und auf hundert Riesen verzichten«, sagte Amanda.

»Richtig. Aber jetzt argumentierst du dafür *und* dagegen.«

»Ich argumentiere für keine Seite, Schatz. Ich bin nur … Für etwas ins Gefängnis zu gehen, das eventuell nichts bringt, klingt in meinen Ohren total irrsinnig. Aber einfach so auf all das Geld zu verzichten ist auch ziemlich daneben.«

Mehr sagte sie nicht. Sie blickten sich schweigend an, wie es Paare tun, die eine Entscheidung treffen müssen. Jeder versucht, für sich herauszufinden, wofür er plädieren soll, wobei eines klar war: Wie immer die Entscheidung ausfällt, am Ende müssen beide damit einverstanden sein.

Das Schweigen dauerte an.

Bis Tommy es schließlich brach. »Was hältst du davon, wenn wir eine Nacht darüber schlafen und gucken, wie wir morgen früh darüber denken? Wenn wir beide finden, ich sollte die Sache weiterverfolgen, rufe ich Danny an und sage, dass wir erst einmal den Vertrag sehen wollen. Das kann jedenfalls nicht schaden. Nichts passiert, bevor ich unterschrieben habe.«

»Okay«, sagte sie und atmete aus. »Das klingt vernünftig.«

»Gut«, sagte er. »Aber du wolltest mir auch noch etwas sagen.«

»Ja. Ich bin schwanger.«

5. KAPITEL

Einen unendlichen Moment lang blickte ich sie wie benommen an.

Drei Wörter, zwei kurze und ein längeres, und doch brachte ich sie nicht unter einen Hut. *Ich bin schwanger.* Schwan-ger. Das ist ... das hieß ... *Moment noch, ich weiß, ich kapier's gleich ...* Und dann? Wumm!

Als wäre eine Glücksgranate explodiert.

Ich umfasste mein Gesicht mit beiden Händen und platzte heraus:»Du bist schwanger?«

Und dann sprang ich auf, der Stuhl kippte nach hinten um, und meine Füße machten sich selbständig, hüpften mitten in der Küche auf und ab.»Wir sind schwanger!«, rief ich aus.»Wir sind schwanger! O mein Gott, wir sind schwanger.«

Das war eine so unglaubliche Neuigkeit, dass ich sie einfach mit jemandem teilen musste. Sofort. Mit irgendwem. Draußen auf der Straße lief gerade ein Mann vorbei. Ich rannte zum offenen Fenster und schrie:»Hallo! Wir sind schwanger!«

Er hielt den Daumen hoch.»Gut gemacht, Kumpel«, rief er herzlich lachend.

Dann rannte ich im Apartment umher und begann – völlig ohne jeden Bezug –, John Philip Sousas »Stars and Stripes Forever« zu singen, das sich nicht einmal reimte. Ich war die Blechbläser-Sequenz, das Tempo hielt ich durch Händeklatschen.

Beim zweiten Durchgang zog ich Amanda von ihrem Stuhl und legte mit ihr eine wilde Mischung aus Walzer und Square-dance hin. Tommy Jump tanzte, sang und schauspielerte, er war gleich dreifach aus dem Häuschen. Sie lachte – vielleicht wirkte ich auch leicht geistesgestört –, was mich dazu ermunterte, sie noch mehr umherzuwirbeln.

Dann stoppte ich abrupt.

Sie nahm zwar nicht die Pille, und vor einiger Zeit war einmal ihr Diaphragma verrutscht. Aber trotzdem …

»Halt«, sagte ich. »Bist du sicher?«

Amanda, die lange Erklärungen grundsätzlich scheute, führte mich in unser kleines Badezimmer, wo die drei Schwangerschaftstests lagen, die sie gemacht hatte.

Noch immer leicht benommen und schwindelig von der frenetischen Tanzeinlage, blickte ich auf den Beweis, dass unser Leben sich bald fundamental ändern würde. Er lag da in Form von drei kuligroßen, neben dem Waschbecken aufgereihten Teststäbchen. Auf einem war ein Plus zu sehen, auf einem ein dicker rosa Strich und auf dem dritten die eindeutigste Aussage: Ja.

Ja.

Ja!

Ich fühlte, wie meine Liebe zu Amanda sich verdoppelte und verdreifachte. Ich fühlte meine Liebe zu dem Baby, diesem Menschenkind, das ich noch nicht einmal kannte, das kaum mehr war als ein Klümpchen Zellen im Uterus meiner Verlobten, doch plötzlich alles war, was ich je im Leben wollte. Vergiss das Theater, vergiss, so zu tun, als wäre ich ein anderer.

Vater sein. Dem Kind ein Vater sein. Ein Vater, den weder Amanda noch ich je hatten. Also *das* war die größte Rolle meines Lebens.

Mein Herz schlug wie wild, aber gleichzeitig wurde es größer und schuf Raum für einen neuen Menschen in unserer Familie. *Unserer Familie.* Wir waren nicht mehr nur ein Paar. Wir waren etwas unendlich Bedeutenderes geworden, etwas so Großes wie die Liebe selbst.

Ich war gerade im Begriff, die Band wieder aufspielen zu lassen und Mr. Sousas Marsch erneut zum Besten zu geben, als Amanda sagte: »Wir müssen es nicht behalten.«

Fassungslos sah ich sie an, wie sie dastand, verletzlich und von Zweifeln geplagt. Ich hatte Amanda nie davon überzeugen können, sich selbst so zu sehen, wie ich sie sah: wunderschön, brillant und auf der Überholspur zu wahrer künstlerischer Größe. Irgendwie war sie noch immer das arme Mädchen aus Mississippi, die Tochter einer Frau, die anderer Leute Häuser putzte – als wäre das wichtig –, und die glaubte, dass alles Gute von heute ihr morgen wieder genommen werden konnte.

»Was meinst du damit, dass wir es nicht behalten müssen? Ich dachte, wir wollen Kinder?«

»Wollen wir ja auch. Aber das Timing ist ganz schlecht.«

Sanft umfasste ich ihre Schultern und sprach mit mehr Leidenschaft, als ich in zwanzig Jahren je auf der Bühne gezeigt hatte. »Das Timing ist immer schlecht. Es war schlecht, als wir uns kennenlernten, es war schlecht, als ich dir einen Heiratsantrag machte, und es war schlecht, als du ja gesagt und mich zum glücklichsten Mann auf der ganzen Welt gemacht hast. Aber weißt du, was nicht schlecht ist? Dass wir beide zusammen sind. Und noch viel weniger schlecht ist, dass du und ich ein Kind in diese Welt setzen. Es wird ein kleines Mädchen sein, und sie wird genauso aussehen wie du, wir werden sie lieben und halten und ihr alles beibringen, was wir wissen, und sie wird zu einer wunderbaren Frau heranwachsen, und wir werden zusammen alt werden und ihr dabei zusehen, und das wird das Wunderbarste, Beeindruckendste und Märchenhafteste sein, was wir je erlebt haben.«

Ich sah ihr direkt in die Augen, die so klar und blau waren, dass es mich manchmal noch immer erschreckte. Ich zog sie noch dichter an mich heran und fuhr fort.

»Und ich behaupte nicht, dass es einfach wird, zumal du mir

ja immer erklärst, dass etwas Einfaches nicht wertvoll sein kann. Aber du wirst eine tolle Mutter sein, und ich werde der beste Vater werden, der ich verdammt nochmal sein kann. Und du wirst malen, und ich werde tun, was immer nötig ist, und wir werden auf diese Zeit in diesem schäbigen Apartment in dieser schäbigen Stadt zurückblicken und irgendwann sagen, dass das verrutschte Diaphragma das Beste war, was uns jemals passiert ist.«

Dann herrschte Stille, in der jedes Geräusch, jede Bewegung und selbst das Atmen innezuhalten schienen.

Und drei Dinge passierten in relativ kurzer Abfolge.

Sie brach in Tränen aus.

Ich brach in Tränen aus.

Wir liebten uns.

Nie zuvor war unser Liebesspiel so intensiv, so bedeutsam gewesen wie dieses Mal. Es war, als wollten wir die Geschichte der Empfängnis unseres Kindes neu schreiben, dass es kein der Nachlässigkeit geschuldeter Unfall war, sondern ein bewusster Akt zweier hingebungsvoller Menschen, die sich nichts mehr wünschten, als neues Leben zu zeugen.

Als ich hinterher dalag und den spätsommerlichen Schatten zusah, die über den verkratzten Holzboden unseres winzigen Schlafzimmers wanderten, gewann ich eine neue Klarheit über meine Situation. Verschwunden waren alle existenziellen Fragen – warum bin ich hier, was bedeutet das alles –, mit denen sich Schauspieler und Menschen mit zu viel Zeit manchmal herumquälten. Transzendentalismus hatte keinen Platz in den Überlegungen eines Mannes, dessen Verlobte ihm gerade gesagt hatte, dass sie ein Kind erwartete.

Meine Gedanken und Prioritäten waren jetzt viel konkreter. Ich war nicht mehr der wichtigste Mensch in meinem eigenen Leben, nicht einmal der zweitwichtigste. Das Baby war wichtiger als alles, und dann kam gleich die Kindsmutter.

Sie zu versorgen und sicherzustellen, dass sie alles Nötige hatten, war der Grund dafür, dass ich auf diesem heißen, übervollen Planeten Raum für mich selbst beanspruchte.

Amanda konnte bescheiden darauf beharren, nicht reich sein zu müssen, und in gewissem Maße stimmte das auch. Ich kannte einige obszön wohlhabende Menschen im Theaterbusiness und wusste, dass vier Häuser zu besitzen nichts mit Selbstverwirklichung zu tun hatte. In gewisser Hinsicht bedeutete das einfach nur mehr Toiletten, für die man irgendwann einen Klempner holen musste.

Aber Tatsache blieb, dass dieses Kind – neben den lebensnotwendigen Dingen wie Nahrung und einem Dach über dem Kopf – Klavierunterricht brauchte. Ich könnte es einfach nicht ertragen, dass meine Tochter sich mit dem gleichen Handicap herumschlagen müsste wie ihr Vater, der in Musicals spielte und dabei nie etwas anderes tat, als simple Melodien zu schmettern.

Und mit einhundert oder zweihundert Riesen auf der Bank wäre Klavierunterricht wesentlich machbarer als ohne.

Ich wandte den Kopf Amanda zu, die sich an meine Seite geschmiegt hatte, das unbändige blonde Haar über meine Brust gebreitet, und sanft mit dem Finger über meinen Bizeps fuhr. Ich atmete tief ein und sagte das, woran ich jetzt fest glaubte:

»Ich muss die FBI-Sache machen.«

Sie hörte nicht auf, mich zu streicheln, und sagte nur: »Ich weiß.«

6. KAPITEL

Am nächsten Morgen trafen wir uns im selben Diner: Danny, Rick Gilmartin und ich.

Andere Kellnerin, gleiche Tischsets.

Die beiden Agenten trugen wieder die typischen Anzüge von Regierungsmitarbeitern, die sicher aus Läden stammten, wo das ganze Jahr über Sale-Plakate im Schaufenster hingen. Wir plauderten über dies und das, bis die Kellnerin unsere Bestellung aufgenommen hatte und ich es nicht mehr abwarten konnte, endlich zur Sache zu kommen.

»Also wie soll das denn konkret aussehen?«, fragte ich.

Danny sah Gilmartin an, der in seinen Aktenkoffer griff und etwa sechs getackerte DIN-A4-Blätter herauszog, die er mir über den Tisch zuschob.

»VEREINBARUNG zwischen Thomas Henry Jump (der ›Informant‹), wohnhaft in« – als nicht sesshafter Schauspieler musste ich mir überlegen, was ich hier eintragen sollte – »und dem Federal Bureau of Investigation (der ›Arbeitgeber‹) mit Sitz in 935 Pennsylvania Avenue NW, Washington, D. C. …«

Und so weiter. Ich nahm die Papiere in die Hand, überflog sie, ließ mir aber für den Teil mit der Bezahlung etwas mehr Zeit. »Fünfzigtausend US-Dollar« beim Eintritt ins Gefängnis und »fünfzigtausend US-Dollar« beim Verlassen. Das Geld war sogar steuerfrei »gemäß der Verfügung des Generalstaatsanwalts nach Absprache mit der Bundessteuerbehörde« – was immer das hieß. Plus weitere »hunderttausend US-Dollar«, wenn die Informationen, die ich lieferte, zu Anklageerhebungen führten.

Ich sah von den Papieren auf. Amanda und ich hatten vereinbart, dass ich ablehnte, wenn mir irgendetwas an der Vereinbarung nicht passte. Und das hier war so etwas.

»Ihr müsst Anklage erheben können, *bevor* ich den Bonus ausgezahlt bekomme?«, fragte ich.

»Richtig«, antwortete Danny.

»Und was ist, wenn ich euch den Ort der Hütte liefere und ihr die Dokumente bekommt, aber aus irgendeinem unvorhergesehenen Grund keine Anklage erheben könnt? Das scheint mir nicht fair.«

»Keine Sorge, die Anklageerhebung ist kein Problem«, sagte Danny. »Bei uns gilt der Spruch, dass man sogar ein Schinkensandwich vor Gericht stellen kann. Wenn wir erst einmal die Dokumente in der Hand haben, wird es zu so vielen Anklagen kommen, dass wir sie kaum managen können. Außerdem ist diese vage Formulierung meines Erachtens für dich von Vorteil. Angenommen, du findest nicht heraus, wo die Hütte ist, und wir kriegen die Dokumente nicht, aber Dupree sagt dir irgendetwas anderes, was wir benutzen können. Selbst wenn er nichts weiter macht, als seine Sekretärin zu belasten – was ganz sicher *nicht* das ist, was wir uns von dieser Operation erhoffen –, kriegst du trotzdem die hundert Riesen.«

»Okay, aber warum kann man dann nicht ›Verhaftungen‹ schreiben? Ich sollte meinen Bonus nicht dadurch verlieren, dass ein Staatsanwalt Mist baut.«

»Noch einmal: Das wäre nicht zu deinen Gunsten«, erwiderte er geduldig. »Es kommt nicht immer zu einer Verhaftung. Manchmal stellt sich der Verbrecher selber, und manchmal klagen wir einen an, aber erwischen ihn nie, so dass es keine Verhaftung gibt. Die jetzige Formulierung ist besser für dich, vertrau mir.«

Vertrau mir. Sofort klangen mir Amandas Worte im Ohr: *Würdest du ihm dein Leben anvertrauen?*

Ich widmete mich wieder der Vereinbarung, las Paragraph für Paragraph. Auf der letzten Seite prangten das FBI-Siegel und die Unterschrift von »Jeff Ayers, Federal Bureau of Investigation«.

»Wer ist Jeff Ayers?«, fragte ich.

»Der stellvertretende Direktor«, sagte Danny.

»Warum treffe ich die Vereinbarung nicht mit einem von euch?«

»Weil wir in der Hierarchie nicht weit genug oben sind«, erwiderte Gilmartin. »Vertrauliche Vereinbarungen mit Informanten in dieser Höhe müssen von einem stellvertretenden Direktor oder höher abgesegnet werden. Es ist gut möglich, dass Sie Jeff Ayers niemals begegnen.«

»Keine Sorge«, versicherte Danny. »Da verpasst du nicht viel.«

Gilmartin griff wieder in seinen Aktenkoffer.

»Wir haben auch noch diese beiden hier«, sagte er und zog zwei Dokumente hervor, die dünner als die Vereinbarung waren.

Auf dem ersten stand: »Verschwiegenheitsvereinbarung«. Der Inhalt war haarig, denn im Prinzip stand da, dass ich – wenn ich die Art meiner Arbeit fürs FBI verriet – alle vereinbarten Gelder verlieren würde und für jeglichen Schaden haftbar wäre, der aus meiner Achtlosigkeit resultierte.

Auf dem zweiten Dokument stand: »Entlastungs-Agreement«.

»Wozu ist das?«, fragte ich.

»Das ist wahrscheinlich das wichtigste Papier von allen, die wir unterschreiben«, sagte Danny. »Es ist deine ›Du kommst aus dem Gefängnis frei‹-Karte.«

»Das verstehe ich nicht. Wozu brauche ich ein Entlastungs-Agreement, wenn ich ja in Wirklichkeit nichts verbrochen habe?«

»Das sieht eine Zeitlang aber nicht so aus«, sagte Danny mit Betonung auf »nicht so aus«.

54

Ich kniff die Augen zusammen. Mein Mund fühlte sich plötzlich sehr trocken an.

»Für die Operation – oder genau genommen zur Absicherung – ist es äußerst wichtig, den Anschein zu wahren, dass Sie ein Verbrechen begangen haben«, erklärte Gilmartin. »Wenn jemand misstrauisch wird, müssen Sie sozusagen ›echt‹ wirken. Ihre Mitinsassen, einschließlich Dupree, sind in Kontakt mit ihren Anwälten, und diese Anwälte haben Zugriff auf Datenbanken wie Westlaw und LexisNexis, wo sie Fälle recherchieren können. Wir müssen eine überzeugende Datenspur kreieren.

Sie werden sich eines Verbrechens schuldig bekennen, wahrscheinlich Bankraub, weil das eine Straftat nach Bundesrecht ist, und dann ganz normal von einem Bundesrichter verurteilt werden. Außer dem Staatsanwalt, mit dem wir zusammenarbeiten, wird keiner Ihre wahre Geschichte kennen. Strafrechtlich betrachtet werden Sie also sechs Monate lang ein verurteilter Straftäter sein. Dieses Stück Papier hier besagt, dass Sie das Verbrechen, wegen dem Sie verurteilt wurden, in Wahrheit nicht begangen haben. Das ist Ihre Garantie dafür, dass wir Sie nach sechs Monaten rausholen können.«

Womit Amandas Frage beantwortet war, wie ich ins Gefängnis rein- und wieder rauskäme. Das FBI zog die Strippen, es waren nur dickere Strippen, als ich es mir vorgestellt hatte. Irgendwie wie Taue oder Ketten, ehrlich gesagt.

»Dann wird niemand im Morgantown wissen, dass ich nicht wirklich ein Verbrecher bin?«, fragte ich.

»Nicht einmal die Gefängniswärter«, bestätigte Danny. »In der Vergangenheit ist es vorgekommen, dass ein Gefängnismitarbeiter einem Kollegen davon erzählt hat, und auf einmal … Du hast sicher schon den Spruch ›Spitzel zu Schnitzel‹ gehört. Ganz so wörtlich würde es in einer Einrichtung mit niedriger Sicherheitsstufe sicher nicht umgesetzt, weil da niemand Ärger will. Aber glaub mir, selbst *dort* möchtest du keiner sein, der mit uns zusammenarbeitet. Wir haben einen Kontakt in der Bundesgefängnisverwaltung, aber er ist in Washington. Alle vor Ort bleiben aus strategischen Gründen im Dunkeln. Deshalb geben wir dir eine gebührenfreie Notrufnummer. Falls du schnell rausmusst, weißt du, wir halten dir den Rücken frei.«

»Solange Sie fürs FBI arbeiten, betrachten wir Sie als einen von uns«, erklärte Gilmartin. »Wir behandeln Sie, wie wir alle unsere Agenten behandeln. Wir lassen unsere Leute nicht im Stich.«

Ich nickte. Amanda hatte recht. Ich legte mein Leben wirklich in Danny Ruiz' Hände. Ich sah ihn an, wie er da in seinem FBI-Anzug saß, die FBI-Marke in der Tasche. Der Danny Danger von früher war ein ganzes Stück erwachsener geworden.

Das traf vermutlich auf uns beide zu.

»Okay, dann reden wir jetzt über den Zeitplan. Wenn ich allem zustimme, wie schnell können wir anfangen?«, fragte ich in dem Gedanken an Amandas Schwangerschaft. Ich war nicht gerade begeistert, die meiste Zeit abwesend zu sein, aber das große Ereignis am Ende würde ich ganz sicher nicht verpassen.

»Sofort«, sagte Gilmartin. »Sobald alle Papiere unterschrieben sind, bringen wir Sie nach West Virginia und stellen Sie dort dem Staatsanwalt vor, mit dem wir zusammenarbeiten. Er wird Sie einem Richter vorführen, Sie bekennen sich schuldig, und wir bitten um eine möglichst schnelle Verurteilung. Darüber haben wir aber keine Kontrolle, es hängt davon ab, wie voll der Terminkalender des Bundesrichters ist. Außerdem braucht der Richter vor der Festsetzung des Strafmaßes einen Bericht der Bewährungshilfe, was immer ein paar Wochen dauert. Insgesamt kann es sich also ein bis zwei Monate hinziehen.«

»Und wie schnell kann ich meine Strafe antreten, nachdem der Richter mein Strafmaß festgesetzt hat?«

»Das geht sofort«, sagte Danny. »Teil des Deals mit dem Staatsanwalt wird sein, dass du deine Strafe im Morgantown absitzt. Solche Ersuchen sind bei Deals aufgrund von Schuldeingeständnissen nicht ungewöhnlich. Das Morgantown ist in der Nähe, und wir haben uns bei der Gefängnisverwaltung vergewissert, dass zurzeit Betten frei sind. Du wirst am Tag deiner Verurteilung sofort überstellt.«

Was bedeutete, dass die Zeit anlief, wenn Amanda im zweiten Monat schwanger war. Ich wäre somit rechtzeitig wieder draußen, auch wenn das Baby ein bisschen früher käme.

»Sollte ich nicht einen Anwalt bitten, sich die Sachen mal anzusehen?«, fragte ich.

»Das würde ich Ihnen sogar empfehlen, aber Sie müssten es aus der eigenen Tasche bezahlen«, sagte Gilmartin. »Vermutlich finden Sie jemanden, der es für ein- oder zweitausend Dollar macht.«

So viel Geld hatte ich nicht – jedenfalls nicht im Moment.

»Und wann würde ich bezahlt werden?«

»Sobald die Papiere unterschrieben sind, fordern wir das Geld an«, erwiderte Gilmartin. »Heute klappt es nicht mehr wegen des Feiertags, aber in der Regel haben wir es innerhalb von vierundzwanzig Stunden. Sie würden es wahrscheinlich am Mittwoch haben.«

Also eine klassische Zwickmühle: Ich konnte mir erst einen Anwalt leisten, wenn ich die Vereinbarung schon unterzeichnet hatte.

Also musste ich mein eigener Anwalt sein. Als Schauspieler hatte ich zahlreiche Verträge unterschrieben, und der hier unterschied sich davon nicht so sehr, wie man denken sollte.

»Dann lese ich mir die Sachen jetzt noch mal in Ruhe durch, ist das okay?«, fragte ich.

»Nur wenn wir in der Zwischenzeit was essen können«, sagte Danny. »Ich verhungere.«

***

Alle drei schwiegen wir, während ich die Papiere genau durchlas und gleichzeitig meine beiden Pancakes verzehrte. Da ich sie jetzt nicht mehr bloß überflog, sah ich, dass sie ziemlich klar formuliert waren. Ich konnte das Gefängnis jederzeit verlassen, wobei ich alles Geld verlieren würde, das ich noch nicht erhalten hatte. Im Notfall müsste ich den mir zugeteilten Agenten kontaktieren, zudem unterhielt das FBI eine gebührenfreie Notrufnummer, die rund um die Uhr besetzt war. Nach sechs Monaten konnten die Parteien die Vereinbarung verlängern, bis die Arbeit beendet war, aber nur im gegenseitigen Einverständnis.

Ein Großteil des Textes drehte sich um die Möglichkeit, dass ich verletzt oder umgebracht wurde. Das FBI konnte nicht dafür zur Rechenschaft gezogen und weder von mir noch meinen Erben oder Rechtsnachfolgern belangt werden.

Ich hatte die Hauptvereinbarung fertig gelesen und wollte mich gerade dem Entlastungs-Agreement widmen, als Gilmartin sich entschuldigte, aufstand und in Richtung Toilette verschwand.

Sobald Gilmartin außer Hörweite war, beugte Danny sich vor und sagte: »He.«

Ich sah auf.

»Verlang mehr Geld«, flüsterte er.

»Wirklich?«, flüsterte ich zurück.

Auf den Gedanken wäre ich nie gekommen. Das erklärte vielleicht, warum ich Schauspieler und nicht Unternehmer geworden war.

»Unbedingt. Der Topf mit beschlagnahmten Vermögenswerten ist für meine Bosse wie Monopoly-Geld, wie gewonnen so zerronnen. Aber für dich ist das richtiges Geld, hab ich recht?«

»Ja, klar«, sagte ich.

Er fuhr leise und schnell fort: »Vor ein paar Monaten hat ein Schauspieler bei einer Operation in Houston hundertfünfzig gekriegt plus hundertfünfzig Bonus für die Anklageerhebungen. Und die Zielpersonen waren lange nicht so weit oben in der

Hierarchie wie hier. Wenn Rick zurückkommt, sag ihm, du willst doppelt so viel. Das wird er ablehnen, weil er für so eine Erhöhung die Genehmigung von oben braucht. Aber bleib standfest. Schlimmstenfalls sagt unser Boss nein.«

»Okay«, sagte ich, und dann: »Danke.«

»Ich kümmere mich nur ein bisschen um dich, Slugbomb. Aber jetzt tu mir den Gefallen und fall nicht gleich mit der Tür ins Haus, wenn er zurückkommt. Dann weiß er gleich, dass die Idee von mir stammt.«

»Verstanden.«

Ich las weiter im Agreement. Gilmartin kam zurück, was ich aber nur mit einem Kopfnicken registrierte. Erst als ich das Entlastungs-Agreement und die Verschwiegenheitsvereinbarung ganz durch hatte, schlüpfte ich in meine neue Rolle.

Ich war nicht länger Tommy, der unkomplizierte Schauspieler, ich war Mr. Jump, der knallharte Verhandler. Ich packte die Papiere zusammen, ordnete sie und legte den Stapel vor mich auf den Tisch.

Dann blickte ich Gilmartin unverwandt an.

»Das sieht alles gut aus, bis auf einen Punkt«, sagte ich.

»Und der wäre?«

»Das Geld«, sagte ich. »Es ist nicht genug für das Risiko, das ich eingehe, wenn ich mich für euch ins Gefängnis stecken lasse. Ich will einhundert, wenn ich reingehe, und einhundert, wenn ich rauskomme nach sechs Monaten, und zweihundert, wenn ihr Anklage erheben könnt.«

Ich warf Danny einen kurzen Blick zu, der ungerührt wirkte, dann wandte ich mich wieder an Gilmartin, der, seit wir uns kannten, zum ersten Mal richtig schäumte.

»Sie wollen *doppelt* so viel Geld?«, sagte er. »Das ist ja abenteuerlich!«

»Es ist wirklich eine Menge, Tommy«, tat Danny, als wäre er auf Gilmartins Seite.

»Finde ich gar nicht«, sagte ich. »Wenn ich ein Papier unterschreiben soll, in dem steht, dass das FBI für meinen Tod oder
meine Verstümmelung nicht verantwortlich gemacht werden
kann, will ich auch entsprechend bezahlt werden.«

Gilmartin verschränkte die Arme und sah mich finster an.

»Also … den Betrag kann ich nicht autorisieren«, sagte er.

»Dann reden Sie mit jemandem, der es kann«, erwiderte ich.

Gilmartins Blick verfinsterte sich. »An einem langen Wochenende belästige ich den zuständigen Sonderermittler ausgesprochen ungern. Kann ich ihm wenigstens sagen, dass Sie im Boot
sind, wenn er das Geld genehmigt?«

»Warten wir doch erst mal ab, wie das Gespräch so läuft«,
sagte ich.

Gilmartins finsterer Blick dominierte inzwischen sein ganzes
Gesicht. »Also gut«, sagte er, »ich rufe ihn an. Warten Sie.«

Er glitt von der Sitzbank und ging hinaus. Er war keine Sekunde außer Sichtweite, da zwinkerte Danny mir zu. Dann be-
obachteten wir Gilmartin, der nahe des Chevy Caprice auf und
ab ging und sichtlich erregt telefonierte.

Das Gespräch dauerte zwei oder drei Minuten. Gegen Ende
schien Gilmartin mehr zuzuhören als selbst zu reden. Dann kam
er zurück in den Diner, gelassener als zuvor.

»Unser Sonderermittler meint, er kann nicht doppelt so viel
zahlen. Wenn das rauskommt, kriegt er Ärger mit einigen anderen laufenden Operationen«, sagte Gilmartin. »Aber er ist bereit,
Ihnen auf halbem Weg entgegenzukommen. Fünfundsiebzig und
fünfundsiebzig plus hundertfünfzig für Anklagen. *Allerdings* soll
ich Ihnen mitteilen, dass das sein absolut höchstes Angebot ist
und es heute Mittag um zwölf Uhr abläuft. Entweder sind Sie
dabei, oder wir sollen weitersuchen. Das heißt: Akzeptieren, oder
Sie sind draußen. Wofür entscheiden Sie sich? Sind Sie dabei
oder nicht?«

Ich sah aus dem Fenster hinaus zu dem Hügel, wo meine

schwangere Verlobte unser spärliches Hab und Gut gerade in Kisten packte.

Zwölf Uhr mittags – wie im Spaghetti-Western. Was hieß, dass keine Zeit blieb, einen Anwalt zu konsultieren, was ich aber sowieso nicht vorhatte. Ich musste die Entscheidung hier und jetzt selbst treffen.

Wenn ich nein sagte, wüsste ich nicht, was wir als Nächstes tun sollten. Ich müsste hoffen, dass das Engagement in Arkansas klappte. Amanda müsste hoffen, ein oder zwei Bilder zu verkaufen. Wir würden gerade so über die Runden kommen.

Wenn ich ja sagte, würde ich sechs Monate opfern und dafür die nächsten Jahre unsere Familie ernähren können.

»Okay«, sagte ich. »Ich bin dabei.«

7. KAPITEL

Natalie Dupree hatte nicht viel Zeit, sich Rachephantasien hinzugeben.

Sie war Mutter von zwei Kindern, die regelmäßig essen wollten, die chauffiert und ans Saxophonüben erinnert werden mussten, die Aufmerksamkeit und Liebe brauchten und Hilfe bei den Hausaufgaben. Das alles und noch viel mehr tat sie gern und mit Hingabe – und jetzt auch allein, da ihr Mann im Gefängnis saß.

Ihre Eltern? Die liebte sie, aber auch sie stellten eine enorme Herausforderung dar: Ihr Vater war dement *und* hatte Krebs. Die Krankheiten lieferten sich den langsamsten Wettstreit aller Zeiten, um zu entscheiden, welche ihn letztlich umbringen würde. Vor kurzem hatte die Makuladegeneration ihrer Mutter zu zwei kleineren Blechschäden geführt, was den Verlust ihres Führerscheins zur Folge hatte und damit noch mehr logistische Probleme. Natalie hatte gehört, dass man diese Phase im Leben »Sandwich-Jahre« nannte, weil man sowohl für die Kinder als auch die alten Eltern sorgen musste. Doch selbst dieser Ausdruck beschrieb ihre Situation nicht annähernd.

Als wäre das nicht genug, war sie das Oberhaupt in einem Haushalt, in dem Wollmäuse in Heerscharen anrückten, schmutzige Wäsche zu Bergen anwuchs und ständig irgendein Wasserhahn tropfte. Unordnung, Chaos und Verfall wurden immer schlimmer.

Obendrein arbeitete sie Teilzeit als Verkäuferin bei Fancy

Pants, einer Boutique, in der Frauen überteuerte Kleidung kauften, und zwar aus dem schlichten Grund, weil sie überteuert war.

Natalie hatte große Mühe, ihre Abneigung gegen bestimmte Kundinnen zu verbergen – Frauen, die sich aufführten, als wäre die Suche nach einer neuen Haushälterin die denkbar größte Unannehmlichkeit des Lebens. Aber als sie sich einen Job suchen musste, war Fancy Pants der einzige Arbeitgeber gewesen, der flexible Arbeitszeiten anbot und nicht über die vierzehnjährige Lücke in ihrem Lebenslauf stolperte, die das Aufziehen der Kinder gerissen hatte.

Natalie hatte gelesen, dass eine Inhaftierung nicht nur den Häftling bestrafte, sondern auch dessen Familie. Und das war nicht alles: Man hatte sie nicht nur der Mithilfe ihres Mannes beraubt – finanziell, emotional und körperlich –, jetzt war noch eine weitere Person – ihr Mann – auf sie angewiesen.

Für das, was sie gerade machte, hatte sie eigentlich überhaupt keine Zeit.

Trotzdem war sie zurück in Buckhead, dem noblen Viertel in Atlanta, wo sie gewohnt hatten, bevor Mitchs Anwaltskosten und die drohende Zahlungsunfähigkeit sie zum Umzug zwangen. Sie parkte vor einem der Häuser, die sie sich längst nicht mehr leisten konnten.

Es war ein neoklassizistisches Ungetüm mit weißen Säulen, drei Garagen und zwei protzigen Steinlöwen, die den Eingang bewachten.

Natalie hasste diese Löwen.

Beinahe so sehr wie den Mann, der dort wohnte: Thad Reiner.

Heute, an Labor Day, konnte es gut sein, dass Reiner gar nicht zu Hause war, sondern auf Tybee Island, wo er sich mit all den anderen reichen Familien mit Zweithäusern fröhlich vergnügte.

Dennoch hatte sie wie immer Vorsichtsmaßnahmen getroffen, trug eine dunkle Sonnenbrille und fuhr einen gebrauchten Kia, den niemand in diesem Viertel aus der Zeit kannte, als sie selbst noch hier gewohnt hatte. Auch ihre Haare waren anders: Da sie es sich nicht mehr leisten konnte, alle zwei Wochen beim Friseur Strähnchen machen zu lassen, färbte sie sie mit einem Mittel aus der Drogerie einfach nur blond.

Trotzdem war es absurd. Alles. Es war absurd, dass eine Hausfrau aus der Vorstadt ein Haus observierte und davon träumte, dem Mann, der darin wohnte, gegenüberzutreten. Es war absurd, dass sie dachte, ihn zu verletzen würde ihr irgendwie ihren alltäglichen Kampf gegen die zunehmende Erschöpfung, der ihr Leben bestimmte, erleichtern.

Einerseits.

Andererseits stelle man sich vor, es gäbe einen Mann, der einem fast alles genommen hatte: den Ehemann – den Vater der eigenen Kinder, den besten Freund und Liebhaber –, so dass man nachts im leeren Bett lag; dazu einen Großteil des Geldes und damit die Hoffnung, jemals finanzielle Sicherheit zu erlangen; stattdessen lebte man in Angst, dass die Zylinderkopfdichtung des Wagens durchbrennen könnte. Er hätte einem ein Leben mit Yogaklassen, regelmäßigen Friseurbesuchen und ehrenamtlicher Tätigkeit genommen und dafür Fancy Pants und schmerzende Füße beschert. Er hätte einem die Würde, das Ansehen in der Gemeinde und viele der Menschen genommen, die man einst für Freunde hielt. Er hätte einen zur Ausgestoßenen gemacht, umgeben von Leuten, die einen entweder bemitleideten oder behandelten, als wäre man radioaktiv verseucht.

Man stelle sich vor, er hätte all das getan und nicht eine Sekunde deswegen gelitten. Er wäre ungestraft davongekommen und würde sein angenehmes Leben weiterleben, in seinem großen Haus mit den lächerlichen Löwen und nie endender Überheblichkeit, während die eigene Familie und man selbst in Schande lebte, schamerfüllt und verarmt.

Natalie Dupree musste sich das nicht vorstellen.

Thad Reiner hatte ihr all das angetan.

Deshalb fuhr sie immer wieder hierher, parkte vor diesem Haus und stellte sich vor, wie sie ihm endlich die Rechnung präsentierte, die er eindeutig verdiente.

8. KAPITEL

Zwei FBI-Agenten halfen beim Kistenschleppen, so dass Amanda und ich nur eine knappe Stunde brauchten, um unser Hab und Gut aus dem Apartment zu räumen und alles in unserem Ford Explorer zu verstauen.

Wären wir nur zu zweit gewesen, hätte es vermutlich nicht viel länger gedauert. Wir hatten das schon so oft praktiziert und wussten genau, was wo hinpasste, bis hin zu den auf der Rückbank angeschnallten Pflanzen.

Als wir dann fertig waren, hatte ich das Gefühl, eine Ära ginge zu Ende. Schon bald würde unser Besitz nicht mehr in einen SUV passen, denn was für ein Paar noch angehen mochte, ging für eine Familie nicht mehr. Mein Wissen über Babys passte in einen Fingerhut, aber ich hatte gehört, sie würden nicht ohne eine Menge sperrige Accessoires auskommen.

Der letzte Akt in unserem alten Apartment war also der offizielle erste Akt eines neuen Kapitels. Rick Gilmartin reichte mir die drei Dokumente, die ich unterschreiben musste, einschließlich der aktualisierten Vereinbarung, in der an den entsprechenden Stellen nun fünfundsiebzig- und hundertfünfzigtausend Dollar standen.

Auch Amanda las sie noch einmal durch, dann unterschrieb ich sie auf der Küchenablage.

Kurz darauf machten wir uns auf den Weg nach Süden. Ich fuhr. Amanda war nervös, aber guter Laune und bemühte sich nach Kräften, ihren angeborenen Pessimismus niederzuhalten, damit mein Optimismus sich austoben konnte. Das war jetzt unser neues Abenteuer.

Danny und Rick folgten uns auf die Schnellstraße Richtung New York. Wir durften das Tempo bestimmen, sie warnten mich allerdings, nicht zu schnell zu fahren: FBI-Agenten war es nur in Notfällen erlaubt, Geschwindigkeitsbegrenzungen zu ignorieren.

Da meine Mutter uns am Nachmittag erwartete, verkündete ich ihr telefonisch, dass wir unterwegs seien. Und dass wir nicht allein kämen, sie sich also von ihrer besten Seite zeigen solle. Ich wollte verhindern, dass sie Danny oder Rick ihrer Barb-Jump-Inquisition unterzog, einem Verhör, das zwar nur halb so lang dauerte wie die spanische Version, aber doppelt so unangenehm war.

Wir hatten vor, in Jersey zu übernachten und den Großteil unserer Sachen in ihrem Keller einzulagern. Am nächsten Morgen würden wir dann weiter nach West Virginia fahren.

Da ich die Papiere unterschrieben hatte, wurde die ganze Reise – Benzin, Essen, Hotels und alles Übrige – von Danny und Rick bar bezahlt, mit freundlicher Genehmigung aus dem Topf mit beschlagnahmten Vermögenswerten. Wir mussten nur daran denken, uns für alles Quittungen geben zu lassen, um die FBI-Buchhalter bei Laune zu halten.

Wir hatten schon einmal vollgetankt und Sandwiches gekauft, wobei die Vorstellung, dass mein Roastbeef von Drogengeldern finanziert wurde, durchaus seltsam anmutete. Aber sicher immer noch besser als das, wofür sie ausgegeben worden wären, hätte das FBI sie nicht einkassiert.

Während der Fahrt machte Amanda mehrere Anrufe, um eine Frauenärztin zu finden und gleichzeitig sicherzustellen, dass meine Versicherung bei der Schauspieler-Gewerkschaft, durch die sie als Lebensgefährtin mitversichert war, nicht erlosch, während ich kein Engagement hatte.

Dann unterhielten wir uns eine Weile und waren uns einig,

dass es noch zu früh sei, anderen von der Schwangerschaft zu erzählen. Was meine Mutter mit einschloss. Besonders meine Mutter. Einer ihrer Spitznamen war BBC, denn wenn man wissen wollte, was in Hackensack gerade vor sich ging, musste man nur die amerikanische Variante des britischen Radiosenders BBC hören: die Barb Broadcasting Corporation. Je größer die Neuigkeit, desto weiter die Verbreitung.

Am späten Nachmittag überquerten wir die Grenze zu Jersey und fuhren weiter auf der Interstate 80 Richtung Hackensack. Es herrschte kaum Verkehr. Alle waren entweder »unten am Strand«, wie sie in New Jersey sagten, oder beim Grillen.

Ich fuhr langsamer, als wir in unser Viertel kamen, einem Netz kleiner, dicht zusammenstehender Häuser etwas südlich der Route 4.

Meine Mutter – ihr voller Name war Barbara, aber alle nannten sie Barb oder, in der Schule, Ms. Jump – war hierhergezogen, als ich noch ein kleiner Junge war. Ich konnte mich nicht erinnern, jemals woanders oder mit jemand anderem zusammengelebt zu haben. Mein Vater, mit dem sie nicht verheiratet gewesen war, verließ uns vor meinem ersten Geburtstag. Die Gründe hatte sie mir nie verraten. Ich habe mich in keiner Weise benachteiligt gefühlt, weil er nicht da war. Nur was man kannte, konnte einem fehlen.

Vor meiner Geburt hatte Mom sich als Stand-up-Comedian versucht. Sie kellnerte tagsüber, um sich die Abende für Auftritte freizuhalten. Aus eigener Erfahrung wusste ich jetzt, wie brutal so ein Job war – und doppelt brutal für eine Frau. Ich konnte mir kaum vorstellen, wie es in den achtziger und frühen neunziger Jahren für sie gewesen sein musste, als Sexismus noch schlimmer war als heute und noch weniger Frauen versuchten, dagegen anzugehen. Als ihre Schwangerschaft mit mir nicht mehr zu übersehen war, weigerten sich mehrere Club-Besitzer, sie zu engagieren – zumal sie keinen Ehering trug.

Die Leute sollen über Sie lachen, nicht Sie bedauern, hatte ihr einer erklärt.

Als ich dann geboren wurde, war damit Schluss. Sie hatte nie ausdrücklich gesagt, mich ihrer Stand-up-Karriere vorgezogen zu haben. Erst als Teenager, als ich selbst schon auf der Bühne Karriere machte, dämmerte mir, dass auch meine Mutter einst – und immer noch – ein Mensch mit großem Elan und Sehnsüchten war, die über den Wunsch, einen Sohn großzuziehen, hinausgingen. Aber während ihre Bemühungen, eine erfolgreiche Comedian zu werden, mit meiner Geburt endeten, blieb ihre Liebe für die Bühne bestehen. Als ich mit vier oder fünf Jahren eine ausgeprägte Neigung fürs Schauspielern an den Tag legte, ermunterte sie mich nicht nur dazu, sondern meldete mich auch beim Kindertheater am Ort an. Sie förderte mich, so gut sie konnte, wobei ihre Erfahrung als Comedian sie zur toughsten Mutter eines Bühnenzöglings im ganzen Viertel machte. Wehe dem Intendanten, wenn er uns irgendeinen Mist erzählte!

Ihre eigenen Sehnsüchte vergrub Mom tief im Inneren und dachte nur noch selten an ihre früheren Ziele. Aber an eine Begebenheit erinnerte ich mich. Damals war ich sechzehn und auf dem Gipfel meines Broadway-Erfolgs. Ben Brantley hatte in der *Times* gerade eine überschwängliche Kritik über meine Darstellung in *Cherokee Purples* geschrieben. Wir alle träumten davon, dass die Show ein Hit werden würde, und waren nach der Premiere abends auf einer Party. Mom hatte zu viel Wein getrunken, was sie normalerweise nie tat, was aber ihre Zunge lockerte. Und da gestand sie, einst von einer One-Woman-Show am Broadway geträumt zu haben, von einem Schild mit der Aufschrift »In der Hauptrolle: Barb Jump« auf einem Vordach in der 42nd Street.

»Ich habe es nie geschafft«, sagte sie mit Tränen in den Augen. »Dafür aber jetzt mein Sohn.«

Wenn ich also meine Musical-Karriere aufgab, wäre das Schlimmste daran das Gefühl, uns beide enttäuscht zu haben.

Es soll jedoch keinesfalls der Eindruck entstehen, meine Mutter sei eine Art tragische Figur, die nur in der wehmütigen Erinnerung an ihre Vergangenheit lebt. Sie ist seit fünfundzwanzig Jahren Sekretärin der Highschool von Hackensack, und auch wenn es seltsam klingt, ist sie durchaus eine Berühmtheit – und als Schulsekretärin gewissermaßen legendärer, als sie es als herumkrebsende Comedian jemals geworden wäre. *Jeder* in Hackensack kennt Ms. Jump, die zwar nur einen Meter fünfzig groß ist, dafür aber eine übergroße Rolle spielt.

Als Leiterin des Schulsekretariats begreift sie sich eher als Conférencieuse denn als Sekretärin. Die Barb-Jump-Show an der Hackensack Highschool gehört zu den langlebigsten Stücken in der amerikanischen Theaterlandschaft, und niemand – nicht die Schüler, nicht die Eltern und nicht einmal der Direktor – nervt sie, ohne dafür wie ein Zwischenrufer im Comedy-Club *Carolines on Broadway* behandelt zu werden.

Außerdem ist sie berüchtigt für ihre Ungeduld, weshalb sie bei unserer Ankunft auch schon in der kurzen Einfahrt zu ihrem gepflegten Drei-Zimmer-Nachkriegshäuschen wartete.

Als ich sie da stehen sah, war ich von ihrem Anblick zwar nicht gerade geschockt, aber doch etwas überrascht, dass meine ewig junge Mutter tatsächlich langsam älter wurde. In ein paar Wochen würde sie dreiundfünfzig. Ihr dunkelbraunes Haar war von grauen Strähnen durchzogen, die sich weigerten, wie die anderen brav am Kopf anzuliegen. Die Krähenfüße um ihre sanften braunen Augen hatten sich ausgebreitet, und die Haut an ihrem Hals war nicht mehr so straff.

»Meine Babys!«, rief sie, als wir aus dem Wagen stiegen, und bestürmte Amanda mit einer überschwänglichen Umarmung.

Das war nicht immer so gewesen. Am Anfang konnte Mom Amanda schlichtweg nicht leiden. Ich glaube, ein Jersey-Girl konnte mit einer Frau aus Mississippi einfach nichts anfangen – als hätte Amanda vor, in ihrem Vorgarten ein Kreuz zu verbrennen, weil Mom Jüdin war. Schon früh kam mir der Verdacht, meine Mutter wäre hocherfreut, wenn wir auseinandergingen und ich mich in ein Mädchen aus Hackensack verliebte, mit dem sie quasi zwangsläufig mehr anfangen könnte.

Inzwischen war sie aber mit Amanda warm geworden und schwärmte jetzt immer von ihren Haaren, ihrer Kleidung und so weiter. Mom konnte unglaublich gut turteln.

Als sie Amanda lange genug gedrückt hatte, zog sie mich an sich und schlang ihre kurzen Arme so weit wie möglich um mich herum. Egal, wie alt man ist, eine Umarmung von der Mutter tut immer gut.

»Mein Gott, Tommy, du fühlst dich ja an wie ein Stück Hartholz«, sagte sie und bohrte den Finger in meine Schulter. »Dein Glück, dass ich keine Nadel dabeihabe, sonst würde ich dich piksen, und all deine Muskeln würden platzen.«

»Hi, Mom«, sagte ich.

Der Chevy Caprice hatte am Bordstein geparkt. Danny war schon ausgestiegen und stand auf dem Gehweg herum. Mom ließ mich los.

»Danny Ruiz!«, rief sie. »Bist du jetzt wirklich beim FBI? Weiß das FBI, dass du immer versucht hast, Süßigkeiten aus dem Glas im Schulbüro zu stehlen? Haben die das bei deiner Überprüfung etwa übersehen? Denn wenn mich jemand fragt, muss ich einen dunklen Schatten auf deine Vergangenheit werfen.«

»Hallo, Ms. Jump«, sagte er. »Schön, Sie wiederzusehen.«

Er stand mit leicht hängenden Schultern da, die Hände in den Taschen. Nur meine Mutter schaffte es, einen FBI-Agenten im Nu in einen Zehntklässler zu verwandeln, der kleinlaut zugegeben hatte, seinen Spindschlüssel verloren zu haben.

»Da schau her, Danny im Anzug. Du siehst aus, als kämst du aus einer Pinguin-Fabrik«, sagte sie. »Aber keine Sorge. Wenn du zum Abendessen bleibst, finde ich bestimmt noch ein paar Sardinen für dich.«

Dann wandte sie sich Gilmartin zu, spürte sofort seine Humorlosigkeit und hielt ihm die rechte Hand hin.

»Hallo, Barb Jump«, sagte sie forsch.

»Rick Gilmartin«, sagte er.

»Ich freue mich, Sie kennenzulernen.«

»Danke, ebenfalls.«

»Und *bleibt* ihr zum Abendessen?«, fragte meine Mutter Danny. »Wenn du lieber keine Sardinen willst, hab ich auch Kartoffelsalat und Burger. Ich würde mich freuen, wenn ihr mitesst.«

Ich hielt kurz die Luft an. Auch wenn meine Mutter hier draußen in der Einfahrt ihrem Drang widerstand, Danny und Rick mit siebenundfünfzigtausend Fragen zu bombardieren, bezweifelte ich, dass sie das während des ganzen Dinners durchhielt.

Aber Danny rettete uns alle. »Das ist sehr freundlich, Ms. Jump«, sagte er. »Aber wir wollen nur Tommy und Amanda helfen, ihre Sachen unterzubringen, und dann müssen wir weiter.«

»Sicher?«

»Ja, Ma'am.«

Gilmartin stand bereits am Explorer, offensichtlich um möglichst weit weg von meiner Mutter sein.

***

Mom hatte im Keller schon eine Ecke für unsere Sachen frei geräumt. Als alles verstaut war, verkündeten die beiden Agenten, dass sie abfahren und morgen um neun Uhr zurückkommen würden, wenn es weiter in Richtung West Virginia ging.

Dann war ich im Nu im Garten hinterm Haus, einem Fleckchen Land, kaum breiter als das Haus und vielleicht sechs Meter lang.

Ein Teil davon wurde als Veranda genutzt, auf der seit einem Vierteljahrhundert Gartenmöbel aus Metall und Plastik von Kmart standen. Mom hatte den verblichenen Sonnenschirm schon aufgespannt, und Amanda war im Haus, um zu duschen. Wir waren also allein.

So wie Mom sich in meiner Nähe herumtrieb, war klar, dass sie schnellstens wissen wollte, was vor sich ging. Ich mühte mich mit der Holzkohle ab – Mom lagerte sie aus unerklärlichen Gründen bei den Gartengeräten in der kleinen Hütte, die nachweislich nicht wasserdicht war –, was mir einen Grund gab, ihr auszuweichen.

Aber sie sah sich das nicht lange an, was nicht an der Holzkohle lag.

»Tommy, hör auf, mit dem Feuer rumzumachen, und rede mit mir. Ich bin deine Mutter. Setz dich.«

Ich setzte mich. In der Regel schaffte es Barb Jump, jede Verschwiegenheitsvereinbarung zu einem wertlosen Stück Papier zu machen. Und das hier konnte ich ihr jetzt unmöglich verschweigen. Nachdem ich sie also zur Verschwiegenheit verpflichtet hatte, erzählte ich ihr von meiner Zusammenarbeit mit dem FBI.

Als ich fertig war, gab sie sich keine Mühe, ihre Gefühle zu verstecken. Sie sagte: »Okay, *warum* machst du das?«

»Das ist eine Menge Geld, Mom.«

»Ich weiß, aber es gefällt mir nicht. Es hat was von dem Musical *Damn Yankees* – du bist Joe Hardy und schließt einen Pakt mit dem Teufel.«

»Nicht mit dem Teufel, mit Danny Ruiz.«

»Du weißt, was ich meine. Seit wann machen wir in unserer Familie etwas nur wegen Geld?«

»Seit ich siebenundzwanzig Jahre alt bin. Es ist Zeit, dass ich erwachsen werde und mich der Wirklichkeit stelle. Als Schauspieler bin ich nicht erfolgreich genug, und der Job hilft mir über eine lange Zeit hinweg, etwas Neues zu finden, was immer das sein wird.«

»Du bist erfolgreich genug. Seit Mr. Martelowitz' Tod ist es einfach nicht so gut gelaufen, mehr nicht. Du bist zu talentiert, um einfach aufzuhören.«

»Es ist schon *vor* Mr. Martelowitz' Tod nicht gut gelaufen. Er hat das nur geschickt kaschiert. Darüber haben wir schon gesprochen, Mom.«

»Ja, ich weiß. Aber ich dachte … Ich dachte, du wirst vernünftig und dass diese Sommer-Sache endet und du dich wieder auf den Broadway konzentrierst oder dass sich etwas anderes ergibt und … Ich weiß es nicht. Ich finde einfach, du solltest nicht aufgeben, mehr nicht. Du warst kurz davor, einen Tony zu kriegen, Herrgott nochmal.«

»Mom, ich war nur nominiert.«

»Ja, aber du hättest ihn gewinnen müssen. Der Typ von *Billy Elliot* war nicht annähernd so gut wie du.«

»Selbst wenn ich ihn gewonnen hätte, hätte es nichts genutzt. Weißt du überhaupt, wie viele Tony-Gewinner arbeitslos sind?«

»Ja, weiß ich«, sagte sie und schmollte kurz. »Aber kannst du dir … kannst du dir nicht noch ein Jahr geben? Nur ein Jahr. Sozusagen ein Geschenk an dich selbst. Oder an mich. Du könntest hier wohnen und für Auditions mit dem Bus in die Stadt fahren. Kannst du das für deine Mutter tun?«

»Mom, nein. Ich danke dir für das Angebot, aber es ist vorbei. Der FBI-Job bringt mir eine Menge Geld ein, und ich werde ihn machen.«

Sie lehnte sich zurück und sah mich prüfend an, ihren Sohn, der auch nicht mehr der Jüngste war.

»Steckt Amanda dahinter? Ist da irgendwas zwischen euch?«

»Nein«, sagte ich.

»Hoffst du, dass sie dich endlich heiratet, wenn du so viel Geld nach Hause bringst? Ist es das?«

Fast hätte ich nein gesagt. Aber ich wollte meine Mutter nicht anlügen und sagte: »Ja, okay, der Gedanke ist mir gekommen.«

74

Und dann, als könnte sie den Braten riechen, sagte sie treffsicher: »Sie ist schwanger.«

Woraufhin mir meine Gesichtszüge entglitten. Mehr Bestätigung brauchte meine Mutter nicht.

»Ach du meine Güte! Sie ist schwanger! O Tommy, Schätzchen«, sagte sie, schlug beide Hände vor den Mund und atmete tief ein.

Ich hatte noch immer nichts gesagt.

»Ich hab's gewusst«, fuhr meine Mutter fort. »In dem Moment, als sie aus dem Auto gestiegen ist. Ihr Hintern ist größer.«

»Mom, hör auf«, sagte ich. »Das kann nicht sein, sie hat's gerade erst herausgefunden.«

»Das ist egal. Es ist der Vierteljahrs-Hintern nach der Zeugung. Alle kriegen den. Selbst deine Bohnenstange von Mutter hatte ihn. Eben noch ein dürres kleines Mädchen, und im nächsten Moment sah ich aus wie Kim Kardashian.«

Meine Damen und Herren, die Barb-Jump-Show.

»Du darfst es niemandem verraten«, sagte ich.

»Okay.«

»Das ist mein Ernst. Keine BBC-Nachrichten.«

»Okay, okay«, sagte sie und seufzte demonstrativ. »Aber dir ist schon klar, dass genau das der Grund ist, warum du den Job *nicht* machen solltest … ich meine diese Gefängnis-Sache. Amanda ist jung und schwanger und unverheiratet und verängstigt. Glaub mir, ich weiß, wovon ich rede. Sie braucht *dich*, Tommy, und nicht einen Haufen Geld.«

»Und in sechs Monaten hat sie mich wieder.«

Sie ergriff meine Hand. »Tommy, kannst du bitte noch einmal darüber nachdenken? Wenn schon nicht wegen dir oder Amanda, dann wegen mir? Gefängnisse sind gefährlich, da sitzt niemand wegen mustergültigem Verhalten drin. Du bist mein süßer, sanfter, liebevoller Junge, und mir ist egal, wie viele Muskeln du jetzt hast. An so einen Ort gehörst du einfach nicht.«

»Es wird schon nichts passieren, Mom«, sagte ich.

Weil sich ihre Augen gerade mit Tränen füllten und ich mich nicht auch noch mit ihren Gefühlen auseinandersetzen wollte, entzog ich ihr meine Hand und stand auf.

»Die Kohlen sind jetzt sicher heiß genug«, sagte ich. »Ich grille die Burger.«

9. KAPITEL

Amanda trat aus der Dusche, trocknete sich ab und wickelte das Handtuch um den Kopf. Dann betrachtete sie sich eine Weile im Spiegel, suchte nach einer äußeren Bestätigung dessen, was in ihr gerade vor sich ging. Leuchtete ihre Haut schon? Waren ihre Brüste schon angeschwollen, ihre Hüften schon breiter?

Es kam ihr vor wie eine Neuauflage des Wartens auf die Pubertät. Und wie beim ersten Mal, als sie ihren neun Jahre alten Körper besorgt nach Veränderungen absuchte, war auch jetzt noch nichts passiert.

Sie trommelte kurz auf ihren noch immer flachen Bauch, dann trat sie vom Bad in das angeschlossene Zimmer, Tommys ehemaliges Kinderzimmer. Inzwischen hatte seine Mutter es in ein Tommy-Museum verwandelt, in dem gerahmte Titelseiten von Programmheften sowie Fotos ihres heranwachsenden einzigen Kindes die Wände bedeckten: Tommy als Zehnjähriger in einer lokalen Produktion von *Oliver!*; Tommy auf den Barrikaden in *Les Misérables*; Tommy links auf der Bühne mit dem ganzen Ensemble von *Wicked*; Tommy neben Michael Crawford bei einer Wohltätigkeitsveranstaltung.

Es war ein Schrein der Errungenschaften eines Jungen, aber auch ein Zeugnis der Liebe einer Mutter.

Beim Anziehen spähte Amanda zwischen den Jalousielamellen hindurch auf die Veranda, wo Tommy und seine Mutter offenbar ein ernstes Gespräch führten.

Amanda mochte Barb. Aus der Ferne. Barb war manchmal ein bisschen … zu überwältigend. Voller Energie. Sie zog permanent eine Show ab und war ungeheuer redselig. Ihre Angewohnheit, immer auszusprechen, was ihr gerade in den Sinn kam, bildete einen krassen Gegensatz zu Amandas Südstaaten-Erziehung, wo Höflichkeit mehr geschätzt wurde als Aufrichtigkeit.

Aber was konnte sie andererseits auch erwarten von einer Frau, deren Vorname an ein spitzes Objekt erinnerte – einen Stachel – und deren Nachname ein Tätigkeitsverb war.

Amanda trat gerade vom Fenster weg, als auf dem Bett Tommys Handy »Corner of the Sky« aus *Pippin* schmetterte. Auf dem Display erschien die Vorwahl 501, also Arkansas, was jemand aus dem Norden Mississippis natürlich sofort wusste.

Ohne nachzudenken, nahm sie ab.

»Hallo?«

Der Mann am anderen Ende sagte seinen Namen so schnell, dass Amanda ihn nicht verstand. Aber was sie verstand, war »… vom Arkansas Repertory Theatre«.

»Oh, ja, hallo.«

»Sind Sie Amanda?«

»Ja, das bin ich.«

»Tommy schwärmt uns immer von Ihnen vor. Er sagt, Sie seien eine tolle Künstlerin.«

»Hängt von der Tagesform ab«, sagte sie.

Er lachte. Dabei war das gar kein Witz.

»Ich wollte mit Tommy sprechen, ist er da?«

Amanda warf wieder einen Blick aus dem Fenster in den Garten, wo Tommy noch immer mit Barb redete.

»Ja, aber er ist gerade beschäftigt.«

»Hm. Also ich rufe an, um ihm einen Job anzubieten. Ich wusste, dass er bis gestern ein Engagement hatte, und wollte ihn nicht belästigen. Aber da es jetzt beendet ist, will ich nicht länger warten. Sein Bewerbungsschreiben war wirklich beeindruckend.

Als ich es dem Gremium vorgelesen habe, meinten alle sofort: ›Den Mann *müssen* wir haben.‹ Wir würden uns sehr freuen, wenn er zu uns kommt.«

Amanda umklammerte das Telefon. Und wenn das ein Anruf des Schicksals war, die FBI-Dummheit seinzulassen? Den sofortigen Reichtum vergessen, die New Yorker Galerien? Nach Little Rock ziehen – eine hübsche Stadt mit kleinen Galerien – und sich in die Riege der anderen Künstler einreihen, die es in New York nicht geschafft hatten?

Wow. Der letzte Teil war ihr urplötzlich in den Kopf gekommen, ungefiltert von ihrer gewohnten Bescheidenheit oder Fairness.

Aber verleugnen konnte sie ihn auch nicht.

Und auch nicht den noch spontaneren Gedanken, dass die Bezahlung am Theater in Arkansas niemals an die dreihunderttausend Dollar vom FBI heranreichen würde.

Trotzdem, vergiss es. Geld war nicht alles.

Nur dass ihre Mutter als Putzfrau arbeitete. Dreihunderttausend Dollar verdiente sie nicht einmal in einem ganzen Jahrzehnt.

Für sechs Monate Arbeit.

Und Tommy könnte weiter als Schauspieler arbeiten. Denn das wollte er wirklich, auch wenn er etwas anderes behauptete. Und in gewisser Weise wollte sie das auch. Amanda hatte sich nicht in einen stellvertretenden Geschäftsführer verliebt, sondern in einen Mann, dessen Leidenschaft es war, *auf* und nicht hinter der Bühne zu agieren.

Sie machte sich Sorgen, dass ein Leben ohne diese große Freude ihn verändern würde. Dass er dem Kind wegen des Verzichts irgendwann grollte, weil dessen Zeugung und das Ende seiner Träume so stark miteinander verflochten waren. Sie machte sich Sorgen, dass er ihr grollen würde, weil sie die Mutter dieses Kindes war.

Und dann würden sie sich trennen, und sie würde das Kind allein großziehen, wacker und einsam in Mississippi, genau wie ihre eigene Mutter.

Ihr Verstand drängte sie, solchen destruktiven Gedanken Einhalt zu gebieten und zu begreifen, dass sich ihnen eine letzte Chance bot, die nächste Ausfahrt zu nehmen und diesen wahnsinnigen FBI-Highway zu verlassen.

Das klingt wirklich interessant, bleiben Sie dran, ich sehe mal nach, ob ich ihn stören kann.

Sie wusste, das hätte sie sagen sollen.

Doch sie sagte: »Oje, es tut mir wirklich leid, aber er hat gerade heute Morgen ein anderes Angebot angenommen.«

Was stimmte.

»Oh. Okay. Das höre ich wirklich nicht gern. Aber richten Sie ihm meine Glückwünsche aus. Das … das ist großartig.«

»Das werde ich tun«, sagte sie. »Danke für Ihren Anruf.«

Sie kleidete sich fertig an und ging hinaus auf die Veranda, wo Tommy Burger grillte und seine Mutter ignorierte.

Als er sie sah, setzte er ein gezwungenes Lächeln auf.

»Hi«, sagte er. »Hat mein Telefon nicht geklingelt?«

»Ja«, antwortete Amanda, »Telemarketing.«

10. KAPITEL

Meine Mutter zeigte ihre Verärgerung über mich auf gewohnte Weise: Abends umwehte mich ihre eisige Kühle, und als am nächsten Morgen die Abreise bevorstand, überschüttete sie mich mit ihrer Liebe.

Alleinstehende Mütter und ihre Söhne. Versuchen Sie erst gar nicht, das zu verstehen.

Wir setzten unsere Reise gen Süden fort, über die sanften Hügel von Pennsylvania, weiter auf der Interstate 81 ein Stückchen durch Maryland bis zum sattgrünen Panhandle von West Virginia.

Ich folgte Danny und Rick zum Exit 13, wo für erschöpfte Highway-Reisende eine Vielzahl an Kettenrestaurants und -hotels zur Auswahl standen. Wir passierten einige kleinere Motels und hielten schließlich vor der luxuriösesten highwaynahen Unterkunft, einem Holiday Inn.

Ich stieg aus und streckte mich. Danny kam und sagte: »Willkommen in Martinsburg, West Virginia, für etwa einen Monat dein Zuhause.«

Nach dieser Eröffnung sah ich mir das Hotel mit anderen Augen an. Es war recht neu, die Bepflanzung war frisch und bunt. Ich hatte definitiv in schlimmeren übernachtet.

Gilmartin ging hinein, kümmerte sich um den Papierkram, kam wenig später wieder heraus und übergab mir den Kartenschlüssel.

»Du kannst dich jetzt erst mal frisch machen, wir kommen

dann nachher vorbei, wenn das okay ist«, sagte Danny. »Wir müssen uns eine Strategie zurechtlegen, bevor der Staatsanwalt herkommt.«

»Der Staatsanwalt«, wiederholte ich.

»Ja. Er ist der Einzige, der außer uns noch von dieser Operation weiß, erinnerst du dich?«

Oh, richtig.

»Keine Sorge, er ist sehr diskret«, sagte Danny wohl wegen meines fragenden Gesichtsausdrucks. »Deshalb treffen wir uns mit ihm hier und nicht in seinem Büro. Wir wollen nämlich nicht, dass einer deiner zukünftigen Gefängniskumpane dich sieht und denkt, du bist ein guter Freund des Staatsanwalts.«

Ich nickte, als hätte ich das wirklich ganz verstanden, und billigte seine Entscheidung. Dann nahm ich so viele Taschen, wie ich tragen konnte, und fuhr mit dem Fahrstuhl in den ersten Stock.

Wir packten aus, dann verschwand Amanda kurz im Bad und meinte danach, sie sei reif für ein Nickerchen.

Aus irgendeinem Grund hatte sie letzte Nacht nicht gut geschlafen.

Eine halbe Stunde später klopfte es an der Tür. Gilmartin hatte wieder den Alu-Aktenkoffer in der Hand, Danny eine Aktenmappe unterm Arm.

»Das ist dein Briefing für Mitchell Dupree«, sagte er und reichte mir die Mappe. »In dem Dossier ist alles, was wir über ihn haben, zusammengefasst und ohne langweilige Details. Unsere Praktikanten mussten ja auch mal beschäftigt werden.«

»Wenn Sie das Gefühl haben, dass irgendetwas fehlt, sagen Sie Bescheid. Wir versuchen dann, die Info zu bekommen«, ergänzte Gilmartin.

Ich setzte mich an den kleinen Schreibtisch an der Wand. Auf der Aktenmappe klebte ein Zettel mit der Aufschrift STRENG GEHEIM, der außerdem besagte, dass ich, sollte ich nicht der rechtmäßige Empfänger sein, mit bis zu zehn Jahren Gefängnis und fünfhunderttausend Dollar Geldbuße bestraft würde.

Bevor ich die Akte aufschlug, sah ich auf und sagte: »Ich bin doch der rechtmäßige Empfänger, oder?«

»Dieser alberne Zettel«, sagte Danny. »Den klebt unsere Behörde auch aufs Klopapier.«

Ich nahm das als ein Ja, öffnete die Mappe und sah mir eine Reihe großer Hochglanzfotos von Mitchell Dupree an. Zuoberst lag das Fahndungsfoto mit dem bleichen Gesicht und den dunklen Ringen unter den Augen, das mit den anderen wenig gemeinsam hatte: Mitchell Dupree im dunklen Anzug, wie er aus einem grauen Lexus ausstieg; Mitchell Dupree, der den Rasen vor einer protzigen Villa mähte; Mitchell Dupree auf einem Parkplatz, mit zwei Kindern und einer zierlichen Frau, wahrscheinlich seiner Ehefrau; sie hatte Strähnchen im blonden Haar, trug geschmackvolle Kleidung und hatte vom Pilates trainierte Beine.

Und so weiter. Die Aufnahmen waren aus einiger Entfernung mit einem Teleobjektiv gemacht worden, damit die Zielpersonen nichts mitbekamen. Und sie zeigten einen Mann, ganz anders als der, den ich mir vorgestellt hatte.

In meiner Phantasie hatte Mitchell Dupree etwas von einem teuflischen Genie, einem meisterhaften Manipulator. Aber er sah ganz gewöhnlich aus, oder besser gesagt: kein bisschen außergewöhnlich – weiß, mittlere Größe, rundlich, Kinnbart, zurückweichender Haaransatz, der Typ Mann, an dem man in der Brotabteilung des Supermarkts schon tausendmal vorbeigegangen war. Ich hatte Mühe, ihn mir als gewissenlosen Soziopathen vorzustellen, der nach der Pfeife eines skrupellosen Kartells tanzte und dem es egal war, wie viele Menschen mit seiner Hilfe zu erbärmlichen Wracks wurden. Er kam mir vor wie ein Mensch, dem alles über den Kopf gewachsen war.

Oder vielleicht musste ich mir das auch nur einreden, weil ich seine Nähe sonst kaum ausgehalten hätte.

»Wir haben ihn ziemlich intensiv überwacht, wie Sie sehen«, sagte Gilmartin.

Ich nickte, dann fing ich an zu lesen. Mitchell Dupree wurde in einem Vorort von Atlanta geboren, die Mutter war nicht berufstätig, der Vater leitender Angestellter bei IBM. Er besuchte das Georgia Institute of Technology, wo er ein Doppelstudium absolvierte und mit einem BA in Internationale Beziehungen und Spanisch abschloss. Ein paar Jahre hatte er bei Coca-Cola im Südamerika-Geschäft gearbeitet, dann war er zurück auf die Uni gegangen und hatte auf der Emory University nahe Atlanta einen MBA in Finanzwissenschaft und Wirtschaftsprüfung gemacht.

Danach arbeitete er bei der Union South Bank – die in der wilden, kaum regulierten Zeit Anfang der 2000er Jahre rasant wuchs – und wurde mehrmals befördert. Durch seine Spanischkenntnisse, seine Ausbildung und seinen beruflichen Werdegang war Dupree prädestiniert, in die Lateinamerika-Abteilung der Bank zu wechseln. Mir sagten seine Tätigkeitsbezeichnungen nichts, und ich konnte mir auch nicht vorstellen, was diese Menschen – die Männer und Frauen hinter den getönten Fensterscheiben der Großstadt-Skyscraper – den ganzen Tag machten. Vielleicht würde er es mir eines Tages erklären.

Als Nächstes kam der kriminelle Teil der Geschichte, aber auch den verstand ich kaum. Der Jargon der Bundesgerichte war so unverständlich, dass es selbst dann, wenn man meinte, einzelne Abläufe verstanden zu haben – Anklageschrift, Anklageverlesung, Strafzumessung –, für Uneingeweihte schwierig war, durchzublicken. Die Kurzversion hieß: Er kam ins Gefängnis.

Also das, was auch mir bald bevorstand.

»Okay«, sagte ich. »Ich lese es mir später noch mal genau durch.«

»Nein, das geht nicht. Sie haben keine Sicherheitsfreigabe, die Unterlagen zu besitzen«, sagte Gilmartin. »Sie dürfen sich die Unterlagen nur in unserer Gegenwart ansehen.«

»Außerdem solltest du den Inhalt gar nicht so genau kennen«, sagte Danny. »Es ist sicher nützlich, dass du eine Ahnung von Duprees Hintergrund hast, aber nur um dich auf diese Rolle vorzubereiten. Aber du darfst natürlich nichts davon wissen, das ist doch klar, oder? Wenn du ihn im Gefängnis triffst, ist er einfach nur ein Fremder unter vielen.«

»Richtig, natürlich.«

»Möchtest du jetzt dein neues Ich kennenlernen?«

»Sicher«, sagte ich.

Danny nickte Gilmartin zu, der aufstand und zu seinem Aktenkoffer ging, den er auf eins der beiden Doppelbetten in unserem Zimmer gelegt hatte. Amanda saß auf dem anderen, eine höchst aufmerksame Zuhörerin.

Gilmartin holte einen Briefumschlag heraus, in dem eine Geburtsurkunde, ein Pass und ein Führerschein steckten, und überreichte ihn mir.

»Bitte schön«, sagte er. »Mehr brauchen Sie nicht, um ein anderer Mensch zu werden. Falls Sie die für hervorragende Fälschungen halten, irren Sie sich. Die sind absolut echt.«

»Okay«, sagte ich mit Blick auf den Führerschein. Das FBI hatte eines meiner Passbilder genommen und den Hintergrund digital verändert, so dass es aussah wie ein Foto von der Kfz-Stelle.

»Peter Lenfest Goodrich«, sagte ich. »Was für ein Name ist denn Lenfest?«

»Ein Familienname«, sagte Gilmartin. »Unsere Erfahrung zeigt, dass ein gut gefakter Personenname aus zwei gewöhnlichen und einem ungewöhnlichen Namen besteht, weil das Gesprächsstoff liefert, was immer gut ist.«

»Man nennt dich Pete«, sagte Danny. »Pete Goodrich, ein guter Name für einen guten Kerl. Du warst Geschichtslehrer an einer Highschool, alle mochten dich. Du hast eine bildschöne Frau namens Kelly und drei niedliche Kinder: Louisa, Gus, Ellis.«

»Wir haben mit den Profilern in Quantico verschiedene Möglichkeiten durchgesprochen«, sagte Gilmartin. »Die fanden es wichtig, dass Sie studiert haben, wie Dupree, und dass Sie auch Kinder haben. Dupree hat zwei Kinder. Laut Bericht des Gefängnispsychologen im Morgantown ist für ihn die Trennung von seinen Kindern das Schlimmste an der Haft. Diese Gemeinsamkeit ist sicher hilfreich, einen Zugang zu ihm zu finden.«

»Ist es ein Problem, wenn meine Frau und die Kinder mich nie besuchen?«, fragte ich.

Die Agenten warfen sich einen verlegenen Blick zu. Das hatten sie nicht bedacht.

»Amanda könnte *tun*, als wäre sie Kelly und …«, begann Danny.

»Auf keinen Fall«, unterbrach ich ihn sofort. »Ich arbeite für euch, nicht sie. Sie hat damit nichts zu tun.«

Ich wusste, dass das im Sinne Amandas war. Im Zimmer entstand eine ungemütliche Stille.

Dann hatte ich eine Idee. »Während ich im Gefängnis sitze, musste Amanda mit den Kinder zu ihren Eltern nach Kalifornien ziehen. In frühestens einem Jahr können sie mich besuchen.«

Das verschmitzte Lächeln, mit dem Danny jetzt seinen Partner anblickte, hatte ich seit der Zeit von Danny Danger nicht mehr an ihm bemerkt. »Siehst du? Ich hab dir doch gesagt, er ist gut.«

Gilmartin nickte und fuhr mit dem Briefing fort. »Wie Sie auf Ihrem Führerschein lesen können, haben Sie nicht weit von hier in Shepherdstown, West Virginia, gelebt. Ein hübsches Städtchen, vornehm für West Virginia und ein Touristenziel …«

»Ich weiß, ich bin da sogar mal bei einem Theaterfestival aufgetreten«, sagte ich. »An der Shepherd University.«

»Perfekt. Wir glauben nicht, dass Dupree jemals dort war, Sie können Ihre Geschichte also bis zu einem gewissen Punkt ausmalen. Trotzdem empfehlen wir, in den nächsten Wochen ein wenig Zeit dort zu verbringen, um die Stadt besser kennenzulernen. Besuchen Sie die Schule, in der Sie gearbeitet haben, stellen Sie sich Ihr Leben dort vor.«

»West Virginia. Ich müsste also auch einen leichten Südstaatenakzent haben«, sagte ich und probierte es gleich aus. Nicht so, als würde ich für *Porgy and Bess* vorsprechen, aber einen etwas melodischeren Tonfall.

Danny schaltete sich ein. »Wie gesagt, musst du ein bundesstaatlich zu ahndendes Verbrechen begangen haben. Wir dachten an eine hohe Hypothek, die dir zu schaffen machte, und dann hatte deine Frau noch einen Arbeitsunfall und wurde um ihre Erwerbsunfähigkeitszahlungen betrogen. Als Lehrer in West Virginia hast du sowieso nicht viel verdient, und dann bist du mit den Ratenzahlungen nicht nachgekommen, hast einen zweiten Job und noch einen dritten genommen, und das Geld hat trotzdem nicht gereicht. Du bist sogar immer tiefer ins Schuldenloch gerutscht, bis die Bank dein Haus zwangsversteigern wollte. Du hast sie angefleht, dir noch eine Chance zu geben, ob sie nicht ein bisschen Nachsicht üben könnten, aber die Bank hat sich stur gestellt.

Du warst also kurz davor, das Haus zu verlieren, für das du so hart gearbeitet hast, du warst wütend und gedemütigt und verzweifelt. Und dann hast du beschlossen, der Bank zu zeigen, wer der Boss ist. Du bist hingegangen und hast gesagt, du hättest eine Waffe und wolltest alles Geld aus dem Tresor. Du wolltest deine Finanzen in Ordnung bringen und dich gleichzeitig an der Bank rächen.«

»Ich bin einfach durchgedreht«, sagte ich, »und hab für alles die Bank verantwortlich gemacht.«

Gilmartin übernahm. »Das ist ein weiterer Anknüpfungspunkt mit Dupree. Die Profiler haben uns erzählt, dass er wahrscheinlich sauer auf die Bank war, bei der er arbeitete. Sie gehen davon aus, dass ihm eine wichtige Beförderung versagt wurde und dass er überhaupt erst da mit der Geldwäsche angefangen hat. Weil er das zusätzliche Geld wollte, das ihm durch die versagte Beförderung entgangen ist, *und* weil er es der Bank heimzahlen wollte. Genau wie Pete Goodrich.«

»Und wie haben sie mich gekriegt?«, fragte ich.

»Gar nicht. Du hast Skrupel bekommen und dich selbst gestellt.«

Ich nickte und fing in der Vorstellung bereits an, die Lücken in meiner neuen Geschichte zu füllen. Ich war Pete Goodrich, der gute Ehemann, der alles versuchte, seinen Kindern ein guter Vater zu sein. Louisa war mein kleiner Liebling, Gus eher ein Mutterkind und Ellis, obwohl noch ein Baby, auf dem besten Weg, ein kleiner Satansbraten zu werden.

Als Lehrer habe ich alles gegeben, obwohl die verfluchten staatlich vorgeschriebenen Leistungsprüfungen das ganze Bildungswesen ruinierten. In meinem Zweitjob war ich Nachhilfelehrer, mein dritter Job war Barmann bei Applebee's am Highway.

Das hieß, dass ich das Restaurant um null Uhr dreißig schloss, gegen ein Uhr ins Bett kroch, wo ich mich mindestens bis zwei Uhr herumwälzte, weil ich noch viel zu überdreht zum Schlafen war. Um sechs Uhr dreißig riss der Wecker mich aus dem Schlaf, ich sprang unter die Dusche, damit ich in der Schule nicht wie ein abgestandenes Budweiser roch.

Obwohl ich bis zur Erschöpfung arbeitete, war die Bank zu keinerlei Zugeständnissen bereit. Übermüdet und mit meinen dreiunddreißig Jahren völlig am Ende, zog ich mir eine Strumpfhose über den Kopf, betrat den Schalterraum und machte einen auf Jesse James, dessen Geschichte ich früher mal im Geschichtsunterricht behandelt hatte.

Und das war nur der Anfang, da würde noch eine Menge mehr kommen. Ich konnte mich in die Rolle verbeißen, das spürte ich.

***

Ich hatte gerade begonnen, mich gedanklich in Pete Goodrichs Welt zu begeben, als jemand fest an die Tür klopfte.

»Das ist bestimmt Drayer«, sagte Gilmartin.

Nach einem kurzen Blick durch den Türspion begrüßte Gilmartin einen älteren Herrn mit dünnem weißem Haar, das er nach vorn in die Stirn gekämmt trug. Er hatte eine randlose Brille auf, knitterfreie Baumwollkhakis, einen blauen Blazer und eine Krawatte an, die in den neunziger Jahren einmal modern gewesen war – wahrscheinlich als er das letzte Mal versucht hatte, Eindruck zu schinden.

Ich stand zur Begrüßung auf, Amanda ebenfalls.

»Pete Goodrich, darf ich Ihnen David Drayer vorstellen, US-Staatsanwalt für den nördlichen Bezirk von West Virginia«, sagte Gilmartin. »Und das ist Petes Frau, Kelly.«

Ohne zu lächeln, hielt Drayer mir die Hand hin, die ich schüttelte. Auch Amanda gegenüber blieb sein Gesicht ausdruckslos, doch er gab wenigstens ein »Ma'am« von sich. Ich hatte das Gefühl, er wäre lieber nicht hier.

»Hallo, Pete Goodrich«, stellte ich mich vor, übte gleich ein bisschen meinen Namen mit leichtem Akzent. »Ich freue mich, Sie kennenzulernen.«

Drayer nickte. Amanda setzte sich zurück aufs Bett, ich blieb stehen.

»Wir wollten, dass ihr zwei euch ein wenig kennenlernt«, sagte Danny, als arrangierte er ein Date. »Vielleicht können Sie Pete erzählen, wie das alles funktionieren wird, um ihn zu beruhigen.«

»Kein Problem«, sagte Drayer. »Mein Büro hat morgen um dreizehn Uhr einen Termin vor dem Richter angesetzt. Sie sollten so gegen elf Uhr ins Gerichtsgebäude kommen. Gleich am Eingang bei der Personenschleuse mit Metalldetektor sagen Sie dem Sicherheitspersonal, Sie stellen sich freiwillig. Ein Beamter ruft im Büro der Marshals an, das sich im Gerichtsgebäude befindet, Marshals kommen und gehen mit Ihnen nach unten, um Ihre

Fingerabdrücke abzunehmen. Dann werden Sie zum Haftrichter gebracht. Er wird fragen, ob Sie begreifen, was Sie tun, ob Sie sich aus freien Stücken gestellt haben und nicht dazu gezwungen wurden. Sie müssen nur ja sagen. Ein Pflichtverteidiger wird für Sie da sein, der absolut nichts über Sie und, ähm, die Situation weiß. Er bekommt gesagt, dass Sie einen Deal wollen und dass er nichts weiter tun muss, als seine Rechnung im vernünftigen Rahmen zu stellen, die garantiert beglichen wird.«

Drayer blickte die Agenten an, um zu checken, ob das so korrekt war. Keiner der beiden sagte etwas.

»Werden Beweise oder irgendetwas in der Art vorgelegt?«, fragte ich.

»Nein«, sagte Drayer. »Morgen erscheinen Sie nur vor dem Haftrichter und müssen sich zu den Vorwürfen äußern. Danach wird der Richter entscheiden, ob eine Kaution festgelegt wird. Weil Sie sich aber freiwillig gestellt haben und weil meine Behörde beantragen wird, Sie ohne Kaution freizulassen, wird sicher entsprechend entschieden. Sie kommen auf freien Fuß unter der Bedingung, zum Gerichtstermin zu erscheinen. Im Grunde ist das alles Routine. Wir machen so was den ganzen Tag, und niemand hat Interesse daran, bei einem querzuschießen, der sich schuldig bekennt. Ist so weit alles klar?«

Wie zuvor Drayer sah ich jetzt Gilmartin und Danny an, als könnten sie mir sagen, ob ich noch Fragen habe. Doch sie blickten mich nur an und gaben mir keinerlei Orientierungshilfe.

Schließlich zuckte ich mit den Schultern. »Ja, klingt alles ziemlich okay.«

»Gut«, sagte Drayer. »Wenn Sie mich sonst nicht mehr brauchen …«

Drayer hatte schon fast die Türklinke in der Hand, als Danny sagte: »Moment, da ist noch eine Sache, über die ich reden wollte.« Er wandte sich an Amanda. »Was ich den beiden jetzt zeige, unterliegt strengster Geheimhaltung. Ich fürchte, ich muss Sie bitten, für ein paar Minuten das Zimmer zu verlassen, Mrs. Goodrich.«

»Kein Problem«, sagte Amanda und stand vom Bett auf.

Danny wartete, bis sie draußen war. »Ich will uns nur noch einmal ins Gedächtnis rufen ... worum es bei alledem geht«, sagte er. »Ich halte das für wichtig. Setzen Sie sich bitte.« Er nickte in Richtung Bett, wo Amanda gesessen hatte, und Drayer und ich setzten uns ans Fußende.

»Geldwäsche sieht aus wie ein Verbrechen ohne Opfer, weil dabei kein Blut fließt«, begann er, ging zu dem anscheinend bodenlosen Aktenkoffer und suchte darin herum. »Heutzutage sitzt da bloß ein Anzugträger in seinem Büro und tippt ein bisschen auf der Computertastatur herum. Was ist schon dabei, könnte man denken.«

Danny hatte den gesuchten Umschlag gefunden und zog den Inhalt heraus.

»Tatsache ist jedoch, dass es immer um Geld geht. Deshalb verkaufen die Kartelle Drogen: um tonnenweise Geld zu scheffeln. Aber sie können das Geld nur ausgeben, wenn es gewaschen ist. Mitchell Duprees Handeln war also ein essenzieller Teil des gesamten Geschäfts. Das Kartell hätte kein Interesse daran, die vielen Drogen zu verkaufen, die vielen Menschen umzubringen und die vielen Menschenleben zugrunde zu richten, wären da nicht die Mitchell Duprees dieser Welt, die das Ganze lohnenswert machten.«

Er reichte mir ein weiteres, fast DIN-A4-großes Hochglanzfoto, ein hochoffiziell wirkendes Porträt eines lächelnden, kräftigen Mannes vor der US-amerikanischen Flagge. Er hatte rotes, irgendwie aufgetürmtes Haar, ein breites Gesicht voller Sommersprossen und sah aus wie das Mitglied einer Studentenverbindung, das sich besonders beim Bierbong-Saufen hervorgetan hat.

»Das ist Kris Langetieg«, sagte Danny, korrigierte sich aber schnell: »Das *war* Kris Langetieg. Ein guter Mann. Hatte eine Frau und zwei Jungen. Und er hatte sich dem Kampf für Recht und Gesetz verschrieben, und zwar mit Haut und Haaren. Ich erzähle dir das, Pete, denn David kannte ihn. Und er kann dir sagen, dass er ein wirklich guter Mensch war, stimmt's?«

Ich sah Drayer an. Sein Gesicht hatte einen harten Ausdruck angenommen, und er starrte zu Boden.

»Aber dann … Offensichtlich wurde Kris mit seinem bedingungslosen Eintreten für Gerechtigkeit zur Bedrohung für New Colima«, sagte Danny. »Und New Colima mag keine Bedrohungen. Und das hier haben sie ihm angetan.«

Danny legte ein Foto zwischen uns aufs Bett. Es war die Großaufnahme eines vollkommen zerstörten Gesichts, so dass ich einen Moment brauchte, um in ihm den Mann auf dem anderen Foto zu erkennen. Die Augenhöhlen waren leer, und an der Seite, wo die Ohren sein müssten, waren blutige Löcher. Der Mund war wie zum Schrei aufgerissen, das Zahnfleisch ohne Zähne und voller Narben. In dem roten Haar war ein großer Wulst, doch dann sah ich, dass ein breites Stück Haut darunter entfernt und wieder draufgesetzt worden war.

Skalpiert also.

Neben allem anderen hatte man ihn auch noch teilweise skalpiert.

Ich wandte den Blick ab. Zu spät. Das Foto hatte bereits Einlass in den Teil meines Hirns gefunden, in dem alles hängenbleibt.

Drayer erhob sich und ging mit wackligen Beinen ins Bad. Kurz darauf hörte ich, wie er sich lautstark in die Toilettenschüssel übergab. Ich war ebenfalls kurz davor.

»So sehen die Opfer von sogenannten opferlosen Verbrechen aus«, sagte Danny ruhig. »Willst du wissen, warum ich beim FBI weitermache? Deswegen. Willst du wissen, warum du erfolgreich sein musst? Deswegen. Willst du wissen, warum wir das Kartell zur Strecke bringen müssen? *Deswegen.*«

92

Seine Augen sprühten Feuer, mit einem leichten Kopfnicken bekräftigte er, was er gerade gesagt hatte. Verblüfft stellte ich fest, dass sich mein früherer Little-League-Teamkamerad, der ehemalige Klassenclown, in einen ernsthaften Mann mit einer Mission verwandelt hatte.

»Über Kris' Beerdigung will ich lieber nicht reden«, sagte Danny. »Geschlossener Sarg, was klar war. Seine Frau, seine Kinder, absolut am Boden zerstört. So etwas vergisst man nie wieder.«

Beim FBI zu arbeiten war nicht nur ein Job für Danny Ruiz, es war eine Berufung. Jetzt verstand ich auch, warum.

Aber ich begriff ebenfalls, welches Risiko ich einging. Das hier war kein Gangsterfilm. New Colima war kein Haufen flotter Mexikaner in weißen Leinenanzügen, die auf einer malerischen Hazienda mit Meerblick Zigarren rauchten und Sangria tranken. Es waren brutale, seelenlose Killer, denen ein Menschenleben absolut nichts wert war. Sie folterten die Todgeweihten allein wegen des Entsetzens, das es bei den Lebenden auslöste. Sie respektierten kein Gesetz, keine Regierung und hatten nicht das geringste Bedürfnis, wie andere anständige Menschen in Frieden zu leben.

Und ich war dabei, mich in ihr Universum zu begeben – in ihre Nähe, wenn nicht sogar in ihr Fadenkreuz.

Ich konnte mir vormachen, dass es bloß ein weiterer Schauspieljob war. Ich konnte in diese Rolle schlüpfen, wie ich es immer tat. Ich konnte mir einreden, dass ich nur etwas vortäuschte.

Aber das funktionierte bei den möglichen Folgen nicht. Denn die waren so real und so furchterregend, dass sie mein Vorstellungsvermögen überstiegen.

11. KAPITEL

Amanda erzählte ich nichts von dem Foto. Meine schwangere Verlobte hatte schon genug zusätzliche Belastungen zu ertragen. Da ich üben musste, Geschichten zu erfinden, dachte ich mir eine aus, in der Danny uns Geheimdokumente zeigte, in denen es um Geldwäsche ging. Aber dass sie für mich – wie für jeden Menschen, der kein BWL studiert hatte – absolut unverständlich gewesen waren.

Sie akzeptierte meine Lüge unhinterfragt, dann verbrachten wir einen ruhigen Abend mit Fernsehen und ließen uns das Essen aufs Zimmer bringen. Danny hatte gesagt, wir könnten alles, was wir wollten, auf die Hotelrechnung setzen lassen, der Topf mit den beschlagnahmten Vermögenswerten würde das verkraften.

Es wäre mir wie im Urlaub vorgekommen, hätte ich nicht Kris Langetiegs zerstörtes Gesicht vor Augen gehabt, das mich die ganze Nacht lang anstarrte. Ich schlug mich mit makabren Phantasien über die Reihenfolge herum, in der sie ihm das angetan hatten. Zuerst die Ohren, dann die Zähne? Hatten sie mit den Augen bis zuletzt gewartet, damit er sehen konnte, was mit ihm passierte? Oder hatten sie wahllos an ihm rumgeschnitten, bis er schließlich verblutet war?

Als Amanda irgendwann in der Nacht auf der Toilette war, googelte ich »Kris Langetieg«. Im *Martinsburg Journal* gab es zwei Berichte über den US-Staatsanwalt, der ermordet worden war.

Also ein Staatsanwalt. Wie Drayer. Kein Wunder, dass er sich beim Anblick des Fotos hatte übergeben müssen.

Über den Zustand von Langetiegs Körper stand nichts in den Berichten. Diese Details waren der Presse vorenthalten worden. Das Martinsburg Police Department hatte erklärt, es gebe keine Hinweise auf die Täter. In einem Artikel ging es hauptsächlich darum, dass Langetieg ein hochgeschätztes Mitglied des Schulaufsichtsrates und geliebter Vater gewesen war und dass die ganze Gemeinde um ihn trauerte. Es wurde nicht spekuliert, ob sein Tod etwas mit seinem Beruf zu tun hatte.

Ein paar Tage später war ein Bericht über die Beerdigung ins Netz gestellt worden, in dem mehr oder weniger das Gleiche stand. Danach kam nichts mehr. Für die Öffentlichkeit sah das Ganze aus wie ein seltsamer, unerklärlicher und möglicherweise willkürlicher Mord.

Ich hatte Mühe einzuschlafen – dabei war ich jemand, der normalerweise überall und jederzeit schlafen konnte, und zwar solange ich wollte. In den frühen Morgenstunden ging mein Kampf weiter, für mich absolut ungewöhnlich, denn zu den Freuden meines Berufes gehörte es, bis mittags schlafen zu können.

Stattdessen lauschte ich um 6.23 Uhr der brummenden Klimaanlage des Holiday Inn und fragte mich, ob ich nicht besser die Finger von der Sache lassen sollte. Ich war Schauspieler und nicht jemand, der internationale Verbrechersyndikate zu Fall bringen wollte. Warum wollte ich zum Mitstreiter in einem Kampf werden, mit dem ich im Prinzip nichts zu tun hatte? Was würde das Kartell mit mir anstellen, wenn es herausfand, worauf ich aus war und für wen ich arbeitete?

Hätte mein Freund aus Arkansas jetzt in der Tür gestanden und mir den Theaterjob angeboten, hätte ich mich wahrscheinlich in seine offenen Arme geworfen. Ich wäre in Dannys Zimmer gegangen, hätte mich vielmals entschuldigt und gesagt, dass ich aussteige.

Nachdem ich diese Gedanken noch eine ganze Stunde lang hin und her gewälzt hatte und die Gefahr bestand, Amanda zu wecken, hievte ich mich schließlich aus dem Bett und ging nach unten ins Fitnesscenter des Hotels. Eine halbe Stunde lang tobte ich meine nervöse Energie mit Hanteln aus, trainierte Schultern, Arme, Rücken und Brust, bis mir die Beine zitterten. Dann ging ich aufs Laufband, stellte eine hohe Steigung ein und rannte eine weitere halbe Stunde einen imaginären Berg hinauf. Meine Lungen brannten, und dicke Schweißtropfen liefen an mir runter.

Als ich zurück ins Zimmer kam, war Amanda schon aufgestanden und angezogen. Sie trug Leggings und eines meiner Buttondown-Hemden, ein schlichtes Outfit, in dem sie aber toll aussah. Auch über zwei Jahre nach unserem ersten Date raubte sie mir manchmal immer noch mehr den Atem, als das Laufband es je könnte.

»Guten Morgen«, sagte sie auf eine Weise, die weniger ein Gruß als eine Beurteilung meines schweißnassen Zustands war.

»Ich hab ein Work-out gebraucht«, sagte ich. »Gestern haben wir nur im Auto gesessen und gegessen, ich hatte mich fett gefühlt.«

»Aha«, sagte sie.

»Ich dusche schnell, dann gehen wir frühstücken.«

Sie strich sich über den Bauch und lächelte gekünstelt. »Ich hab mich gerade zweimal übergeben, Schatz. Du musst allein frühstücken.«

»Übergeben wie in … Schwangerschaftsübelkeit?«

»Vermutlich«, sagte sie.

Ein blödes Grinsen breitete sich auf meinem Gesicht aus, wahrscheinlich nicht die angemessene Reaktion auf die Nachricht, dass meine Freundin gerade gekotzt hatte. Aber die Anzeichen, dass sich etwas in ihr ereignete, waren einfach sehr schön. Ich drückte ihr einen sanften Kuss auf die Stirn, um sie nicht mit meinem Schweiß zu bekleckern.

»Ich mache einen Spaziergang«, sagte sie. »Ich glaube, frische Luft wird mir helfen.«

»Gute Idee«, sagte ich.

Ich bestellte das Frühstück aufs Zimmer und sprang schnell unter die Dusche, wo ich mich lange berieseln ließ und wieder einmal über die Veränderungen in unserem Leben staunte. *Sie ist wirklich schwanger. Ich werde wirklich Vater.* Es kam mir noch immer surreal vor. Doch es rief mir auch ins Gedächtnis, warum ich die Sache hier durchziehen musste.

Es war, als hätte mich das Work-out von vielen toxischen Gedanken befreit, denn ich dachte jetzt rationaler über die Risiken nach, die ich einging. Als Staatsanwalt war Kris Langetieg eindeutig als Feind des Kartells zu identifizieren. Nicht nur sein Beruf, sondern sein ganzes Dasein war ein Frontalangriff auf New Colima.

Ich war allenfalls ein Quereinsteiger. Selbst wenn ich erfolgreich wäre, würde New Colima niemals erfahren, dass Thomas Henry Jump zu ihrem Niedergang beigetragen hatte.

Vielleicht würden sie nicht einmal Peter Lenfest Goodrich kennen. Ich konnte mir nicht vorstellen, dass Mitchell Dupree seinen Kartellbossen sagen würde, dass er unwissentlich einem FBI-Spitzel das Versteck seiner Dokumente verraten hatte. Je nachdem, wie geschickt ich war, würde er nicht einmal wissen, dass er mir den Hinweis gegeben oder ich ihn bei den Behörden denunziert hatte.

Mit einem optimistischeren Blick auf meine Situation stieg ich aus der Dusche, kleidete mich an und beantwortete eine Textnachricht von Danny, der fragte, ob er mit Rick zu uns ins Zimmer kommen könne.

Es dauerte nicht lange, und sie klopften an die Tür. Ihr erster Tagesordnungspunkt bestand darin, mir völlig unaufgeregt eine Aktentasche voller Geld zu geben – fünfundsiebzigtausend gebündelte Dollar in frischen, sauberen Hundertdollarscheinen –, die wohl heute Morgen jemand aus New York hergebracht hatte.

Ein Bündel enthielt mehr Geld, als ich jemals auf einem Haufen gesehen hatte. Und es waren viele Bündel, groß wie Ziegelsteine.

Bevor ich noch länger auf das Geld starren konnte, kam Danny zum nächsten Tagesordnungspunkt: der gebührenfreien Notrufnummer, die schon im Vertrag gestanden hatte. Er nahm ein Stück Papier aus der Hosentasche und reichte es mir.

»Du wirst immer zuerst mein Handy anrufen«, sagte er. »Wenn du die Nummer noch nicht auswendig kennst, solltest du sie schnellstens lernen. Ruf mich jederzeit an, Tag und Nacht, und ich kümmere mich um alles. Sollte ich jedoch nicht rangehen oder aus irgendeinem Grund unabkömmlich sein, solltest du diese beiden Nummern ebenfalls auswendig wissen.«

Ich blickte auf das Stück Papier. Neben der gebührenfreien Nummer stand noch »211-663«.

»Du musst die Nummer wählen und dann diese Zahl sagen«, fuhr er fort. »Du wirst zu jemandem durchgestellt, der Zugriff auf deine Fallakte hat und einen Agenten losschicken kann.«

»Kann ich das gleich ausprobieren?«, fragte ich.

»Unbedingt«, sagte Danny.

Ich ging zum Hoteltelefon und wählte die Nummer. Nach dem ersten Klingeln meldete sich eine weibliche Stimme: »Womit kann ich Ihnen helfen?«

Nicht *FBI, womit kann ich Ihnen helfen*. Was logisch war, denn man wusste nie, wer zuhörte.

»Zwei-eins-eins, sechs-sechs-drei«, sagte ich.

»Einen Moment bitte.«

Die Leitung war wie tot, aber nicht länger als zehn Sekunden, dann hörte ich eine ernste Stimme sagen:

»Hallo, Mr. Goodrich. Was können wir für Sie tun?«

»Oh, nichts«, sagte ich. »Alles gut, das ist nur ein Test.«

»Sehr gut, Sir. Rufen Sie jederzeit wieder an. Wir sind da.«

»Mache ich«, sagte ich.

Und legte auf.

Danny lächelte wieder. »Gib's zu – ziemlich cool, oder?«

»Okay, nicht das Uncoolste«, räumte ich ein.

»Ich kann dir aus Erfahrung sagen, dass es definitiv Schlimmeres gibt, als die mächtigste Regierung der Welt als Rückendeckung zu haben«, sagte er. »Da ist noch eine Sache, die mit Kommunikation zu tun hat.«

»Schieß los.«

»Sobald du im Gefängnis bist, werden alle deine Anrufe von Gefängnismitarbeitern überwacht«, sagte Danny. »Möglicherweise gibt es Dinge, die du uns erzählen willst, bei denen du aber ganz sichergehen musst, dass sie niemand erfährt. Wenn das der Fall ist, bitte mich, deiner Frau, deiner Mom oder irgendwem ein Lotterielos zu kaufen. Die Zahlen, die du mir dann durchgibst, korrespondieren mit den Buchstaben des Alphabets, eins bis sechsundzwanzig. Für den Raum zwischen den Worten nimm siebenundzwanzig bis dreißig, aber du solltest auch ab und zu höhere Nummern einstreuen. Das ist nur, um alle, die mithören, in die Irre zu führen. Die ignorieren wir und konzentrieren uns auf die relevanten Zahlen.«

»In Ordnung.«

»Das ist zwar nicht gerade die 256-Bit-Verschlüsselung von Browsern zu Servern, aber es sollte reichen«, sagte Danny. »Da du einen ganzen Monat lang bis zur Verurteilung ziemlich viel freie Zeit hast, solltest du auswendig lernen, welche Buchstaben mit welcher Zahl korrespondieren. Ich hab das auch schon gemacht und kann alles, was du mir sagst, schnell übertragen.«

Im vorderen Teil des Zimmers wurde ein surrendes Geräusch laut, dann ging die Tür auf. Amanda kam von ihrem Spaziergang zurück. Danny verstummte.

»Oh«, sagte sie, »störe ich?«

»Genau genommen …«, sagte Rick und tippte auf sein linkes Handgelenk.

»Ich weiß«, sagte Danny und nickte in Richtung des Weckers auf dem Nachttisch. »Zehn Uhr siebenundvierzig. Du musst los.«

»Richtig«, sagte ich und blickte wehmütig zu meinem halb-gegessenen Frühstück. »Gehen wir.«

»Nicht wir, nur du«, sagte Danny.

»Kommt ihr denn nicht mit?«, fragte ich mit einem Anflug von Nervosität. Nach nur zwei Tagen, in denen wir quasi an die Hand genommen worden waren, hatte ich mich an das Herden-leben gewöhnt.

»Sorry, aber falls du es noch nicht bemerkt hast: Wir sehen doch ein bisschen wie FBI-Agenten aus«, sagte Danny und zeigte mit dem Daumen auf Rick. »Besonders der etwas steife Herr dort drüben. Wenn einer deiner zukünftigen Gefängniskollegen dort im Gericht sieht, wie du aus einem Caprice steigst oder mit uns den Korridor entlangmarschierst und dann einen Monat später im Morgantown erscheinst, ist die Show zu Ende, bevor sie an-gefangen hat.«

Rick unterstrich die Aussage mit einer offizieller klingenden Version. »Von jetzt an ist es wichtig, dass Sie Pete Goodrich sind. Sie sind schuldig und bereuen Ihre Tat. Sie sollten keine Son-derbehandlung erwarten, denn Sie werden keine bekommen. Zur Erinnerung: Sie kennen uns nur, wenn Sie die ganze Operation abbrechen wollen. Ansonsten kennen Sie *überhaupt keine* FBI-Agenten. Warum sollten Sie auch? Sie sind bloß ein Geschichts-lehrer, der eine Bank ausgeraubt hat.«

»Hab's kapiert«, sagte ich und sah Amanda an, die jetzt neben mir stand. »Dann mach ich mich jetzt wohl auf die Socken. In ein paar Stunden bin ich zurück.«

Ihr Lächeln wirkte nervös und nicht sehr überzeugend. Sie drückte meine Hand.

»Okay«, sagte sie. »Sei vorsichtig.«

»Machen Sie sich keine Sorgen«, sagte Danny. »Er muss nur einen auf guter Junge machen und zugeben, dass er ein Verbrecher ist.«

***

Das W. Craig Broadwater Federal Building and United States Courthouse war ein massives rechteckiges Gebäude mit vier Stockwerken mitten in der Innenstadt von Martinsburg. Die Fassade des Erdgeschosses bestand aus glattem Sichtbeton, die oberen Stockwerke waren mit mattgelben Fliesen verkleidet, die in den 1960er Jahren gut in ein Badezimmer gepasst hätten.

Das Wappen der Vereinigten Staaten an der Frontseite – der berühmte Adler mit den Pfeilen in den Krallen – war verblichen und sah etwas traurig aus.

Ich brachte es nicht fertig, sofort ins Gebäude zu gehen, und lief erst ein wenig in der Gegend umher. Da gab es nicht viel zu sehen: Im Nachbarhaus hatte die Lokalzeitung, das *Journal*, seine Büros, daneben war eine Kosmetikschule und gegenüber auf der anderen Straßenseite ein jamaikanisches Restaurant.

Als ich mich schließlich lange genug gedrückt hatte, ging ich durch die Glastüren, wo ich auf drei Justizwachtmeister traf, alle in blauen Jacketts und grauen Hosen.

»Hallo«, sagte ich, »ich bin hier, um mich freiwillig zu stellen.«
»Wie heißen Sie?«, fragte mich einer von ihnen.
»Pete Goodrich«, sagte ich, ohne zu zögern, denn ich hatte es auf der kurzen Fahrt hierher geübt.

Er hielt ein Walkie-Talkie vor den Mund, und kurz darauf wurde ich eine Stunde lang von einer Stelle zur anderen eskortiert und öfter »Sir« genannt als in meiner ganzen Schauspielerkarriere. Mir wurden die Fingerabdrücke abgenommen, ich wurde fotografiert und – etwas, was Danny Ruiz mir definitiv nicht gesagt hatte – musste meine Kleidung für eine Leibesvisitation ausziehen.

Ich ertrug die Prozedur klaglos, weil wohl Pete Goodrich genau das getan hätte, ein gebrochener Mann, der jede Demütigung willig akzeptierte.

Als sämtliche Formalitäten erledigt waren und ich in einem ausgewaschenen, zu großen orangefarbenen Overall steckte, führten sie mich in eine Gewahrsamszelle, die bis auf eine schmale Liege leer war. Nach etwa einer Stunde kam ein Marshal zurück und legte mir Fuß- und Handfesseln an, wobei die Handfesseln mit einer Kette um meinen Bauch verbunden waren. Dann brachte er mich wieder nach oben ins Erdgeschoss und schloss die Handfesseln auf, bevor wir den Gerichtssaal betraten. Die Fußfesseln blieben dran.

Pete Goodrich akzeptierte das demütig, Tommy Jump hielt es für eine maßlose Übertreibung.

Als ich mit kleinen Schritten in den Gerichtssaal trippelte, wartete David Drayer bereits am Tisch der Staatsanwaltschaft.

Am Tisch der Verteidigung saß ein Mann, der kaum älter schien als ich. Als der Marshal mich zu ihm brachte, sah er zu mir auf, schüttelte mir die Hand und bedeutete mir, mich zu setzen.

Es waren keine Besucher im Zuschauerbereich. Wie Drayer gesagt hatte, war es einfach ein weiterer Tag Gerichtsroutine. Keinen Menschen interessierte, was mit einem weiteren Straftäter passierte.

Der Haftrichter war ein Mann mit glänzendem Gesicht, fast haarlosem Kopf und graubraunem Bart.

»Ist Ihr Name Peter Lenfest Goodrich?«, fragte er.

»Ja, Sir.«

»Wie alt sind Sie?«

»Dreiunddreißig.«

»Was für eine Schulbildung haben Sie?«

»Ich habe einen Collegeabschluss, Euer Ehren.«

»Waren Sie jemals in Behandlung wegen einer psychischen Erkrankung oder Rauschgiftsucht?«

Er sagte es so schnell, dass mein Hirn einen Moment brauchte, um die Frage zu verstehen, so dass eine komische Pause entstand, bevor ich sagte:»Nein, Euer Ehren.«

»Gibt es irgendetwas, was heute Ihre Fähigkeit, meine Fragen zu verstehen und zu beantworten, beeinträchtigt?«

»Nein, Sir.«

»Haben Sie eine Kopie der Anklageschrift erhalten?«

»Ja, Sir«, sagte ich, obwohl das nicht stimmte.

»Sie sind wegen Bankraub angeklagt. Das ist ein Verstoß gegen das US-Bundesgesetz 18, Abschnitt 2113(a). Verstehen Sie, was Ihnen vorgeworfen wird?«

»Ja, Euer Ehren.«

»Soll die Anklageschrift ganz vorgelesen werden?«

»Nein, Euer Ehren.«

»Ich sehe, dass Sie einen Anwalt dabeihaben. Hatten Sie Gelegenheit, Ihren Fall mit ihm zu besprechen?«

Ich sah den Anwalt an und sagte:»Ja.«

»Und wie plädieren Sie, schuldig oder nicht schuldig?«

Irgendwie hatte ich mir vorgestellt, dass es noch andere Fragen gäbe, bevor diese gestellt wurde, auf die allein es ankam. Solange ich die nicht beantwortet hatte, konnte ich also immer noch einen Rückzieher machen.

Ich dachte noch etwa fünf Sekunden darüber nach. Hundertfünfzigtausend Dollar, vielleicht auch mehr. Jedenfalls genug, dass meine Verlobte keine kalten Füße bekommen würde. Genug, um mein Kind zu versorgen und ihm ein Dach über dem Kopf zu geben, bis seine Mutter und ich wussten, wie es weiterging. Genug, um ein neues Leben zu beginnen.

All das zum Preis von sechs Monaten meines Lebens.

Es war ein guter Deal. Und jetzt war die Zeit, ihn unter Dach und Fach zu bringen.

Ich atmete tief ein, richtete mich kerzengerade auf und sagte:»Schuldig.«

ZWEITER AKT

Jetzt ist der Moment, meinen Instinkten zu vertrauen,
die Augen zu schließen und zu springen.

Elphaba, aus dem Musical
Wicked – Die Hexen von Oz

12. KAPITEL

Dreihundert Minuten im Monat. So viel Zeit zum Telefonieren gewährte die Bundesgefängnisverwaltung Mitch Dupree und jedem anderen Insassen im Morgantown, der es geschafft hatte, seine Privilegien nicht zu verlieren.

In Duprees Fall waren das dreihundert Minuten, um bei allem, was seine Frau und Kinder betraf, auf dem Laufenden zu bleiben – in der Hoffnung, dass bei seiner Entlassung in achteinhalb Jahren wenigstens etwas von seiner Beziehung zu ihnen übrig sein würde.

Das waren zehn Minuten pro Tag, die Dupree genau einzuhalten versuchte, um mit einem täglichen Anruf durch den Monat zu kommen. Die Bundesgefängnisverwaltung nannte die Telefonkonten der Insassen TRULINCS – Trust Fund Limited Inmate Computer System –, die natürlich auf die Minute genau geführt wurden. Deshalb stellte Mitch auch immer den Timer an seiner Uhr, um die Länge der Telefonate im Auge zu behalten. Die Kinder wussten, wie viel Zeit sie jeden Tag hatten, und sie bereiteten sich auf das Gespräch vor wie auf einen Lagebericht.

Der vierzehnjährige Charlie hatte normalerweise kein Problem, im Zeitlimit zu bleiben. Alles, was nicht gut war, war in Ordnung, alles andere war »keine Ahnung«. Anfangs hatte Mitch sich Sorgen gemacht, dass sein Sohn ihm Sachen verheimlichte oder ihm verübelte, im Gefängnis gelandet zu sein. Doch dann fiel ihm wieder ein, dass die meisten vierzehnjährigen Jungen heutzutage nicht viel zu sagen hatten, es sei denn, es ging um Videospiele.

Die elf Jahre alte Claire war gesprächiger – wenn sie Lust dazu hatte und nicht die mürrische Vorpubertierende raushängen ließ. Sie erzählte von ihren Freundinnen, ihren Ex-Freundinnen und welche Ex-Freundinnen gerade wieder Freundinnen wurden und so weiter. Mitch schrieb sogar mit, wer gerade angesagt war und wer nicht und wer irgendwo dazwischen lag, damit er nichts durcheinanderbrachte. Der amerikanische Kongress war nichts im Vergleich zum Taktieren von Mädchen in der Mittelschule.

Wenn Claire und Charlie die ganzen zehn Minuten verbrauchten, verschoben Dupree und seine Frau Natalie ihre Anliegen auf den nächsten Tag. Die Kinder kamen zuerst, den Erwachsenen blieben die Krümel.

Die letzten drei Tage hatten die Kinder die gesamte Zeit in Anspruch genommen. Aber heute hatte Charlie nur ein paar nebensächliche Dinge über die Proben der Schulband gemurmelt, und Claire war nur ein einziges Mal von einer Freundin enttäuscht worden, was den Eltern noch volle zwei Minuten ließ.

Mitch wusste, was für ein Glück er mit Natalie hatte. Trotz der großen Last, die ihr durch seine Haft aufgebürdet wurde, hielt sie zu ihm. Anderen Insassen war es nicht so gut ergangen. Diejenigen, die bei ihrer Ankunft nicht schon mitten in einem Scheidungsverfahren steckten, hielten bald ihre Scheidungspapiere in den Händen.

»Du fehlst mir, Baby«, sprudelte es aus Mitch heraus, sobald die Kinder aus der Leitung waren. Sie sollten nicht wissen, wie sehr er unter der Trennung von ihnen litt.

»Dafür ist jetzt keine Zeit«, antwortete Natalie leise. »Sie beobachten mich wieder.«

Mitch empfand das als Schlag in die Magengrube. »Wer?«

»Ich weiß es nicht. Sie sahen nicht mexikanisch aus, aber … Sie saßen gegenüber auf der anderen Straßenseite im Auto und haben versucht, nicht aufzufallen. Ein Mann und eine Frau.

Sie richteten sofort eine dieser Mini-Satellitenschüsseln aufs Haus, sobald wir gestern Abend angefangen hatten zu telefonieren.«

Das gehörte zu den vielen Schattenseiten ihrer finanziellen Situation. Sie wohnten nicht mehr in einem der vornehmen Häuser im schicken Buckhead-Stadtteil Garden Hill, die weit von der Straße zurückgesetzt standen. Nachdem die Anwälte ihre ganzen Ersparnisse weggefressen hatten, waren sie pleite gewesen und gezwungen, in ein grau verkleidetes, hundertfünfzig Quadratmeter großes Haus zu ziehen – vier Zimmer, anderthalb Badezimmer –, das als Abrisshaus auf dem Markt war. Es hatte nicht einmal eine Klimaanlage.

Die Duprees kauften es aus einem einzigen Grund, nämlich weil ihre Kinder von dort aus weiter auf ihre alte Schule gehen konnten. Was aber auch hieß, dass sie in einem kleinen Haus dicht an der Straße wohnten und keinerlei Privatsphäre hatten – also leicht abgehört und sonst wie beobachtet werden konnten.

»Dann ist es wahrscheinlich nicht das Kartell«, sagte Mitch. »Solche Abhörgeräte benutzt nur das FBI oder die Drogenvollzugsbehörde. Sie kriegen keine Genehmigungen mehr, Telefone anzuzapfen, deshalb …«

Und die Bundesgefängnisverwaltung hörte wahrscheinlich gerade mit, wie er darüber spekulierte. Aber das war ihm egal, er sagte nichts, was die Regierung nicht schon wusste.

»Stehen sie im Moment auch da?«, fragte er.

»Ich sehe sie nicht, aber …«

Aber das hatte nichts zu bedeuten, sie konnten sich überall verstecken. Ein dichtbesiedeltes Viertel wie ihres bot unzählige Möglichkeiten.

»Ich wünschte, sie würden verschwinden«, sagte Natalie leise. »Es ist unheimlich zu wissen, dass sie … *da draußen* sind. Uns zuhören und beobachten. Bist du sicher, wir können nicht … ich hab mir das YouTube-Video über das Zeugenschutzprogramm angesehen. Sie würden uns bestimmt irgendwo hinschicken, wo es warm ist, wo …«

»Darüber haben wir doch schon gesprochen. Es geht um die Kinder und ihre Schule.«

»Den Kindern ist der Vater wichtiger als die Schule, in die sie gehen.«

»Ein Grund mehr, warum das Zeugenschutzprogramm keine Option ist. Sowie ich die Dokumente übergebe, bin ich so gut wie tot.«

»Ja, aber vielleicht …«

»Sie würden uns finden, ganz sicher. Es gibt keinen anderen Weg für uns, am Leben zu bleiben.«

Sie seufzte. »Ich weiß einfach nicht, wie lange ich die Leute da draußen noch ertrage. Und wenn es doch das Kartell ist und sie beschließen, mich auszuschalten?«

»Das würden sie nicht wagen. Sie wissen genau, was ich habe.«

»Ich brauche mehr Schutz als das.«

»Ich weiß, und es tut mir leid. Aber ich kann nichts tun.«

Als wäre das nicht schon offensichtlich genug.

»Ich muss Schluss machen«, sagte Mitch. »Zehn Minuten. Ich liebe dich.«

Er legte schnell auf, so dass er ihre Antwort nicht mehr hörte.

13. KAPITEL

Vielleicht hatte ich zu viele alte Filme gesehen. Ich erwartete, in einem schrottreifen Schulbus mit vergitterten Fenstern zum Gefängnis gebracht zu werden, inmitten von Männern, die von Narben verunstaltet waren und mich ansahen wie Frischfleisch, das sie abends zum Essen verzehren würden.

Die Wirklichkeit war zwar komfortabler, aber auch uninteressanter, nämlich ein weißer SUV mit gelbem US-Marshals-Stern an der Seite. Ich war der einzige Gefangene, und hätte ich ignorieren können, an drei Stellen Fesseln zu tragen, wäre die Fahrt über die frühherbstlichen Hügel von West Virginia durchaus angenehm gewesen.

Es war der 9. Oktober. Die fünfunddreißig Tage zwischen meinem Schuldbekenntnis und meiner Verurteilung waren ereignislos gewesen, zumal ich aufgrund meiner Schuldanerkenntnis weiterhin auf freiem Fuß war. Die Agenten Ruiz und Gilmartin waren zu ihrer FBI-Außenstelle in New York zurückgekehrt und nur etwa einmal pro Woche vorbeigekommen, um meine gesammelten Belege abzuholen, die Hotelrechnung zu bezahlen und sicherzustellen, dass ich keine kalten Füße bekam.

Sie hatten mir geholfen, ein Konto für den Gefängnisladen und ein TRULINCS-Konto einzurichten, so dass ich ein paar notwendige Dinge kaufen und telefonieren konnte. Und sie hatten mir geholfen, mich mental auf meine Zeit im Gefängnis vorzubereiten. Wobei sie ständig auf unterschiedlichste Weise betonten, dass ich niemandem trauen konnte.

»Vergessen Sie nie«, betonte Gilmartin mehrere Male, »dass alles, was Ihre Mitinsassen erzählen, wahrscheinlich gelogen ist.«

Davon abgesehen waren Amanda und ich allein. Ich hielt mich fit mit Work-outs und fing an, eine Partitur für ein Musical zu schreiben, wobei ich an einem »I Want«-Song über einen arbeitslosen Schauspieler bastelte, der sich Hoffnungen auf die Rolle seines Lebens machte. Mit der Melodie tat ich mich schwer, aber der Text machte mir keine Mühe – ich hatte jede Menge eigene Erfahrungen mit solchen Sehnsüchten.

Zudem hatte ich viel Zeit damit verbracht, im Internet alles über Gefängnisse im Allgemeinen und das Morgantown im Besonderen zu recherchieren.

Amanda malte mit mehr Besessenheit als je zuvor. Nach monatelangem E-Mail-Kontakt hatte Hudson van Buren ein Treffen mit ihr vorgeschlagen. Amanda spielte es herunter und sagte, es sei lediglich ein Zeichen, dass sie in ihrer inoffiziellen Lehre gute Fortschritte machte. Doch sie war eine Meisterin darin, niemals übertriebene Hoffnungen aufkommen zu lassen. Aber warum sollte van Buren ein Treffen vorschlagen, wenn nicht, um ihr die Teilnahme an einer Ausstellung anzubieten?

Wir etablierten eine Routine, bei der wir von morgens bis in den Nachmittag hinein arbeiteten und gegen vier Uhr Schluss machten. Wir hatten viel Sex – keine Sorgen wegen einer Schwangerschaft zu haben war irgendwie geil. Aber manchmal gingen wir auch einfach nur spazieren und sahen uns Filme im Fernsehen an.

Ein perfekter Zustand, wenn nicht Amandas morgendliche Schwangerschaftsübelkeit gewesen wäre, die manchmal bis in den Nachmittag oder Abend anhielt. Es würde mich nicht wundern, wenn unser Baby das Licht der Welt erblickte und nach Salzstangen und Isostar verlangte. Das war alles, was Amanda an manchen Tagen bei sich behielt.

Ein- oder zweimal – okay, eher zweieinhalbmal – schnitt ich

das Thema Heirat an und schlug vor, umgehend zum örtlichen Standesamt zu marschieren und zu heiraten, bevor ich mich in den Knast aufmachte. Amanda winkte jedes Mal sofort ab. Sie wollte, dass wir uns zuerst »ganz sicher« waren.

Als würde ich noch mehr Druck brauchen, um das jetzt durchzuziehen.

Während unserer Trennung wollte Amanda zu meiner Mutter nach Hackensack ziehen, weil sie dann näher an der New Yorker Künstlerszene war. Ich war skeptisch, ob das funktionieren würde – sie kamen doch jetzt gut miteinander aus, oder? –, tat aber, als wäre es eine Superidee. Wobei ich hauptsächlich hoffte, meine Mutter würde still und leise die Achillessehne jedes Typen durchtrennen, der meiner Verlobten schöne Augen machte.

Der schwierigste Teil dieser ansonsten glücklichen fünfunddreißig Tage war, als mein Bewährungshelfer kam, um noch Infos für seinen Bericht zur Festsetzung des Strafmaßes zu bekommen. Er wollte alles – und ich meine wirklich *alles* – über Pete Goodrich wissen und zwang mich, alle möglichen Details über mich zu erfinden. Wer hätte geahnt, dass ich nach dem College im Friedenscorps war? Oder dass ich das Fußballteam der Schule trainiert hatte?

In einem kurzen Telefoninterview spielte Amanda »Kelly«, Petes Frau. Wir erzählten dem Bewährungshelfer, unser Haus sei zwangsversteigert worden und dass sie und unsere drei Kinder schon in Kalifornien bei Kellys Eltern seien.

Und Gilmartin musste am Telefon den Schuldirektor geben, der mich eingestellt hatte; Danny Ruiz tat, als wäre er der Leiter des Fachbereichs Geschichte *und* Dave Cola, mein ehemaliger Nachbar. Nur meine Mutter durfte meine Mutter sein, und zumindest sie musste nicht so tun, als wäre sie entsetzt, dass ihr kleiner Junge ins Gefängnis kam.

Als ich im Bericht in der Rubrik »Verwandte« Amanda als meine »Cousine« bezeichnete, fühlte sich das wie ein typisches

West-Virginia-Ding an. Im Gefängnisleitfaden stand nämlich, sie dürfe mich nicht besuchen, wenn sie in dem Bericht nicht auf meiner Besucherliste stand. Wir planten zwar keine Besuche, aber es war schön, zu wissen, dass sie kommen könnte. Nur für den Fall.

Im fertigen Bericht hieß es dann, dass ich ein netter Kerl sei, der einen schlimmen Fehler gemacht habe, und dass eine zehnjährige Strafe angemessen sei. Die Zahl überraschte mich, auch wenn ich die Zeit nicht absitzen musste. *Zehn Jahre.* Das klang wie lebenslang.

David Drayer zeigte sich großherzig und reduzierte das Strafmaß auf acht Jahre, was immer noch erschreckend war. Doch ich sagte mir immer wieder, dass ich in sechs Monaten draußen sein würde, sonst wäre mir sicher ganz anders geworden. Neben der Strafreduzierung stellte Drayer auch noch den Antrag, dass ich ins Morgantown käme, also nahe Shepherdstown, meiner vermeintlichen Heimatstadt. Der Richter gab beiden Anträgen großzügig statt, weshalb ich jetzt in dem weißen SUV saß und Richtung Westen chauffiert wurde.

Nach zwei Stunden, so gegen Mittag, hielten wir im Gefängnis Hazelton, um einen weiteren Häftling abzuholen. Wieder machte ich mich auf das Schlimmste gefasst: Ein Skinhead mit dem Gesicht voller Tattoos, ein Gangmitglied mit dickeren Armen als mein Hals, ein Irrer in einer Zwangsjacke, der wegen der Pillen, mit denen die Ärzte ihn ruhiggestellt hatten, vor sich hin sabberte.

Stattdessen war der erste echte Häftling, mit dem ich zu tun hatte, ein kräftiger weißer Mann mittleren Alters mit grau meliertem Haar. Er nickte mir zu und setzte sich lächelnd auf den Sitz neben mich.

»Hi«, sagte er. »Rob Masri.«

»Pete Goodrich«, erwiderte ich mit meiner Pete-Goodrich-Stimme, die mir nach einem Monat Übung ganz natürlich vorkam.

114

»Der erste Tag?«, fragte er.

Ich trug immer noch meine Straßenkleidung, die mich offenbar als Neuling auswies, und sagte: »Jap.«

Pete Goodrich war der Typ Mann, der »jap« anstatt »ja« sagte.

»Und was bringt Sie ins Gefängnis?«, fragte er.

»Ich dachte, wir sollten untereinander nicht über so was reden. Auf den Websites steht ›bleiben Sie für sich, verhalten Sie sich unauffällig‹ und so.«

»Ah, ja, das«, sagte er. »Ist was Wahres dran, aber nach einer Weile fühlt man sich ziemlich einsam. Meine Theorie ist, dass die ganze Sache stinkt, aber wenn man Freunde hat, stinkt es ein bisschen weniger. Ich hab das Gefühl, Sie könnten einen Freund gut gebrauchen.«

»Jap«, gab ich zu.

»Wenn das so ist, ich heiße Rob Masri und bin Anwalt in Charlottesville, Virginia. Oder zumindest war ich das, bis ich aufgrund von Insiderinformationen eines Klienten Aktien gekauft habe. Und dank eines Staatsanwalts, der beschlossen hatte, Karriere auf meine Kosten zu machen, hab ich elf Jahre gekriegt, von denen ich jetzt die Hälfte abgesessen habe. Was mich natürlich keineswegs verbittert.«

Er lächelte mich an. Alles, was mir meine Mithäftlinge erzählen, sei wahrscheinlich gelogen, hatte Gilmartin gesagt. Aber diese Story schien mir ziemlich plausibel.

»Und was haben Sie angestellt?«, fragte er.

Also dann mal los. »Ich war Lehrer in Shepherdstown, West Virginia«, sagte ich. »Eines Tages war ich so verzweifelt, dass ich 'ne Bank ausgeraubt hab. Das kostet mich acht Jahre.«

»Nett«, sagte er. »Und Sie sind auf dem Weg ins Morgantown?«

»Jap.«

»Gut für Sie.«

»Warum gut?«

»Weil Morgantown im Vergleich zu anderen Gefängnissen ein Urlaubsparadies ist, und zu dem hinter uns ganz sicher«, sagte er und zeigte mit dem Daumen zu dem kleiner werdenden Hazelton oben auf dem Hügel, den wir gerade hinunterfuhren. »Das hat mittlere Sicherheitsstufe, aber selbst wenn das nicht so anders klingt als niedrige Sicherheitsstufe, hat man da drin das Rad der Menschheitsentwicklung um zehntausend Jahre zurückgedreht. Die schlimmsten Kerle sitzen da: Gangmitglieder, Sexualstraftäter und Typen, die einen verprügeln, kaum dass sie einen angeguckt haben. Whitey Bulger wurde da drin totgeprügelt, und den Rest der Horrorgeschichten erspare ich Ihnen. Aber eines können Sie mir glauben, was immer Sie in den nächsten acht Jahren anstellen, sehen Sie zu, dass Sie *nicht* an so einem Ort landen.«

»Aber warum waren Sie dort?«, fragte ich. »Insiderhandel ist ja keine Gewalttat. Und Sie waren doch sicher nicht vorbestraft. Hätten Sie nicht schon immer in einer Haftanstalt mit niedriger Sicherheitsstufe sein müssen?«

»Richtig, aber dafür darf man höchstens noch zehn Jahre vor sich haben, erst dann kann man in ein Gefängnis wie Morgantown kommen. Ich saß fast zwei Jahre in Hazelton fest, weil sie mir die ganze Zeit erzählt haben, im Morgantown wären keine Betten frei. Dann finde ich heraus, dass das Morgantown Kapazitäten für tausenddreihundert Leute hat und im Moment nur etwa neunhundert Betten belegt sind. Das muss man sich mal vorstellen!«

Er schüttelte den Kopf. »Aber genau so läuft's bei der Gefängnisbehörde, das werden Sie noch früh genug lernen. Die tun so, als gäbe es all die Gesetze und als ob sie alles genau nach Vorschrift machen, aber inzwischen existieren so viele Erlasse und Verordnungen von oben, dass es mindestens drei Richtlinien gibt, die denen widersprechen, die sie anwenden. Das Einzige, worauf man sich verlassen kann, ist die Unzuverlässigkeit.«

Auf dem Weg zurück zum Highway und weiter Richtung Morgantown gab Masri noch andere Weisheiten über die Welt zum Besten, zu der auch ich bald gehören würde. Erst als wir den Highway wieder verließen, wurde er still. Nach ein paar Kurven fuhren wir langsamer und passierten ein kurzes Stück Stacheldrahtzaun, der selbst einen unentschlossenen Dackel nicht hätte aufhalten können.

Dahinter befand sich die Justizvollzugsanstalt Morgantown, die ich von Fotos aus dem Internet kannte. Sie lag von Hügeln umgeben in einem kleinen Tal, in dem an befestigten Wegen mehrere niedrige Gebäude standen, immer mit viel Grün dazwischen und sogar einem Softball-Spielfeld. Über die Hügel verstreut gab es ein paar Bäume, und ein kleiner Bach floss mitten durch die Senke.

Sobald wir auf das Gefängnisgelände einbogen, ging der Stacheldrahtzaun in einen Holzzaun über, so als wäre Abraham Lincoln für die Sicherheitsmaßnahmen zuständig gewesen. Auf der Südseite der Einrichtung, mit dem größten Hügel im Rücken, schien es außer den Bäumen überhaupt keine Barrieren zu geben.

Ich sah weder Wachtürme, aus denen Gewehre von Scharfschützen ragten, noch Verteidigungsanlagen oder irgendetwas, was nach Gefängnis aussah. Hier und da standen Lichtmasten, aber nicht die grellen Flutlichter, die ich erwartet hatte.

Insgesamt war es so einschüchternd wie ein College-Campus. Im Internet hatte ich gelesen, dass die Justizvollzugsanstalt Morgantown früher einmal das Robert F. Kennedy Youth Center gewesen war, das Kennedy während seiner Amtszeit als Generalstaatsanwalt hatte errichten lassen und das nach seiner Ermordung nach ihm benannt worden war. Es hatte sich seine freundliche Atmosphäre bewahrt.

»Da wären wir«, sagte Masri, als wir ein kleines bemanntes Kontrollhäuschen passierten. »Willkommen im Camp Cupcake.«

***

117

Bei Rick Gilmartins letztem Briefing hatte er mir gesagt, das Morgantown werde wie ein Komplex von Wohneinheiten gemanagt. Was bedeutete, dass jeder Gefangene einem bestimmten Haus zugeordnet war. Arbeitseinsätze sowie Kurse, an denen man teilnehmen konnte, waren nicht nach Häusern getrennt, aber alles andere. Man aß, schlief und verbrachte seine Freizeit mit den Insassen der jeweiligen Wohneinheit.

Insgesamt hatte es bei ihm ein bisschen nach Hogwarts geklungen.

Als Erstes musste ich es schaffen, dass der Officer, der für meine Aufnahme in das Zulassungs- und Orientierungsprogramm zuständig war – um bei Harry Potter zu bleiben, also der Sprechende Hut –, mich dem Gebäude von Mitchell Dupree zuwies. Dabei konnte das FBI mir nicht helfen, woran Danny und Rick mich mehrere Male erinnert hatten. Ihr Einfluss endete am Haupttor der Haftanstalt.

Allerdings konnte Rick mir sagen, dass – laut ihres Verbindungsmannes bei der Bundesbehörde für Gefängnisse – Dupree im Randolph-Haus untergebracht war, dem einzigen der fünf Gebäude mit einer Rollstuhlrampe. Und das, so hatte ich beschlossen, würde mein Einlassticket sein.

Deshalb hatte Pete Goodrich, als er aus dem SUV stieg, ein leichtes, aber anhaltendes Hinken entwickelt.

Ich hinkte zu der Stelle, wo die Fotos gemacht wurden, zur Stelle für die Fingerabdrücke und dann zur Leibesvisitation. Ich hinkte zur Kleiderausgabe, wo ich mein neues Outfit empfing: Khakihemd, Khakihose, schwarzer Gürtel und schwarze Stahlkappenstiefel, was alles zusammen ziemlich scharf aussah. Wenn man farbenblind war.

Die Hose war mir natürlich zu groß. Sie gaben mir erst einmal Sicherheitsnadeln und versprachen, mir später eine Hose zu besorgen, die passte.

Ich beschwerte mich nicht, sondern hinkte einfach zur nächsten Stelle, wo ich meinen Verhaltensleitfaden bekam, in dem viele Verbote und nur wenige Dinge standen, die erlaubt waren.

Man erinnerte mich mehrmals daran, dass ich die Straße rund um die Anlage nicht überqueren durfte. Das war de facto der Grenzzaun. Mehr brauchten sie auch nicht. Sie hämmerten weiter auf den Nagel, den Rob Masri bereits versenkt hatte: Die fünf Jahre, die der ursprünglichen Strafe bei einem Fluchtversuch aufgepfropft würden, waren das kleinste Problem, das einen erwartete, wenn man erwischt wurde. Das wesentlich größere war, dass man nicht zurück ins Camp Cupcake kam.

Dann hieß es, ab nach Hazelton oder schlimmer.

Mit dieser Gedächtnisauffrischung im Hinterkopf hinkte ich für die medizinische Untersuchung zum Gesundheitsdienst. Von meiner Humpelei war anscheinend niemand beeindruckt, obwohl ich mich sehr bemühte, nicht zu übertreiben.

Im Untersuchungszimmer hievte ich mich vorsichtig auf die Liege, wo mich eine ärztliche Assistentin äußerst gewissenhaft untersuchte. Mein Beinproblem ließ sie unkommentiert, prüfte meine Vitalwerte und beurteilte meinen Allgemeinzustand.

Schließlich bekam ich dann doch noch meine Chance. »Sie scheinen in exzellenter körperlicher Verfassung«, sagte sie. »Gibt es irgendwelche Probleme, über die wir Bescheid wissen sollten?«

»Nein, Ma'am«, sagte ich, weil Pete Goodrich ein Mann war, der Ma'am sagte. »Ich bin total gesund.«

Ich schenkte ihr noch einen Moment länger mein perfektes Patienten-Lächeln, bevor ich einen dunklen Schatten darüberlegte. »Nur mein Knie macht mir Probleme, aber das ist nicht der Rede wert.«

»Ihr Knie?«, fragte sie.

»Das hab ich mir vor ein paar Jahren beim Fußballspielen versaut«, erklärte ich. »Die Versicherung wollte die Operation nicht bezahlen, und jetzt muss ich damit leben. Da kann man nichts machen.«

Sie blätterte in der Aktenmappe in ihrer Hand. »In dem Bericht des Bewährungshelfers steht nichts über ein Knieproblem«, sagte sie, ohne den Kopf zu heben.

»Weil es die meiste Zeit nicht schlimm ist und nur ab und zu wieder anfängt zu schmerzen«, sagte ich, rieb es und saugte Luft durch die Zähne. »Seit der Fahrt hierher ist es wieder blockiert. Im SUV war nicht viel Beinfreiheit.«

Die Assistentin nahm mir das keinen Moment lang ab. »Wenn Sie mir hier Schmerzmittel aus den Rippen leiern wollen, müssen Sie sich *wesentlich* mehr anstrengen als …«

»Nein, Ma'am, ich will keine Schmerzmittel. Ich hab's einmal probiert, und die haben mich ganz belämmert gemacht«, sagte ich und tippte mir an den Kopf. »Die meiste Zeit ist es auch kein Problem, schon gar nicht, wenn es draußen warm ist. Kälte setzt mir aber zu. Dann … na ja, dann meldet es sich halt wieder. Aber Winter ist nun mal nicht meine Lieblingsjahreszeit.«

Tommy hätte gesagt, dass die Winter echt scheiße sein konnten, aber Pete gebrauchte solche Ausdrücke nicht in Gegenwart einer Dame.

»Verstehe«, sagte sie zurückhaltend und fragte sich offensichtlich immer noch, worauf ich eigentlich hinauswollte.

»Ehrlich, ich will keine Pillen«, sagte ich und sah ihr direkt in die Augen. Und dann: »Eigentlich tut es nur richtig weh, wenn ich Treppen rauf- und runtergehe. Hier gibt es doch sicher keine Zimmer im dritten Stock, oder?«

»Nein, nichts dergleichen«, sagte sie und blickte wieder auf die Papiere. »Hier steht, dass Sie in eines der eingeschossigen Häuser kommen sollen, aber die haben auch einen Treppenaufgang.«

»Oh«, sagte ich, rieb mir das Knie und machte einen auf niedergeschlagen. »Gibt es denn nichts mit, ich weiß nicht, einer Rollstuhlrampe oder so? Damit hätte ich kein Problem.«

»Es gibt ein behindertengerechtes Haus«, sagte sie. »Ich

könnte empfehlen, dass Sie dahin kommen. Es ist das Randolph-Haus.«

Bingo.

Ich zuckte zusammen, rieb noch einmal mein Knie und sagte: »Wenn Sie das für das Beste halten …«

14. KAPITEL

Obwohl sie schon so oft in New York City gewesen war und als Studentin etliche Jahre hier gelebt hatte, fühlte Amanda sich, sobald sie nach Manhattan kam, noch immer wie ein Mädchen vom Lande.

Es waren nicht nur die Betriebsamkeit dieser Stadt, die niemals schlief, die Wolkenkratzer oder die kulturelle Bedeutung – laut Eigenwerbung, aber eben auch verdient –, die New York in ihren Augen zum Gegenteil von Plantersville, Mississippi, machten.

Nein, es waren vor allem die Menschen. Da konnten die Typen, die in ihrer Heimatstadt auf dem Parkplatz vom Better Buy rumhingen, noch so viel über die New Yorker spotten, für Amanda Porter waren sie dazu auserwählt – aufgrund ihrer Abstammung, ihrer exzellenten Bildung oder ihres herausragenden Talents –, im kulturellen Zentrum der Nation zu leben.

Doch sie gehörte nicht dazu.

Noch nicht.

Deshalb war sie jetzt auf dem Weg zu dem lange herbeigesehnten Besuch der Van Buren Gallery. Die Kunstgalerie befand sich in der Madison Avenue etwas oberhalb der Achtundsiebzigsten Straße und damit in der Nähe des Metropolitan Museum, des Guggenheim Museum und von mehr geballtem Reichtum, als sie in ihrer gesamten Kindheit je zu sehen bekommen hatte.

Passenderweise war der Galeriebesitzer, Hudson van Buren, ein Nachkomme jenes alteingesessenen Geldadels, der seinen Stammbaum bis zu den holländischen Gründern der Stadt zurückverfolgen konnte. Nach dem Entdeckungsreisenden Henry Hudson benannt – und nicht nach dem Fluss, der zur Zeit seiner Geburt so verdreckt war, dass man schon vom Hinsehen Krebs bekommen konnte –, grollte er all den Pendlern aus Park Slope, Maplewood und Montclair, die ihren Kindern diesen Namen gaben und ihn dadurch so gewöhnlich machten.

Mit seinem Geld, seinem Einfluss und seinen Kontakten war Hudson van Buren schon lange ein Königsmacher in der New Yorker Kunstszene. Wenn Hudson van Buren eine Künstlerin oder einen Künstler als das nächste große Ereignis ankündigte, wurde sie oder er das praktisch über Nacht. Er brauchte nur zum Telefonhörer zu greifen, und das Werk der Künstler war auf dem Cover von *The New Yorker*, wurde im MoMA ausgestellt oder wo immer er es präsentiert sehen wollte. Was auch bedeutete, dass die Arbeiten in seiner Galerie angeboten wurden. Gerade weil alle wussten, dass er das Geld nicht nötig hatte, verdiente er ein Vermögen mit dem Verkauf von Gemälden.

Als Amanda eine E-Mail van Burens mit dem Vorschlag bekommen hatte, sich mit ihm am 9. Oktober persönlich zu treffen, war ihr das wie ein Wink des Schicksals erschienen. Es war der Tag von Tommys Urteilsverkündung – und damit eine Zeit für Neuanfänge.

Nach einem tränenreichen Abschied von Tommy war sie mit dem Auto von West Virginia bis Hackensack gefahren und von dort aus mit dem Bus nach Manhattan. Je näher sie ihrem Ziel kam, desto nervöser wurde sie, so dass die Zeitschrift, die sie zu lesen versuchte, schließlich schweißnass war.

Es gab noch andere Galerien und andere einflussreiche Persönlichkeiten, aber keine könnte ihr Leben so schnell oder so umfassend verändern wie van Buren.

Sie hatte ein Shirtkleid an, die beiden oberen Knöpfe offen, schwarze Nylons und Schuhe mit flachen Absätzen, in denen sie keine Angst haben musste, zu stolpern. Ihre Haare waren mit

einer einfachen Spange zu einem lockeren Pferdeschwanz ge-
bunden, so wie es Tommy gefiel.

Um Punkt sechzehn Uhr, die Zeit ihrer Verabredung, betrat
Amanda die Galerie durch eine gläserne Eingangstür. Sie wurde
von einer Empfangsdame mit perfekt gestyltem Haar begrüßt,
bei deren Anblick sie sich sofort wie ein Bauernkind fühlte. Die
Empfangsdame rief die Direktionssekretärin an – ebenfalls ma-
kellos gekleidet und in Schuhen, die sicher mehr kosteten als
Amandas gesamtes Outfit. Sie führte Amanda eine Wendeltreppe
aus gebürstetem Stahl hinauf und durch eine unauffällige Tür in
ein Büro, das den Blick auf den offenen Galerieraum darunter
freigab.

Die Atmosphäre hier war vollkommen anders, kein Stahl oder
Glas, sondern Mahagoni und unverputzter Ziegelstein. Amanda
wurde durch eine weitere Tür eskortiert – wieder Holz, kein
Glas – und betrat das innerste Heiligtum von Hudson van Buren.

Der Galerist war ein hochgewachsener Mann in einem perfekt geschnittenen Leinenanzug, der trotz der späten Tageszeit
noch erstaunlich wenig Knitter aufwies. Aus Artikeln über ihn
wusste Amanda, dass er auf die sechzig zuging, mit dem stroh-
blonden Haar und dem alterslosen Teint sah er jedoch jünger
aus. Als Amanda seine Hand schüttelte – ihre feucht, seine weich
und warm –, kam ihr der Gedanke, dass er wohl niemals mehrere
Tage ohne eine Maniküre verstreichen ließ.

»Wie schön, Sie einmal kennenzulernen«, sagte er mit weicher
Baritonstimme, ein aufrichtiges Lächeln im Gesicht. »Es war ein
Vergnügen, mich mit Ihrer Arbeit zu beschäftigen, und jetzt freue
ich mich darauf, Sie persönlich kennenzulernen.«

»Vielen Dank für die Einladung«, sagte Amanda.

»Meine Güte, was ist das denn für ein Akzent?«, fragte er.

»Mississippi«, sagte sie.

»Wundervoll, Mississippi. Vor ein paar Jahren habe ich ein
Wochenende in Biloxi verbracht, eine schöne Stadt.«

»Ja«, sagte sie.

»Stellen Sie bitte keine Anrufe durch, Marian«, wies er seine Sekretärin an.

»Ja, Sir«, erwiderte sie und verließ das Zimmer.

»Treten Sie näher«, sagte van Buren mit einer einladenden Handbewegung.

Allein die schiere Größe des Raumes war einschüchternd. In Manhattan kannte Amanda nur Studentenbuden, in denen drei Frauen in einem Apartment wohnten, das für eine Einzelperson gedacht war und wo jeder Zentimeter maximal genutzt werden musste. Van Burens Büro war größer als jede Wohnung, in der sie je gelebt hatte. In Manhattan war Raum – wie in nur wenigen anderen Städten – gleichbedeutend mit Macht.

Draußen vor dem großflächigen Fenster sah man die Bäume des Central Park, deren Blätter gerade ihre Farbe wechselten. Im Raum selbst waren die frischen Blumen so gewählt, dass sie farblich zu den Vasen passten.

Sie erkannte die meisten Bilder an den Wänden wieder, alle von Künstlern und Künstlerinnen, die für Amanda seit ihrer Jugend Vorbilder waren. Hudson van Buren hatte sie alle entdeckt, als sie etwa so alt waren wie Amanda jetzt.

Und nun war sie hier und würde vielleicht bald dazugehören.

Van Buren wies zu der Couch, die zu einer geschmackvoll eingerichteten Sitzecke gehörte. Amanda setzte sich an das Ende, das dem Fenster am nächsten war. Dann nahm van Buren die Champagnerflasche, die in einem Kühler vor ihnen auf dem Couchtisch stand, und schenkte zwei Sektflöten ein. Noch bevor sie überlegen konnte abzulehnen, drückte er Amanda eine in die Hand. In Plantersville trank man nicht einmal bei Hochzeiten Champagner.

»Ich finde, das sollten wir feiern«, sagte er.

Sie war nicht sicher, was sie feierten – bedeutete das, er akzeptierte ihre Bilder? –, aber er stieß mit ihr an und nahm einen

Schluck. Sie zögerte, dachte an das Baby. Auf den Websites stand, dass hier und da ein wenig Wein okay war, oder? Trotzdem …

Dann machte sie sich klar, wie wichtig Hudson van Buren für den College-Fonds ihres ungeborenen Kindes sein könnte, und nippte ebenfalls am Glas.

»Hmmm«, sagte er. »Schmeckt er Ihnen?«

»Ja«, antwortete sie, obwohl sie kaum einen Schluck getrunken hatte.

»Gut, trinken Sie, es gibt noch mehr davon.«

Dann ließ er sich am anderen Ende der Couch nieder, schlug die Beine lässig übereinander und begann, nach Art des Mansplaining, ihr ihre eigenen Bilder zu erklären. Beinahe überschwänglich lobte er sowohl ihre Komposition wie den Inhalt, sagte, alles sei so anders, so frisch, die Sujets seien zwingend. Er habe Kunden – »besonders die Liberalen der Upper West Side mit ihren Limousinen« –, die sich beim Kauf ihrer Sachen schon bald eine Angebotsschlacht liefern würden.

»Fünfstellige Summen werden das Anfangsgebot sein«, sagte er zuversichtlich.

Amanda nickte einfach nur ehrfürchtig. Sie würden den Erlös fünfzig-fünfzig teilen, wie es Usus war. Er überlege auch, ihre Werke einen Monat lang als Einzelausstellung in der Galerie zu präsentieren – ein echtes Statement –, die darauffolgenden zwei Monate würde sie sich den Raum dann mit anderen Künstlern teilen. Wenn am Ende des ersten Monats überhaupt noch etwas von ihren Werken übrig wäre. Er denke da an mindestens zwei Dutzend Kunden, die wahrscheinlich alles aufkaufen würden.

Der Raum um sie herum fing an, sich zu drehen. Teils wegen des Lobgesangs, aber hauptsächlich wegen des Champagners. Sie hatte sich den ganzen Morgen lang übergeben und war jedes Mal, wenn ihr wieder übel wurde, vom Highway abgefahren und hatte sich erbrochen. Eigentlich hatte sie nur ein paar Schluck trinken wollen, aber er schenkte immer in dem Moment nach, wenn ihr

Glas nicht mehr ganz voll war. Und sie konnte ihre angeborene Südstaatenhöflichkeit einfach nicht überwinden.

Bei jedem Nachschenken war van Buren ihr auf der Couch ein Stück näher gekommen, und auf einmal sagte er: »Sie haben nervös gewirkt, als Sie hereingekommen sind. Waren Sie nervös?«

»Ja, das stimmt«, gab sie zu.

»Müssen Sie nicht sein, wirklich«, sagte er. »Und ja, ich kenne meinen Ruf, aber ignorieren Sie das einfach. Sie und ich werden Geschäftspartner, aber auch Freunde. Der Kunstbetrieb ist eine sehr persönliche Angelegenheit. Für Sie ist der Schaffensakt sehr persönlich, und für mich ist es der Verkauf, weil ich nicht nur die Kunst verkaufe, sondern mich selbst. Deshalb müssen wir … das gemeinsam durchziehen. Da darf es weder Nervosität noch Zögern geben, verstehen Sie, was ich meine?«

»Ja, ja, natürlich.«

»Entspannen Sie sich ganz einfach«, sagte er.

Bevor sie etwas erwidern konnte, hatte er ihre Schultern umfasst, sie mit dem Gesicht zum Fenster hingedreht und begonnen, ihren Nacken zu massieren.

»Sie sind zu verspannt«, sagte er. »Wir werden uns schon verstehen, Sie und ich. Dies ist der Anfang von etwas Wundervollem für Sie und Ihre Karriere«, sagte er, und massierte sie dabei bis zu den Schultern.

Die Situation kam Amanda total surreal vor. Wie hatte es bei einem Geschäftstreffen zu einer Rückenmassage kommen können?

Dann griff er um sie herum und öffnete einen weiteren Knopf ihres Kleides.

»Was machen Sie da?«, fragte sie.

»Ich will nur ein bisschen leichter an Ihren Nacken kommen«, erwiderte er, die Hände schon wieder emsig.

Seit wann ist mein Nacken vorne am Kleid? Aber sie war zu versteinert, zu beschwipst und zu unsicher, um zu reagieren.

»Sie sind wirklich sehr, sehr schön, ist Ihnen das bewusst?«, sagte er. »Viele junge Frauen wissen heutzutage gar nicht mehr, was sie zu bieten haben. Aber so wie Sie sich verhalten, mit großem Selbstvertrauen, das macht Sie noch anziehender.«

Ihr Gesicht war ganz heiß. Wieder griff er mit den Händen um sie herum und öffnete den nächsten Knopf.

»Im Kunstgeschäft sind Sie das, was wir als Gesamtpaket bezeichnen«, fuhr er fort. »Talentiert, schön, tolle Persönlichkeit. Und der Akzent! Sie sind bestimmt für das ganz große Geschäft, Miss Amanda Porter. Sie müssen es nur noch geschehen lassen.«

Endlich brach sich ein klarer Gedanke Bahn in ihrem vom Alkohol vernebelten Hirn. *Moment mal, was geschehen lassen?*

Sie musste dem hier einen Riegel vorschieben. Sofort. Was hier passierte, war total daneben.

»Es tut mir leid, ich bin verheiratet«, log sie und drehte sich zu ihm hin, damit er nicht weiter ihren Nacken massieren konnte.

»Das bin ich auch«, erwiderte er locker. »Meine Frau und ich führen eine offene Beziehung.«

Weiß sie das auch?

Amanda blickte ungläubig hinab auf die rosa Spitze ihres entblößten BHs.

»Aber ich … Ich bin nicht interessiert … an diesem Teil der Beziehung«, sagte sie.

»Hey, das ist okay. Alles gut, entspannen Sie sich einfach.«

Er legte die Hand auf ihren Oberschenkel und massierte ihn, begann nahe des Knies und arbeitete sich nach oben, schob ihr Kleid hoch. Sie konnte kaum glauben, dass das ihr Bein war. Mit gerötetem Gesicht starrte er jetzt auf ihren Schlüpfer, fing plötzlich an zu keuchen. Aus der Nähe sah er nicht mehr so jung aus, eher wie ein widerlicher alter Mann.

War es das, was er von Anfang an gewollt hatte? War es ihm jemals um ihre Kunst gegangen? Sie fühlte sich herabgewürdigt, angewidert, manipuliert. Das Mädchen vom Lande hatte es nicht so weit gebracht, um von einer Schlange verschluckt zu werden.

»Stopp. Aufhören«, sagte sie.

Sie stand auf, entzog sich seiner Hand, zerrte den Saum ihres Kleides nach unten und begann hastig, die beiden Knöpfe und einen weiteren zuzumachen.

»Hey, was ist los?«, sagte er offensichtlich verwundert.

»Ich habe gesagt, ich bin daran nicht interessiert.«

Er richtete sich auf der Couch gerade auf.

»Du weißt doch, was ich für dich und deine Karriere tun kann, oder?«, fragte er.

»Ja«, sagte sie.

»Dann setz dich wieder hin. Es gibt keine Eile, wir können es langsam angehen lassen.«

»Nein, können wir nicht.«

Er stand von der Couch auf, und kurz fürchtete Amanda, er würde sie packen und in die Ecke drängen. Van Buren war ihr körperlich überlegen, jede Gegenwehr wäre sinnlos. Aber sie war bereit, zu schreien, ihm in den Schritt zu treten, zu kratzen und zu beißen und ihm zu zeigen, wie sehr ein Mississippi-Girl kämpfen konnte.

Doch er ging an ihr vorbei zur Bürotür und öffnete sie.

»Es hat mich sehr gefreut, Sie kennenzulernen, Amanda«, sagte er laut. »Ihre Arbeit ist recht vielversprechend, braucht aber noch ein wenig Zeit, um zu reifen. Lassen Sie mich wissen, wenn Sie so weit sind, damit ich noch einmal einen Blick darauf werfen kann.«

15. KAPITEL

Aus irgendeinem Grund ließen sie mich beim Gesundheitsdienst nach der Untersuchung warten, wodurch ich aber Zeit hatte, die Worte der ärztlichen Assistentin ausgiebig zu analysieren.

Sie wollte *empfehlen*, dass ich im Randolph-Haus untergebracht werde, was nicht hieß, dass es schon entschieden war, oder?

Schließlich kam doch ein Gefängniswärter. Er forderte mich auf, mein zusammengerolltes Bettzeug und die neuen Klamotten zu nehmen, und eskortierte mich dann hinaus.

»Wo geht's hin?«, fragte ich, zufrieden, wie bodenständig Pete Goodrich klang.

»Zu Ihrem Gebäude«, antwortete er, was mich aber nicht wirklich weiterbrachte.

Ich hinkte los, vorbei an einem künstlich angelegten Teich mit Bänken ringsherum, der den Mittelpunkt des gesamten Gefängnisgeländes bildete. Er war etwa zwölf Meter lang und sechs Meter breit, rechteckig und mit seltsam grünem Wasser, so dass man nie auf den Gedanken käme, ihn mit dem riesigen Walden Pond in Massachusetts zu verwechseln.

»Hat der Teich auch einen Namen?«, fragte ich.

»Die Leute nennen ihn ›Teich‹«, erwiderte er ohne jede Ironie.

Wir passierten links von uns eine Kapelle, und danach führte er mich in das größte Haus auf dem ganzen Gelände, das er Schulungsgebäude nannte. Darin befanden sich Unterrichtsräume sowohl für eine schulische als auch für die berufliche Aus- und Weiterbildung, die Bibliothek und zwei Trainingsräume, einer mit Fitnessgeräten, der andere war eine freie Fläche mit Basketballkörben an beiden Enden.

Wir verließen das Gebäude und gingen in Richtung des großen Hügels, der sich hinter dem südlichen Ende des Geländes erhob. Laut Google Maps, das ich im letzten Monat stundenlang studiert hatte, war dort der Dorsey's Knob Park.

»Und der Hügel dort«, fragte ich und zeigte darauf. »Wie nennen die Leute den?«

»Hügel«, sagte er wieder total ernst.

Dann nahmen wir einen Pfad, der nach links abbog, und ich sah – zu meiner großen Erleichterung –, dass wir auf ein Haus aus hellbraunen Ziegelsteinen mit einer Rollstuhlrampe zusteuerten.

Hallo, Randolph.

Ich ballte triumphierend meine Faust, aber nur verstohlen.

Jetzt, da ich mein erstes Ziel erreicht hatte – ins Randolph-Haus zu kommen –, musste ich das zweite ins Visier nehmen.

Dupree finden.

Das dürfte nicht allzu schwer werden, natürlich vorausgesetzt, Gilmartins Kontakt in der Gefängnisverwaltung hatte sich nicht geirrt. Was ich inständig hoffte.

Den Gefängniswärter würde ich bestimmt nicht fragen, also musste ich einfach nur die Augen nach Dupree offen halten. Von außen schien das Randolph-Haus, mit Ausnahme der Rollstuhlrampe, mit den vier anderen Hafthäusern identisch zu sein. Es hatte die Form eines kleinen serifenlosen *t*, mit dem Eingang sozusagen in der Achselhöhle.

Die Innenwände bestanden aus weiß getünchten Hohlblocksteinen, die weißen Bodenfliesen waren mit grauen Flecken gesprenkelt, die wohl Marmor imitieren sollten, und die abgehängte Korkplattendecke hatte eingelassene Neonlichter. Das Haus sah also ziemlich genauso aus wie alle öffentlich finanzierten Gebäude aus den Jahren 1945 bis 1985. Wer hätte geahnt, dass Gefängnisse und Highschools so viel gemeinsam hatten?

Der Gefängniswärter ging mit mir den Flur entlang in Richtung des linken *t*-Flügels, der wahrscheinlich genauso konzipiert war wie der rechte. Dort befanden sich die Wohnbereiche der Insassen.

Der Flur mündete in einen Aufenthaltsbereich. In der Mitte standen drei leere Stockbetten. Da die Kapazitäten des Morgantown nicht ausgelastet waren, wurden sie nicht benötigt. Zwölf Türen gingen von diesem Raum ab.

In einigen Türen standen Männer, die mich, den Neuankömmling, beäugten, aber die meisten Insassen – anscheinend auch Dupree – waren irgendwo anders.

Wir gingen in den zweiten Raum auf der linken Seite, der etwa acht Quadratmeter groß und weder gemütlich noch sonst irgendwie ansprechend war: schmucklose Hohlblocksteinwände wie im Flur, ein schmales Fenster in der hinteren Ecke, das eine beschränkte Sicht auf den Gebäudeeingang gewährte.

»Das ist Ihrer«, sagte der Wärter.

An der linken Wand stand ein Metallschreibtisch mit einer festgeschweißten runden Sitzfläche. Direkt vor mir waren zwei etwa einen Meter hohe graue Metallspinde an der Wand befestigt.

Der rechte war leer, oben auf dem linken befanden sich einige persönliche Gegenstände: Haarbürste, Deodorant, Zahnbürste und Zahnpasta. Mein Blick fiel auf einen Bilderrahmen mit dem Foto einer lächelnden, dunkelhäutigen Frau und einem süßen Mädchen, etwa acht oder neun Jahre alt, das schwarze Haar zu vielen Zöpfchen geflochten.

An der rechten Wand stand ein Stockbett aus Metall. Auf dem oberen Bett bedeckte eine etwa acht Zentimeter dicke Matratze die durchhängenden Sprungfedern, das untere Bett sah aus, als hätte ein Kadett der West-Point-Militärakademie es gemacht: Das weiße Bettlaken war straff über die Matratze gespannt, der obere Teil eines weißen Betttuchs etwa dreißig Zentimeter über das obere Ende einer weißen Wolldecke geschlagen, und beides zusammen war ringsherum faltenfrei unter die Matratze gesteckt.

»Die Schuhe und die Jacke können Sie unters Bett legen«, sagte der Wärter. »Alles andere muss in den Spind. Ein Schloss können Sie im Gefängnisladen kaufen, was ich empfehle. Die Zimmer werden regelmäßig inspiziert, und Sie sind dafür verantwortlich, dass sich bei Ihnen keine Schmuggelware befindet. Das Fenster dürfen Sie nicht zuhängen. Das Zimmer muss jeden Morgen sauber sein. Wenn Sie bei einer Inspektion durchfallen, gibt es einen Punkt. Bei drei Punkten werden sie ins SPEZI verlegt.«

Hinter der hübschen Bezeichnung verbarg sich ein spezielles Zimmer, besser bekannt als Einzelzelle, deren Ruf ihr schon vorausgeeilt war. Darin verbrachte man dreiundzwanzig Stunden am Tag allein, die denkbar schlimmste Strafe für einen extrovertierten Menschen wie mich.

»Abendessen beginnt um siebzehn Uhr. Sie gehen, wenn Ihr Haus aufgerufen wird. Danach verfügen Sie bis etwa zwanzig Uhr dreißig über freie Zeit. Dann werden Sie aufgefordert, zurück in Ihr Haus zu gehen. Letzte Lebendkontrolle des Tages ist um einundzwanzig Uhr, das Licht geht um zweiundzwanzig Uhr aus. Morgen früh teilt der Leiter Ihres Hauses Ihnen mit, für welche Arbeit Sie eingeteilt sind. Noch Fragen?«

»Nein, Sir.«

»Gut«, sagte er. Und in seiner allerdienstfertigsten Stimme fügte er hinzu: »Willkommen im Morgantown.«

Ich dachte, gleich würde er salutieren, aber er drehte sich einfach um und ging. Irgendwann in den nächsten zwei Wochen würde eine formelle eintägige Einführung in das Gefängnisprogramm stattfinden, ansonsten war ich jetzt nur noch ein Häftling unter vielen, der aus gutem Grund seiner Freiheit beraubt war.

Aber im Gegensatz zu allen anderen hier – deren wichtigste

Beschäftigung es war, die Tage, Monate und Jahre bis zu ihrer Freilassung zu zählen – hatte ich eine Mission.

***

Nachdem ich meine Sachen abgelegt hatte, trat ich vor meine Zimmertür. Nach allem, was ich über den Tagesablauf in Gefängnissen gelesen hatte, und nach den Wochen meiner mentalen Vorbereitung auf diese Herausforderung war ich jetzt das erste Mal wirklich allein.

Ich ging in den Aufenthaltsbereich und weiter den Flur entlang Richtung Eingang. Auf der linken Seite war ein Badezimmer ohne Tür, und ich ging hinein: gelbe Kacheln, zwei Waschbecken mit Spiegeln und eine Duschkabine mit Vorhang.

Aus Neugier zog ich den Vorhang beiseite, vorbereitet auf Kolonien von Schimmel und Schwamm. Aber außer ein paar jahrzehntealten Seifenschaumresten war die Kabine ziemlich sauber. Ein weiterer Pluspunkt: Es gab nur einen Brausekopf, es würde also kein Gemeinschaftsduschen und die damit verbundenen Gefahren geben. Ein weiteres Gefängnisklischee, das sich in Luft auflöste.

Die meisten Stimmen schienen von weiter unten im Flur zu kommen, am Eingang des *t* vorbei. In der Hoffnung, Dupree zu entdecken, verließ ich das Bad und ging an einem kleinen Wachhaus und einem Büro vorbei in den Fernsehraum.

Sechs lautlos gestellte Flachbildfernseher waren an den Wänden befestigt – die Männer empfingen den Ton über kabellose Funkkopfhörer. Unter jedem Bildschirm klebte ein Schild mit Frequenzen: 107,5 für Nachrichten, 104,5 für Musik und Unterhaltung, 98,1 für Sport und so weiter.

Als ich eintrat, drehten sich einige Köpfe in meine Richtung, drehten sich aber genauso schnell wieder weg. Ich hatte schon gehört, dass Neuankömmlinge nichts Besonderes waren. In einer

Haftanstalt mit neunhundert Männern, von denen viele nur relativ kurze Zeit wegen gewaltloser Verbrechen einsaßen – achtzehn Monate, zwei Jahre oder so –, war die Fluktuation ziemlich hoch.

Gleich links von mir schien eine Küche zu sein. Wenn man es so nennen konnte, denn im Prinzip war es nur ein Edelstahlbecken mit einer Eismaschine daneben. Mitten im Raum stand eine Ladestation für die kleinen MP3-Player, die Insassen kaufen durften, dahinter befanden sich vier Tische mit jeweils vier Stühlen, die alle am Boden festgeschraubt waren.

Kein Dupree. Ich ging schnell weiter durch den Fernsehraum, damit ich niemandem lange die Sicht versperrte, und blickte in einen weiteren kleinen Raum, in dem Männer Karten spielten. Die Tische waren identisch mit denen in der Küche.

Auch hier schenkten sie mir kaum Beachtung. Wieder kein Dupree.

Da ich fürs Erste genug erkundet hatte, ging ich zurück in mein Zimmer, in dem ich auf einen Mann traf, der etwas im linken Spind suchte.

Und ein Riese war.

Mindestens zwei Meter groß, mindestens hundertvierzig Kilo schwer. Das Zimmer maß acht Quadratmeter, und ich schwöre, er füllte sieben davon aus.

Er trug kein Shirt und hatte mir den Rücken zugedreht, auf dem – jedenfalls sah es so aus – ein Stammbaum tätowiert war. Die Namen und Details waren schwer zu entziffern, denn sie waren mit schwarzer Tinte auf fast ebenso schwarze Haut geschrieben.

Ich wartete in der Tür, weil es so gut wie unmöglich war, einzutreten, ohne ihm zu nahe zu kommen. Als er jemanden hinter sich spürte, drehte er sich um, und ich fand mich auf seinen Nabel starrend wieder, weil er so viel größer war als ich. Ein bisschen Bauch quoll über seinen Gürtel, aber seine Arme, seine Schultern und der Brustkorb waren fest, mehr Muskeln als Fett.

Menschen von solcher Statur trifft man nicht auf der Bühne. Ohne zu übertreiben, war er einer der größten Männer, denen ich auf so engem Raum jemals gegenüberstand.

Und anscheinend war er mein Zimmergenosse. Ich wusste nicht, ob es Zufall war oder sich der für die Belegung zuständige Officer einen Spaß daraus gemacht hatte, den größten Mann im Gefängnis mit dem kleinsten zusammenzulegen.

»Kann ich Ihnen helfen?«, fragte er langsam mit tiefer Stimme. Sein Südstaatenakzent war viel stärker als Pete Goodrichs, sogar ausgeprägter als Amandas, wenn sie etwas getrunken hatte.

»Ja, hi«, sagte ich. »Mir wurde das Zimmer zugeteilt. Ich bin Tom ...«

Ich brach abrupt ab, war von seinen gewaltigen Ausmaßen so verstört, dass ich fast meinen neuen Namen vergessen hätte.

Bevor er es merkte (glaube ich jedenfalls), verbesserte ich mich. »Ich bin Pete Goodrich.«

»Frank Thacker«, sagte er und hielt mir die Hand hin, die so groß wie eine Radkappe war und sich beim Schütteln mindestens so hart anfühlte. Dabei übte er wohl nicht einmal besonders viel Druck aus.

»Wo stammen Sie her?«, fragte ich.

»South Carolina«, sagte er.

Seine natürliche nächste Frage wäre gewesen, wo ich herkomme, und ich hatte mein »Shepherdstown, West Virginia« schon auf der Zunge. Aber er sagte nur: »Macht es Ihnen etwas aus, das obere Stockbett zu nehmen, Sir? Das untere haben sie speziell für mich verstärkt.«

Er zeigte auf den Querbalken am Fußende seines Bettes, der etwa fünf Zentimeter höher als bei den anderen war, damit die Füße – und ja, verdammt, wahrscheinlich die halben Waden – über das Ende des Bettes hinausragen konnten.

»Sicher, klar, natürlich«, sagte ich, hauptsächlich weil ich wirklich nicht wollte, dass hundertvierzig Kilo plus direkt über mir schliefen. Die Betten waren zwar aus Eisen, aber so stabil sahen sie dann doch nicht aus.

»Ich kann Ihnen morgens helfen, das Bett zu machen«, sagte er. »Sie wollen sicher keine Punkte sammeln.«

»Das ist wirklich nett von Ihnen, danke.«

Ich blickte jetzt so weit hoch, dass ich endlich in sein Gesicht sehen konnte, das so breit wie der Rest von ihm war; seine Nase schien doppelt so breit wie meine. Er hatte den Kopf rasiert, oder zumindest nahm ich das von hier unten aus an. Seine Augen waren kaffeebraun und im Verhältnis zu allem anderen nicht besonders groß.

Thackers Gesicht hatte etwas Düsteres, vielleicht weil sich so vieles auf der Welt unter ihm befand und ihn die ganze Zeit zwang, nach unten zu sehen.

»Okay«, sagte er nickend.

Er wandte sich wieder seinem Spind zu, holte ein zeltgroßes Hemd heraus und streifte es behutsam über. Er war sich seiner langen Arme bewusst und wollte mich damit nicht versehentlich treffen. Angesichts seiner Statur bewegte er sich überraschend anmutig.

Ich drückte mich an ihm vorbei, setzte mich auf den Schreibtisch und zeigte dann zu dem Foto auf seinem Spind.

»Ist das Ihre Tochter?«, fragte ich, um ein Gespräch anzufangen.

»Ja, Sir.«

»Sie ist bezaubernd.«

»Danke, Sir«, sagte er.

»Wie alt ist sie?«, fragte ich.

Keine Antwort. Möglicherweise war er so darauf konzentriert, sein Hemd zuzuknöpfen, dass er mich nicht gehört hatte. Als er damit fertig war, neigte er den Kopf und sagte: »Wir sehen uns beim Abendessen.«

Dann verließ er das Zimmer. Er war nicht gerade unfreundlich gewesen, aber auch kein Rob Masri. Wir würden uns nicht gleich am ersten Tag unsere Lebensgeschichten erzählen.

Frank Thackers Geheimnisse würden eine Weile länger begraben bleiben.

***

Das Randolph-Haus füllte sich, je näher die Abendessenszeit rückte. Ich machte meinen ersten Ausflug zum Telefon im Flur und rief Amanda an, aber sie nahm nicht ab. Weil Telefonminuten so wertvoll waren, hatten wir beschlossen, dass ich keine Nachrichten auf dem Anrufbeantworter hinterlassen würde.

Dann rief ich Danny an, denn ich hatte versprochen, mich kurz bei ihm zu melden. Er wollte wissen, ob meine Unterbringung erfolgreich war, damit er dem zuständigen Sonderermittler Bericht erstatten konnte.

Die Tatsache, dass ich schon nach wenigen Stunden froh war, mit jemandem zu sprechen, der mich schon länger kannte, verriet die Einsamkeit, die mit meiner Inhaftierung einherging. Ich verheizte viele Minuten, indem ich über meine Fahrt hierher jammerte, über Masri und über meinen Zimmergenossen, dessen schiere Körpergröße mir die Sonne verstellte.

»Ja, klasse, wirklich großartig«, sagte er. »Ich bin froh, dass du schon so beliebt bist. Vergiss bei deinen ganzen neuen Freunden aber nicht, mich anzurufen, wenn du zufällig von erstklassig gelegenen Jagdhütten erfährst, okay?«

Ich versicherte ihm, dass das nicht passieren würde, und beendete das Gespräch.

Zurück im Zimmer, räumte ich meine karge Habe in den Spind, wobei ich gleichzeitig durch das schmale Fenster Ausschau nach Dupree hielt. Dann machte ich mein Bett, und da mir sonst nichts mehr einfiel, legte ich mich eine Weile darauf.

Mein Blick wanderte zur Decke, die hier nicht abgehängt war, sondern aus Holzbrettern auf freiliegenden Stahlträgern bestand. Wahrscheinlich gab es in Brooklyn genug Hipster, die dafür extra was hingeblättert hätten.

Träge fragte ich mich, wie viele Häftlinge wohl wie viele Stunden in dem halben Jahrhundert, seit das Morgantown existierte, damit vertrödelt hatten, genau das Gleiche zu tun – an die Decke zu starren.

Dann dachte ich an Amanda. Ich fragte mich, wie ihr Treffen mit van Buren gelaufen war. Ich gab mich ein wenig der Erinnerung an unseren Abschied hin, an den Abschiedskuss am letzten Morgen und das Liebesspiel am Abend zuvor. Ich schloss die Augen und stellte sie mir nackt vor, ihr hochkonzentriertes Gesicht kurz vor dem Höhepunkt.

Ohne sie würden das lange sechs Monate werden.

Aber dieser und andere Gedanken wurden schon bald von einer blechernen, abgehackten Stimme unterbrochen, die von irgendwo aus dem Aufenthaltsbereich kam: »Rand bege si spe al.«

Sogleich begann ein geräuschvolles Treiben, Bettfedern quietschten, Stahlkappenschuhe klackerten über den Boden, und ich setzte mich auf. Die Stimme hatte sicher gesagt: »Randolph, begeben Sie sich in den Speisesaal.«

Ich schwang die Beine aus dem Bett und sprang das kurze Stück hinab auf den Boden. Da ich die Durchsage nicht gleich verstanden hatte, landete ich am Ende einer langen Schlange von Männern, die zu zweit oder zu dritt nebeneinander herliefen. Einige trugen noch ihr Khaki-Outfit, andere hatten sich schon umgezogen und die Sportklamotten an, die man im Gefängnisladen kaufen konnte: weißes T-Shirt und graue Shorts oder eine beziehungsweise beide Hälften eines grauen Trainingsanzugs.

Von hinten konnte man schwer erkennen, wer von den Männern Dupree war. Der Einzige, den ich eindeutig erkannte, war mein Zimmergenosse, aber das war bei seiner Statur auch nicht schwer.

Dann hörte ich ein: »Hi, Pete Goodrich.«

Hinter mir steuerte Masri auf mich zu.

»Hi«, sagte ich wie zu einem alten Freund. »Sie sind im Randolph?«

»Sieht so aus. Wie gefällt es Ihnen hier denn so?«

»Oh, besser als im Ritz-Carlton«, erwiderte ich. »Nur kann ich leider die Bar nicht finden.«

Sofort erschien ein süffisantes Grinsen in seinem Gesicht, und mit hochgezogenem Mundwinkel sagte er leise: »Dann haben Sie wohl nicht genau genug gesucht.«

»Hä?«, sagte ich.

»Sie lechzen nach ein wenig hausgemachtem Gefängnisgebräu, Goodrich?«

Wahrscheinlich guckte ich noch immer verwirrt aus der Wäsche, denn er blickte schnell um sich und sprach dann noch leiser: »Hatte vergessen, Sie sind neu.«

»Sie doch auch.«

»Stimmt, im Morgantown, aber nicht, was das Anstaltsdasein betrifft. Nur weil man im Knast sitzt, muss man nicht völlig auf die Trösterchen des Lebens verzichten. Das wissen Sie doch, oder? Wenn Sie auf Alk stehen, ist das ziemlich einfach. Wahrscheinlich gibt's mindestens zwei Dutzend Kerle hier, die Sie versorgen können. Noch mehr, wenn Ihnen der Geschmack von vergorenem Orangensaft nichts ausmacht. Wollen Sie Gras? Kein Problem. Dafür gibt's auch ein Dutzend Lieferanten. Bei Koks oder Heroin oder Meth ist's ein bisschen schwieriger, aber nicht unmöglich. Da müssen Sie Geduld haben und wissen, wen Sie fragen.«

»Oh«, sagte ich.

»Da bin ich immer noch auf der Suche. Aber wenn ich's weiß, sag ich Bescheid. Dürfte nicht allzu lange dauern.«

»Danke. Aber ich bin nicht … Drogen sind nicht so mein Ding«, sagte ich. Dann erinnerte ich mich meines Pete-Goodrichs-Daseins und fügte hinzu: »Als Referendar habe ich im Gesundheitsunterricht mal mit einem Lehrer zusammen das Thema Drogensucht behandelt. Keine Ahnung, ob das irgendeine Wirkung auf die Schüler hatte; aber mich hat das echt abgeschreckt.«

Er lachte. »Verstehe. Aber wenn Sie einen guten Rat wollen, überlegen Sie sich etwas zum Süchtigwerden, dann vergeht die Zeit schneller.«

»Wie meinen Sie das?«

»Ich steh auch nicht auf Drogen«, sagte Masri. »Aber wissen Sie, was mein Ding ist? Karamell-M&Ms.«

»Das Naschzeug?«

»Ja, das Naschzeug. Ich weiß, es klingt bescheuert. Aber als ich noch draußen war, gab es unten in der Straße von meinem Büro einen Lebensmittelladen, und ich hab mich manchmal, wenn ich eine Aufmunterung brauchte, nachmittags kurz rausgeschlichen und mir eine Tüte gekauft. Das ist dann im Gefängnis so mein Ding geworden. Im Gefängnisladen gibt es die nicht, deshalb sind sie im Prinzip Schmuggelware. Verbotene Früchte schmecken besser …«

»Ich dachte, die Zimmer werden regelmäßig nach Schmuggelware durchsucht«, sagte ich, als wir uns dem Speisesaal näherten.

»Das stimmt«, sagte Masri. »Man muss dafür sorgen, dass sie nichts finden. Die Wärter sind ja nicht dumm, die wissen, was vor sich geht. Und sie machen ihre Arbeit, aber nur, wenn sie sich beobachtet fühlen. Ansonsten versuchen sie, ihre Schicht mit so wenig Ärger wie möglich rumzukriegen. Es geht immer nur darum, *so tun, als ob* man die Regeln befolgt. Wenn Sie sich also Ihre eigenen Karamell-M&Ms ausgedacht haben, wollen Sie sie ganz bestimmt nicht im Spind lagern. Wenn die sie da finden, *müssen* sie Sie auffliegen lassen. Überlegen Sie sich also ein Versteck. Kapiert?«

Ich dachte an die Zimmerdecke. Die sollte nicht den Hipstern gefallen, sondern sie war da, damit wir da oben was verstecken konnten.

141

Aber das Morgantown war groß, es gab sicher noch andere gute Verstecke für so was.

»Okay«, sagte ich. »Hab's kapiert.«

»Hier hat so ziemlich jeder seinen Schmu am Laufen. Auf diese Weise konzentrierst du dich noch auf was anderes, als nur die Tage bis zur Entlassung zu zählen. Ist sozusagen die Überlebenstaktik Nummer eins im Knast.«

Er zwinkerte mir zu. Inzwischen hatten wir den Speisesaal betreten. Der Herde folgend, schlurfte ich bald an der Servicetheke aus rostfreiem Stahl entlang, um meine Mahlzeit in Empfang zu nehmen: Schweinekotelett, Kartoffelbrei, grüne Bohnen, ein kleiner Tetrapack Milch, alles lauwarm, von der Gesundheitsbehörde zugelassen und nahezu geschmacksneutral.

Ich setzte mich neben Rob an eine lange Reihe rechteckiger Tische. Niemand schien sich darum zu kümmern, wer neben wem saß, und es gab keine Rassentrennung. Schwarz und Weiß und Braun zusammengewürfelt. Die Arische Bruderschaft würde kaum Gefallen finden am Camp Cupcake.

Es wurde nur wenig gesprochen. Die Männer aßen mit gesenktem Kopf, und da das hier üblich zu sein schien, tat ich es auch.

Aber als ich anfing, das zähe Schweinekotelett mit meinem Plastikmesser zu zersägen, erhaschte ich einen Blick auf einen Mann, der einen Tisch weiter saß.

Ein Typ mit bleichem Gesicht und dunklen Ringen unter den Augen.

Geheimratsecken.

Kinnbart.

Mitchell Dupree. Ich hatte mein Ziel gefunden.

Oder, um mit Masris Worten zu sprechen, »meinen Schmu«.

Aber vielleicht genoss ich meinen Triumph ein wenig zu sehr, denn ich hatte viel zu lange auf Dupree gestarrt.

Er sah auf und mir direkt in die Augen. Als hätte er gespürt, dass er beobachtet wurde.

142

16. KAPITEL

Den Preis des Versagens vor Augen, hatte Herrera in seiner neuen Rolle als Sicherheitchef des New-Colima-Kartells einen aktiveren Management-Stil angenommen.

Besonders da bald mit einer weiteren überraschenden Kontrolle zu rechnen war.

Als dann der Betrieb in Rosario Nr. 2 zu seiner Zufriedenheit lief, reiste er nach Norden bis zu einem der Tunnel, die New Colima dem Sinaloa-Kartell abgenommen hatte. Er war in den Fels tief unter dem Rio Grande gegraben worden und breit genug, um mit einem Lastwagen durchfahren zu können. In der Mitte des Tunnels gab es einen grotesken »Grenzübergang«. Er bestand aus einem großen, sorgfältig verunstalteten Foto des Präsidenten der Vereinigten Staaten.

Der Tunnelausgang war in Texas, nahe El Paso, in einem Lagerhaus, das auch als legales Vertriebszentrum für Obst und Gemüse fungierte. Es gehörte einem in Texas ansässigen Unternehmen, das eine Tochtergesellschaft eines in Delaware ansässigen Unternehmens war und absolut im Einklang mit dem Gesetz – außer dass es New Colima als Tarnung diente. Die amerikanischen Gesetzeshüter hatten keinen Schimmer.

In El Paso nahm Herrera ein Flugzeug nach Pittsburgh, wo er einen Wagen mietete – mit einem Führerschein und einer Mastercard, die ihn als Hector Jacinto auswiesen. Bis auf die mittelamerikanische Augenpartie und die braune Haut hatte Herrera wenig Ähnlichkeit mit diesem Jacinto, was für die Pittsburgher dieser Welt, für die alle Mexikaner gleich aussahen, aber vollkommen ausreichte.

Er fuhr nach West Virginia zu dem Gefängnis, in dem der Banker saß.

Herrera verstand genau, was Sache war: Der Banker hatte Dokumente, die in dem Moment in die Hände der Polizei fallen würden, in dem ihm selbst oder seiner Familie etwas zustieß. Deshalb war der Banker unantastbar.

Ein klassisches Patt.

Aber El Vio tolerierte kein Patt. Und Herrera glaubte, er könne einen Weg finden, um es zu brechen.

New Colima hatte »Dienstleister« in den USA, die den Banker und seine Familie beschatteten – sie hörten die Gespräche ab und folgten der Frau, für den Fall, dass sie einen Fehler machte und doch zu dem Versteck mit den Dokumenten fuhr. Die Dienstleister hatten Herrera zwar regelmäßig gebrieft, aber sie schienen nicht die gleiche Dringlichkeit zu verspüren wie er, die Operation so schnell wie möglich abzuschließen.

Laut der amerikanischen Dienstleister grenzte das Gefängnis nach hinten hin an einen Stadtpark, der Dorsey's Knob genannt wurde. Es war zwar kaum zu glauben, aber zwischen Park und Gefängnis gab es keinen Zaun. Die Amerikaner wollten im Süden eine Mauer entlang ihrer Grenze bauen, aber sie machten sich nicht die Mühe, ihr eigenes Gefängnis zu sichern.

Herrera stellte seinen Wagen nahe einem Rastplatz ab und bahnte sich einen Weg durch den Wald hinauf zum höchsten Punkt von Dorsey's Knob. Von dort hatte er einen ungehinderten Blick auf das Gefängnisgelände. Er stellte sein Fernglas ein und sah schon bald Männer in Khaki-Uniform über die gepflegte Anlage trotten.

Er holte sein Handy hervor und rief einen seiner Dienstleister an.

»Ich bin hier«, sagte er auf Spanisch. Herrera sprach gut Englisch, aber Kartell-Angelegenheiten wurden auf Spanisch geregelt, es sei denn, sie hatten es mit Amerikanern zu tun, die nur ihre eigene Sprache kannten.

»Wo?«, fragte der Dienstleister ebenfalls auf Spanisch.

»Besuche unseren Freund in West Virginia«, antwortete er.

Herrera hörte, wie der Mann am anderen Ende tief Luft holte. Damit hatte der Dienstleister nicht gerechnet.

Unberechenbar sein, dachte Herrera. Ein Credo von El Vio.

»Was?«, stieß der Dienstleister schließlich alarmiert hervor. »Warum?«

»Weil ich für einen ungeduldigen Mann arbeite.«

El Vios Name wurde am Telefon niemals genannt.

»Verstehe«, sagte der Dienstleister. »Wir machen alles, was wir von draußen aus machen können. Und wir haben einen Mann drinnen. Es ist alles arrangiert.«

»Wer ist der Mann?«

»Einer, der den Job erledigen wird.«

»Ich will mit ihm reden.«

»Sind Sie verrückt?«, sagte der Dienstleister. »Wir können keine Verbindung zu Ihnen herstellen, ohne zu riskieren, dass er erwischt wird und in einen Knast mit höherer Sicherheitsstufe kommt, wo er absolut wertlos wäre. Und keinesfalls werden wir das Risiko eingehen, dass Sie ihn besuchen. Sie würden alles gefährden, und wofür?«

Damit ich am Leben bleibe, dachte Herrera.

»Ich muss sagen können, dass ich mich persönlich um die Angelegenheit gekümmert habe«, antwortete er stattdessen.

»Und das können Sie jetzt. Aber hier ist Schluss. Unser Mann hat schwer dafür gearbeitet, dicht an unseren Freund ranzukommen. Wenn unser Freund Wind davon kriegt, dass der Mann von uns eingeschleust wurde, ist es aus. Das würde uns um Monate zurückwerfen. Glauben Sie wirklich, das würde Ihrem ungeduldigen Arbeitgeber gefallen?«

145

Der Dienstleister hatte recht. Das wusste Herrera. Aber er war nicht den ganzen Weg hergekommen, um El Vio beim nächsten Gespräch nichts vorweisen zu können.

»Sagen Sie mir, wer Ihr Mann ist«, sagte Herrera. »Das genügt fürs Erste.«

»Und Sie versprechen, ihn nicht zu kontaktieren?«

»Ja.«

Ein paar Sekunden lang herrschte Stille.

»Also gut«, sagte der Dienstleister. »Sie sind im Moment vor Ort?«

»Ja.«

»Wo?«

»Oben auf dem Hügel.«

»Das heißt, Sie blicken aufs Gefängnisgelände?«

»Richtig.«

»Dann dürfte es nicht schwer sein, unseren Mann auszumachen«, sagte der Dienstleister. »Er ist nicht zu übersehen. Halten Sie einfach Ausschau nach dem größten und schwärzesten *hombre* auf dem Gelände.«

17. KAPITEL

Am nächsten Morgen machte Frank Thacker sein Versprechen wahr und führte mich in die Kunst des Bettenmachens ein.

Er war ein geduldiger Lehrer, sprach mit mir in dieser tiefen Bauchstimme und nannte mich immer »Sir«. Ich war ein gelehriger Schüler – nicht von Natur aus, sondern weil Pete Goodrich, ein Lehrer, einer wäre. Es war schon fast lustig mit anzusehen, wie ein Mann mit dieser Statur und mit Händen, die sicher Steine zerschmettern könnten, so pingelig die Bettlaken glättete.

Ich hatte überlegt, mich beim Frühstück neben – oder wenigstens in die Nähe von – Dupree zu setzen, schaffte es aber nicht, ohne dass es zu gewollt ausgesehen hätte. Und nachdem er mich am Vorabend erwischt hatte, wie ich ihn anstarrte, wollte ich es nicht übertreiben. Dupree musste denken, der Neue wäre bloß ein weiterer Insasse.

Also hielt ich mich an Masri, meinen neuen besten Freund, und bastelte im Stillen an einem Plan, wie ich am besten näher an Dupree rankommen konnte.

Nach dem Essen lernte ich den Leiter des Randoph-Hauses, Mr. Munn, kennen, dessen hochrotes Gesicht ihn als Herzinfarkt-Kandidaten auswies. Er hatte gesehen, dass ich Geschichtslehrer war, und erzählte mir lang und breit von seiner Leidenschaft für die historische Nachstellung einer Schlacht im Zweiten Weltkrieg. Dabei war die ruhmreichste Tat seines »Charakters«, eines Unteroffiziers der Marine, so zu tun, als hätte er bei der Schlacht um Guadalcanal mitgekämpft und bei einem imaginierten Kampf eine Tapferkeitsmedaille verliehen bekommen. Es war offensichtlich, dass Mr. Munn das Schlachtgeschehen eingehend studiert hatte. Ebenso offensichtlich war, dass seine Sozialkompetenz der eines Elfjährigen glich.

Anscheinend hatte ich genug Begeisterung für sein Phantasieleben gezeigt, dass er mich zur Arbeit in der Wäscherei einteilte. Denn die erwies sich als gar nicht so übel. Sobald ich zur Arbeit angetreten war, wurde mir erklärt, dass man bei diesem Job – wie bei den meisten im Morgantown – eher so tun als ob, als tatsächlich arbeiten musste. Fünfzig Männer waren für etwas eingeteilt, das locker sieben geschafft hätten: Hier und da die Maschinen füllen, ausräumen und die fertige Wäsche zusammenlegen. Und ganz viel rumhängen.

Ein paar Männer hatten ein Spiel erfunden, »Knäuel« genannt, bei dem man Papier zu Bällen zusammenknäuelte, die man an die Trennwand zwischen zwei Tischen warf und Punkte bekam, je nachdem, wo sie landeten. Der Wettkampf wurde mit großem Eifer geführt, zumal sie gerade mitten in einem Turnier waren, »dem Knäuel-Cup«. Dabei traten immer zwei Spieler in einem Best-of-Seven-Match gegeneinander an, wonach die Gewinner aus diesen Spielen dann nach dem K.-o.-System gegeneinander antraten, bis zum Schluss der Sieger feststand. Natürlich wurde auch gewettet. Teilnehmer und Zuschauer spielten um »Dosen«, wie sie es nannten.

Es ging immer um kleine Mengen, meistens eine oder zwei Dosen. Bei der laufenden Partie waren allerdings fünf Dosen im Spiel, und es wurde ein bisschen hitzig. Am Ende der Partie platzierte ich mich neben einem der Zuschauer, einem älteren Mann mit recht kleiner Brille, die ihm einen intellektuellen Touch gab.

»Ich bin neu hier«, sagte ich. »Was hat das mit den Dosen auf sich?«

»Makrele«, sagte er.

»Was ist damit?«

»Wir wetten um Makrelenbüchsen.«

Das nächste Match hatte schon begonnen, was wieder seine ganze Aufmerksamkeit erforderte.

»Die werden hier wie Währung gehandelt«, fuhr er dann doch nach einer Weile fort. »Wir dürfen kein richtiges Geld haben, das würden die Wärter konfiszieren. Früher haben wir Thunfischdosen genommen, aber dann wurden die Makrelenbüchsen eingeführt, und die sind jetzt der Wetteinsatz. Wir nennen es aber immer noch ›Dosen‹. Auf der Liste vom Gefängnisladen stehen sie als ›Makrelenfilet‹ und kosten einen Dollar zwanzig die Büchse. Eine Büchse steht hier für einen Dollar, so bezahlen wir uns gegenseitig. Sie wollen, dass jemand Ihr Zimmer sauber macht? Kostet momentan vier Dosen im Monat. Sie wollen einen Haarschnitt? Zwei Dosen. Sie wollen, dass einer den Fernsehsender wechselt, weil alle Fernseher belegt sind und Sie unbedingt ein bestimmtes Programm sehen wollen? Eine Dose. Sie wollen einen Joint oder ein Päckchen Zigaretten? Das kostet Sie zehn Dosen.«

»Makrelenbüchsen«, sagte ich. »Das ist echt verrückt.«

»Aber Sie werden nie jemanden Büchse sagen hören. Immer nur Dose. Die Marke heißt übrigens ›Chicken of the Sea‹. Und so verrückt ist es gar nicht, wenn Sie darüber nachdenken. Die sind so voller Konservierungsstoffe und wahrscheinlich länger haltbar als ein Dollarschein. Und im Gegensatz zu Dollars haben sie einen immanenten Wert, weil man sie nämlich essen kann, wenn man will.«

»Und das machen die Leute?«

»Einige schon, ja«, sagte er und verzog das Gesicht. »Hauptsächlich die Gewichtheber, die brauchen Protein. Aber Makrelen riechen furchtbar, finde ich, doch jedem das Seine. Sie sind tatsächlich wie jede andere Währung auch, weil wir ihnen einen Wert zuschreiben, den alle hier akzeptieren.«

Als einer der Männer sein Match gewonnen hatte, brach um uns herum Jubel aus. Er feierte mit einer Runde Abklatschen.

»Dann ist das Fünf-Dosen-Match, das gerade zu Ende ging …«

»Ja, das war ziemlich heftig. Draußen war ich Finanzberater. Ich weiß, wovon ich rede, wenn ich die Makrelen-Ökonomie für bemerkenswert stabil und gut reguliert halte. Wir haben nur dreihundert Dollar im Monat, mit denen wir im Laden einkaufen können, und dürfen nur für dreihundert Dollar Ware in unseren Spinden aufbewahren. Wenn Sie Ihr Handbuch sorgfältig lesen, wissen Sie, dass man höchstens fünfunddreißig Dosen mit irgendwelchen Nahrungsmitteln auf einmal besitzen darf. Das heißt, es gibt strenge Inflationskontrollen. Das sollten sie in Brasilien auch so handhaben. Bei dem Fünf-Dosen-Match, das Sie gerade gesehen haben, geht es also um ein Siebtel unseres verfügbaren Kapitals. Sie können es im Gefängnisladen wieder auffüllen, aber diese fünf kleinen Dosen machen immerhin zwei Prozent des monatlich erlaubten Warenwerts aus. Und jetzt stellen Sie sich einen Mann vor, der zwei Prozent seines Monatsgehaltes bei einer Wette setzt.«

»Ich hab's kapiert.«

»Wenn Sie erst einmal mit der Preisstruktur vertraut sind, werden Sie merken, dass der Markt für Dienstleistungen eher schlecht ist, weil wir alle zu viel Zeit zur Verfügung haben. Dafür ist der Markt für Waren besser, weil wir nun mal nicht bei Walmart shoppen können. Aber das werden Sie schon selbst rauskriegen. Wenn Sie hier drinnen was brauchen, bezahlen Sie es in Dosen.«

Und dann fügte er hinzu: »Dosen regieren die Welt.«

Das nächste Match war gerade zu Ende. Alle ereiferten sich über den Gewinn und Verlust von Dosen.

Angesichts der Begeisterung wusste ich, dass das mein nächster Schmu werden würde.

***

150

Die Mahlzeiten im Morgantown luden definitiv nicht zu Gesprächen ein. Also musste ich bis nach dem Mittagessen warten, um mit Masri zu sprechen, meinem neuen Guru für Unerlaubtes. Als ich ihn schließlich entdeckte, hatte er den Speisesaal schon verlassen und schlenderte gemütlich dahin.

»Hi«, sagte ich und näherte mich ihm von hinten.

»Hi«, sagte er.

Als ich auf gleicher Höhe war, sah ich, dass er die Augen geschlossen hatte.

»Was machen Sie da?«

»Atmen«, sagte er. »Man kann hier richtig atmen, wirklich frische Luft, die nicht schon in anderen Lungen war. Tut gut. In Hazelton ging das nicht.«

»Soll ich lieber später wiederkommen?«

»Nein, nein«, sagte er und öffnete die Augen. »Was gibt's?«

»Ich weiß jetzt, was meine Karamell-M&Ms sind«, sagte ich.

Ein Grinsen überzog sein Gesicht. »Gut, der Grünschnabel wird schnell erwachsen.«

»Haben Sie schon von den Dosen gehört?«

Er sah mich fragend an, und ich ließ ihn an meinem neu erworbenen Wissen über die Makrelen-Ökonomie teilhaben.

»Klingt gut«, sagte er. »Und was ist nun Ihr Schmu?«

»Wir schmuggeln Makrelenbüchsen rein.«

Sein Grinsen wurde breiter.

»Der perfekte Schmu«, sagte er. »Schmuggel, der im Prinzip kein Schmuggel ist.«

»Genau. Solange wir Stillschweigen bewahren und keiner mitkriegt, dass wir uns diese billige Währung anderweitig besorgen, leben wir hier wie die Könige.«

Und gewinnen Freunde und Einfluss. Was mein eigentliches Ziel war. Denn wo immer man in dieser Welt landete – im Theater, in einer Vorstandsetage oder aber der Wäscherei vom Morgantown –, Geld war Macht. Ob in Form von grünen

Dollarscheinen oder silbernen Fischbüchsen, war vollkommen egal.

»Das gefällt mir«, sagte er. »Partner?«

Er hielt mir die rechte Hand hin, und ich schüttelte sie.

»Partner«, sagte ich. »Und ich biete dir das Du an.«

»Angenommen. Und was ist unser erster Schritt?«, fragte er.

»Nun ja, da hoffe ich eigentlich, dass ein – nichts für ungut – ein Morgantown-Insasse mit etwas mehr Erfahrung helfen kann. Wie kriegen die Leute Sachen hier rein?«

»Da gibt es Millionen Wege. Hier handelt es sich offensichtlich um einen etwas größeren Artikel, weshalb ein paar der eher, ähm, körperlichen Schmuggelwege keine Anwendung finden können.«

Ich grinste.

»Jetzt mach nur nicht einen auf zimperlich«, sagte er. »Solange es in Plastik gewickelt ist, geht alles problemlos ab.«

Ich schüttelte mich.

»In Hazelton war tatsächlich ein Typ«, fuhr er fort, »der Joints in der ausgehöhlten Hornschwiele seiner Fußsohle reingeschmuggelt hat. Seine Freundin hat ihm jeden Samstag neue gebracht. Die Aushöhlung war so groß, dass drei oder vier Stück reinpassten. Die Wärter unterzogen ihn jedes Mal einer Leibesvisitation, wenn er aus dem Besucherbereich zurückkam, und er stand einfach nur auf seinen Plattfüßen da und grinste.«

»Okay, genug, das ist absolut ekelhaft.«

»Alternativ kann man auch immer einen Wärter bestechen. Aber es braucht Zeit, um so eine Beziehung aufzubauen. Und das geht dann nicht mit Fischbüchsen, dazu braucht man draußen jemanden mit richtigem Geld.«

»Ich glaube nicht, dass wir das probieren müssen«, sagte ich.

»Sieh dich hier doch mal um, nirgendwo Zäune. Sicher gibt es hier drin Männer, die einen Weg gefunden haben, das auszunutzen.«

152

»Da hast du wahrscheinlich recht.«

»Glaubst du, einige deiner neuen Freunde wären bereit, in dieser Hinsicht ihre Ortskenntnis mit dir zu teilen?«

»Ich arbeite dran.«

»Die nächste Frage ist: Wo lagern wir die Sachen, wenn wir sie haben? Im Zimmer dürfen wir nur fünfunddreißig Dosen auf einmal aufheben, und ich habe eine wesentlich größere Menge im Sinn.«

»Und mir gefällt, wie du denkst«, sagte er. »Aber wegen der Lagerung mach dir mal keine Sorgen. Ich bin für die Instandhaltung eingeteilt und hab Zugang zum Lagerhaus, also quasi zum Versteckwunderland. Natürlich besteht das Risiko, dass mal jemand drüberstolpert, aber das gehört beim Geschäftemachen dazu.«

»Wie wahr.«

»Hast du jemanden draußen, der genug Ware besorgen kann, damit sich unsere Mühe lohnt? Ich hab nämlich keine Lust, mich für eine Einkaufstüte voller Dosen anzustrengen. Ich will 'ne ganze Wohnung voll.«

»Das kann ich managen«, sagte ich und stellte mir vor, wie sich im FBI-Topf der beschlagnahmten Vermögenswerte die Quittungen für riesige Mengen Makrelenbüchsen ausnahmen. »Du musst nur dafür sorgen, dass das Zeug hier reinkommt, ohne dass wir erwischt werden.«

18. KAPITEL

Ich brauchte nicht lange, um mich an den von Routine diktierten Rhythmus im Morgantown zu gewöhnen.

Aufwachen um sechs, Frühstück-Aufrufe ab sechs Uhr zehn, wobei das Abschneiden bei der letzten Kontrolle die Reihenfolge bestimmte, in der die Häuser antreten durften. Gegen sieben wurden die Zimmer kontrolliert, um sieben Uhr dreißig ging's in die Wäscherei, wo ich die nächsten Stunden kaum arbeitete. Die Lunch-Aufrufe begannen um zehn Uhr fünfundvierzig.

Nach dem Mittagessen hatte ich bis zur Sechzehn-Uhr-Lebendkontrolle frei, allerdings saß Mr. Munn mir wegen der Berufskundeklassen im Nacken, die nachmittags angeboten wurden. Nach dem Abendessen, das ab siebzehn Uhr eingenommen wurde, hatten wir erneut Freizeit bis zur letzten Lebendkontrolle um einundzwanzig Uhr. Danach durften wir uns nur noch in unserem Gebäude aufhalten. Um zweiundzwanzig Uhr ging das Licht aus, wobei »Licht aus« im Gefängnis keine Redewendung war: Gerade saß man noch im hellen Kunstlicht, im nächsten Moment war es stockdunkel. Einige Insassen blieben bis Mitternacht oder länger im Fernsehraum oder Kartenspielzimmer. Ich nicht. Ich brauchte meinen Schlaf.

Am nächsten Morgen wachte ich auf, und alles begann von neuem.

An meinem dritten Tag durfte ich zum ersten Mal im Gefängnisladen einkaufen. Ich erstand ein Vorhängeschloss für meinen Spind, eine Timex-Ironman-Uhr, damit ich die anderen nicht länger nach der Zeit fragen musste, einen Funkkopfhörer, damit ich fernsehen konnte, und natürlich Makrelenbüchsen, um an der internen Ökonomie teilnehmen zu können.

Am fünften Tag bekam ich endlich meine formelle Einweisung. Ich lernte verschiedene Leute der Gefängnisverwaltung kennen, die alle viel über den Wiedereintritt ins Zivilleben redeten. »Wir wollen, dass Sie sich am Tag Ihrer Einweisung auf den Tag Ihrer Entlassung vorbereiten«, war ein Satz, den alle in der einen oder anderen Form von sich gaben. Ein weiteres Thema, auf dem sie herumritten, war Schmuggelware. Als hätte ich nicht schon genug darüber gehört. Natürlich ging es um Drogen, aber Mobiltelefone – besonders Smartphones – waren eine noch größere Plage. Sie konnten von Insassen genutzt werden, um damit draußen genau jene kriminellen Aktivitäten wiederaufzunehmen, derentwegen sie im Gefängnis saßen – um davon kuriert zu werden. Sollten wir jemals jemanden mit so einem Gerät sehen, mussten wir das sofort melden, oder wir riskierten den schrecklichen Zorn der Gefängnisverwaltung.

Zur Kenntnis genommen.

Nach dem Abendessen telefonierte ich immer sofort mit Amanda. Aber um ehrlich zu sein, war das, was das Highlight meines Tages sein sollte, oft eine Enttäuschung. Unsere Gespräche waren schwierig, krampfhaft und zudem dadurch eingeschränkt, dass wir einen auf Pete und Kelly machen mussten, falls wir – obwohl unwahrscheinlich – abgehört wurden. Nur andeutungsweise ließ sie durchsickern, dass ihr Treffen mit van Buren nicht so verlaufen war wie erhofft, konnte aber den Grund nicht nennen. Es klang, als würde sie derzeit nichts Neues malen und lediglich versuchen, sich an das Leben »in Kalifornien« zu gewöhnen.

Ich hatte ja auch nicht gerade viel zu erzählen, denn die Gefängniswäscherei gab als Gesprächsstoff kaum noch was her. Wenn ich wissen wollte, wie ihre Schwangerschaft verlief, musste ich fragen, wie es meiner Cousine Amanda ging. Sie antwortete dann in der dritten Person.

Ein paarmal redeten wir tatsächlich übers Wetter. In den zwei Jahren, seit wir zusammen waren, hatten wir so wenig miteinander telefoniert, dass wir jetzt nicht wussten, wie wir ohne Blickkontakt eine sinnvolle Unterhaltung führen konnten.

Auch wenn wir die Gespräche mit »du fehlst mir« und »ich liebe dich« beendeten, fühlte ich mich hinterher immer niedergeschlagen und nahezu verzweifelt, weil wir uns schon jetzt auseinanderlebten. Und wenn uns das bereits nach wenigen Tagen passierte, was würden sechs Monate mit uns anstellen? Würden wir uns dann überhaupt noch wiedererkennen? Wäre ihr Herz einem anderen, größeren Mann zugeflogen, der nicht gerade aus dem Gefängnis entlassen worden und dessen Zukunftsperspektive rosiger war?

Was für mich bedeutete, dass ich das Morgantown so schnell wie möglich verlassen wollte. Deshalb stalkte ich Dupree noch intensiver, studierte aus der Ferne sein Verhaltensmuster und seine Vorlieben.

Er arbeitete in der Lebensmittelverwaltung, im Morgantown ein begehrter Job, weil man da aus unerfindlichen Gründen besser bezahlt wurde als für die anderen Arbeiten, obwohl da auch nicht mehr zu tun war. (Einige Männer verdienten sich noch etwas dazu, indem sie Lebensmittel mitgehen ließen und verkauften. Man hatte mir erklärt, dass es seit Jahren keine Hühnersuppe mit richtigem Hühnerfleisch im Morgantown gab, weil Huhn auf dem Schwarzmarkt so begehrt war.)

Er spielte gern Boccia – um dessen Regeln zu kennen, war ich mindestens drei Jahrzehnte zu jung –, aber nie zu einer bestimmten Zeit. Er ging manchmal einfach nur hin und schloss sich denen an, die gerade spielten.

Seiner Vorstellung von körperlicher Ertüchtigung ging er auf einem Home-Trainer im Fitnessraum nach, wobei er beim

Strampeln immer Illustrierte las. Wie es aussah, kam die Illustrierte genauso wenig ins Schwitzen wie er. Kaum verwunderlich, dass er sich nur sporadisch dort blicken ließ.

Er las Bücher, und wenn das Wetter schön war, las er draußen bei den Sportanlagen. Bis jetzt hatte ich in seinen Händen aber nur Lektüre über Militärgeschichte gesehen, was mich davon abhielt, ein Gespräch mit ihm anzufangen. Tatsache war, dass *ich* kaum etwas über die zentralen Schlachten im Zweiten Weltkrieg wusste, Pete Goodrich es aber wissen sollte.

Ich hoffte herauszufinden, ob er bestimmte Fernsehsendungen favorisierte, damit ich mich bei denselben Reality-Shows, Nachrichtensendungen oder Sitcoms enthusiastisch geben konnte. Bis jetzt hatte ich allerdings noch keine Vorlieben entdeckt, denn nichts sah er regelmäßig.

Das Einzige, was er zuverlässig und vorhersehbar tat – außer sich zur Arbeit zu melden –, war, Texas Hold'em Poker zu spielen. Jeden Tag um neunzehn Uhr traf er sich mit drei anderen Männern im Kartenspielzimmer, immer dieselben drei, immer an dem am weitesten von der Tür entfernten Tisch. Ihrem Verhalten nach zu urteilen, schienen sie nicht gerade begierig darauf, andere Spieler in ihre Runde aufzunehmen.

Wo immer ich ihn entdeckte, beobachtete ich ihn aus dem Augenwinkel, damit er nicht merkte, dass ich ihn ansah. Ein- oder zweimal hatte ich das untrügliche Gefühl, dass er mich betrachtete, aber das war vermutlich nur meine übersteigerte Phantasie.

Ich hoffte die ganze Zeit, dass uns der Zufall zusammenbringen würde, aber nichts dergleichen geschah. Und nach einer Woche wurde ich allmählich ungeduldig. Ich war nicht in den Knast gegangen, nur um ihn wie ein verschmähter Liebhaber heimlich aus der Ferne zu beobachten. Wenn ich ihn dazu bringen wollte, mir den Standort der Hütte zuzuflüstern, musste ich einen Kontakt zu ihm erzwingen.

Mein erster Versuch war, Mr. Munn zu bitten, mich in die Lebensmittelverwaltung zu versetzen, woraufhin er mir die Liste mit Insassen zeigte, die das ebenfalls beantragt hatten. Als ich ihn fragte, mit wie viel Wartezeit ich rechnen müsste, sagte er: »Ach, das geht ganz schnell. Sechs Monate, vielleicht ein Jahr.«

Damit hatte sich das also erledigt.

Somit war meine beste Chance die Pokerrunde. Wenn ich es irgendwie schaffte, bei ihnen mitzuspielen, könnte ich eine Beziehung zu ihm aufbauen.

Meine Kenntnisse von Texas Hold'em hatte ich größtenteils in meiner Rolle als Nicely-Nicely Johnson in einer regionalen Produktion von *Guys and Dolls* erworben. Das Ensemble fand, dass es bei der Figurenentwicklung helfen könnte, tatsächlich das Pokerspielen zu erlernen, und innerhalb einer Woche waren wir alle Profispieler.

Dupree zu fragen, ob ich mitspielen könnte, war zu plump und somit zu riskant. Wenn er nein sagte, würde er sich bei meinem nächsten Annäherungsversuch fragen, warum dieser Goodrich ihn ständig belästigte.

Einer der drei anderen Spieler war ein hochgewachsener Mann, den ich oft mit Dupree zur Lebensmittelverwaltung gehen sah. Da sich beide auch manchmal zusammen draußen bei den Sportanlagen aufhielten, nahm ich an, dass es sich um Duprees engsten Freund hier drin handelte.

Dann war da noch der Typ mit dem Pferdeschwanz, den ich nur am Pokertisch und flüchtig bei den Mahlzeiten sah, wo wir nichts anderes taten, als das Essen in uns reinzuschaufeln und wieder zu gehen.

Aber den Dritten sah ich jeden Tag in der Wäscherei. Er hieß Bobby Harrison, war über einen Meter achtzig groß und an die hundertvierzig Kilo schwer, das meiste davon Muskelmasse. Er hatte ein rundes, gerötetes Gesicht, und ich schätzte ihn auf etwa fünfundvierzig.

Beim Dienst in der Wäscherei war Leerlauf vorprogrammiert, so dass ich nach etwa einer Woche im Morgantown mein Vorhaben in Angriff nahm. Nachdem wir die erste Runde Waschmaschinen gefüllt und erst einmal nichts mehr zu tun hatten, ging ich zu ihm. Er hatte sich in eine Ecke verzogen und las ein Taschenbuch, eine Nickelbrille auf der Nase.

»Hi«, sagte ich. »Ich heiße Pete.«

Er sah vom Buch auf und sagte: »Bobby.«

»Ich hab Sie im Randolph Hold'em spielen sehen.«

»Ja«, sagte er.

»Kann ich ab und zu mitspielen?«

Er dachte kurz darüber nach und sagte dann: »Eher nicht.«

»Warum nicht?«

Er zuckte die Schultern. »An den Tisch passen nur vier.«

»Ich setze mich an den Nachbartisch und beuge mich zu euch rüber.«

Er schüttelte den Kopf. »Ne, das geht nicht.«

»Warum nicht? Wollt ihr mein Geld nicht?«

»Darum geht's nicht.«

»Worum dann?«

Er legte den Finger ins Buch und schlug es zu. »Wir betrügen nicht. Wir sind bloß ein paar Gauner, die ganz ehrlich Karten spielen. Aber jedes Mal, wenn wir jemanden Neues aufnehmen, betrügt er.«

»Ich betrüge nicht.«

»Das sagen alle Betrüger.«

»Ich rolle die Ärmel hoch, so kann ich nirgends Karten verstecken.«

»Nein, wirklich nicht«, sagte er. »Aber danke fürs Fragen.«

Er wandte sich wieder seinem Buch zu, hatte mich höflich abblitzen lassen und mir zu verstehen gegeben, dass er das Gespräch für beendet hielt.

Aber so schnell gab ich nicht auf.

»Ich bezahle fürs Mitspielen«, sagte ich.

Er sah auf. »Wie viel?«, fragte er.

Ich rief mir ins Gedächtnis, was ich beim »Knäuel-Spiel« gelernt hatte. Waren galten als wertvoller als Dienstleistungen. Das war eine Dienstleistung. Wenn ein Haarschnitt zwei Dosen kostete …

»Fünf Dosen«, sagte ich.

»Nein, danke.«

»Zehn.«

»Fünfzehn«, sagte er.

»Fünfzehn? Für einen Abend? Das ist ja ungeheuerlich.«

»Ist es nicht«, sagte er. »Unser Einsatz beträgt fünf Dosen, dann sind zwanzig im Topf. Wir spielen alles oder nichts. Und ich gewinne oft. Sie kosten mich also eine Chance, zu gewinnen, *plus* ich verzichte auf meinen Spaß. Das ist für mich fünfzehn Dosen wert.«

Fast die Hälfte meiner monatlichen Zuteilung. Dazu kamen noch fünf Dosen als Spieleinsatz, somit insgesamt zwanzig Dosen. Ein zweites Spiel könnte ich mir erst wieder leisten, wenn ich nächste Woche in den Gefängnisladen ging. Mit einem Spiel pro Woche würde ich aber kaum die notwendige Nähe zu Dupree herstellen können.

Es sei denn, Masri und ich konnten unser Dosen-Schmuggel-Vorhaben schnellstens umsetzen. Dann könnte ich jeden Abend spielen. Und genau das musste ich mit Harrison vereinbaren.

»Ich will einen Mengenrabatt«, sagte ich. »Es bringt mir nur was, wenn ich immer spielen kann und das Spielverhalten der anderen verstehe. Ich will wissen, ob ich Ihren Platz jeden Abend kaufen kann. Und wenn ich das mache, müssen Sie Ihren Preis ein bisschen reduzieren. Zehn Dosen.«

»Zehn Dosen«, sagte er. »Jeden Abend.«

»Richtig.«

»Das können Sie sich leisten?«

»Ich kann was arrangieren«, sagte ich. »Was Sie den anderen aber nicht verraten dürfen.«

Er kniff die Augen zusammen. »Jetzt denke ich, Sie betrügen.«

»Nicht betrügen. Ich bin einfach sehr gut. Zehn Dosen pro Abend für Ihren Platz im Spiel. Und das einen ganzen Monat lang. Einverstanden?«

»Einen Monat!«, sagte er.

»Richtig. Einen Monat zehn Dosen pro Tag.«

Bobby bekam einen verträumten Blick. Für so viel Geld konnte er sich ein Alkoholproblem kaufen oder Marihuana angewöhnen. Oder was immer er wollte.

»Also gut«, sagte er. »Abgemacht.«

»Okay«, sagte ich. »Dann treffe ich jetzt Arrangements für den Nachschub und melde mich wieder, wenn alles klar ist.«

***

Vor dem Abendessen entdeckte ich Masri im Fernsehraum, er sah auf *SportsCenter* ein Baseballspiel mit Kopfhörern, die seine Ohren vollkommen zudeckten.

Ich berührte seine Schulter, um auf mich aufmerksam zu machen. Er guckte sich noch die Highlights eines 6-4-3 Double Play zu Ende an und hob dann eine Seite der Kopfhörer hoch.

»Was gibt's?«, fragte er.

»Kannst du kurz in mein Büro kommen?«

Er stand auf, und ich ging mit ihm den Flur entlang in mein Zimmer. Mein nach wie vor höflicher, aber schweigsamer Riese von einem Zimmergenossen war irgendwo anders. In einer Anstalt, die neunhundert Männer beherbergte, zählte das, was Masri und ich jetzt hatten, schon als Privatsphäre.

»Ich wollte dich um ein Update hinsichtlich unseres Schmus bitten«, sagte ich.

»Schon komisch, dass du fragst, ich hab nämlich tatsächlich ein paar Infos, die hilfreich sein könnten. Die Idee ist noch nicht in trockenen Tüchern, aber vielversprechend.«

»Leg los.«

»Ich hab die Info mit freundlicher Genehmigung eines ehemaligen Hazelton-Kollegen, der vor sechs Monaten hierher verlegt wurde. Dort hatten wir schon eine kleine Geschäftsbeziehung, was seinem Vertrauen mir gegenüber förderlich war. Er hat mir erklärt, wie das hier so funktioniert. Also die übliche Methode, Sachen hier reinzukriegen, ist der ›Hügellauf‹.«

»Hügellauf.«

»Laut meiner Quelle ist nachts ein einziger Wärter für die Überwachung der fünf Häuser zuständig, zwischen denen er seine Runden drehen muss. Nach der Mitternachtszählung sucht er sich meistens eines der Häuser aus und bleibt bis zur Drei-Uhr-Zählung dort. Und die nächtlichen Runden finden auch nur statt, wenn sie genug Personal haben. Wenn sie unterbesetzt sind, was oft der Fall ist, wird auf einen Wärter in den Häusern ganz verzichtet.«

»Dem Herrgott sei Dank für die Budgetkürzungen der Regierung«, sagte ich.

»Genau. Sobald man rausgefunden hat, dass das Haus leer ist, schleicht man sich raus. Dabei muss man unbedingt die Tür mit einem Stein oder so blockieren, sonst schließt man sich selber aus. Bewölkte oder neblige Nächte werden bevorzugt, aber die Außenbeleuchtung ist auch ziemlich schlecht, man kann sich also größtenteils im Schatten bewegen. Der wirklich gefährliche Teil ist zwischen den Sportanlagen und dem Wald, da gibt es keinen Schutz. Und da muss man die Beine in die Hand nehmen. Deshalb wird es auch Hügellauf genannt. Ein junger Kerl wie du sollte das problemlos schaffen. Sobald man im Wald ist, ist man sicher. Man erledigt sein Geschäft und geht den gleichen Weg zurück.«

»Was ist mit Kameras?«

»Okay, ja, da sind welche. Aber anscheinend gibt es auch tote

Winkel. Einmal das, und dann ist das Gelände auch zu groß, als dass die Wärter überall gleichzeitig gucken könnten. Generell scheint man hier die Einstellung zu haben, dass es Millionen von Dollars kosten würde, das ganze Gelände hermetisch abzuriegeln, und dass es so eine Investition nicht wert ist, nur um ein paar eher unbedeutende Gauner davon abzuhalten, Joints einzuschmuggeln.«

»Okay«, sagte ich. »Trotzdem klingt es ziemlich riskant.«

»Interessant, dass du das sagst, das war nämlich genau meine Reaktion. Und da hat der Typ mir das mit dem Einhorn erzählt.«

Offensichtlich spiegelte mein Gesichtsausdruck meine Verwirrung wider. Masri war jedenfalls erheitert.

»Das Einhorn«, sagte ich.

»Richtig«, sagte er und senkte die Stimme noch mehr. »›Das Einhorn‹ ist das Codewort für den kostbarsten Besitz hier im Morgantown. Das ist, und du wirst's nicht glauben, eine komplette Wärteruniform. Hemd, Hose, Gürtel, Funkgerät, alles. Alles in Medium, wenn man also zu groß ist, hat man Pech gehabt. Aber dir passt sie bestimmt, du musst nur die Hosenbeine hochkrempeln. Wenn man die Uniform anhat, muss man nicht einmal den Hügel hochrennen und kann ganz gemütlich hochgehen. Die Uniform ist der heißeste aller heißen Schmuggelposten.«

»Und wie kommen wir da ran?«

»Ein Typ vermietet sie. Ich hab noch nicht mit ihm geredet, er soll ziemlich anspruchsvoll bei der Wahl der Interessenten sein, was in letzter Zeit wohl noch extremer geworden ist. Wenn er den Kunden trifft und das Gefühl hat, einen Trottel vor sich zu haben, kann man's vergessen. Und der Preis ist auch nicht von schlechten Eltern. Dreißig Dosen die Nacht.«

»Ich war gerade im Gefängnisladen und kann fünfzehn aufbringen, wenn du fünfzehn dazulegst.«

»Deal«, sagte er. »Eins noch: Wenn du erwischt wirst, musst du den Kopf ganz allein hinhalten.«

»Und was könnte das konkret heißen?«

»Wenn sie dich ohne Uniform beim Hügellauf erwischen, einen Monat SPEZI, aber mit Uniform?«

Er dachte nach, schüttelte den Kopf. »Ich glaube kaum, dass du dann hierbleiben kannst. Die bringen dich nach Hazelton oder schlimmer. Vielleicht kriegen sie dich sogar wegen Amtsanmaßung dran.«

Was nicht von meiner Entlastungserklärung gedeckt wäre. Am Ende würde ich nicht nur so tun, als ob ich sitze, sondern wirklich sitzen. Ich fragte mich, ob Danny mich rausholen könnte oder so angepisst wäre, dass er mich versauern ließe.

»Aber darüber müssen wir uns keine Gedanken machen«, sagte Masri. »Es gibt einen Grund dafür, warum das Einhorn schon seit Jahren die Runde macht. Das Ding ist hundert Prozent echt, bis zum letzten Knopfloch. Damit ist noch nie jemand aufgeflogen.«

Für mich klang das wie eine irre Zocker-Theorie. Sollte der Insasse das zwanzigprozentige Risiko einer harten (aber ertragbaren) Strafe eingehen, die aber das Spiel am Laufen hielt? Oder sollte er das viel kleinere Risiko – ein Prozent? fünf Prozent? – einer katastrophalen Strafe eingehen, die das Spiel beenden würde?

»Okay«, sagte ich. »Wer ist der Typ?«

19. KAPITEL

Amanda hatte seit dem Treffen mit Hudson van Buren keinen Pinsel mehr in die Hand genommen.

Jedes Mal wenn sie auch nur ans Malen dachte, erlebte sie die Demütigung der Begegnung aufs Neue: dass sie es – von Champagner benebelt – zugelassen hatte, belästigt und halb ausgezogen und dann auf diese herablassende, patriarchale Art einfach weggeschickt zu werden.

Wut dominierte ihre Gefühle. Sie war wütend auf ihn, weil er so ein Schwein war. Aber auch auf sich selbst – weil sie den Champagner überhaupt angerührt hatte, weil sie nicht etwas Formelleres angezogen hatte, weil sie sich auf die Couch anstatt auf einen Stuhl gesetzt hatte, weil sie zu fassungslos und angetrunken gewesen war, um ihm gleich bei seiner ersten schmierigen Berührung eine runterzuhauen, also wegen all der Dinge, die sie hätte anders machen sollen.

Wegen dieser Selbstvorwürfe, der Scham und der Angst, welche Auswirkungen ihre Zurückweisung eines Hudson van Buren auf ihre Karriere haben würde, und der schlichten Sorge, dass ihr sowieso niemand glauben würde – letztlich stand ihr Wort gegen seins, und wer war sie schon? –, hatte sie niemandem erzählt, was ihr passiert war.

Nicht einmal Tommy und Barb. Schon gar nicht Tommy und Barb. Ihnen hatte Amanda erzählt, laut van Buren fehle ihrer Arbeit die Reife und dass sie nun darüber nachdachte und deshalb momentan nicht male.

Aber jetzt war Schluss. Sie wollte wieder arbeiten, denn das würde ihrer Selbstachtung guttun – und ihrer geistigen Gesundheit, allem anderen sowieso.

Sie stellte ihre Staffelei in Tommys altem Zimmer neben dem Fenster auf und breitete ein Abdecktuch darunter, um den Teppichboden nicht vollzuklecksen.

Die Gardinen waren weit aufgezogen. Damit sich ein Gemälde wirklich offenbarte, gab es einfach keinen Ersatz für Tageslicht. In den langgezogenen rötlichen Schatten eines frühen Abends konnte die Leinwand ganz anders aussehen als im gleißenden Weiß der Mittagszeit.

Amandas Begabung – wenn sie denn wirklich begabt war – lag darin, dass sie die Augen schließen und sich vorstellen konnte, was sie malen wollte. Sie wusste genau, was das Bild darstellen sollte. Ob ihr das gelang oder nicht, hing davon ab, wie eng sie sich an diese Vorstellung hielt.

Ihre Themen basierten auf Beobachtungen und waren immer persönlich. Viele Bilder waren inspiriert von ihrer Kindheit in Mississippi. Ihre Mutter – oder Frauen wie ihre Mutter – gehörte zu ihren wiederkehrenden Themen. Eine Frau putzte eine Toilette, oder sie kochte Makkaroni mit Käse aus einer Fertigpackung, einem No-Name-Produkt, weil es billiger war als Markenware. Oder sie rauchte eine Zigarette und blickte dabei besorgt aus dem Fenster eines großen Trailers.

In solchen Alltagsszenen stellte Amanda Menschen dar, mit denen sie aufgewachsen war, Weiße im ländlichen Süden, die Erwerbsarmen, die vergessene Unterschicht Amerikas. Amandas Darstellungen waren mitfühlend und verständnisvoll, denn auch wenn sie selbst durch die räumliche Distanz kultivierter geworden sein mochte, so war sie doch noch immer eine von ihnen. Man konnte es in jedem ihrer Pinselstriche, jeder Schattierung erkennen; in einem Gesichtsausdruck, der düster oder entschlossen war, konzentriert oder fröhlich oder gequält.

Es gab aber auch andere Themen, einige aus ihrer New Yorker Zeit, einige von anderen Orten, wo sie gewesen war. Reisen mit Tommy hatten ihr geholfen, ein größeres und vielfältigeres Amerika kennenzulernen, als sie es sich vorgestellt hatte.

Aber die wirkliche Lehre, die Amanda aus der Kunst und den Reisen zog, war, dass die Menschen – unabhängig von Ort, Alter und Hautfarbe – im Grunde alle gleich waren. Wie sie ihre Haare trugen oder welche Kleider sie wählten, waren triviale Entscheidungen, nebensächlich. Wirklich wichtig waren ihnen die eigenen Lebensgeschichten: was sie wollten, welche Menschen sie liebten, was für Ziele sie noch immer anstrebten. Wenn man das in einem Bild festhalten konnte, malte man nicht länger eine arme weiße Putzfrau in Mississippi oder wohlhabende saudische Einwanderer in Manhattan. Dann vermittelte die Leinwand etwas Universelles.

Ein Kunstkritiker hatte ihre Arbeiten einmal als postfauvistisch und von Matisse beeinflusst bezeichnet. Sie verstand, dass man sie irgendwo einordnen musste. Fehlendes Wissen hatte jedoch noch nie einen Kritiker aufgehalten.

Sie wollte nicht in eine Schublade gesteckt werden. Wenn Amanda Porter malte, wollte sie kein Prä- oder Post-irgendwas sein. Sie kopierte einfach nur das Bild, das gerade in ihrem Kopf dominierte.

Doch was darin jetzt dominierte, war weder ihre Mutter noch jemand wie ihre Mutter.

Es war ein Mann.

Ohne darüber nachzudenken, hatte sie ihre Palette mit blauen und lila Farben befüllt, als wollte sie einen drei Tage alten Bluterguss malen. Vielleicht würde sie später noch andere Farben hinzufügen, um etwas hervorzuheben oder zu kontrastieren, aber die Anfangspalette bestimmte meist den Grundton des Bildes.

Sie begann langsam, aber ihre linke Hand – wie viele Künstler war Amanda Linkshänderin – wurde wie so oft in dem Moment schneller, als sie ihren Rhythmus gefunden hatte. Das war so ziemlich der einzige Bereich in ihrem Leben, wo sie ihre sonst übliche Vorsicht fallenließ. Wenn sie malte, gestattete sie sich absolute Hemmungslosigkeit. Ihre Pinselstriche waren mutig und furchtlos. Sie lebten, atmeten.

Kritiker mochten es Genie nennen. Amanda nannte es Übung.

Wenn sie in diese Art künstlerische Trance verfiel, erschuf sie in wenigen Stunden einen groben Entwurf. Später würde sie dann weiter daran arbeiten und Details hinzufügen, aber da lagen Format, Gestalt und Thema bereits fest.

Als dieses Bild jetzt unter ihrem Pinsel Gestalt annahm, wurde ein Mann sichtbar, der hinter einer Gardine hervorblickte. Hinter ihm lag Dunkelheit, vor ihm Licht. Er war im Begriff, zu gehen.

Die Hälfte seines Gesichts und vielleicht ein Viertel seines Körpers waren sichtbar. Er war kein großer Mann, aber gutaussehend. Dunkles Haar, dunkle Augen. Sein angewinkelter Arm war muskulös. Er beugte sich zu etwas hin, sprungbereit. Sein Impuls war spürbar.

Was sie jedoch wirklich eingefangen hatte, war seine Sehnsucht. Das war ein Mann, der etwas wollte, das vor ihm lag, nicht hinter ihm.

Sie arbeitete bis in den Nachmittag. Dann veränderte sich langsam das Licht, und Amanda sah das Bild mit anderen Augen.

Und ihr wurde bewusst, wen sie gemalt hatte. Plötzlich konnte sie sich nicht mehr überwinden, ihn anzusehen. Sie wusste, was er wollte, und es machte ihr Angst.

Sie nahm die Leinwand von der Staffelei, wickelte sie in zwei große Müllsäcke, ging hinaus und warf sie in die Tonne.

20. KAPITEL

Der Mann hieß Sal Skrobis und war – kaum zu glauben – ein ehemaliger Bibliothekar.

Masri hatte herausgefunden, dass er aus Wisconsin stammte, irgendwann nach North Carolina gezogen war und dann ins Shenandoah Valley in Virginia. Dort besserte er sein mageres Bibliothekarsgehalt als Biobauer auf.

Wogegen nichts einzuwenden gewesen wäre, hätte Sal Skrobis' lukrativste Pflanze sich nicht als Marihuana erwiesen.

Er züchtete sie auf seinem Grundstück, zwischen Mais und Sonnenblumen, die das Marihuana in manchen Jahren überragte. Skrobis erinnerte sich seines Masterabschlusses in Bibliothekswissenschaft und recherchierte eingehend, wie man das süßeste und mildeste Gras weit und breit züchtete. Was ihm nach einer Weile auch gut gelang. Vielleicht zu gut. Er begann, seine Ernte mit Freunden zu teilen, mit Nachbarn, dann Freunden von Freunden, dann Bekannten. Schon bald sorgte Mundpropaganda dafür, dass Leute von so weit her wie New York kamen, um seine Ware zu kaufen.

Dann wurde einer seiner Kunden mit dem Marihuana erwischt und verpfiff ihn. Was wiederum erklärte, warum er jetzt übervorsichtig war, wem er das Einhorn vermietete.

Mit dieser Hintergrundinformation begab ich mich am nächsten Tag nach dem Mittagessen in die Bibliothek. Dort recherchierte ich alles über die Rolle, die ich spielen wollte. Als ich mich fit genug fühlte, machte ich mich auf die Suche nach ihm.

Masri hatte gemeint, er sähe ein bisschen wie ein Waldschrat aus. Skrobis hatte die Gefängnisverwaltung davon überzeugt, dass seine Religion es nicht erlaubte, sich den Bart zu stutzen. Wobei diese Religion wohl hauptsächlich aus einem strengen Rasierverbot bestand.

Ich entdeckte ihn neben den Sportanlagen unterm Pavillon. Wie angekündigt, war sein Bart lang und weiß. Die wenigen Haare, die er noch hatte, waren vom Wind zerzaust. Die Haare in seinen Ohren schienen weitaus zahlreicher. Er war so dünn, dass die Knastuniform lose an ihm herabhing.

Skrobis saß im Schneidersitz auf dem Tisch. Beim Näherkommen sah ich, dass er die Augen geschlossen hatte. Die Hände lagen im Schoß mit den Handflächen nach oben, Mittelfinger und Daumen aneinandergepresst.

Meditation. Der Mann saß direkt neben dem Gefängnissportplatz und meditierte.

Willkommen in der Justizvollzugsanstalt Morgantown. Darf ich vorstellen: Sal Skrobis.

Ein paar Schritte vor ihm blieb ich stehen, unsicher, ob ich später wiederkommen oder warten sollte, bis er sich aus seinem höheren Bewusstseinszustand wieder herabließ. In meiner Unentschlossenheit stand ich dann so lange wie die Statue eines Bekloppten da, bis er die Augen öffnete.

»Kann ich Ihnen helfen?«, fragte er vollkommen entspannt.

»Mr. Skrobis?«

»Der bin ich.«

»Pete Goodrich«, sagte ich, obwohl ich mich im Moment nicht wie Pete Goodrich fühlte.

»Was kann ich für Sie tun, Mr. Goodrich?«

Ich versuchte, mich durch einen Trick, den mir vor langer Zeit ein Regisseur beigebracht hatte, zurück in meine Rolle zu versetzen. Er nannte es »sich einschließen«, und der Trick basierte auf der Überzeugung, dass man sich körperlich in den Charakter einfühlen musste, um ihn wirklich zu »bewohnen«: Man atmete tief ein und drehte gleichzeitig die Schultern in die Richtung, in die man sich wenden sollte: zum Publikum, zu einem anderen Darsteller, was immer. Die Schulterdrehung war der Moment, in dem man sich in den Charakter »einschließen« konnte. Es war ein bisschen wie eine Rückkehr zu den Anfängen.

Ich atmete also tief durch, sah ihn an und sagte: »Ich war einmal Geschichtslehrer und möchte Ihnen gern ein paar Stunden Geschichtsunterricht geben.«

Das klang zwar noch zu steif, aber vielleicht war es für den ehemaligen Geschichtslehrer Pete Goodrich okay, etwas formeller mit Mr. Skrobis, dem ehemaligen Bibliothekar, zu kommunizieren.

»Ach, wirklich?«

»Weltgeschichte gehörte zu meinen Lieblingsthemen«, sagte ich. »In der ersten Stunde geht es um Mesopotamien, den Fruchtbaren Halbmond, beginnend vor etwa zehntausend Jahren. Man kann die Kids wirklich umhauen, wenn man ihnen erklärt, dass der Irak, den wir kennen und für eine große Sandkiste halten, einmal ein extrem produktives Land war und als Geburtsstätte der menschlichen Zivilisation gilt. Viele der Pflanzen und Tiere, die wir heute noch essen, wurden dort gezüchtet oder domestiziert. Dort haben die Menschen das Schreiben erfunden, was die meisten Leute zwar wissen, aber wussten Sie auch, dass es dort viele große Künstler gab?«

»Könnte ich nicht behaupten«, sagte er.

»Jap«, sagte ich, und mit diesem »Jap« kam das Gefühl wieder zurück, Pete Goodrich zu sein. Ich schenkte ihm mein schönstes vertrauenerweckendes Lächeln und servierte dann meinen nächsten Satz.

»Tatsache ist, dass mesopotamische Künstler die Ersten waren, die Einhörner bildlich dargestellt haben.«

»Oh, ich verstehe«, sagte er.

Er lächelte zwar nicht zurück, zeigte aber Interesse.

»Ja, Sir, später gab es dann überall Einhörner, in China, in Indien, in Griechenland und so weiter. Fast jede Kultur hat ihren Mythos vom Pferd mit einem Horn. Aber angefangen hat es mit den Mesopotamiern. Sie glaubten, dass nur Jungfrauen Einhörner einfangen könnten.«

»Aha«, sagte er. »Und vermutlich erzählen Sie mir jetzt, Sie wären eine Jungfrau.«

»Das bin ich, Sir, schamhaft, keusch und unverdorben.«

»Mr. Goodrich, habe ich Sie richtig verstanden?«

»Ja, Sir.«

»Ich danke für den Geschichtsunterricht. Jetzt gebe ich Ihnen eine Lektion in Astronomie.«

»Ach?«

»Morgen Abend ist Neumond.«

Neumond, das hieß dunkel. Und es hieß auch: eine gute Nacht für den Hügellauf.

»Verstehe. Eine gute Lektion.«

»Das ist auch eine Nacht, in der eine Jungfrau *möglicherweise* ein Einhorn einfangen kann.«

»Das würde ich wirklich sehr zu schätzen …«

»Allerdings ist da noch die Frage der Vergütung.«

»Natürlich. Dreißig Dosen, richtig?«

»Das war einmal«, sagte er, »aber so ist es nicht mehr.«

»Sir?«

»Ich brauche keine Dosen«, sagte er. »Ich weiß jetzt schon nicht mehr, was ich mit all meinen Dosen machen soll. Ich brauche Stecklinge.«

Stecklinge? So wie …

Und dann kapierte ich. Er vermisste es, seine Lieblingspflanze selbst anzubauen und zu rauchen.

Nur um sicherzustellen, dass ich ihn auch wirklich richtig verstanden hatte, fragte ich: »Und welche Art Stecklinge?«

»Sie scheinen eine Menge über mich zu wissen«, sagte er.

»Was man so hört.«

»Dann wissen Sie auch, was für Stecklinge ich meine. Ich brauche nicht viele. Ein Dutzend reicht.«

So war das also. Sal Skrobis wollte, dass ich Marihuana-Stecklinge ins Gefängnis schmuggelte.

»Sie haben wirklich … Sie können hier irgendwo was anpflanzen?«

»Lassen Sie das meine Sorge sein. Ihre Sorge sind nur die Stecklinge.«

»Ich brauche das Einhorn, um sie reinzuschmuggeln«, sagte ich. »Das wissen Sie, oder?«

»Deshalb bin ich einverstanden, dass die Miete bei der Rückgabe beglichen wird.«

»Okay«, sagte ich. »Aber für zwölf Stecklinge will ich das Einhorn nicht nur mieten, das sollte genügen, um es zu kaufen.«

Er hob die buschigen weißen Augenbrauen.

»Sie wollen Ihre Stecklinge? Dann läuft das nur so«, sagte ich. »Denn wenn Sie so eine Zucht wirklich in Gang kriegen, brauchen Sie die Einnahmen vom Einhorn nicht mehr.«

Sein runzliges Gesicht legte sich in Falten, dann wurde es wieder straff.

»Also gut«, sagte er. »Das ist dann ein Kauf, keine Miete. Und der Preis ist abgemacht?«

»Ich muss zuerst noch telefonieren.«

»Mit den Mesopotamiern?«, fragte er und lächelte zum ersten Mal.

»So ungefähr.«

»Sehr gut«, sagte er. »Morgen um die gleiche Zeit bin ich wieder hier. Sagen Sie mir dann Bescheid.«

Er schloss die Augen und setzte seine Meditation fort.

***

Ich nahm das als Hinweis, mich zu empfehlen, ging zurück zum Randolph-Haus und schnurstracks zum Telefon. Wenn ich die Neumondnacht nutzen wollte, musste ich mein Anliegen schnellstens Ruiz und Gilmartin unterbreiten.

Ich tippte meine TRULINCS-Kontonummer ein und rief Danny an. Eine Ansage ließ ihn wissen, dass er einen Anruf aus einem Bundesgefängnis bekam.

Sobald die Ansage beendet war, ließ er ein fröhliches »Slugbomb, wie ergeht es dir dort?« verlauten.

Ich biss die Zähne zusammen. Ich hatte mir solche Mühe gegeben, meine Pete-Goodrich-Identität aufrechtzuerhalten, dass es mich ärgerte, wie locker er einen Hinweis auf mein altes Leben preisgab. Selbst wenn es relativ unwahrscheinlich war, dass das Gespräch abgehört wurde, war es fahrlässig von ihm.

»Ich hab keine Ahnung, wer Slugbomb ist«, sagte ich knapp. »Hier ist Pete Goodrich.«

»Oh, stimmt, tut mir leid. Wie geht es dir?«

»Ich hab so eine Ahnung, dass ich die richtigen Zahlen für den Lottojackpot hab«, sagte ich. »Kannst du meiner Mom ein paar Lose kaufen?«

»Kein Problem, Kumpel. Bleib dran, ich hole Stift und Papier.«

Er kramte in seinem Schreibtisch oder im Handschuhfach seines Wagens, oder wo er sonst gerade war, herum, was ich ihm wegen der Zeitverschwendung verübelte. Je länger er brauchte, desto weniger konnte ich in dem Monat mit Amanda oder meiner Mutter sprechen.

»Okay«, sagte er schließlich. »Leg los.«

»Zwanzig, achtzehn, siebenundvierzig, fünf, einundvierzig, sechs …«, begann ich und machte so lange weiter, bis ich meine Nachricht kundgetan hatte:

T-R-E-F-F-E-N M-O-R-G N-A-C-H-T D-O-R-S-E-Y-S K-N-O-B R-A-S-T-P-L-A-T-Z E-I-N U-H-R.

Sobald ich fertig war, sagte ich: »Hast du alles? Ich weiß, das sind eine Menge Lose.«

»Kein Problem, sonst noch was?«

»Ich hab Hunger, so richtigen Hunger. Besonders wenn ich nachts um ein Uhr aufwache, krieg ich diese komischen Gelüste.«

»Verstehe. Worauf?«

»Makrelenfilet von ›Chicken of the Sea‹«, sagte ich.

»Oh, okay. Wirklich?«

»Die sind absolut lecker. Ich schwöre, ich könnte Hunderte essen und wahrscheinlich mehr vertilgen, als ich tragen kann. Und dabei trainiere ich momentan viel mit Gewichten und könnte ein Menge tragen.«

»Wenn du Hunger hast, hast du Hunger, so ist das nun mal.«

»Ich verhungere«, bestätigte ich. »Aber eben fällt mir ein, dass Kelly auch noch ein paar Lotterielose kriegen sollte. Ich hab einfach das Gefühl, heute ist mein Glückstag.«

»Alles klar, gib mir die Zahlen durch.«

Diesmal buchstabierte ich: B-R-I-N-G Z-W-Ö-L-F M-A-R-I-H-U-A-N-A-S-T-E-C-K-L-I-N-G-E, wobei ich wieder genügend Zahlen über sechsundzwanzig einbaute, falls doch jemand zuhörte.

»O Mann«, sagte er, als ich fertig war.

»Ist das ein Problem?«

»Nein, nein«, sagte er, verhalten kichernd. »Ich bin sicher, ich kann einige besorgen. Es ist bloß … Egal, ich kriege sie schon.«

»Gut. Dann kaufst du also die ganzen Lose?«

»Aber es gibt da noch eine Reihe Zahlen, die ich tippen würde.«

»Okay, lass hören«, sagte ich.

»Zwei, neun, neunzehn, dreizehn, fünfzehn, achtzehn …«, bis er B-I-S M-O-R-G-E-N E-I-N U-H-R buchstabiert hatte.

»Verstehe«, sagte ich.

»Moment, ich hab noch eine Frage.«

»Ich höre.«

»Wie viele Telefone gibt's im Randolph?«

Ich zählte die Telefone, die nebeneinanderhingen und durch eine kleine Trennwand voneinander abgeschirmt waren, was Privatsphäre vermitteln sollten, aber nicht wirklich welche gab.

»Vier. Warum?«

»Ich wollte es einfach nur wissen. Bis demnächst.«

21. KAPITEL

Den Rest des Tages sowie den nächsten Morgen hatte ich furchtbaren Bammel. Auch wenn Pete Goodrich wegen Bankraubs im Bundesgefängnis saß, beschränkten sich Tommy Jumps Gesetzesübertretungen aufs Falschparken.

Und jetzt wusste ich auch, warum: Ich hatte nicht die Nerven eines Gesetzesbrechers.

Masri war in der Hinsicht auch keine große Hilfe, denn während er eines unserer Probleme gelöst hatte – in Form des Schlüssels zum Lagerhaus sowie der Information, wo ich die Dosen vorübergehend verstecken konnte –, wies er mich auf ein weiteres hin, das wir noch nicht bedacht hatten: Wenn das Einhorn uns gehörte, wo sollten wir es dann deponieren?

Dass es möglich war, hatte Skrobis jahrelang bewiesen. Aber für das Einhorn mussten wir uns etwas Besseres einfallen lassen als das Lagerhaus, wo Masri die Dosen unterbringen wollte. Die waren bis zu einem gewissen Maß entbehrlich, und wenn ein Wärter drüberstolperte, würde es ihm kaum Kopfzerbrechen bereiten. Beim Einhorn wäre das anders.

Da Masri sich um eine Lösung kümmern wollte, musste ich gleich nach dem Mittagessen nur noch Skrobis wissenlassen, dass wir liefern konnten.

Ohne wie jemand in Eile auszusehen, stürmte ich praktisch aus dem Speisesaal hinaus, um so schnell wie möglich zum Pavillon zu kommen. Skrobis war noch nicht da, gut möglich, dass sein Haus noch zu Mittag aß.

Da ich keine Lust hatte, nervös hier rumzusitzen, drehte ich eine Runde auf dem Joggingpfad. Und noch eine. Als ich dann nach der zweiten mit Schweiß auf der Stirn zurückkehrte, saß Skrobis wieder in seiner meditativen Pose da.

Ich trat leise zu ihm hin.

»Hallo, mein Freund«, sagte er und öffnete die Augen. »Gibt es Neuigkeiten?«

»Ja. Wir sind im Geschäft.«

»Das hatte ich mir gedacht.«

»Weil ich so clever aussehe?«

»Weil Ihre Aura sehr gelb ist«, sagte er, als würde das irgendeinen Sinn machen.

»Das stimmt sicher. Und wie komme ich an das Ding ran?«

»Ziehen Sie Ihr Shirt hoch«, sagte er.

»Hä?«

Er hob bereits den Saum seines eigenen Shirts an.

»Machen Sie schnell«, drängte er.

Dann verstand ich. Er trug das Einhorn am Körper und legte es ab wie den Meisterring aus *Herr der Ringe*, als wäre er schon lange über den Punkt hinaus, wo der bloße Besitz ihn irremachte.

Und jetzt gehörte er gleich mir. Seine Macht – und sein Fluch.

Er zog kurz sein Shirt hoch und zeigte mir ein sperriges, ansatzweise rechteckiges Paket. Es war in einen weißen Müllsack mit verräterischen Schmutzflecken gewickelt, die Skrobis' Versteck erahnen ließen.

Ich fuchtelte eher ungeschickt an meinem Shirt herum, die Hände fahriger, als mir lieb war. Als er fand, dass ich so weit war, zog er das Einhorn unter seinem Shirt hervor und gab es mir. Ich stopfte es unter mein Shirt und das Shirt in den Hosenbund.

»Hervorragend«, sagte Skrobis. »Und meine Vergütung bekomme ich morgen um diese Zeit?«

»Das will ich doch sehr hoffen«, sagte ich. »Wenn ich nicht da bin, dann haben sie mich erwischt, und die Wärter knüpfen mir gerade einen Strick.«

»Wenn das passiert, kennen wir uns nicht.«

»Natürlich nicht«, sagte ich.

Ich nickte ihm feierlich zu und ging. Vom Randolph bis zum Pavillon waren es etwa hundertfünfzig Meter, aber schon nach fünf Schritten wusste ich, dass mir der Rückweg doppelt so lang vorkommen würde. Mein Shirt drückte das Paket zwar etwas flacher, trotzdem sah ich um die Mitte herum sicher schwangerer aus als Amanda. Und das Funkgerät schien wie ein Tumor aus meinem Bauch zu wachsen.

Andere Insassen kamen mir allein oder zu zweit aus ihren Häusern entgegen, wahrscheinlich um den schönen Herbstnachmittag in den Freizeitanlagen zu verbringen. Vielleicht bildete ich es mir auch nur ein, doch ich hätte schwören können, dass sie meinen Bauch anstarrten wie eine Neonreklame für Bier und nackte Frauen.

Und dann kam zu meinem Entsetzen auch noch eine kleine Brünette um die Ecke gebogen: Karen Lembo, eine der Sozialarbeiterinnen. Kaum hatte sie mich erblickt, steuerte sie schnurstracks auf mich zu.

Ich hatte sie bei meiner Einführung kennengelernt, und sie entsprach genau dem Bild einer Sozialarbeiterin im Gefängnis: energiegeladen, permanent mit der Nase in den Angelegenheiten anderer und überzeugt, jede verlorene Seele in ihrer Obhut retten zu können. Sie hatte keine Mühen gescheut, uns zu versichern, dass wir in ihren Augen noch immer Kinder Gottes waren, auch wenn wir jetzt im Gefängnis saßen.

Aber ein Kind Gottes zu sein war momentan das Letzte, was ich mir wünschte, und meine kostbare Einzigartigkeit als Individuum war mir so was von egal. Am liebsten wäre ich augenblicklich in irgendeiner Masse untergetaucht.

Sie trug schwarze Hosen und praktische Halbschuhe, auf die

ich mich zu konzentrieren versuchte, um einfach wortlos und kopfnickend an ihr vorbeigehen zu können. Nur leider sah ich aus dem Augenwinkel, dass dieser Plan nicht aufging.

Ich schwitzte sowieso schon vom Joggen und der Anspannung, aber jetzt lief mir das Wasser nur so übers Gesicht und den Bauch, an dem die Plastiktüte klebte.

Wenn ich doch einfach an ihr vorbeischlüpfen könnte, das wäre so …

»Hallo, Peter«, sagte sie.

Karen Lembo hatte sich vor mir aufgebaut, ein wissendes Lächeln im Gesicht, als sähe sie mir an, dass ich etwas im Schilde führte.

»Hallo, Mrs. Lembo«, sagte ich.

Es klang total falsch und schrill, und mir fiel siedend heiß ein, dass ich meinen Akzent vergessen hatte.

Also schob ich ein genäseltes »Wie geht's Ihnen, Ma'am?« hinterher.

»Mir geht es gut, danke«, sagte sie. »Und Sie fühlen sich okay?«

»Wunderbar, danke.«

»Sie schwitzen sehr.«

»Jogging«, sagte ich. »Zum Mittagessen gibt's immer zu viele Kohlehydrate. Wenn ich hinterher nicht meinen Kreislauf in Schwung bringe, schlaf ich im Stehen ein.«

»Ach so«, sagte sie. »Also ich hab gestern mit Mr. Munn über Sie gesprochen.«

»Ach, ja?«

Ich verlagerte mein Gewicht auf den anderen Fuß und verschränkte wie zufällig – o Gott, hoffentlich wirkte das auch so – die Arme vor dem Bauch. Für einen sichtlich schweißtriefenden Mann war das allerdings eine etwas unnatürliche Pose, was mich noch mehr ins Schwitzen brachte.

»Er sagt, Sie hätten sich noch immer nicht für eine Berufskundeklasse angemeldet. Stimmt das?«

»Ja, Ma'am, stimmt.«

»Mir ist bewusst, dass am Anfang alles sehr düster aussieht und man glaubt, die Haftstrafe würde nie enden«, sagte sie mitfühlend. »Aber jetzt, wo Sie noch neu hier sind und Sie sich noch eingewöhnen, ist wirklich die beste Zeit, den rechten Weg einzuschlagen. Wie wir schon bei der Einführung gesagt haben: Wir wollen, dass Sie sich am Tag Ihrer Einweisung auf den Tag Ihrer Entlassung vorbereiten. Was war noch mal Ihr Beruf, bevor Sie herkamen?«

»Ich war Lehrer.«

»Richtig, Geschichte?«

»Ja, Ma'am.«

»Ihnen ist aber sicherlich bewusst, dass Sie nicht wieder als Lehrer arbeiten können, ja? Die Schulbehörden verlangen ein Führungszeugnis.«

»Ja, Ma'am.«

»Aber das ist kein Grund, am Leben zu verzweifeln. Sie sind immer noch ein junger Mann, wenn Sie hier rauskommen. Jetzt ist eine wunderbare Gelegenheit, etwas Neues zu probieren.«

»Ja, ich hatte vor, das in Angriff zu nehmen.«

»Wir haben festgestellt, dass es gebildeten Menschen wie Ihnen oft gut gefällt, mit den Händen zu arbeiten. Vielleicht Schreinern? Schreiner werden immer gebraucht, und das Handwerk neigt zur Toleranz gegenüber Menschen mit einer Vorstrafe. Wir konnten zahlreichen Insassen gleich nach ihrer Entlassung eine Beschäftigung vermitteln. Unser Lehrer in der Schreinerwerkstatt ist hervorragend. Ich wette, er würde Sie unter seine Fittiche nehmen.«

»Hört sich gut an.«

»Sie sollten jetzt gleich zu ihm gehen. Ich kann mitkommen, wenn Sie wollen.«

Das war das Letzte, was ich wollte.

»Das ist wirklich sehr nett von Ihnen«, sagte ich in meinem

verzweifelten Bemühen, sie abzulenken. »Aber so verschwitzt, wie ich gerade bin, möchte ich ungern vor ihn treten.«

Sie taxierte mich argwöhnisch. »Na ja, okay. Aber später erkundige ich mich in der Schreinerei und hoffe zu hören, dass Sie dort waren.«

»Ja, Ma'am«, sagte ich. »Sobald ich ein frisches Shirt angezogen habe.«

Sie studierte mein Gesicht, lächelte wenig überzeugt. Ich schwöre, dieser Moment dauerte länger als die »City on Fire«-Schlussszene in *Sweeney Todd* – und dieser Song dauert dreizehn Minuten.

»Danke für das Gespräch, Mrs. Lembo, ich weiß Ihr Engagement zu schätzen«, sagte ich, ging um sie herum und weiter Richtung Randolph-Haus.

Ich wagte es nicht, mich umzudrehen und zu gucken, ob sie hinter mir hersah. Ich ging einfach direkt zurück in mein Zimmer und – da ich nicht wusste, was ich sonst damit machen sollte – stopfte das Einhorn in den Plastiküberzug meiner Matratze. Dann schloss ich das Loch in der Naht mit den Sicherheitsnadeln, die am ersten Tag meine Hose gehalten hatten. Ich glaube, ich habe in der ganzen Zeit nicht ein Mal Luft geholt.

Ein Ring, um sie alle zu knechten.

Ein Ring, um sie schnurstracks in die Gefängnishölle mit höchster Sicherheitsstufe zu schicken.

***

Danach verging die Zeit nur langsam, fünf oder fünfzehn Minuten verwandelten sich in gefühlte ein, zwei Stunden. Ich stattete der Bibliothek einen Besuch ab und studierte mehrere topographische Karten von Dorsey's Knob, dann meldete ich mich in der Gefängnisschreinerei, um mir Karen Lembo vom Hals zu halten.

Vor dem Dinner setzten Masri und ich uns kurz zusammen,

um noch einmal unseren Plan durchzugehen. Außerdem gab er mir den Schlüssel zum Lagerhaus – noch etwas, dessen Besitz verboten war.

Das Abendessen schmeckte nach nichts, und ich aß nur, weil ich später die Energie brauchen würde.

Die darauffolgende Unterhaltung mit Amanda war noch belangloser als sonst. »Kelly« erzählte mir, meine Cousine Amanda sei bei einer Frauenärztin gewesen und habe sich ein paar Routinetests unterzogen, aber ich hatte Probleme, mich zu konzentrieren, so dass sie mich einmal sogar fragte, ob ich gerade abgelenkt sei. *O ja, mein Schatz, zufällig werde ich heute Nacht das Gesetz brechen …*

Bevor ich dann zur Einundzwanzig-Uhr-Lebendkontrolle zurück ins Randolph ging, besorgte ich mir noch einen Stock, mit dem ich später die Haustür blockieren konnte.

Als um zweiundzwanzig Uhr das Licht ausging, lag ich im Bett. Unter meinen Füßen spürte ich die kleine Erhebung in der Matratze, wo das Einhorn lag. Von der ganzen Anspannung war ich zwar vollkommen erschöpft, hätte aber zum Einschlafen ein Betäubungsgewehr gebraucht.

Außer Unterwäsche und Socken trug ich nur meine Timex, deren schwaches LED-Licht mir erlaubte, die Zeit unter der Bettdecke zu checken. Ich hatte entschieden, dass zwanzig Minuten zum Aufstehen, Anziehen und Erklimmen des Hügels reichten, zumal ich am Theater schnelle Kostümwechsel sowie rasche Abgänge gelernt hatte.

Im Bett hörte ich den langsamen und gleichmäßigen Atem des gewichtigen Frank Thacker unter mir. Außerhalb unseres Zimmers versiegten langsam die abendlichen Geräusche – Nachzügler, die aus dem Fernsehraum in ihre Zimmer schlurften, Männer, die ein letztes Mal zur Toilette gingen. Die schlimmen Schnarcher, die mit den Vibrationen ihres Gaumens die Wände zum Wackeln brachten, fingen gewöhnlich erst später mit ihrem

Konzert an. Jetzt war die stillste Zeit des Tages im Gefängnis Morgantown.

Umso deutlicher konnte ich mein Herz schlagen hören, das in Erwartung des Moments, wenn ich loslegen musste, alle anderen Geräusche im Randolph-Haus lautstark übertönte.

22. KAPITEL

Herrera liebte den Neumond.

Als Junge hatte er sich aus dem Haus geschlichen und war auf den Nachbarfarmen umhergestreift. Er hatte die Freiheit genossen, die ihm die Dunkelheit bot, und Orte aufgesucht, die ihm bei Tageslicht verboten waren.

Manchmal hatte er in die Fenster von Häusern gespäht, in denen es ganz anders aussah als in den staubigen mexikanischen Farmbaracken, wie sie sich die Gringos vorstellten. Es waren große, elegante Häuser mit Stuck oder Kacheln.

Herrera war in Jalisco aufgewachsen, einer Gegend, bekannt für ihre Blauen Agaven, die besten der Welt. Wie alle anderen Farmer hatten seine Familie und ihre Nachbarn zu kämpfen – mit launischem Wetter, Fäule, Kornkäfern und Pilzbefall –, aber solange die Welt nach Tequila dürstete, ging es ihnen gut.

Insofern unterschied Herrera sich von vielen anderen Männern im Kartell. Die meisten waren in Armut groß geworden und arbeiteten entweder aus Not oder freiwillig fürs Kartell, weil es kaum andere Optionen für sie gab.

Aber Herrera hatte andere Möglichkeiten. Er war aufs College gegangen, er hätte bleiben und ein gutes Leben mit seiner Familie haben können. Er hätte in die Stadt gehen und dort einen Job finden können. Er arbeitete fürs Kartell, weil er Action wollte. Weil er Dinge liebte, die im Dunkeln passierten.

Und obwohl er an einem ihm fremden Ort war – im Randbezirk von Atlanta, einer amerikanischen Stadt, deren Luftfeuchtigkeit selbst Mitte Oktober unerträglich war –, ging es ihm gut in diesen frühen Morgenstunden, in denen er sich einem Haus näherte, dessen Besitzer nichts von seiner Anwesenheit ahnte.

Sein Ziel war ein kleines Saltbox-Haus – so nannte man diese Häuser mit asymmetrischem Dach – mit einer trostlosgrauen Verkleidung. Herrera war in seinem Mietwagen schon mehrere Male daran vorbeigefahren, hatte dann weiter unten in der Straße geparkt und den ramponierten Gehweg zurück zum Haus genommen. Dort zog er die Skimütze über und ging die Einfahrt hinauf.

Links der drei Eingangsstufen hing das blaue, achteckige Schild einer Sicherheitsfirma. Herrera grinste. Er kannte die Firma, die sich auf – leicht zu überwindende – Fenster- und Tür-Drucksensoren spezialisiert hatte.

Er ging weiter zur Rückseite des Hauses, wo auf einer Veranda ein Grill und eine kleine Bar unter einem Schirm standen. Wichtiger war jedoch, dass die erhöhte Veranda leichten Zugang zu zwei Fenstern bot, beide in Hüfthöhe.

Aus einem Fenster ragte eine Klimaanlage heraus, was bedeutete, dass die Drucksensoren an diesem Fenster nicht aktiviert waren. Obendrein war das Gerät nicht einmal im Fensterrahmen angeschraubt, sondern einfach nur in das offene Fenster geklemmt. Der Besitzer hätte genauso gut eine Fußmatte mit »Herzlich willkommen« hinlegen können.

Herrera arbeitete vorsichtig und brauchte nur wenige Minuten, um das Gerät leise aus dem Fenster zu entfernen. Seine Handschuhe waren dabei etwas hinderlich, aber sie auszuziehen wagte er nicht.

Liefere den Amerikanern niemals Beweise, so dass sie dich ausweisen können. Eine von El Vios Regeln.

Als er die Klimaanlage auf der Veranda abgestellt hatte, stieg Herrera durch das offene Fenster in die – uninteressante – Küche und ging weiter ins Wohnzimmer. Hier war alles mit Möbeln zugestellt, als hätte der Besitzer einmal in einem viel größeren Haus gewohnt, sämtliches Mobiliar mitgenommen und auf einem Drittel der ehemaligen Fläche zusammengepfercht.

An einem der Beistelltische blieb Herrera stehen und betrachtete die Fotos darauf. Die meisten zeigten zwei Kinder, entweder allein oder zu zweit, beide in einem schwierigen Alter, mit Zahnspangen und schnellwachsenden Körpern. Aber es gab auch ein Porträt der ganzen Familie.

Die Frau war hübsch, blond, nett angezogen. Herrera mochte Blondinen.

Der Banker stand neben ihr, den Arm lächelnd um sie gelegt, als wäre ihm bewusst, dass er in einer zu hohen Liga mitspielte. Herrera nahm den Bilderrahmen in die Hand und studierte den Mann, der für all den Ärger verantwortlich war. Er sah ziemlich unscheinbar aus.

Herrera stellte das Foto wieder ab. Er hatte im Erdgeschoss genug gesehen und stieg die Treppe hinauf. Sie war so alt wie der Rest des Hauses, und nachdem die zweite Stufe laut geknarrt hatte, ging er jetzt vorsichtiger.

Auf dem oberen Treppenabsatz sah er sich vier Türen gegenüber. Eine stand offen, das war das Badezimmer. Die restlichen drei waren also Schlafzimmer. Er wählte die Tür, hinter der er den größten Raum vermutete, umfasste den Knauf, drehte ihn langsam und steckte den Kopf durch den Spalt.

Die Luft war warm und feucht von menschlichem Atem. Ein Doppelbett nahm den größten Teil des Raumes ein. Auf der rechten Seite, nahe der Tür, lag eine Frau.

Die blonde Frau von dem Foto, die Banker-Frau. Sie hatte die Decke weggestrampelt und lag auf dem Rücken, die Beine gespreizt. Sie trug einen Slip und ein T-Shirt, das bis über die Taille hochgerutscht war; die Oberschenkel bleich, beinahe wie Alabaster, und wohlgeformt.

Er trat vors Bett und sah auf sie hinunter. Im schwachen Licht

187

des Weckers sah er, wie sich ihre Brust hob und senkte. Er beugte sich hinunter, zog ein Jagdmesser aus der Scheide an seiner Wade. Es war dazu gedacht, das weiche Fleisch eines Säugetiers zu durchtrennen, Muskeln und Adern, damit das Tier schnell ausblutete.

In einer blitzschnellen Bewegung setzte er sich aufs Bett und presste ihr die Hand auf den Mund. Sie schlug sofort die Augen auf. Er hielt ihr das Messer vors Gesicht.

»Wenn Sie schreien, bringe ich Sie um«, sagte er leise auf Englisch mit Akzent. »Verstehen wir uns? Blinzeln Sie zweimal für ja.«

Sie blinzelte zweimal.

»Sehr gut«, sagte er. »Ich nehme jetzt meine Hand weg.«

Die Messerspitze hielt er weiter dicht an ihrer Wange.

»Mein Mann hat Dokumente«, flüsterte sie. »Wenn Sie uns etwas antun, übergibt er sie dem FBI, und Sie werden alle …«

»Ich weiß sehr gut, was Ihr Mann hat«, sagte Herrera. »Und es ist mir egal. Wenn ich die Dokumente nicht beschaffe, lebe ich nicht mal mehr lange genug, um vor Gericht gestellt zu werden. El Vio wird mich umbringen und einen anderen schicken, der das hier erledigt. Es ist also ganz einfach: Wenn Sie mir nicht verraten, wo die Unterlagen sind, werde ich Sie töten und mir danach Ihre Kinder vornehmen. Ich lasse sie am Leben, aber furchtbar entstellt, so dass sie den Rest ihrer Tage als groteske Waisen verbringen. Wollen Sie das?«

»Nein, aber ich …«

»Dann sagen Sie mir, wo die Dokumente sind.«

»*Ich weiß es nicht*«, sagte sie. »Wenn ich's wüsste, hätte ich sie schon lange dem FBI übergeben und wäre jetzt im Zeugenschutzprogramm. Das müssen Sie mir glauben.«

Das tat er. Er hatte die Bänder abgehört.

»Es gibt eine Jagdhütte«, sagte er.

»Da sind sie nicht, ich hab schon alles durchsucht.«

»Aber nicht so genau, wie ich das mache. Sagen Sie mir, wo sie ist.«

»Es gibt keine Adresse.«

»Aber Sie wissen, wie man hinkommt.«

»Natürlich weiß ich das, aber …«

»Dann sagen Sie es mir.«

»Ich … ich habe die GPS-Koordinaten. Die geben wir unseren Besuchern. Sie geben die Daten in Ihr Telefon ein, und damit werden Sie hingeleitet.«

»Das wird genügen«, sagte er.

Sie rief die Koordinaten in ihrem Smartphone ab. Herrera schrieb sie mit einem Kuli auf seinen Arm, dann hielt er ihr noch einmal das Messer vors Gesicht.

»Wenn Sie mich angelogen haben, komme ich wieder«, sagte er.

23. KAPITEL

Ein paar Minuten nach Mitternacht hörte ich den Wärter seine Runde drehen und die Zahl der Anwesenden mit einem Handzählgerät festhalten.

Je näher er kam, desto lauter wurden die Doppelklicks, gleich dem Klick-Klack eines Kippschalters, und dann wurden sie schwächer, als er sich entfernte.

Dann war es wieder still.

Um Punkt zwölf Uhr vierzig setzte ich mich vorsichtig auf. Jetzt kamen mir die vielen Jahre Tanztraining zugute, in denen ich gelernt hatte, meinen Körper zu kontrollieren. Ich schob mich langsam zum Bettrand, damit die uralten Bettfedern nicht knarrten, und stieg vorsichtig die Leiter hinunter.

Mit den Socken an den Füßen landete ich lautlos auf den Bodenfliesen und machte das Gleiche wie heute Mittag, nur rückwärts: Ich hob das Bettlaken hoch, fand die Naht am Matratzenschutz, ertastete die Sicherheitsnadeln und nahm sie ab.

Dann zog ich das Paket hervor, wobei die Plastiktüte viel zu laut raschelte – doch momentan wäre mir selbst das Seufzen von Engeln zu laut vorgekommen –, beförderte sie behutsam zu unserem Schreibtisch und legte sie sachte darauf.

Ich griff hinein. Meine Hand stieß an rauen Stoff, ich holte die Drillichhose heraus und zog sie vorsichtig über. Sie war natürlich zu groß, aber ich krempelte die Hosenbeine hoch und schnallte den Gürtel enger, was reichte. Dann kam das Hemd dran.

Nachdem ich meine eigenen Schuhe angezogen hatte – die

schwarzen Stahlkappenstiefel der Gefängniswärter waren von unseren kaum zu unterscheiden –, klemmte ich das Funkgerät an die Hemdtasche, wie ich es jeden Tag bei den Wärtern vor Augen hatte.

Im Zimmer gab es keinen Spiegel, ich konnte also nicht checken, wie ich aussah. Aber ein Blick an mir hinab bestätigte, dass ich den Anforderungen genügte. Diese Aufmachung musste ja nur jemanden täuschen, der mich aus mindestens zehn Metern Entfernung sah. Wenn einer der Nachtschicht-Officer noch näher kam, war ich sowieso geliefert.

Ich machte einen vorsichtigen Schritt in Richtung Zimmertür. Und hörte: »Sir?«

Aus dem unteren Bett. Ich erstarrte. Das von draußen in unser kleines Fenster einfallende Licht war schwach. Konnte Frank mich trotzdem sehen?

»Was ist?«, flüsterte ich.

»Wo gehen Sie hin?«

»Aufs Klo«, sagte ich.

»Warum sind Sie dann so angezogen?«

Mist.

Frank und ich hatten selten miteinander geredet. Außer dass er riesig und schwarz war, dass er am Sonntag in die Kirche und am Mittwoch in die Bibelstunde ging – der klassische Häftling, der sich mit Jesus versöhnen oder wenigstens nicht von ihm verstoßen werden wollte –, konnte ich nichts über ihn sagen. Ich wusste noch immer nicht, warum er im Gefängnis saß, und hatte auch nicht versucht herauszufinden, wie er zu Autoritäten stand. Ich war unsicher, ob er mich verpfeifen würde, um bei der Verwaltung zu punkten.

»Ich gehe raus, um was zu erledigen«, sagte ich.

»Sie machen den Hügellauf?«

»Ist das okay für Sie?«

Ich wünschte, ich könnte sein Gesicht sehen, um eine Vorstellung davon zu bekommen, was in seinem Kopf vorging. Er drehte sich jetzt ganz zu mir.

»Können Sie mir BiFis mitbringen, Sir?«

Mir fiel ein Stein vom Herzen, und ich sagte: »Kein Problem.«

»Okay«, sagte er. »Seien Sie vorsichtig. Die Wälder sind gefährlich, man weiß nie, was sich da alles tummelt.«

Fast hätte ich gelacht. Dieser Riese von Mann hatte Angst vor ein paar Waldkreaturen?

»Danke, Frank, mach ich.«

Nach zwei Schritten in Richtung Tür hielt ich inne. Mir war nur allzu klar, dass der erste Moment meiner Mission einer der problematischsten war. Denn ich wusste nicht, welches Haus sich der Wärter auf Rundgang für seine Nachtruhe ausgesucht hatte. Es gab fünf Möglichkeiten, meine Chancen standen also fünf zu eins, dass dies ein sehr kurzer Ausflug wurde.

Und ich konnte auch nicht herausfinden, wo er jetzt war. Ich hatte zwar gehört, wie der Wärter nach der Mitternachtszählung das Haus verlassen hatte – der Riegel, mit dem man von innen die Tür öffnete, machte dieses kreischende Eisen-auf-Eisen-Geräusch von Schlössern, die jahrzehntelang nicht geölt worden waren. Nur leider machte der Drehknopf, mit dem man die Tür von außen öffnete, kaum einen Mucks, so dass er leise wieder hereingekommen sein konnte.

Doch ich hatte keine Wahl. Ich trat vorsichtig aus meinem Zimmer, schlich den Gang entlang und am Bad vorbei. Als Nächstes musste ich die verglaste Kabine nahe dem Eingang passieren. Da konnte der Wärter am ehesten sein.

Sobald ich in den Korridor eingebogen war, drückte ich mich langsam und mit dem Gesicht zur Mauer an der Wand entlang. Innerlich war ich darauf vorbereitet, stehenden Fußes zurück in mein Zimmer zu hechten, sobald sich etwas in der Kabine regte. Das heißt, *falls* der Wärter tatsächlich da drin saß. Wenn er seine Arbeit nämlich vorschriftsmäßig verrichtete – also ständig zwischen den Häusern hin- und herlief und auch in die Häuser hineinging –, konnte er überall auftauchen, sogar hinter mir. Ich verließ mich also auf die institutionalisierte Faulheit des Wachpersonals.

Langsam schlich ich voran, und mit jedem Schritt kam die Kabine mehr in mein Blickfeld. Es war dunkel, ein gutes Zeichen. Es sei denn, er hockte im Dunkeln.

Zentimeter für Zentimeter rückte die Kabine mehr in mein Blickfeld, fünfzig Prozent, fünfundsiebzig und dann fünfundachtzig Prozent. Nichts. Als ich dann voll hineinsehen konnte – und niemanden sah –, lief ich entschlossen zur Tür.

Jetzt war Tempo angesagt. Je weniger Zeit ich brauchte, um vom Randolph in den Schutz des Waldes zu kommen, desto besser. An der Tür machte ich noch einmal langsam, schob vorsichtig den Riegel auf, damit er nicht kreischte, und klemmte den Stock, der noch an seinem Platz lag, dazwischen.

Dann schlich ich die Stufen hinunter und in die Nacht.

***

Der am nächsten gelegene Lichtmast war hundert Meter weit weg und jetzt hinter mir. Das Licht war so schwach, dass ich kaum einen Schatten warf. Bis auf die Sterne, die wie winzige LEDs blinkten, war der mondlose Himmel über mir dunkel.

Ohne allzu hastig zu wirken, ging ich in Richtung Sportanlagen. Ich hielt mir vor Augen, dass ich äußerlich ein Gefängniswärter war, und marschierte selbstsicher drauflos, ohne Angst vor irgendwem oder irgendwas. Natürlich fand ich es etwas langweilig, denn ich machte das ja jede Nacht. Und nie war irgendetwas passiert.

Bei der Platzierung der Überwachungskameras hatte die Gefängnisverwaltung des Morgantown wirklich gute Arbeit geleistet, denn ich wusste nie, wann sie mich auf dem Monitor hatten oder wann ich mich in einem toten Winkel befand. Aber das war ja auch der eigentliche Sinn des Einhorns: Selbst wenn jemand die Bildschirme überwachte, wäre das körnige Bild eines Gefängniswärters, der in marineblauer Unschärfe übers Gelände marschierte, etwas sehr Alltägliches.

Vorsichtshalber ging ich trotzdem mit gesenktem Kopf an der Mauer zum Handballfeld und dem Pavillon vorüber, doch kein Mensch weit und breit. Zumindest sah ich niemanden.

Die letzten zwei Häuser, die ich passierte, waren das Alexander und das Bates, in denen jeweils mehrere hundert Insassen in Schlafsälen mit Stockbetten schliefen. Ich wusste nicht, ob für jedes Haus ein Wärter eingeteilt war oder ob ein Wärter beide Häuser überwachte und deshalb dazwischen hin- und herlief.

Aber das bereitete mir natürlich keine Sorgen, denn ich war ja selbst Gefängniswärter. Wenn mir jemand begegnete, würde ich nicken und weitergehen. Der diensthabende Officer in der Nachtschichtzentrale hatte etwas auf einer Kamera gesehen und mich hergeschickt, um es zu checken.

Ich war an der Stelle angekommen, wo es bis zum Wald nur noch leicht bergauf ging. Allerdings machte mein Magen beim Überqueren der Asphaltstraße, die die Außengrenze unseres Lebens markierte, eine kleine Extraumdrehung. Dahinter war für uns Niemandsland.

Ich ging schnellen Schritts drüber und verschwand im Schutz der Bäume, fürs Erste sicher. Theoretisch hatte ich bis kurz vor der Drei-Uhr-Zählung Zeit, um zurück im Zimmer zu sein. Trotzdem machte ich weiter große Schritte, um schneller voranzukommen. Meine Oberschenkel brannten von der Steigung. Die gefallenen Blätter knisterten laut unter meinen Füßen. Es tat gut, sich wegen der Geräusche keine Sorgen machen zu müssen.

Als dann der Hügel steiler wurde, ging mein Atem keuchend. Aber je weiter ich mich von der Gefängnisanlage entfernte, desto besser gewöhnten sich meine Augen an die Dunkelheit. Ich blickte bewusst nicht zurück zu den Lichtmasten, damit meine Pupillen so groß wie möglich blieben.

Das Blätterdach über mir war dicht, und das Gestrüpp hielt sich in Grenzen. Hier und da stolperte ich mit den Stahlkappenstiefeln über eine Wurzel oder einen Stein, aber sonst hatte ich keine Probleme im Dunkeln.

Nach etwa vier oder fünf Minuten stetigem Bergauf ging es abrupt flach weiter. Ich hatte den Kamm vom Dorsey's Knob erreicht.

Ich machte kurz das Licht meiner Timex an. Zwölf Uhr sechsundfünfzig. Perfekt.

Laut der Karten, die ich studiert hatte, müsste ich vom Scheitelpunkt des Kamms bald zu einer Lichtung kommen, die ich nach einem kurzen Abstieg auch wirklich entdeckte. Als ich dann unter freiem Himmel war, bog ich nach rechts in Richtung Rastplatz und fing an zu laufen.

Es brannten keine Lichter, der Platz war geschlossen. Aber schon bald erkannte ich die Gestalt eines schwarz gekleideten Mannes an einem der Tische.

Als ich mich ihm auf etwa fünf Meter genähert hatte, sah ich, dass es nicht Danny Ruiz war.

Sondern Rick Gilmartin. Auf sein schwarzes Shirt war in Grau FBI gedruckt.

»Guten Abend«, sagte er.

»Wo ist Danny?«, fragte ich.

»New York. Wir haben nämlich noch andere Fälle.«

»Richtig«, sagte ich. »Also dann. Ich muss zurück.«

Er stand auf und ging zu einer weiteren Picknickbank. Die dunklen Erhebungen darauf stellten sich als ein Rucksack und zwei Matchbeutel heraus.

»Gemäß Ihrer Bestellung ist der hier voller Büchsen mit Makrelenfilet von ›Chicken of the Sea‹«, sagte er und klopfte auf den Rucksack. »Sie haben hier über hundertdreißig Kilo Fisch vor Augen. Ich musste sie in einem der Verteilzentren in Maryland abholen. Obwohl ich meine Marke vorgezeigt hatte, haben sie mich angesehen, als stimmte was mit mir nicht.«

Es war ein großer Armeerucksack, dessen sämtliche Außentaschen ebenfalls prall gefüllt waren. Gilmartin hatte alles solide gepackt. Probeweise versuchte ich, einen der Matchbeutel am Riemen hochzuheben, gab aber sofort auf. Ich hatte ja keine Vorstellung gehabt, wie viel Makrelenbüchsen wogen. Ich hätte genauso gut um Säcke mit Briketts bitten können.

»Das ist wirklich klasse«, sagte ich mit meiner eigenen Stimme. Pete Goodrich brauchte dringend eine Pause.

»Ich schlage vor, Sie machen mindestens zwei Trips. Ich hab drei gebraucht, um sie vom Rastplatz hierherzuschleppen.«

»Gute Idee«, sagte ich.

Ich konnte zwar über hundertdreißig Kilo stemmen, aber nur unter Aufsicht in einem Kraftraum. Ich wollte nicht wissen, wie der komplizierte Bruch aussah, wenn ich mit hundertdreißig Kilo auf dem Rücken einen falschen Schritt machte und hinfiel.

»Und dann gibt es auch noch das hier«, sagte er feierlich, zog eine Plastiktüte aus der Jackentasche und reichte sie mir.

Darin waren sicher die Marihuana-Stecklinge. Ich steckte sie vorsichtig in die Jackentasche.

»Die sollten vernichtet werden«, sagte er. »Und was die US-Regierung angeht, *wurden* sie vernichtet. Tun Sie also allen, die involviert sind, einen Gefallen, und sprechen Sie nie wieder darüber.«

»Gebongt.«

Er blickte auf die drei Gepäckstücke. »Ich kann Ihnen helfen, die hier bis zur Baumgrenze zu tragen. Danach allerdings … Ich würde der Gefängnisleitung ungern erklären müssen, was ich um ein Uhr morgens mit einem Haufen Fischkonserven auf ihrem Areal zu schaffen habe.«

»Ich hätte eigentlich eine andere Bitte«, sagte ich.

196

»Und die wäre?«

»Ein Stück weiter unten ist direkt an der Straße ist ein Go-Mart«, sagte ich. »Können Sie mir da ein paar Tüten Karamell-M&Ms und einige BiFis besorgen?«

***

Den Rucksack schulterte ich zuerst. Er wog sicher genauso viel wie ich und ließ sich erst tragen, als ich das Gewicht ausbalanciert hatte.

Trotzdem schaffte ich es durch den Wald und bis zum Lagerhaus, das praktischerweise nahe der asphaltierten Ringstraße lag.

Masris Schlüssel passte, ich huschte hinein und versteckte den Rucksack unter einer Plane, die genau da lag, wo Masri es versprochen hatte.

Dann ging's zurück zum Hügel. Obwohl die Nacht kühl war, schwitzte ich stark und fragte mich, ob ich das Einhorn hinterher waschen konnte. Sonst würden die Wärter es allein aufgrund des Gestanks aufspüren.

Auf dem Rastplatz wartete Gilmartin schon mit einer Plastiktüte mit fünf Tüten Karamell-M&Ms und einer Handvoll BiFis.

»Hier ist alles«, sagte er. »Ich hab das ganze Sortiment aufgekauft.«

»Danke«, sagte ich und stopfte die Tüte in einen der Matchbeutel.

Ich checkte die Timex: ein Uhr achtundvierzig. Ich lag gut in der Zeit, aber trödeln war nicht drin. Ich schulterte den ersten der beiden Matchbeutel und dann den zweiten, stellte so mein Gleichgewicht her. Es war zwar wieder eine geballte Ladung, aber machbar.

»Auf geht's«, sagte ich und gab ein *Heinrich V.*-Zitat zum Besten: »Noch einmal stürmt, noch einmal, liebe Freunde!«

»Moment, eine Sache noch«, sagte Gilmartin, griff in die

Jackentasche und holte einen Frischhaltebeutel heraus. »Ich möchte, dass Sie die hier in den Telefonen vom Randolph installieren. Die Anleitung ist dabei, auch ein Stück doppelseitiges Klebeband. Sie müssen nur das Mundstück abschrauben und die Dinger reinkleben.«

»Was … ist das?«, fragte ich und setzte die Matchbeutel wieder ab.

»Abhörgeräte«, sagte er.

Jetzt verstand ich auch, warum Danny mich nach der Anzahl der Telefone gefragt hatte.

»Aber die Anrufe werden doch sowieso schon überwacht«, sagte ich.

»Von der Bundesgefängnisverwaltung, aber nicht von uns. Und die hält nichts von Informationsaustausch. Wir haben ihnen klarzumachen versucht, dass wir alle ein Team sind, aber die wollen uns nur mithören lassen, wenn wir Beweise für ein rechtswidriges Verhalten liefern. Und wenn wir Probleme damit haben, sollen wir uns an ihre Anwälte wenden. So ist es einfacher.«

Ich hatte den Beutel noch nicht entgegengenommen, sondern stellte mir gerade vor, wie ich mich zu den Telefonen schlich, sie im Dunkeln aufschraubte und mit Klebeband rumfuchtelte …

»Vergessen Sie's. Ich gehe schon genug Risiken für euch ein. Wenn Sie die Gefängnisbehörde nicht zum Mitspielen kriegen, ist das nicht mein Problem.«

»Das ist keine Bitte«, sagte Gilmartin.

»Wie bitte? Sie erteilen mir jetzt Befehle? Ich arbeite nicht für Sie.«

»Doch, das tun Sie.«

»In meinem Vertrag steht, dass ich für eine bestimmte Zeit eine Rolle spiele, und das hier hat nichts mit dieser Rolle zu tun.«

»Sie haben einen Vertrag unterschrieben, in dem steht, dass Sie die Aufträge ausführen müssen, die Ihnen von FBI-Mitarbeitern übertragen werden. Und ich bin ein Mitarbeiter. Und ich möchte Sie daran erinnern, dass wir Sie ziemlich gut dafür bezahlen. Außerdem habe ich mich für Sie eingesetzt, als Sie mehr Geld wollten.«

»In dem Vertrag steht auch, dass ich keine Gesetze brechen darf«, beharrte ich.

»Das tun Sie auch nicht.«

»Tatsächlich? Dann zeigen Sie mir die Genehmigung dafür.«

»Wir brauchen keine. Das ist genauso, als würden Sie zu Hause Ihr eigenes Telefon abhören. West Virginia ist ein One-Party-Consent-State, es reicht also schon, wenn ein Teilnehmer – in dem Fall Sie – darüber Bescheid weiß.«

Ich hatte keine Ahnung, ob das stimmte. Und ehrlich gesagt, war es mir egal, ob ich ein Gesetz brach – dem FBI offensichtlich auch, denn Gilmartin hatte mir gerade ein Dutzend Marihuana-Stecklinge gegeben. Ich war einfach nicht sicher, wie viele Gefahren mein Magen noch verkraften konnte. Deshalb hatten sie also Gilmartin hergeschickt. Danny hätte es nicht fertiggebracht, mir so einen Scheiß zu servieren.

Gilmartin spürte anscheinend, dass er die Oberhand gewonnen hatte, denn er versetzte mir den entscheidenden Schlag.

»Wenn Sie Ihre Vertragsbedingungen nicht erfüllen wollen, kein Problem«, sagte er. »Ich kann Sie morgen hier rausholen. Wollen Sie das?«

»Geben Sie mir den Beutel«, sagte ich unwillig und streckte die Hand aus.

Er reichte ihn mir.

»Wenn ihr mitkriegt, dass Dupree irgendwas am Telefon sagt, was gegen New Colima verwendet werden kann, kriege ich aber trotzdem meinen Bonus, ja?«

»Natürlich«, sagte Gilmartin.

»Gut«, sagte ich, steckte die Dinger in die Tasche und hievte die Matchbeutel erneut auf die Schultern. »Danke für den Fisch.«

Dann hastete ich wieder den Hügel hinunter. Ich war nicht

wild darauf, die Abhörgeräte zu installieren oder mir zu überlegen, wie ich das am besten anstellen sollte – oder dass das FBI jetzt auch alles mithörte, was ich sagen würde.

Aber am meisten missfiel mir, dass damit ein Präzedenzfall geschaffen war.

Was würden sie als Nächstes von mir verlangen?

24. KAPITEL

Charlie war in die Jazzband aufgenommen worden, für einen Anfänger eine große Ehre.

Claire war zur angesagtesten Pyjama-Geburtstagsparty des Herbstes eingeladen worden und wollte sich unbedingt über Pyjamaparty-Strategien unterhalten.

Insgesamt war es ein guter Tag im Haushalt der Duprees gewesen, und Mitch genoss jede einzelne Telefonkonten-Sekunde. So konnte er sich wenigstens einen Moment lang einreden, nur auf einer Geschäftsreise zu sein – einer sehr, sehr langen Geschäftsreise zu einer Konferenz ohne Hotelbar –, und konnte vergessen, dass er nach dem Gespräch in das untere Stockbett seiner Zweimannzelle zurückkehren würde.

Doch dann kam Natalie ans Telefon, indem sie ihre Tochter mit einem ominösen »Tut mir leid, Schatz, ich muss heute etwas mit Daddy besprechen« unterbrach.

Claire zwitscherte ein zuckersüßes »Tschüs, Daddy, ich liebe dich«, das Duprees Herz schmelzen ließ wie Butter in der Sonne. Dann atmete er tief durch. Wenn Natalie mit ihm reden wollte, ging es gewöhnlich um etwas Finanzielles. Etwas Schlimmes.

»Was gibt's?«, fragte Dupree.

Ruhig und ohne der Hysterie stattzugeben, die sie empfand – weil die Kinder mitbekommen würden, wenn sie weinend zusammenbrach –, erzählte Natalie von dem Mexikaner, der in ihr Haus eingebrochen war und ihr so lange ein Messer an den

Hals gehalten hatte, bis sie die GPS-Koordinaten ihrer Jagdhütte preisgegeben hatte.

»Hast du die Polizei gerufen?«, fragte Dupree.

»Natürlich«, erwiderte Natalie. »Die haben mir einen Vortrag wegen der Klimaanlage gehalten, als hätte ich das gebraucht.«

»Versuchen sie wenigstens, den Mann zu finden?«

»Es klang nicht danach. Sie haben mir erklärt, es handele sich um Einbruch – was mir nicht neu war –, und gefragt, ob der Mann was gestohlen hat. Ich hab nein gesagt, ich glaube nicht, und damit schien die Sache für sie erledigt. Sie meinten noch, solche Leute würde man nur erwischen, wenn sie später versuchten, ihr Diebesgut zu verkaufen.«

Dupree hätte fast mit der Faust an die Wand geschlagen. Seine Frau wurde bedroht, und er war Hunderte von Meilen weit weg und ohne helfen zu können. Ein schlimmeres Gefühl der Ohnmacht gab es nicht.

»Das Kartell versucht nur, dir Angst zu machen«, sagte Dupree.

»Dann muss ich ihnen gratulieren, es funktioniert nämlich.«

»Sie machen nichts«, sagte er, musste selbst daran glauben, weil er sonst zusammenbrechen würde.

Sie seufzte laut. »Und zu allem Überfluss hab ich gestern Jenny Reiner mit zwei großen Einkaufstüten aus dem Nordstrom kommen sehen. Zu wissen, dass ihr Mann frei herumläuft und du …«

»Daran dürfen wir uns nicht festbeißen. Wir können nichts dagegen tun.«

Mehr Ohnmacht.

»Ich weiß«, sagte sie, wusste, dass ihre Gesprächszeit fast zu Ende war, und platzte heraus: »Ich will umziehen.«

»Das können wir uns nicht leisten. Und es ist auch egal, wo du bist, sie würden dich finden.«

»Mitch, ich kann so nicht mehr lange weiterleben. Du musst etwas unternehmen.«

»Ich denke darüber nach«, sagte er.

»Nein. Das reicht mir nicht mehr. Ein Mann mit einem Messer hat auf meinem Bett gesessen. Worauf wartest du denn? Dass er es benutzt?«

»Natürlich nicht, ich hab nur …«

»Ich schaff das nicht mehr. Ich bin am Ende.«

Dann legte sie auf.

Sie hätten noch eine Minute gehabt.

25. KAPITEL

Am nächsten Tag musste ich mich erst einmal ausruhen und erholen. Ich hatte viel zu wenig geschlafen und nicht das Gefühl, schnell genug denken und reden zu können, um mich einer ersten Begegnung mit Dupree zu stellen.

Nachdem alles versteckt war, hatte ich sogar noch schnell Gilmartins Wanzen installiert. Es war besser für meine Psyche, es schnell hinter mich zu bringen, zumal ich sowieso noch wach war und keinen Wärter herumlaufen gesehen hatte.

Nach dem Mittagessen hatte Masri mich wissen lassen, dass er die Dosen auf mehrere Verstecke verteilt und getarnt hatte. Wenn ich welche brauchte, sollte ich ihm lediglich vor dem täglichen Arbeitseinsatz Bescheid sagen.

Meine Lage verbesserte sich auch dadurch signifikant, dass ich nahe der Ringstraße einen Baum mit einem so großen Astloch gefunden hatte – praktischerweise dem Wald zugewandt –, dass ich das Einhorn reinstopfen konnte. Als ich die verräterische weiße Plastiktüte mit Blättern abdeckte, hatte ich das untrügliche Gefühl, dass es auch Skrobis' Versteck gewesen war.

Erst am Morgen *nach* diesem Morgen machte ich Bobby Harrison ausfindig und ließ ihn wissen, dass ich so weit war, seinen Platz in der abendlichen Pokerrunde einzunehmen. Er versuchte wieder, mir fünfzehn Dosen aus den Rippen zu leiern, aber ich beharrte auf zehn. Wir wussten beide, dass er einen guten Schnitt machte. Ich bezahlte für die ersten beiden Abende, um meine Glaubwürdigkeit als verlässlicher Zahler zu demonstrieren und damit ich Masri nicht gleich wieder nach mehr fragen musste.

Am Abend betrat ich um fünf vor sieben das Kartenspielzimmer und setzte mich auf den am weitesten von der Tür entfernten Stuhl. Ich war extra früher gekommen, falls es Fragen wegen meiner Teilnahme am Spiel gab, und meine fünf Dosen Einsatz beulten meine Hose aus.

Ich fühlte mich locker und entspannt. Es war bloß eine freundschaftliche Pokerrunde, mehr nicht. Vergessen war die Mühe, die es mich gekostet hatte, hier sitzen zu dürfen.

Pete Goodrich würde es cool finden. Draußen hatte er regelmäßig gespielt, mit einem Gemeinschaftskundelehrer, zwei Mathelehrern, einem Chemielehrer und dem Footballcoach – jedenfalls wenn keine Footballsaison war. Sie spielten reihum bei jedem zu Hause. Niedriger Einsatz, und nur wenn man All-In ging mit einem Drilling und von einem Flush geschlagen wurde, musste man sich das eine Woche lang im Lehrerzimmer anhören.

Drei Minuten später kam der größte der anderen drei Spieler ins Zimmer. Er maß mindestens ein Meter fünfundneunzig, und obwohl seine dunkelblonden Haare keinerlei Grau zeigten, schätzte ich ihn auf fünfzig; seine große Hakennase schien mir für sein Gesicht eigentlich zu klein.

»Tut mir leid, der Tisch ist belegt«, sagte er freundlich.

»Ich bin hier für Bobby Harrison«, sagte ich. »Er lässt sich entschuldigen.«

Nach kurzer Überlegung entschied der Mann offenbar, dass es ihn nicht groß störte, denn er platzierte seinen hochgewachsenen Körper auf den Stuhl mir gegenüber. »Ich bin Jim«, sagte er und hielt mir die rechte Hand hin. »Jim Madigan. Aber die Leute nennen mich ›Doc‹.«

Ich schüttelte seine Hand. »Pete Goodrich. Die Leute nennen mich Pete Goodrich.«

205

Er lächelte, als der Nächste ins Zimmer kam. Es war der Mann mit dem Pferdeschwanz – oder eher einer zottligen Ansammlung im Nacken zusammengebundener grauer Haare. Er war ein hellhäutiger Schwarzer und älter als Doc, aber wegen des grauen Vollbarts ließ sich sein Alter schwer schätzen.

»Das ist Jerry Strother«, sagte Doc. »Jerry, das ist Pete Goodrich. Er nimmt Bobbys Platz ein.«

»Sie spielen nicht falsch, oder?«, wollte Jerry wissen.

Er fragte ganz freundlich, aber es war auch eine Warnung.

»Das finden Sie sicher bald raus«, sagte ich und deutete ein Grinsen an.

»Er passt bestimmt gut zu uns«, erklärte Jerry, grinste ebenfalls und setzte sich.

Doc hatte zwei Kartendecks mitgebracht und gab sie Jerry, der wie ein Profi mischte.

»Heute ist mein Glückstag, das hab ich im Blut«, sagte Jerry. »Es ist mein Abend.«

»Das können Sie ruhig ignorieren, er sagt das jeden Abend«, erklärte Doc an mich gewandt.

In dem Moment erschien Mitchell Dupree; er wirkte wie immer niedergeschlagen.

Diese Begegnung hatte ich von dem Moment an zu arrangieren versucht, als ich über die Schwelle des Gefängnisses Morgantown getreten war. Obwohl es ein hoffentlich dreihunderttausend Dollar schweres, lebensveränderndes Ereignis würde, blieb Pete Goodrich cool und schenkte ihm nicht mehr und nicht weniger Beachtung als den beiden anderen.

»Wo ist Bobby?«, fragte Dupree.

Jetzt hörte ich zum ersten Mal seine Stimme. Sie war höher und weicher, als ich sie mir vorgestellt hatte. Sein Akzent klang nach gehobenem Atlanta-Mittelstand, was hieß, dass seine Südstaatenherkunft inzwischen vom Nordstaateneinfluss fast völlig überdeckt wurde.

»Das ist Pete Goodrich«, sagte Doc, »aber heute Abend ist er Bobby. Pete, das ist Mitch Dupree.«

Also wurde er Mitch und nicht Mitchell genannt.

Wir nickten uns zu. Er starrte mich durchdringend an, so wie am ersten Abend im Speisesaal und auch ein paarmal danach. Ich gab mir große Mühe, nonchalant zu bleiben.

»Alles okay, Mitch?«, fragte Doc. »Du siehst besorgt aus.«

Mitch ließ sich neben mir auf den Stuhl sinken und sagte: »Alles okay. Lass uns einfach Karten spielen.«

Er hatte eine Pappschachtel mitgebracht, aus der er eine Handvoll briefmarkengroße Buntpapierschnipsel zog, die er jetzt nach Farben sortierte.

»Mitch war Banker«, sagte Doc. »Deshalb ist er Herr über die Chips und Kassenwart. Außerdem führt er eine Statistik der Gewinne und Verluste, falls Sie das mal wissen wollen.«

»Es verkürzt mir die Zeit«, erklärte Mitch.

»Find ich irgendwie kleinkariert, wenn du mich fragst«, sagte Jerry.

»Banker dokumentieren von Natur aus alles«, schoss Mitch zurück.

Allein das Wort »dokumentieren« ließ mein Herz schneller schlagen.

Doc ignorierte den Wortwechsel und fuhr unbeirrt fort: »Die Chips haben den üblichen Nennwert, blau für zehn, rot für fünf, weiß für eins. Der Einsatz ist eine Dose.«

»Eine?«, platzte ich heraus. »Bobby hat gesagt fünf.«

Doc und Jerry brachen in schallendes Gelächter aus. Selbst Dupree konnte sich ein Lächeln nicht verkneifen.

Dabei war das nicht mal witzig gemeint. Bobby hatte gelogen, um mir mehr Geld aus der Tasche zu leiern. Irgendwie war ich ehrlich überrascht, von einem Betrüger betrogen worden zu sein.

»Nein, nein, nur eine«, sagte Doc noch immer grinsend. »Man kann sich einmal für eine weitere Dose ins Spiel zurückkaufen, mehr nicht. Wir spielen Arme-Leute-Poker. Der höchste Pot ist acht Dosen.«

»Gut, ich bin dabei«, sagte ich, holte eine Dose aus der Tasche und schob sie Dupree hin, der noch immer die Papierschnipsel sortierte. Auch die anderen übergaben ihre Dosen, die Dupree in die Pappschachtel unter seinem Stuhl legte.

»Die Blinds beginnen mit zwei und eins«, fuhr Doc fort. »Der Big Blind geht jeweils um zwei hoch, wenn wir wieder zum selben Dealer kommen. Wir machen es so, anstatt zu verdoppeln, weil es das Spiel ein bisschen in die Länge zieht. Ansonsten ist es ein ganz normaler Hold'em.«

»Nichts Wildes, bis auf die Spieler«, johlte Jerry.

»Ganz nach meinem Geschmack«, sagte ich.

Und am Anfang war es das auch. Ich gewann genug, um im Spiel zu bleiben, als der Big Blind auf vier, dann sechs und acht erhöht wurde. Die ganze Zeit hatte ich das Gefühl, dass Mitch mich immer mal wieder aus dem Augenwinkel beobachtete, was mich definitiv irritierte, ich aber zu ignorieren versuchte. Warum sah er mich nur immer so an? Unter anderen Umständen hätte ich gedacht, er versuchte, mich zu lesen, mein Spielverhalten zu verstehen. Nur hatte er das schon gemacht, bevor wir anfingen zu spielen.

Als dann die Blinds bei zehn waren, ich dealte und gerade meine Starthand ansah, drehte Mitch seine Karten um und sagte: »Neu dealen, neu dealen.«

Ich hatte ihm versehentlich drei verdeckte Karten gegeben. Wahrscheinlich hatten zwei zusammengeklebt, was aber weder ich noch die anderen gemerkt hatten. Mitch hätte also locker die besseren der beiden Karten behalten und die dritte ins Deck mischen können, ohne dass wir es mitgekriegt hätten.

Aber so einer war er nicht.

Er schien nur zu betrügen, wenn Millionenbeträge auf dem Spiel standen.

Danach ging es wieder normal weiter. Irgendwann war Doc draußen, dann folgte Jerry, so dass nur noch Mitch und ich übrig blieben. Als Doc komplett das Dealen und Jerry das Mischen übernahmen, schnellten die Blinds im Nu zu dem Punkt hoch, den sie als Limit festgelegt hatten – einen Dollar. Beim ersten Big Blind in dieser Höhe hatte ich zwei Könige. Wenn Mitch zusätzlich zu den fünfzig Cent vom Small Blind für weitere fünfzig Cent im Spiel blieb, würde ich auf Preflop erhöhen und ihn rauskaufen.

Nur dass Mitch mir zuvorkam und einen Dollar Preflop setzte. Ein gewagter Schachzug und die Vorbereitung eines Showdowns, denn mit zwei Königen auf der Hand warf ich nicht hin, sondern wollte seine Karten sehen. Doc und Jerry – die als Zuschauer auf den billigen Plätzen fungierten – gaben angemessen anerkennende und erwartungsvolle Laute von sich. Es sah aus, als würde diese Hand der Höhepunkt des Abends werden.

Heraus kam der Flop: eine Dame, ein Ass, ein König. Ein Haufen hübscher Gesichter, die uns da anlächelten, plus die von Doc und Jerry.

Ohne zu zögern, setzte Mitch einen Dollar. Was mir sagte, dass er wahrscheinlich ein Ass verdeckt hielt. Aber ich hatte die Könige und damit drei von einer Sorte. Wieder wollte ich die nächste Karte sehen.

Der Turn: eine Drei. Was vermutlich für keinen von uns etwas änderte. Mitch verkündete sein All-In. Meine verbliebenen Chips deckten gerade noch seine Wette, ich schob sie also alle in die Mitte und sagte: »Okay, somit sind wir dann wohl beide All-In.«

»Wow«, sagte Jerry. »Hier geht's ja echt ab!«

»Okay, Freunde«, sagte Doc. »Der Pot stimmt, also los.«

Doc machte eine dramaturgische Pause, dann deckte er die letzte Karte auf.

Eine weitere Dame. Womit ich ein Full House hatte, Könige über Damen. Wenn Mitch kein Damenpaar hatte, war ich unschlagbar.

Doch Mitch stieß sofort ein »Ha!« aus.

Er deckte seine Karten auf, ein Ass und eine Dame, und jubilierte: »Full House. Damen über Asse. Was für eine Schönheit!« Das war es wirklich. Nur dass es ein Full House mit Königen über Damen nicht schlug.

Ich hätte Mitchs Herz brechen und meine Karten aufdecken können. Aber ich saß nicht hier, um zu gewinnen. Also schob ich meine Karten unter den Rest des Decks und sagte: »Gut gemacht, Mitch. Sie haben mich drangekriegt.«

»Schönes Spiel, junger Mann, wirklich gut«, sagte Mitch strahlend.

Ich gab mich angemessen geknickt, aber als er mir die Hand hinhielt, schüttelte ich sie wie ein guter Verlierer.

»O verdammt«, sagte Jerry. »Hab das Gefühl, gerade die World Series im Poker gesehen zu haben.«

Mitch schaufelte den Pot mit beiden Händen in seine Richtung – eine großartige Show, auch wenn es nur Buntpapierschnipsel waren. Dann holte er die Pappschachtel unter dem Stuhl hervor und warf die Schnipsel zu den Makrelenbüchsen, die jetzt alle ihm gehörten.

»Das war deine Nacht, Mitch«, sagte Doc.

»Stimmt. Und ich finde, wir sollten unserem guten Verlierer hier das Du anbieten«, schlug er vor. Alle waren einverstanden und hießen mich in ihrer Runde willkommen.

»Mir ist übrigens gerade eingefallen, warum du mir so bekannt vorkommst«, fügte er hinzu.

Woraufhin er etwas sagte, das ich ganz sicher nicht hören wollte. »Ich hab dich mal in einem Theaterstück über Tomaten gesehen.«

***

In den nächsten Sekunden alterte ich um mehrere Jahrtausende. Schauspielern heißt, eine Figur zu beherrschen, ohne sie zu brechen, egal, was passiert. In diesem Moment benötigte ich meine ganze Erfahrung, um Pete Goodrich zu bleiben, denn ein plötzlicher Schub Stresshormone setzte mich innerlich in Brand. Die beiden anderen Männer starrten mich jetzt neugierig an. Auf meiner Stirn hatte sich ein Schweißfilm gebildet – was ich als Flop-Schweiß abgetan hätte, wäre der letzte Flop des Spiels nicht schon gelaufen.

Cherokee Purples war nach zehn Wochen abgesetzt worden – nach sechsundsiebzig Aufführungen, um genau zu sein – und war oft nur zu drei Vierteln besucht gewesen, was bedeutete, dass in ganz Amerika weniger als hunderttausend Menschen das Stück gesehen hatten. Von etwa dreihundertzwanzig Millionen Einwohnern. Die Wahrscheinlichkeit, dass Mitch Dupree einer von ihnen sein würde, war zu gering, als dass ich sie ohne elektronische Hilfe hätte errechnen können.

Er sah mich freundlich an, ohne Misstrauen oder Bosheit. Aber ich war ihm als Pete Goodrich vorgestellt worden, wie konnte ich da ein Doppelleben als Tommy Jump erfinden, welcher Kunstgriff konnte mir da aus der Patsche helfen? Sollte ich ihm erzählen, ich wäre auch wegen Identitätsbetrug hier? Oder behaupten, ich hätte einen Zwilling?

»Tatsächlich?«, sagte ich nur, um Zeit zu schinden und meinen Körper zu zwingen, runterzukühlen.

»Ja. Meine Frau und ich sind zum Hochzeitstag immer nach New York gefahren und haben uns eine Show angesehen. Sie liebt das Theater und liest sämtliche Kritiken, und von dem Stück hatten sie in der *Times* total geschwärmt. Du bist zwar wesentlich muskulöser, aber ansonsten siehst du genauso aus wie der Typ, der das Kind gespielt hat.«

Plötzlich war ich jedem einzelnen Gewicht dankbar, das ich seit meinen spindeldürren Kindertagen gestemmt hatte. »Du *siehst*

genauso aus wie der Typ, der« unterschied sich zwar nur gering-
fügig von »Du *bist* der Typ, der«, aber dieser Unterschied war
von großer Bedeutung. Ich hoffte nur, dass Mitch das auch so sah.

»Wirklich? Das ist ja witzig«, sagte ich.

»Ja, echt unheimlich«, sagte er. »Ich kann mir Gesichter gut
merken, und schon als ich dich das erste Mal hier gesehen habe,
kamst du mir gleich bekannt vor. Mir fiel nur nicht mehr ein,
woher.«

»Tja«, sagte ich, »dann scheint sich da draußen wohl irgendwo
mein unbekannter Cousin zu tummeln.«

»Er hatte eine gute Stimme«, erzählte Mitch begeistert, »und
er war ziemlich klein. Aber wenn er den Mund aufmachte, hat er
die Lieder nur so geschmettert. Ich wünschte, ich könnte mich an
den Namen des Stücks erinnern …«

Kaum hatte sich seine Stimme verloren, ergriff Jerry das Wort.

»Wie wär's, Pete, hast du Lust, uns ein bisschen was aus *West
Side Story* zu trällern?«, fragte er und hob sogleich zu einem oh-
renbetäubend falschen »Mah-riiiiiiii-ah! I just met a girl named
Mah-riiiii-ah« an.

»Ich singe nur in der Badewanne«, sagte ich schnell. »Und
glaub mir, das will niemand hören.«

Mitch grübelte noch immer. »Verdammt, es liegt mir auf der
Zunge. Es war ein ungewöhnlicher Name … Doc, du musst das
für mich nachgucken.«

Ich sah Doc an, der Mitch jetzt einen wütenden Blick zuwarf
und etwas murmelte. Dann stand er abrupt auf und sammelte
seine Karten ein, als könnte er nicht schnell genug von hier und
Mitchs Worten wegkommen. Was mich natürlich umso neugie-
riger machte.

Nachgucken … was genau hatte er damit gemeint? Ich konn-
te mir nicht vorstellen, dass es in der Gefängnisbibliothek noch
Programmhefte von längst abgesetzten Broadway-Shows gab.
Und Internetzugang hatten wir sowieso keinen.

Es sei denn …

Und dann machte es klick in meinem Hirn.

Doc hatte irgendwo ein Smartphone versteckt. Deshalb machte er sich jetzt schnell davon. Er wollte nicht noch mehr Aufmerksamkeit auf das Geheimnis lenken, das Mitch in seiner Begeisterung gerade ausgeplaudert hatte.

Ich erhob mich ebenfalls und tat, als hätte ich Mitchs letzten Satz weder akustisch noch sonst wie verstanden, indem ich sagte: »Laut deutscher Volkskunde haben wir alle irgendwo einen Doppelgänger. Schön zu wissen, dass meiner am Broadway auftritt.«

»Ja«, sagte Mitch verlegen, er hatte seinen Fehler natürlich bemerkt. »Ich hab einfach eine Denkblockade im Hirn, aber irgendwann fällt mir der Name der Show bestimmt wieder ein.«

»Jedenfalls«, sagte ich, um von dem Thema abzulenken, »war es mir ein Vergnügen, mit euch zu spielen. Bobby will wohl eine Auszeit vom Spielen nehmen, ihr werdet mich also noch öfter sehen.«

»Von mir aus gern«, sagte Mitch, ebenfalls bemüht, seinen Fauxpas so schnell wie möglich vergessen zu machen.

»Klar, solange ich morgen Abend dein Geld mit nach Hause tragen kann«, sagte Jerry.

»War schön, mit dir zu spielen, Pete«, sagte Doc.

»Ja, hat Spaß gemacht«, sagte ich ein bisschen zu enthusiastisch. »Und wenn ich das richtig sehe, ist jetzt gleich die Zählung.«

Also machten wir uns alle auf in unsere Zimmer.

Derweil erinnerte ich mich an die Einweisung, bei der ein Smartphone als ultimatives Übel angeprangert worden war. Ich hatte es ignoriert und für eine der vielen Warnungen paranoider Verwaltungstypen gehalten. Denn wenn ein Mann ein Wegwerfhandy wollte, um nicht im Randolph-Haus öffentlich Telefonsex mit seiner Frau zu haben, war mir das herzlich egal.

Aber jetzt? Docs Telefon war mir *kein bisschen* egal. Wenn

Mitch sich an den Namen *Cherokee Purples* erinnerte und Doc bat, es zu googeln? Oder wenn sie »Broadway Musical Tomaten« eingaben und darauf stießen?

Dann würden sie schon bald Fotos eines jüngeren Tommy Jump finden, der mehr als nur eine zufällige Ähnlichkeit mit Pete Goodrich hatte.

26. KAPITEL

Mit jeder Meile, die sie hinter sich ließ, umklammerte Natalie Dupree das Lenkrad fester. Warum war sie so nervös? Sie tat ja nichts Illegales.

Es fühlte sich aber so an.

Ihr Ziel lag in Gwinnett County, Georgia. Als sie noch ein Mädchen war, hätte man gesagt, sie fahre aufs Land, aber inzwischen zählte das County zum Ballungsraum von Atlanta.

Die Adresse, die sie in ihr GPS eingegeben hatte, führte sie zu einer Lagerhalle an einem vierspurigen Highway mit Mittelstreifen. Neben der Zufahrt stand eine kleine weiße Reklametafel auf Rollen, deren Plastikbuchstaben besagten, dass sie hier richtig war.

Der Parkplatz stand voller Autos von Leuten, die gern ihre Haltung kundtaten: TRITT-NICHT-AUF-MICH-Aufkleber kämpften um die Aufmerksamkeit mit FREIHEIT-IST-NICHT-GRATIS-Stickern. Die Begeisterung fürs Jagen, das Militär und die *Duck Dynasty* war offensichtlich. Proklamationen der Treue zur amerikanischen Verfassung teilten sich Autofenster mit Konföderierten-Flaggen, eine Paarung, die die Kämpfer im Civil War sicher verstört hätte.

Sie parkte neben einem Laster mit Camouflage-Bemalung – war es nicht sicherer, wenn andere Fahrer einen *sehen konnten?* – und stieg aus, die Fendi-Tasche über der Schulter, die Mitch ihr in glücklicheren Tagen geschenkt hatte. Gleich am Eingang zur Lagerhalle saß ein Mann an einem Tisch und verkaufte Tickets.

Der Eintritt für Erwachsene betrug zwölf Dollar, für Kinder vier, oder fünfzehn und sechs Dollar für sogenannte VIP-Karten.

»Was bringt mir das VIP-Ticket?«, fragte Natalie.

»Keine Wartezeit«, sagte er und zeigte mit dem Kopf in Richtung einer Warteschlange aus etwa einem Dutzend Leuten, denen die Unzufriedenheit über ihren niedrigeren Status im Gesicht abzulesen war. »Ich darf immer nur eine bestimmte Anzahl gleichzeitig eintreten lassen.«

Charlie und Claire waren in der Schule, und sie musste erst wieder am Nachmittag bei Fancy Pants arbeiten. Trotzdem wollte sie das hier so schnell wie möglich hinter sich bringen.

»Ich nehme ein VIP-Ticket«, sagte sie und reichte dem Mann einen Zehn- und einen Fünfdollarschein.

»Schön«, sagte er, drückte einen Stempel mit VIP auf ihre Hand und winkte sie durch.

In der fensterlosen Halle warfen Neondeckenleuchten ein gelbliches Licht auf das Geschehen im Raum. An den Wänden sowie in der Mitte waren Klapptische aufgereiht.

Und auf jedem Tisch lagen Schusswaffen.

Pistolen, Jagdgewehre, Langwaffen, halbautomatische Waffen mit Zielfernrohr, AR-15 mit Pistolengriff und AK-47 mit Kurvenmagazin.

Sportwaffen, Waffen aus dem Wilden Westen und dem Zweiten Weltkrieg. Sogar ein paar Vorderlader für nostalgische Sammler.

Das Angebot war Natalie fast zu viel. Sie ging im Uhrzeigersinn einmal durch den ganzen Raum, wobei sie bewusst Blickkontakt mit den Verkäufern mied. Es gab schon genug Kunden, denen sie aus dem Weg zu gehen versuchte, um nicht in ein Gespräch verwickelt zu werden. Im Moment musste sie erst einmal dafür sorgen, dass ihr Herz weniger heftig schlug.

Aber was war der Grund für ihre Beklemmung? Erinnerten sie die Waffen an die behandschuhte Hand des Mexikaners auf ihrem Mund, als sie aufgewacht war? Und wie anders die Begegnung das nächste Mal verlaufen würde, mit einer Waffe in Reichweite?

Oder weil sie wusste, wie sehr sie sich danach sehnte, diese andere Sache mit einer dieser Waffen zu erledigen?

Denn Natalie hätte sich den langen Weg in den Außenbezirk von Atlanta auch sparen und zu ihrem lokalen Sportwarenladen fahren können. Im Staate Georgia war es nicht schwer, eine Waffe zu kaufen, denn man brauchte keinen Waffenschein.

Trotzdem müsste sie ihren Ausweis vorlegen. Man würde bei einem Sicherheitscheck überprüfen, ob sie ein Strafregister hatte. Also würde sie eine Spur hinterlassen.

Bei den Waffen-Verkaufsshows lief das anders. Das waren Privatverkäufe, wie zum Beispiel unter Nachbarn. Es gab keinen Hintergrundcheck, keine schriftlichen Unterlagen.

Und genau so wollte es Natalie haben.

Bei der zweiten Runde durch den Raum blieb sie vor einem Tisch stehen, auf dem die Waffen ein wenig ordentlicher arrangiert waren als auf den anderen. Ihr Blick fiel auf eine Pistole, der untere Teil schwarz und der obere silbergrau. Das Preisschild war mit einer Schnur am Lauf befestigt und ließ sie wissen, dass ihre Lebensqualität sich für nur vierhundertfünfundzwanzig Dollar verbessern ließ.

»Das ist ein Colt Mustang«, sagte ein eifriger älterer Mann mit grauem Bart und Bierbauch. »Suchen Sie etwas für sich selbst? Ihren Mann?«

»Ich bin geschieden«, sagte sie knapp, obgleich sie ihren Verlobungs- und Ehering trug.

Egal, sollte er sich doch wundern.

»Also dieser Colt ist eine gute Wahl für eine alleinlebende Dame«, sagte der Mann, wobei er sie von oben bis unten musterte. »Er ist perfekt für den eigenen Schutz, und er passt in die Handtasche, wenn Sie ihn verdeckt bei sich tragen wollen. Nehmen Sie die Pistole ruhig in die Hand, sie passt bestimmt gut zu Ihnen.«

Zögernd legte Natalie die Finger um den Griff, hob die Pistole kurz an und legte sie gleich wieder hin.

»Hab sie letzte Woche von einem Polizisten gekauft«, sagte er stolz. »Seine Frau wollte etwas Größeres. Sie ist gut gepflegt.«

Natalie hatte im Netz gelesen, dass man bei diesen Verkaufsshows handeln musste, und sagte: »Ich gebe Ihnen vierhundert.«

»Das passt«, sagte er, und dann, als wäre ihm die Frage gerade eingefallen: »Sind Sie aus Georgia?«

»Ja«, erwiderte sie.

Falls er einen Ausweis sehen wollte, würde sie das Weite suchen.

Aber er sagte nur: »In Ordnung. Ich muss das fragen, weil ich nicht an Leute aus einem anderen Staat verkaufen darf.«

»Ich lebe in Atlanta.«

»Okay, gut.«

Und das war alles. Er machte das Preisschild ab, und sie nahm vier neue Hundertdollarscheine aus der Handtasche, der Erlös von Sparbriefen, auf die sie zufällig in einem Aktenschrank gestoßen war. Sie schob ihm das Geld über den Tisch, der Mann überreichte ihr die Waffe in einer Papiertüte.

»Sie haben einen Waffenschein?«, fragte er.

»Ja«, log sie.

»Schön. Das ist eine gute Pistole. Ich hoffe, sie ist Ihnen eine Hilfe.«

Natalie lächelte schwach und dankte ihm. Die ganze Transaktion hatte etwa sechzig Sekunden gedauert, und eine Minute später war sie aus der Tür hinaus und zurück in ihrem Auto.

Mit ihrer neuen Waffe, legal erworben – aber nicht zu ihr zurückzuverfolgen –, auf dem Beifahrersitz.

27. KAPITEL

In der Nacht schlief ich lange Zeit nicht ein, denn ich überdachte meine Optionen.

Ich könnte Docs Telefon stehlen, wusste aber nicht, wo er es versteckte. Und dass ich in sein Zimmer schleichen könnte und es auf Anhieb finden würde, schien mir ausgeschlossen. Er musste ein gutes Versteck haben, sonst wäre er schon längst aufgeflogen. Sollte ich ihm heimlich folgen und hoffen, dass er mich irgendwann zu ihm führte? Möglich.

Oder sollte ich mit einem Teil meines Dosen-Kapitals versuchen, Doc das Telefon abzukaufen? Auch eine Möglichkeit.

Nur dass beide Optionen das Problem nicht grundsätzlich lösten: Wenn es ihm gelungen war, hier ein Telefon einzuschmuggeln – und ein gutes Versteck zu finden –, konnte er das genauso gut auch wieder tun. Und dann stünde ich vor dem gleichen Dilemma.

Im Moment konnte ich also nur hoffen, dass es irgendwo versteckt war, wo er nicht sofort herankam, und dass Mitch nicht nachts um zwei Uhr einfiel, welches Musical er und seine Frau vor einem Jahrzehnt gesehen hatten.

Und auf lange Sicht? Da hatte ich auch am nächsten Tag nach dem Mittagessen noch immer keine gute Idee. Deshalb schlenderte ich erst einmal zu den Sportanlagen, wo Mitch hoffentlich Boccia spielte. Ich wollte unsere neue Bekanntschaft als Vorwand benutzen und mir von ihm die Regeln erklären lassen.

Doch dann entdeckte ich Doc auf einer der Bänke am Teich.

Da er und Mitch beste Freunde zu sein schienen, war es sinnvoll, sich auch mit ihm gutzustellen. Also änderte ich meinen Plan und steuerte in seine Richtung.

Er starrte in das eigenartig grüne Wasser, die langen Beine vor sich ausgestreckt. Knapp zwei Meter von ihm entfernt blieb ich stehen. Er hatte meine Gegenwart nicht bemerkt und saß regungslos da, also fragte ich: »Kann ich mich zu dir setzen?«

Er blickte mich an, aufrichtig verblüfft, als wäre ihm nicht bewusst gewesen, dass es noch andere Menschen auf diesem Planeten gab. Und dann auch noch einer, der nahe genug war, um den Arm auszustrecken und ihn zu berühren.

»Oh, hallo, klar«, sagte er.

Ich ließ mich am anderen Ende der Bank nieder und nickte in Richtung des grünen Wassers. »Überlegst du dir gerade, ein Grundstück am Ufer zu kaufen?«, fragte ich. »In der Reisezeit ist wohl immer alles ziemlich überfüllt, aber im Mai und September lohnt es sich bestimmt.«

Er lächelte dieses typische traurige Gefängnislächeln.

»Nein, ich denke über die Launen des Lebens nach«, sagte er und seufzte.

»Zum Beispiel?«

»Na ja, dass man eben noch Internist mit einer eigenen kleinen Praxis ist, und dann führt eins zum anderen, und man sitzt plötzlich in einem Bundesgefängnis.«

»Dann bist du wirklich Arzt?«, fragte ich.

»*War*«, antwortete er. »Denn eine meiner Arzthelferinnen hatte mein Computerpasswort herausgefunden und Rezepte für Schmerzmittel gefälscht. Ich war einer der bekanntesten Pillenärzte im Staate Delaware und hatte keine Ahnung davon, bis eines Tages die Drogenbehörde mit einem Durchsuchungsbeschluss vor meiner Tür stand.«

»Und warum sitzt die Arzthelferin nicht im Gefängnis?«

»Weil ich es nicht beweisen konnte«, sagte er. »Hätte ich meine eigenen Rezepte vorschriftsmäßig geprüft, hätte ich es selber festgestellt und der Behörde gemeldet, dass etwas nicht stimmte. Aber dadurch, dass sie es zuerst gemerkt haben, galt ›im Zweifel für den Angeklagten‹ nicht für mich. Als ich schließlich selbst rausgefunden habe, was vor sich geht, war es viel zu spät. Ich hatte bereits eine Anklage am Hals und klang wie einer der kriminellen Ärzte, die alles auf ihre Helferin schieben. Sie haben mir die Beweise vorgelegt und gesagt, ich kriege zehn Jahre, wenn ich verurteilt würde. Dann haben sie mir einen Deal angeboten, achtzehn Monate, und ich hab akzeptiert. Mein Anwalt meinte, ich wäre dumm, es nicht zu tun.«

»O Mann, das ist hart«, sagte ich. »Wie lange hast du denn noch?«

»Zehn Monate. Für manche Männer hier ist das nichts, das weiß ich. Aber manchmal kann ich mich schon nicht mehr an die Zeit davor erinnern und mir noch weniger vorstellen, was ich mache, wenn ich wieder draußen bin. Es ist, als gäbe es nur noch das hier drinnen.«

»Ich weiß, was du meinst. Ich bin erst seit eineinhalb Wochen hier, und es fühlt sich an wie ein ganzes Jahr. Morgantown ist wie eine Zeitschleife.«

»Hmm«, sagte er auf eine Weise, die wie Zustimmung klang. »Und was ist deine Geschichte?«

Ohne zu zögern, sagte ich: »Hab eine Bank überfallen.«

»Du kommst mir nicht wie der typische Bankräuber vor.«

»Das bin ich auch nicht. Ich war Lehrer und hab mich wie alle anderen durchgeschlagen. Wir haben von Gehaltsscheck zu Gehaltsscheck gelebt, aber wir kamen über die Runden. Aber dann hatte meine Frau einen Arbeitsunfall und trotzdem irgendwie keinen Anspruch auf Erwerbsunfähigkeitszahlungen. Wir mussten mit den Zahlungen fürs Haus aussetzen, und dann waren wir plötzlich drei Monate in Verzug. Ich hab auf der Bank mit einem Typ in der Kreditabteilung geredet, Mr. Solomon, und ihn angebettelt, den Kredit umzuschulden oder zu akzeptieren, dass ich eine Zeitlang nur die Zinsen zahle. ›Mr. Solomon, bitte, ich flehe Sie an, ich habe drei Jobs, um meine Kinder zu ernähren, und schaffe trotzdem momentan die Hypothekenzahlungen nicht‹, hab ich gesagt. Und weißt du, was er gemacht hat?«

Mit geballter Faust fuhr ich fort. »Er hat alles in eine Formel gepresst, die die Bank entwickelt hat, und geantwortet: ›Tut mir leid, aber in Ihrem Haus steckt nicht genug Eigenkapital für eine Umschuldung. Wir müssen zwangsversteigern.‹ Ich sitze also vor ihm, die Kappe in der Hand und Tränen in den Augen, und hab mich für die verdammte Bank krummgearbeitet. Und er sieht mich an, als wäre ich bloß eine Zahl, die er in seinen beschissenen Computer tippt. Ein Nichts. Danach bin ich einfach … durchgedreht. Ich konnte kaum noch schlafen und klar denken. Und dann dachte ich, diese Bank zu überfallen würde alle meine Probleme lösen und mir zudem ein gewisses Maß an Genugtuung verschaffen. Aber da hatte ich mich geirrt.«

Selbst mit gesenktem Kopf und angemessen verzweifelt, war ich von mir begeistert. Ein routinierter Schauspieler weiß sein Publikum zu lesen, und Doc hing mir an den Lippen. Pete Goodrich hatte einen überzeugenden Monolog abgeliefert.

»Und wie lange ist das her?«, fragte er.

»Ungefähr vier Monate. Aber anstatt Genugtuung zu empfinden, hab ich Skrupel gekriegt. Ich hab mich gestellt und wie du einen Deal akzeptiert.«

»Bist du noch immer knapp bei Kasse?«, fragte er.

Was soll denn diese Frage?, dachte ich, stieß aber einen Seufzer aus und sagte: »Ja, klar.«

»Dann erklär mir mal etwas.«

»Und was?«

Zum ersten Mal sah er mir direkt in die Augen. »Warum hast du das Spiel letzte Nacht absichtlich verloren?«

Einen Moment lang saß ich reglos da. Da mein Hirn keine schlaue Antwort produzierte, machte ich einen auf dumm.

»Wovon redest du da?«

»Als ich zurück in meinem Zimmer war, hab ich mir die Karten angesehen, die du unters Deck geschoben hast. Ich weiß, das verstößt gegen die Etikette, aber ich wollte wissen, mit wem ich spiele. Du hattest ein Paar Könige auf der Hand.«

»Wirklich?«

»Spiel hier nicht das Unschuldslamm. Du hattest Full House über Damen. Der Pot hat dir gehört. Warum hast du ihn nicht genommen?«

Ungewollt rutschte ich auf dem Sitz herum, der härter und heißer wurde.

Doc ließ nicht locker. »Was spielst du für ein Spiel, Pete?«

»Ich weiß es nicht«, sagte ich schließlich. »Vermutlich dachte ich, wenn ich gleich beim ersten Mal gewinne, lasst ihr mich nicht mehr mitspielen ... Ich brauche hier drin ein paar Freunde. Draußen hab ich mit ... befreundeten Lehrern gepokert, und ... mit euch zu spielen hat mich daran erinnert. Für eine Weile war ich gestern Abend nicht mehr der verurteilte Bankräuber, sondern einfach ein Typ, der Karten spielt. Und das hat mir gefallen, mehr nicht.«

Die ganze Zeit über beobachtete er mich prüfend und hörte auch nicht damit auf, als ich fertig war. »Es waren nur ein paar Dosen«, fügte ich kläglich hinzu.

»Ja, vermutlich.«

Und dann zog er die langen Beine ein und stand auf.

»Aber wenn du mich fragst, würde ein bankrotter Mann nicht so einen klasse Poker-Pot wegwerfen.«

***

Er ging, ließ mich allein am Teich zurück.

Es mag übertrieben sein, zu sagen, Doc hätte Lunte gerochen, aber ich hatte das Gefühl, dass er mich ab jetzt genau beobachten würde. Schon das machte ihn für mich zu einer Bedrohung, und dass er ein Smartphone hatte, setzte noch eins drauf.

Ich musste alle diese Bedrohungen schnellstens eliminieren. Und dank eines Gedankenblitzes wusste ich auch schon, wie ich das bewerkstelligen konnte.

Als Informant.

Doch so schnell mir der Gedanke gekommen war, ließ ich ihn auch wieder fallen, was beweist, wie gründlich ich meine Rolle als Häftling verinnerlicht hatte. Deshalb musste ich zur Abwechslung wie ein gesetzestreuer Bürger denken. Doc war dann nämlich im Besitz eines illegalen Smartphones, und ich würde durch meinen Verrat zum Wohle der Allgemeinheit beitragen.

Nein, hier ging es nicht um Moral, um »soll ich oder soll ich nicht«, mein einziges wirkliches Problem war das Wie: Wie stelle ich es an, ohne erwischt zu werden? So wie es aussah, hatte Danny recht: Das Morgantown war kein Spitzel-zu-Schnitzel-Ort. Trotzdem würde ich sofort sozial geächtet, wenn jemand herausbekam, was ich getan hatte. Das Pokern mit den anderen könnte ich garantiert vergessen, genauso wie alles, was ich Bobby Harrison schon bezahlt hatte. Und meine Chancen, mich mit Mitch anzufreunden, wären gleich null. Ich würde den Rest meiner sechs Monate absitzen ohne die geringste Aussicht auf Erfolg.

Der direkteste Weg wäre, es dem Leiter vom Randolph, Mr. Munn, zu verraten.

Allerdings konnte ich mir gut vorstellen, dass er schnurstracks in Docs Zimmer marschierte und zum Angriff überging, als wäre es ein imaginäres Maschinengewehrnest in Guadalcanal. Das wäre gefährlich, denn Mitch würde sich (a) erinnern, dass er das Telefon erwähnt und Docs Geheimnis verraten hatte, er würde (b) erfahren, dass in Docs Zimmer eine Razzia stattgefunden hatte, und er würde (c) glauben, dass ich mich als Neuling gut mit dem Leiter des Hauses stellen wollte. Man konnte sich a, b und c viel zu leicht zusammenreimen.

Ich saß auf der Bank und zermarterte mir das Gehirn nach anderen Möglichkeiten, als Karen Lembo in mein Blickfeld geriet.

Sie steuerte nicht auf mich zu, sondern ging quer übers Gelände, wohl auf dem Weg zu einem anderen Kind Gottes, das ihre mütterliche Zuwendung brauchte.

Aber ihr Anblick war der Anstoß, den ich gebraucht hatte. Mrs. Lembo war die perfekte Sendbotin meines Verrats. Es gab nichts, was uns beide in Zusammenhang brachte. Und im Gegensatz zu einem sozial inkompetenten, herzinfarktgefährdeten Nachsteller des Zweiten Weltkriegs würde sie bedacht mit der Information umgehen.

Ich stand von der Bank auf und steuerte das Unterrichtsgebäude an, in dem ihr Büro lag. Es war ein sicherer Ort. Sich dort aufzuhalten würde keinerlei Gerüchte in die Welt setzen.

Freundlich lächelnd lieh ich mir bei einer Sekretärin Stift und Papier und schrieb in ordentlichen Druckbuchstaben:

JIM MADIGAN HAT EIN SMARTPHONE. ABER GEHEN SIE BITTE KLUG MIT DIESER INFORMATION UM. NIEMAND DARF ERFAHREN, DASS ER VERPFIFFEN WURDE.

Ich faltete das Blatt zweimal und reichte es der Sekretärin, die versprach, die Nachricht an Mrs. Lembo weiterzugeben. Dann ging ich hinaus und machte mich auf zum Randolph-Haus.

Ich steckte die Hände in die Taschen und begann zu pfeifen wie ein Mann ohne Sorgen in dieser Welt, während ich ununterbrochen Stoßgebete ins Universum sendete.

28. KAPITEL

In den vergangenen Wochen hatte Amanda angefangen, sechzehn Uhr neun zu fürchten.

Manchmal auch sechzehn Uhr sieben oder sechzehn Uhr dreizehn.

Um die Zeit kam Barb, die von sieben Uhr dreißig bis sechzehn Uhr arbeitete, nach achteinhalb Stunden extrovertiertem Wirbeln energiegeladen nach Hause. Sie inspizierte ihre zukünftige Schwiegertochter nach Farbflecken an den Händen oder schnüffelte in der Luft, ob es nach Terpentin roch.

Dann – und obwohl sie es bereits wusste – kam die immer gleiche verfluchte Frage.

Hast du heute gemalt?

Und nein, sie hatte nicht gemalt. Jedenfalls nichts, was sich aufzuheben lohnte. An den meisten Tagen versuchte sie es nicht einmal. Und an Tagen, wenn sie es doch probierte? Geschmier, Müll. Collegestudenten im ersten Semester konnten es besser.

Und heute war wie viele andere in letzter Zeit genau *so* ein Tag gewesen. Als Barb um sechzehn Uhr zehn nach Hause kam, hatte Amanda es sich mit Jane Austens *Mansfield Park* auf dem Sofa gemütlich gemacht, denn seit kurzem zog sie das frühe neunzehnte Jahrhundert dem frühen einundzwanzigsten vor.

Barb sah sie nur an und machte sich nicht einmal die Mühe, die Frage zu stellen. Stattdessen sagte sie: »Okay, jetzt reicht's.«

Amanda sah vom Buch auf.

»Du wirst nicht länger hier rumhocken und Trübsal blasen«,

verkündete Barb. »Ich weiß, dass Tommy dir fehlt. Mir fehlt er auch. Aber weißt du was? Er ist noch eine ganze Weile weg. Du kannst nicht den ganzen Tag zu Hause verbringen. Du bist Künstlerin. Du musst kreativ sein, das liegt dir im Blut. Aber ohne Input von außen kannst du nichts produzieren. So viel hab ich kapiert. Denn weißt du, deine Kunst unterscheidet sich nicht groß von Comedy. Also wirst du heute Abend ausgehen.«

»Wie bitte?«, sagte Amanda entsetzt.

»Ich hab gesagt, du gehst aus. Tommy hat einen Freund, Brock DeAngelis. Ein sehr netter Kerl. Er hat in allen Musicals in Hackensack mitgespielt, und dabei haben er und Tommy sich angefreundet. Brock war immer der Hauptdarsteller, und wie ich das sehe, sollte er längst in einer Soap mitspielen. Das Aussehen dafür hat er ganz sicher, und den Namen sowieso: Brock DeAngelis. Ist das etwa kein Soap-Name? Jedenfalls rufe ich ihn an, und er geht mit dir aus. Es ist nicht normal, dass eine junge Frau die ganze Zeit zu Hause hockt.«

»Barb, das ist wirklich sehr nett, aber ich …«

»Schon gut, mehr brauchst du nicht zu sagen. Wenn ich deine Meinung hören wollte, hätte ich dich gefragt. Geh duschen, zieh dich an. Du gehst aus.«

Amanda blieb auf dem Sofa sitzen. Barb kam zu ihr herüber, nahm das Buch aus ihrem Schoß und zog sie mit beiden Händen auf die Füße.

»Komm schon, du duschst jetzt, junge Frau. Wenn du es nicht freiwillig tust, stelle ich mich mit dir drunter. Und glaub mir, du willst nicht sehen, wie du in dreißig Jahren aussiehst. Ich könnte meine Möpse auch als Gürtel tragen. Jetzt geh.«

Mit diesem anschaulichen Bild im Kopf stolperte Amanda ins Bad. Sie duschte und nahm sich extra mehr Zeit, die Haare zu föhnen. Reflexartig tupfte sie sich sogar ein wenig Parfüm hinters Ohr. Dann machte sie sich das Gesicht, wie ihre Mutter zu sagen pflegte, und zog ein Kleid an, weil Barb es so wollte.

Sie musterte sich im Spiegel. Gut. Jedenfalls gut genug. Das musste reichen. Das Ganze war sowieso lächerlich. Sie hatte keine Lust, irgendwo hinzugehen. Mit Ausnahme vielleicht dahin, wo Barb nicht auf ihr rumritt wie auf einem traurigen Zirkuspony.

Etwa eine Stunde später klingelte es an der Tür. Amanda las wieder in *Mansfield Park*, diesmal ohne dass Barb ihr im Nacken saß, die dafür aufmachte. Amanda las ihren Absatz fertig und blickte dann hoch.

Vor ihr stand ein gutgebauter Mann, dessen obere Hälfte in die Stratosphäre über einem Meter achtzig reichte. Er hatte breite, muskulöse Schultern, eine olivfarbene Haut und dunkles Haar, das gerade lang genug war, um sich an den Spitzen zu kräuseln.

Er trug einen Blazer, Jeans, ein weißes Button-down-Shirt und ein zerknirschtes Lächeln.

»Hi, ich bin Brock«, sagte er mit den Händen in den Taschen.

»Ja, ja, setzt euch gleich in Gang, ihr zwei«, sagte Barb. »Bei mir ist eine Hitzewallung im Anzug, verduftet also, damit ich strippen kann.«

Mehr brauchten die beiden nicht an Motivation, um kurz darauf die Haustür hinter sich zu schließen.

»Tut mir leid, das mit Barb«, begann Amanda und ging die Treppe hinunter. »Sie ist ein bisschen …«

»Wenn du anfängst, dich für Ms. Jump zu entschuldigen, stehen wir den ganzen Abend hier. Ich hab schon vor langem gelernt, ihr nicht zu widersprechen und einfach zu tun, was sie sagt, egal was.«

Er öffnete die Beifahrertür seines Mini Cooper für Amanda, und dann waren sie auch schon unterwegs. Brock erzählte ihr von seiner Freundschaft mit Tommy, dass sie in der Schule mit denselben Leuten rumgehangen hatten, die im Grunde alle gute Kids waren. Sie alle wollten hinaus in die Welt und mit ihrem Leben etwas anfangen, auch wenn ihm jetzt ihre Highschool-Versionen davon eher amüsant vorkamen.

»Tommy war der Einzige, der wirklich wusste, was er wollte«, sagte Brock. »Was treibt er denn momentan so? Ms. Jump hat gesagt, er wäre unterwegs.«

Amanda gab die Lüge zum Besten, die Barb und sie für jedermann in Hackensack bereithielten, nämlich dass Tommy in der *Mamma Mia!*-Produktion einer nationalen Wandertruppe mitspielte und erst im April wieder zurück war. Sie hielten sich strikt an die Geschichte, denn Barb wusste nur allzu gut, wie schnell sich hier Gerüchte verbreiteten.

Brock akzeptierte die Story, ohne nachzufragen. Schon bald waren sie in Tenafly, einem gehobenen Vorort, und er geleitete sie in ein protziges Restaurant namens Axia. Es gab einen offenen Kamin, und ein Gitarrist spielte leise und unaufdringlich. Sie wurden vom Manager herzlich begrüßt, der Brocks Namen kannte und sie zu einem Tisch in der Ecke führte.

Es war ein griechisches Restaurant, und Brock wusste, ohne einen Blick in die Karte zu werfen, was er wollte. Amanda suchte sich etwas aus, das weder ihrem Fötus schaden noch dazu führen würde, dass sie sich übergeben musste.

Sie unterhielten sich angeregt. Ja, er hatte in der Highschool ein bisschen geschauspielert, aber Barb sei verrückt zu glauben, er würde jemals professioneller Schauspieler werden. Seiner Familie gehörte das Juweliergeschäft DeAngelis. Sein Vater, Angelo DeAngelis, der nur mit einer hohen Arbeitsmoral und viel Geschicklichkeit im Umgang mit Edelmetallen nach Amerika gekommen war, symbolisierte sozusagen den klassischen Einwanderer-Traum vom Tellerwäscher zum Millionär. Er hatte mit einem Laden angefangen, aus dem dann zwei und dann drei wurden. Inzwischen hatte sich daraus in New Jersey, New York und Connecticut eine gutgehende Kette etabliert.

Brocks Mutter, Mrs. DeAngelis Nr. 3, war früher Model gewesen und hatte ihm ihre langen Beine und eine Portion ihres auffallend guten Aussehens vererbt. Da Brocks Halbgeschwister – es gab vier – sich nicht fürs Familiengeschäft interessierten, führte Brock das Unternehmen mit seinem alternden Vater weiter. Inzwischen schmiss er den Laden mehr oder weniger allein und unternahm ein halbes Dutzend Mal im Jahr Einkaufstrips nach Europa und Afrika.

Als Nächstes sprachen sie über Kunst. Er verstand überraschend viel davon, respektierte aber gleichzeitig ihre Fachkenntnis.

Und so kam es, dass Amanda das erste Mal, seit Tommy im Gefängnis saß, Spaß hatte. Seine Inhaftierung war wie ein Nebel in ihrem Kopf, der von Brock gelichtet wurde, ohne dass der sich dessen bewusst war. Sie konnte unbeschwert lachen, was sie sich in Barbs Gegenwart, mit dem Sohn im Gefängnis, nicht traute. Sie hatte gar nicht gemerkt, wie sehr es ihr fehlte, siebenundzwanzig Jahre alt und – zumindest für eine Weile – wieder albern zu sein. Man sollte das Leben nicht so schwernehmen.

Sie teilten ihre Begeisterung für Olivia Newton-John und das Gefühl des Fremdschämens, wenn Leute Dinge als »sehr einzigartig« bezeichneten. Ihren Hass auf Achterbahnen und ihr Unverständnis für Leute, die das widerwärtige Gefühl, dass der Boden unter ihnen wegfiel, genießen konnten.

Sie waren sogar im selben Monat geboren und hatten fast am selben Tag Geburtstag, er am neunten und sie am elften November.

Nachdem er darauf bestanden hatte, das Dinner zu bezahlen – »Es ist *wirklich* keine große Sache«, sagte er –, war sie davon ausgegangen, dass er sie nach Hause bringen wollte. Aber er schlug vor, tanzen zu gehen. Es war Donnerstag, der *perfekte* Abend zum Tanzengehen, beharrte er, weil es nicht zu voll wäre und auch die Zahl der Betrunkenen sich in Grenzen hielte. Zumal er genau die richtige Location kannte. Sie tanzten, bis ihnen die Beine weh taten, lachten, redeten und hatten großen Spaß.

Auch zu langsamen Songs tanzte er mit ihr. Aber es war nichts

Unschickliches dabei, keine Berührung unterhalb der Gürtellinie. Es war einfach nur Tanz.

Als er sie dann zu Hause absetzte, war es nach Mitternacht.

»Ich habe mich seit Jahrhunderten nicht mehr so gut unterhalten«, sagte er. »Lass uns das bald wiederholen.«

29. KAPITEL

Mit einem Schlag wurde es hell und laut, was nicht nur jene Sinne erschütterte, die man üblicherweise damit assoziierte. Das Licht schmeckte wie Batteriesäure, und der Krach fühlte sich an wie ein Schlag auf den Kopf.

Es war früh, aber ich konnte die Uhrzeit nicht schätzen. Ich wusste nur, dass ich gerade noch tief und fest geschlafen hatte, als das Randolph-Haus plötzlich von einem Heer Gefängniswärter überfallen wurde.

Befehle brüllend, stürmten sie unseren Flügel, wollten uns einen Schrecken einjagen und uns einschüchtern und schafften das bei mir auch locker. Obwohl ich theoretisch mit so etwas hätte rechnen müssen – immerhin hatte ich einen Mithäftling verpfiffen –, war ich vollkommen desorientiert.

»Alle raus, raus, alle raus«, tönte es aus dem Aufenthaltsbereich.

»Was … was ist los?«, fragte ich und musste nicht einmal in eine Rolle schlüpfen, um echt verwirrt zu sein.

»Kontrolle, Sir«, sagte Frank und wälzte seinen massigen Körper aus dem Bett unter mir.

Ich hatte mich gerade erst aufgesetzt, als ein Wärter – der sonst nicht dem Randolph zugeteilt war und den ich nicht kannte – ins Zimmer platzte.

»Los, ihr zwei, raus, raus«, brüllte er.

Frank war schon auf den Beinen und ging zur Tür. Der Wärter kam so aggressiv auf mich zu, dass ich dachte, er würde mich gleich schlagen.

»In Ordnung, Häftling, das gibt einen Punkt«, sagte er und rüttelte am Bettgestell. »Wollen Sie mehr? Dann bleiben Sie einfach liegen.«

Mehr Motivation brauchte ich nicht, schwang die Beine aus dem Bett und sprang runter auf den Boden. Kurz darauf war ich draußen im Aufenthaltsbereich, wie alle anderen Männer ungewaschen und schlechtgelaunt. Ein Wärter befahl mir, den Mund zu halten und die Hände mit den Handflächen nach unten auf eins der leeren Betten mitten im Raum zu legen.

Das Gebrüll im Flur ließ darauf schließen, dass es in den beiden anderen Flügeln genauso zuging. Die Koordination war beeindruckend; die Gleichzeitigkeit der schonungslosen Aktion übertraf alles, was ich bislang von Morgantown-Mitarbeitern gesehen hatte.

Ich wusste, dass ich mir keine Sorgen zu machen brauchte. Meine Schmuggelware war sicher verstaut, weit weg vom Schlafbereich. Trotzdem hatte ich höllische Angst.

Dann wurde mir klar, dass genau das beabsichtigt war: dass wir uns terrorisiert fühlten. Sie wollten uns wirkungsvoll daran erinnern, dass wir keine freien Menschen waren und sie solche Aktionen jederzeit durchziehen konnten, ob es uns gefiel oder nicht. Dass es in ihrer Macht lag, nicht in unserer.

Ich ließ den Blick durch den Raum schweifen. Die Männer, die im Gegensatz zu mir keine Angst hatten, waren stinksauer. Viele murmelten leise vor sich hin, meist obszöne Ausmalungen sexueller Vorlieben der Gefängniswärter. Doch alle hatten die Hände auf den Betten liegen. Das gehörte ebenfalls zur Schock- und-Einschüchterungs-Methode: uns klarzumachen, dass jeder Widerstand zwecklos war.

Ich brauchte ungefähr eine Minute, bis mir bewusst wurde, dass diese Razzia für mich günstig war. Mrs. Lembo hatte ihre Sache gut gemacht: Die Kontrolle eines ganzen Hauses – und nicht eines einzelnen Zimmers oder Schlafbereichs – würde zwar

Spekulationen über den Grund in Gang setzen, doch die Theorien darüber wären sicher so zahlreich wie die Männer im Randolph-Haus.

Nachdem alle Insassen vollzählig im Aufenthaltsbereich versammelt waren, durchsuchten die Wärter in Zweierteams unsere Zimmer. Einige gingen moderat vor und zeigten ein Minimum an Respekt gegenüber unseren Sachen, andere genossen geradezu ihre Macht, alles durchwühlen zu dürfen.

Wenn Schmuggelware entdeckt wurde, verkündeten sie lautstark, was es war, notierten alles und warfen es in einen schwarzen Müllsack. Manchmal spekulierten sie, wie viele Punkte der Eigentümer dafür wohl aufgebrummt bekäme.

Das meiste, was sie fanden, war harmlos: Lebensmittel, die aus der Küche gestohlen worden waren, Kaugummi, das der Gefängnisladen nicht führte und deshalb verboten war, eine Kombizange, die beim Arbeitseinsatz entwendet worden war. Solche Sachen.

Als unser Zimmer drankam, dauerte es nicht lange, bis ich hörte: »Hab BiFis gefunden!«

Frank entglitten die Gesichtszüge. Ich wusste nicht, wo sie seinen Schatz entdeckt hatten, aber die Entsorgung geschah vor unseren Augen. Franks kostbare BiFis landeten im Müll.

Ich fragte mich, wie die Kontrolle in Docs Zimmer ausgehen würde. Während des Pokerspiels gestern Abend hatte er weder unser Gespräch am Teich erwähnt noch sein Misstrauen mir gegenüber. Wenigstens konnte er mir nicht vorwerfen, das Spiel absichtlich zu verlieren, denn Jerry hatte von Anfang bis Ende das beste Blatt und uns in kurzer Zeit völlig ausgenommen.

Der einzige gewichtige Fund in unserem Flügel wurde etwa fünfzehn Minuten später in einem der Eckzimmer gemacht, als einer der Wärter plötzlich brüllte: »Suboxone, ich hab Suboxone gefunden!«

Ich hatte von dem Zeug gehört. Es war ein Opiat in Form

papierdünner Plättchen, die man so gut wie überall verstecken konnte. Und es war sehr stark, selbst ein kleines Stück konnte einen stundenlang high machen.

Die Gefängniswärter schrieben ihr Fundstück einem Insassen namens Murphy zu und sagten Dinge wie: »Murphy landet im SPEZI. Was glaubst du, kriegt er, einen oder zwei Monate?«

Ich hatte mich ein paarmal mit Murphy unterhalten und fühlte mich ein kleines bisschen schuldig. Er war ein netter Kerl aus Philadelphia, der sein Leben ändern wollte, wenn er hier rauskam. Er hatte seine kleine Tochter noch nie gesehen, was mich an Amanda und unser Baby denken ließ, das ich bei seiner Geburt kennenlernen würde.

»Das ist echt hart, Murph«, flüsterte ich.

»Nicht reden, Häftling«, bellte der Wärter, der mir schon einen Punkt verpasst hatte.

Ich sah ihn wütend an, um wenigstens ein bisschen Trotz zu demonstrieren, hielt aber jetzt den Mund.

Etwa zehn brenzlige Minuten später hatten die Teams ihre Kontrollen beendet. Ich dachte, wir könnten zurück in unsere Zimmer, um den Saustall aufzuräumen, den sie hinterlassen hatten.

Doch stattdessen ging es mit einem Hund weiter.

***

Und der Schäferhundmischling wurde zu Docs Verderben.

Das erfuhr ich während und nach dem Frühstück von Masri, dessen Zimmer in Docs Flügel lag und der alles hautnah mitbekommen hatte. Ich hatte gedacht, der Hund – den sie aus dem Gefängnis Allenwood hergebracht hatten – würde zur Drogensuche eingesetzt. Doch er war darauf trainiert, Handybatterien aufzuspüren, und seine Nase war so gut, dass er Akkus durch Beton hindurch roch.

Und genau da fanden sie Docs Telefon, in der Wand. Er hatte in seinem Raum einen Hohlblockstein rundherum freigelegt, den er durch Ruckeln wie eine Schublade herausziehen konnte, um Sachen darin zu verstecken.

Wenn er fertig war, schob er ihn wieder zurück und versiegelte ihn rundherum mit Zahnpasta, die sich wunderbar mit der weißen Tünche verband. Und beim nächsten Mal entfernte er dann einfach die Zahnpasta mit Wasser.

In Docs kleiner Schatulle fanden die Wärter mehrere Tüten mit Pillen, drei Schraubgläser sauberen Urin – damit hatte er jeden Drogentest bestanden – und das Smartphone. Es gehörte zur neuesten Generation und bewies eindrucksvoll, dass Doc nicht nur Pillen ins Morgantown schmuggelte, sondern den Medikamentenhandel mit seinen Kunden draußen weiterbetrieb, indem er sie mit einem neuen Arzt zusammenbrachte, der die Rezepte ausstellte.

Ich musste an Docs Leidensgeschichte denken, an die angeblich in Wirklichkeit schuldige Arzthelferin, und fragte mich, ob irgendetwas an der Story stimmte. Gilmartins Warnung – *alles, was Ihre Mitinsassen erzählen, ist wahrscheinlich gelogen* – war mir absolut zynisch vorgekommen. Doch vermutlich sind die Instinkte eines FBI-Agenten, der sich in seinem Berufsleben schon viele Tatsachenverdrehungen hatte anhören müssen, gut geschult.

Masri erzählte, Doc hätte geheult, als sie ihn abführten. Er würde nicht ins SPEZI kommen, sondern vom Camp Cupcake direkt in die Hölle: nach Indiana in eine Haftanstalt mit hoher Sicherheitsstufe. Dort würde er nicht nur den Rest seiner Strafe absitzen, sondern auch die Zeit, die er zusätzlich für das neue Vergehen aufgebrummt bekam. Und das würde erheblich sein. Er hatte also doppelt verloren.

Murphy tat mir leid, aber Doc bedauerte ich keine Sekunde.

Murphy war ein Mann mit Problemen. Doc *war* das Problem.

Im Verlauf des Tages kursierten wilde Spekulationen, was die

Razzia ausgelöst hatte. Aber auch auf dieser Ebene hielt Karen Lembo ihre schützende Hand über mich. Schon bald hieß es, dass ein hohes Tier der Gefängnisverwaltung – ein regionaler Direktor oder so – Morgantown besuchen würde. Und besagtes hohes Tier wollte das Randolph-Haus sehen, das natürlich blitzblank sein musste.

Ob an dem Gerücht etwas dran war oder ob Mrs. Lembo es geschickt in die Welt gesetzt hatte, wusste ich nicht. Aber ich war mir sicher, dass mich niemand verdächtigte.

Was mir gestattete, mich um dringlichere Probleme zu kümmern. Wie zum Beispiel den freigewordenen Platz bei unserer Pokerrunde.

Deshalb knöpfte ich mir während des Dienstes in der Wäscherei Bobby Harrison vor: Er hatte mich angelogen, was die fünf Dosen Einsatz betraf, und mich deshalb mit der täglichen Zehn-Dosen-Bezahlung reingelegt. Das würde ich ihm jedoch nachsehen und ihn sogar weiter bezahlen – aber nur noch zehn Dosen die Woche und nicht mehr am Tag –, wenn er am Abend zur Pokerrunde kam und vorschlug, dass ich Docs Platz einnahm.

Er versuchte, mehr rauszuholen, stimmte aber schließlich zu. Wir wussten beide, dass er einen guten Deal gemacht hatte.

Das war die erste von zwei finanziellen Vereinbarungen, die ich an diesem Tag traf. Die zweite folgte nach dem Mittagessen. Docs Abgang hatte nicht nur einen freien Platz am Pokertisch geschaffen, sondern auch die Möglichkeit eröffnet, Mitchs neuer bester Freund im Morgantown zu werden. Und ich war fest entschlossen, das zu schaffen – mit Hilfe meines massigen (und massiv einschüchternden) Zimmergenossen.

Nichts festigte eine Freundschaft schneller, als in der Not zu merken, dass der andere einen unterstützte. Und mit der entsprechenden Motivation war Frank Thacker die personifizierte Not.

Ich saß oben auf meinem Bett, als er ins Zimmer kam.

»Hey, Frank«, sagte ich.

»Sir«, erwiderte er. Inzwischen war ich mir fast sicher, dass Frank meinen Namen vergessen hatte.

»Das mit den BiFis tut mir leid.«

»Nicht Ihre Schuld. Ich hätte sie besser verstecken sollen.«

»Kriegen Sie Ärger deswegen?«

»Sie haben mir einen Punkt gegeben«, sagte er verdrießlich. »Mein erster, seit ich im Morgantown bin.«

»O Mann, das ist schlimm«, sagte ich. »Kann Ihnen sonst noch jemand welche besorgen?«

»Wahrscheinlich. Ein Mann will mir welche verkaufen. Nur hab ich gerade keine Dosen mehr.«

Perfekt.

»Und wenn ich Ihnen vorschlagen würde, sich welche zu verdienen, wenn Sie mir einen Gefallen tun?«

»Was für einen Gefallen?«

»Kennen Sie Mitchell Dupree?«

Der Name schien ihm nichts zu sagen, aber er antwortete: »Ja, Sir, ich glaube schon.«

»Ich möchte, dass Sie einen Streit mit ihm anfangen.«

Franks Gesichtsausdruck veränderte sich ein wenig. Vermutlich war er als Jugendlicher in seiner Nachbarschaft der Größte gewesen, und daran hatte sich bis heute nichts geändert. Ein Mann von seiner Statur musste nicht kämpfen und legte es sicher auch nicht darauf an.

»Ich hab keine Probleme mit Dupree«, sagte er.

»Das weiß ich, und es ist auch egal. Heute Abend um sieben Uhr spiele ich Poker mit ihm im Kartenspielzimmer. Geben Sie uns dreißig Minuten, dann kommen Sie rein und beschuldigen ihn, der Verräter zu sein. Sagen Sie, Sie hätten gehört, Dupree wäre der Grund für die Razzia gewesen, und dass Sie stinksauer sind, weil man Ihre BiFis konfisziert hat, und dass er jetzt dafür bezahlen muss.«

Er schüttelte bereits den Kopf. »Hab heut schon einen Punkt gekriegt und brauch nicht noch einen wegen Streit.«

»Kriegen Sie auch nicht. Ich verteidige Dupree, und Sie geben klein bei. Ich will einen festen Platz in der Pokerrunde kriegen, und er soll das Gefühl haben, ich hätte ihm geholfen. Sie sollen ihm nur ein bisschen Angst einjagen. Das Kartenspielzimmer ist ganz unten am Ende des Flurs, die Wärter kommen fast nie dahin. Es wird so schnell vorbei sein, dass die gar nichts davon erfahren.«

Dann kam ich zum interessanten Teil meines Vorschlags. »Und ich zahle zwanzig Dosen.«

Seine Augenbrauen hoben sich überrascht. »Zwanzig Dosen?«

»Ja, Sir«, sagte ich und verabreichte ihm zur Abwechslung auch ein »Sir«. »Aber Sie müssen es geschickt anstellen, er soll glauben, Sie wollten ihn verprügeln.«

»Okay«, stimmte er schnell zu, bevor sein irrer Zimmergenosse einen Rückzieher machen konnte. »Zwanzig Dosen.«

30. KAPITEL

Der erste Teil meines Plans funktionierte perfekt.

Bobby kam, gefolgt von Mitch und Jerry. Wir verbrachten ein paar besinnliche Minuten im Gedenken an Doc, der gegangen, aber nicht vergessen war. Die anderen drei wussten natürlich von dem Smartphone, behaupteten aber, von den Pillen, dem Urin und dem Rest keine Ahnung gehabt zu haben. Zumal das so überhaupt nicht zu dem fröhlichen, freundlichen und umgänglichen Menschen passte, den wir kannten.

»Vermutlich weiß man nie, was jemand so treibt, wenn man nicht dabei ist«, meinte Jerry.

Richtig, Jerry, du ganz sicher nicht.

Als wir Doc angemessen gepriesen hatten, widmeten wir uns dem Spiel. Wie verabredet und entsprechend entlohnt, schlug Bobby mich als permanenten Ersatz für Doc vor. Genau genommen präsentierte er den Vorschlag wie eine ausgemachte Sache, der Mitch und Jerry mit höflichem Gemurmel zustimmten. Letztlich waren meine Dosen genauso viel wert wie die eines anderen.

Dann fingen wir an zu spielen. Wie an den ersten beiden Abenden war mein Hauptziel, so lange wie möglich im Spiel zu bleiben und eine freundliche Beziehung zu Mitch aufzubauen. Wenn ich verlor, dann wie ein echter Sportsmann, und meine Siege genoss ich ohne Schadenfreude.

Ich versuchte gerade, einen Insight Straight Draw zu bekommen – die Erfolgsaussichten waren etwa eins zu dreizehn, aber egal –, als Frank um die Ecke kam und das Kartenspielzimmer betrat, wobei seine massige Statur den Luftdruck im Raum veränderte. Selbst Bobby, auch nicht gerade eine zierliche Pflanze, blickte in Franks Richtung.

Frank trottete zu Mitch, der mir gegenüber am Tisch saß, und baute sich vor ihm auf.

Sozusagen haushoch.

»Ich hab ein Problem mit Ihnen, Mr. Dupree«, sagte Frank.

Die Worte selbst waren nicht besonders einschüchternd, zumal er eine höfliche Anrede eingeflochten hatte, und aus der Sicht eines Theaterexperten etwas flach vorgetragen. Aber aus dem Mund eines hundertvierzig Kilo schweren Mannes hatten sie doch den gewünschten Effekt.

»Und was soll das sein?«, fragte Mitch. Er versuchte, nicht ängstlich zu wirken, aber seine sowieso schon hohe Stimme war noch eine halbe Oktave höher als sonst und näherte sich der eines Altisten.

»Ich hab gehört, Sie sind ein Verräter«, sagte Frank. »Dass die Kontrolle wegen Ihnen war.«

Jerry und ich legten unsere Karten auf den Tisch, Mitch hielt seine weiter in der Hand. Bobby setzte sich so aufrecht hin, als hätte er einen Stock im Rücken. Das war eine echte Kampfansage, nur dass sich niemand mit klarem Verstand und ohne die entsprechende Statur mit Frank anlegen würde.

»Man hört so allerlei«, erwiderte Mitch. »Was aber nicht heißt, dass es auch stimmt.«

»Wegen Ihnen hab ich meine BiFis verloren«, fuhr Frank fort.

»Das tut mir wirklich leid, aber ich hatte nichts damit zu tun. Mir haben sie ein Paar Socken weggenommen, die mir meine Missus gestrickt hat. Warum sollte ich mir das selbst antun?«

Bobby griff ein. »Ja, Mann, haben Sie nicht gehört, die Inspektion war nur, weil ein hohes Tier von der Gefängnisverwaltung kommt.«

»Ich weiß nicht, wann ich wieder BiFis kriege«, sagte Frank, als hätte er beides nicht gehört. »Die waren für einen besonderen Anlass. Ich fürchte, ich muss Sie jetzt verprügeln.«

Wieder ließ Franks Darbietung einiges zu wünschen übrig. Und wieder war es egal.

»Und was soll das bringen?«, fragte Mitch.

»Ich fühl mich dann besser wegen den verlorenen BiFis«, sagte Frank.

»Ich kann nichts dafür, dass Sie Ihre BiFis verloren …«

Frank ließ Mitch nicht ausreden, sondern packte ihn am Hals. Ich sprang auf und lief um den Tisch herum, um einzugreifen.

»Ich könnte Ihnen die Zunge rausreißen«, knurrte Frank, »dann können Sie nie wieder jemanden verraten.«

In Mitchs Augen stand das blanke Entsetzen. Frank beugte sich noch ein wenig tiefer zu ihm hinab, erhöhte den Druck. Die beiden anderen am Tisch waren starr vor Angst. Nur in Actionfilmen reagieren Menschen auf unerwartete Konflikte heldenhaft. Im wirklichen Leben brauchen sie einen Moment, um zu kapieren, was gerade passiert.

»Okay, Frank, es reicht«, sagte ich laut und bestimmt.

Aber Frank beachtete mich nicht. Seine radkappengroße Hand umschloss Mitchs fleischigen Hals, es fehlte nicht viel, und der Daumen würde im Nacken mit den Fingern zusammenstoßen.

»Ich mag keine Verräter«, sagte er zähnefletschend.

Diesmal spielte er tatsächlich sehr überzeugend, doch plötzlich überkam mich die Angst, dass er gar nicht spielte. Es war, als sähe ich eine ganz andere Seite von Frank, eine Wildheit, die erst jetzt zutage trat, wo er das Leben eines Mannes buchstäblich in der Hand hatte. Offiziell saßen im Morgantown keine Gewaltverbrecher, aber war Frank irgendwie durch die Maschen geschlüpft?

»Jetzt reicht's wirklich, Frank, lassen Sie ihn sofort los«, befahl ich ihm mit lauter Stimme.

Mitch sagte nichts. Mir war nicht klar, ob er einfach nur Angst hatte oder keine Luft kriegte.

Doch was immer der Grund war, das musste jetzt aufhören.

»Schluss damit!«, sagte ich. »Sofort!«

Ich schubste Frank mit beiden Händen. Er bewegte sich keinen Zentimeter.

»Die haben mir einen Punkt gegeben«, sagte Frank. »Hab noch nie einen Punkt gekriegt.«

Mitch versuchte verzweifelt, Franks Hand wegzureißen. Doch das war genauso vergeblich wie mein Versuch, ihn wegzustoßen.

Jetzt reichte es wirklich. Aber Frank schien mich nicht einmal wahrzunehmen. Da mir nichts Besseres einfiel, stellte ich mich breitbeinig hin und rammte ihm meinen Körper mit voller Wucht in den Rücken.

Das brachte ihn schließlich ins Wanken. Ein wenig. Er machte zwei Schritte zurück, wobei er Mitchs Hals losließ.

Mitch japste.

»Ich bin kein Verräter«, stieß er aus. »Was ist los mit Ihnen?«

Ich wünschte, er würde den Mund halten. Wenn Frank – in welchem Geisteszustand er sich auch immer gerade befand – beschloss, den Job zu Ende zu bringen und Mitch die Luftröhre zuzudrücken, würde ich nur hilflos zugucken können.

Doch irgendwie schaffte ich es, Franks momentane Verwunderung über meine Attacke auszunutzen und ihn aus dem Zimmer zu drängen. Wobei ich meine ganze Kraft brauchte, denn Frank sträubte sich hartnäckig. Aber mein tieferer Körperschwerpunkt brachte ihn aus dem Gleichgewicht.

Außer Sichtweite des Pokertischs umfasste Frank meine beiden Schultern und stellte mich aufrecht hin, als wäre ich eine zappelige Puppe, die er zur Raison bringen müsste.

Ich war noch immer so angespannt, dass ich mich auf die nächste Runde gefasst machte. Dann sah ich in sein Gesicht. Er lächelte mich an. Der sanfte Frank war zurückgekehrt. Vielleicht war er auch nie weg gewesen. Ich beugte mich vornüber und stützte die Hände auf die Knie.

»Großer Gott, Frank. Einen Moment lang habe ich mir wirklich Sorgen um Sie gemacht«, sagte ich schwer atmend von der Anstrengung, die mich das alles gekostet hatte.

Er sah mich an, als wäre nichts passiert. »Ich wollte nur, dass Sie für Ihr Geld auch etwas geboten bekommen, Sir.«

***

Als ich zum Pokertisch zurückkehrte, redeten die anderen schon auf Mitch ein, den Vorfall nicht zu melden. Schlägereien waren selten im Morgantown, und wenn es keine körperlichen Beweise gab – keinen Bluterguss, keinen Messerschnitt oder Ähnliches –, würde die Verwaltung wohl kaum etwas unternehmen.

Bobby meinte zudem, und ich stimmte ihm zu, dass eine offizielle Beschwerde Frank nur in der Überzeugung bestärken würde, Mitch wäre tatsächlich der Verräter gewesen. Es war besser, zu deeskalieren und zu hoffen, dass Big Frank seinen Verdacht einfach wieder vergaß.

»Er ist mein Zimmergenosse«, sagte ich. »Ich rede später mit ihm. Wahrscheinlich verraucht die ganze Sache schnell wieder. Er vertraut mir.«

»Klingt gut«, sagte Jerry. »Können wir jetzt anfangen zu spielen?«

Alle nickten. Nur ein Mann mit einem Drilling Buben auf der Hand konnte es so eilig haben, weiterzuspielen.

Der Vorfall wurde den ganzen Abend lang nicht mehr erwähnt. Ich ging davon aus, bloß einen moderaten Erfolg errungen zu haben – durchaus zwanzig Dosen wert, aber doch nur ein Etappensieg auf meiner Reise.

Das änderte sich am nächsten Tag auf dem Weg zum Frühstück. Es war einer jener diesigen Morgen in den Bergen, gepaart mit spätherbstlicher Kühle. Ich hatte die Hände in die Taschen gesteckt und eilte Richtung Speisesaal, als Mitchs Stimme hinter mir ertönte.

»Hey, Pete«, rief er. »Warte auf mich.«

Ich drehte mich um. Mitch kam im Laufschritt auf mich zu, ich blieb am Wegrand stehen und ging erst weiter, als er mich eingeholt hatte.

»Ich muss mich bei dir entschuldigen«, sagte er. »Gestern Abend war ich so durcheinander und hab erst später gemerkt, dass ich dir nicht einmal gedankt habe.«

»War keine große Sache, wirklich.«

»Und ob es das war. Dieser Typ – Frank heißt er? Also was für ein Baum von einem Mann das ist. Es war echt mutig von dir, ihn so anzugehen. Ich hätte niemals den Mumm dazu.«

Ich zuckte nur bescheiden die Schultern. »Große Kerle rechnen nie damit, dass kleine Männer sich mit ihnen anlegen. Und wenn es dann doch passiert, halten sie einen für verrückt und lassen ziemlich schnell ab. Wie geht es dir heute Morgen?«

»Ganz okay«, sagte er und rieb sich den Hals. »Ein bisschen wund, aber es könnte schlimmer sein. Ich hatte das Gefühl, dass er gar keine Kraft angewendet hat, und will gar nicht wissen, wie man hinterher aussieht, wenn er wirklich zudrückt.«

Er wirkte angemessen gequält.

»Du brauchst dir keine Sorgen wegen Frank zu machen«, sagte ich. »Ich hab letzte Nacht noch mit ihm gesprochen und ihn überzeugt, dass du nichts mit der Kontrolle zu tun hattest. Und dass er's mit mir zu tun kriegt, wenn er Mr. Dupree nervt. Das hat ihm richtig Angst gemacht.«

Ich lächelte. Mitch lachte und gab mir einen Schlag auf die Schulter, so wie ein echter Kumpel es tut.

»Also jedenfalls wollte ich dir ein kleines Dankeschön geben«, sagte er. »Kannst du um dreizehn Uhr ins Kartenspielzimmer kommen?«

»Da muss ich erst meinen Terminkalender konsultieren. Oh, da hab ich noch nichts vor.«

»Gut«, sagte er. »Komm hungrig.«

***

Drei Minuten vor der verabredeten Zeit betrat ich das menschenleere Kartenspielzimmer des Randolph-Hauses und setzte mich an unseren Spieltisch.

Mitch war noch nicht da, kam auch nicht um dreizehn Uhr oder fünf Minuten später. Ich blieb trotzdem sitzen, da ich ja sonst nichts zu erledigen hatte.

Um zehn nach eins kam er schließlich um die Ecke geeilt.

»Tut mir leid, dass ich so spät bin«, sagte er. »Ein blöder Wärter ist in die Küche gekommen und wollte einfach nicht gehen. Ich musste warten, um das hier rausschmuggeln zu können.«

Er zog den Reißverschluss seiner Jacke auf und nahm eine rechteckige silberne Blechdose heraus, öffnete den Deckel und stellte sie vor mich. Zuoberst lag Backpapier, aber meine Nase erriet, was darunter lag, bevor ich es sehen konnte.

Frisch gebackene Kekse mit Schokostückchen.

Ich hob das Papier hoch und betrachtete die Belohnung. Sechs Stück, perfekt goldbraun gebacken. Die Schokolade glänzte und war noch leicht klebrig vom Ofen. Mir lief das Wasser im Mund zusammen.

Dabei war das Essen im Morgantown durchaus genießbar. Aber das hier? Ich sog den köstlichen Duft ein und habe möglicherweise sogar ein wenig gestöhnt.

»Wir haben ein ganzes Blech für den VIP gebacken, der morgen kommt«, sagte Mitch. »Und wer hätte schon ahnen können, dass die Plätzchen nicht alle auf den Teller passen, auf den wir sie legen sollten? Einer der Männer in der Küche hat in jungen

Jahren in einer Bäckerei gearbeitet. Das Rezept wollte er nicht verraten, aber die sind echt umwerfend.«

Ich wollte mich gerade über die Plätzchen hermachen, erinnerte mich jedoch im letzten Moment daran, dass ich nicht Tommy Jump, sondern Pete Goodrich war.

Und Pete Goodrich litt unter der Trennung von seiner Familie, genau wie Mitch; Pete Goodrich, Ehemann und Vater, dessen größter Ehrgeiz im Leben es gewesen war, Frau und Kindern ein glückliches Zuhause zu bieten; Pete Goodrich, dem die einfachen Freuden im Leben fehlten, auf die er acht lange Jahre würde verzichten müssen.

So etwas wie Kekse mit Schokostückchen.

Ich kann auf Bestellung weinen. Die meisten erfahrenen Schauspieler können das. In einer perfekten Welt ist das Weinen auf der Bühne ein Zeichen dafür, dass man in seine Rolle eintaucht und in der Welt lebt, die man erschaffen hat. Bei einem guten Skript kann ich solche Emotionen *manchmal* abrufen.

Vielleicht schafft Meryl Streep das jederzeit. Aber wir anderen? Um achtmal die Woche Tränen zu produzieren, brauchen die meisten sicher ein wenig Method-Acting.

Also nennen Sie mich einen Scharlatan, aber ich dachte an meinen Hamster – Mudpie war vier Jahre lang mein bester Kumpel gewesen, bevor er sich in das große Himmelslaufrad verabschiedete. So machte ich im Alter von neun Jahren meine erste Erfahrung mit dem Tod und heulte den ganzen Tag lang.

Auch jetzt, wenn ich an den armen kleinen Mudpie dachte …

»Tut mir leid«, sagte ich, wobei mir die Tränen bereits über die Wangen rollten.

»Ist alles okay?«, fragte Mitch besorgt. »Du bist doch nicht allergisch gegen Schokolade, oder?«

»Nein, nein, ich hab … Kelly, meine Frau, hat mir zum Geburtstag immer solche Plätzchen gebacken und sie mir warm serviert, so wie die hier. Und ich … na ja, ich versuche, mich hier an mein Schicksal zu gewöhnen und alles zu vergessen, und meistens schaff ich das auch. Aber dann … es sind die kleinen Dinge …«

Ich wischte mir mit dem Ärmel übers Gesicht.

»Es tut mir wirklich leid«, sagte Mitch. »Das kennen wir alle hier, mein Freund. Ich höre immer, das Morgantown wäre viel besser als ein richtiges Gefängnis, aber es ist trotzdem noch ein Gefängnis.«

»Verdammt richtig«, sagte ich wütend, als Zeichen, dass ich mich wieder einkriegte.

Als wären mir die Tränen peinlich gewesen und um von mir abzulenken, fragte ich: »Und was ist mit dir? Was fehlt dir am meisten?«

»Meinst du außer dem Offensichtlichen?«, fragte er grinsend.

»Jap, außer dem.«

Er hatte einen verträumten Ausdruck in den Augen. »Es klingt vielleicht komisch, aber am meisten fehlen mir die Autofahrten mit meiner Familie.«

»Autofahrten.«

»Ja. Wir alle vier zusammen im Auto. Vielleicht überlegen wir gerade, irgendwo unterwegs anzuhalten und was zu essen, oder vielleicht versuchen wir, an einem langen Wochenende noch spätnachts irgendwo hinzukommen. Es ist egal, denn es war einfach ein gutes Gefühl. Zu wissen, allen geht's gut, denn sie sitzen alle bei mir im Wagen. Ich konnte die Hand ausstrecken und sie berühren, wenn ich wollte. Hast du Kinder?«

»Drei«, sagte ich bedrückt.

»Na, dann weißt du ja Bescheid. Als Familie verbringt man so viel Zeit getrennt voneinander, einer ist hier und einer dort, und man macht sich ständig Sorgen, was mit den anderen gerade passiert, oder man sorgt sich, weil sie sich Sorgen um einen machen. Wenn man nicht mit allen zusammen ist, ist immer ein Teil von einem am falschen Ort. Aber dann sitzen endlich alle im Auto und fahren zusammen irgendwohin, und man weiß, dass man genau da ist, wo man sein sollte. Dann ist man diese perfekte Einheit, und nichts auf der Welt kann einen aufhalten.«

Ich atmete tief ein und wieder aus, dachte an Amanda und das Baby, das in ihr wuchs, versetzte mich in das Leben als Familie, das wir bald führen würden.

»Ja, ich weiß genau, wovon du sprichst«, sagte ich. »Meine sind noch klein, fünf, drei und eins, und …«

»Und sie alle ins Auto zu kriegen ist schon ein Triumph. Ich kann mich noch an die Zeiten erinnern.«

»Ja, richtig«, sagte ich. »Aber wenn sie dann alle drin sitzen und angeschnallt sind, man losfährt, die Heizung ein bisschen höher dreht und leise Musik anmacht – und plötzlich sind sie alle eingeschlafen?«

»O Mann, das schönste Gefühl überhaupt.«

»Du sagst es.«

Und auf einmal waren wir zwei Dads, die sich über die Freuden der Vaterschaft unterhielten. Mitch wischte sich mit dem Handballen über den Augenwinkel, um die Tränen zu stoppen, die ich noch nicht sehen konnte, dann schüttelte er den Kopf.

»Wo wir schon über schöne Gefühle reden«, sagte er, »warme Kekse mit Schokostücken gehören unbedingt mit dazu, also fangen wir an, bevor sie kalt werden, okay?«

»Hervorragende Idee.«

»Also los. Zeig mir, wie's geht.«

Ich griff in die Blechdose und nahm einen heraus. Für die Größe war er ziemlich schwer, was einen hohen Buttergehalt versprach – Gewicht als Gradmesser. Dann schob ich ihn mir in den Mund und spürte eine kleine Explosion, als die Bitterkeit der Schokolade mit der Süße des Zuckers zusammenprallte.

»O mein Gott«, stieß ich aus, die Augen geschlossen.

»Nicht schlecht, oder?«

»Phantastisch.«

Er nahm auch einen Keks. Wir aßen schweigend, genossen

beide die kurze Flucht aus der Trostlosigkeit des Gefängnislebens. Vielleicht habe ich es mir nur eingebildet, aber ich hatte das Gefühl, Mitch freute sich an meinem Genuss genauso sehr wie an seinem eigenen.

So etwas war schon selten genug bei Männern im Allgemeinen, aber bei einem, den du im Gefängnis triffst, absolut ungewöhnlich. Und es fiel mir schwer, den Mann, der hier genüsslich Plätzchen verzehrte und liebevoll von den Autofahrten mit seiner Familie erzählte, mit dem Menschen in Einklang zu bringen, der nach der Pfeife eines der weltweit barbarischsten Verbrechersyndikate tanzte. Doch ich wusste, dass beide koexistieren konnten. Menschen sind nichts anderes als komplexe Affen.

Und ich musste zugeben – was immer er verbrochen hatte, bevor er hierherkam –, dass ich den Mitch Dupree, der jetzt hier im Morgantown war, mochte. Was mich freute.

Wenigstens das brauchte ich nicht vorzutäuschen.

31. KAPITEL

Zwei Tage danach, an einem Samstagmorgen, schrieb Brock ihr eine SMS. In Fort Lee gab es ein neues koreanisches Fusion-Restaurant, dessen Speisen nicht von dieser Welt seien. Hatte Amanda Zeit?

Natürlich hatte sie Zeit.

Und diesmal endete es nicht mit Tanzengehen. Er fuhr mit ihr in einen Park in Edgewater, wo sie am Hudson River spazieren gingen, schwatzten und sich an der New Yorker Skyline erfreuten.

Am Sonntag schlug er vor, ins El Museo del Barrio in Harlem zu gehen. Amanda war so froh, etwas vorzuhaben – und genoss zudem Brocks Gesellschaft –, dass sie tat, als hätte sie die neue Ausstellung noch nicht gesehen.

Schon bald verbrachten sie viel Zeit miteinander. Es war eine dieser seltenen Begegnungen, die bei null anfingen und binnen kürzester Zeit zu einer wunderbaren Freundschaft wurden, einfach weil es passte.

An Wochenenden verbrachten sie ganze Tage zusammen – Frühstück in einer Bäckerei in Wayne, ein Galeriebesuch in der City, gefolgt von einer Fahrt in ein abgelegenes und hochgelobtes Restaurant in Connecticut. Während der Woche trafen sie sich spontan, wenn er von einer Band gehört hatte, die abends in der Nähe spielte, oder sie gingen tanzen oder in eine Karaokebar. Er konnte zwar nicht wie Tommy einen ganzen Raum für sich einnehmen, aber die meisten Popsongs klangen bei ihm ziemlich gut.

Aus ihren beiden Geburtstagen machten sie eine dreitägige gemeinsame Feier: Am neunten November war sein Geburtstag, am elften November ihrer, und den zehnten November nannten sie den Dazwischengeburtstag und feierten auch ihn.

Wenn sie nicht ausgingen, besuchten sie sich gegenseitig zu Hause. Amanda fuhr zu seinem Loft, wo sie gemeinsam Abendessen kochten, oder er kam in Barbs Haus, und sie sahen zusammen einen Film an.

Oder – und das wurde schnell zu einer von Amandas Lieblingsbeschäftigungen – sie gingen in die Schmuckwerkstatt seiner Familie, in der nach Feierabend selten noch jemand anwesend war. Dort gab es alle Arbeitsgeräte, die man zur Schmuckherstellung benötigte, und nachdem Amanda ein paar grundlegende Techniken gelernt hatte, kam schnell ihre künstlerische Kreativität zum Tragen. Sie arbeitete nur mit Silber und minderwertigen Steinen, obwohl Brock sie drängte, mit kostbareren Materialien zu experimentieren. Er meinte sogar, DeAngelis Jewelers sollte sie beauftragen, individuelle Einzelstücke anzufertigen oder eine eigene Kollektion zu kreieren.

Die Amanda-Porter-Kollektion. Klang irgendwie gut.

Und natürlich dachte Brocks Familie, sie wären ein Paar. Genau wie Amandas Freundinnen aus der Kunstszene, die sie hin und wieder mit Brock zusammen in der City traf. Kaum hatte er mal den Raum verlassen, grinsten sie vielsagend und fragten, was zwischen ihr und diesem großen, gutaussehenden Typ denn *wirklich* lief.

Aber das störte Amanda nicht, denn sie kannte die Wahrheit: Sie waren nur Freunde.

Und Brock verhielt sich nie so, als wollte er etwas anderes. Er machte keine subtilen Annäherungsversuche und wurde auch nicht übergriffig, wenn er getrunken hatte. Natürlich drückte er ihr zur Begrüßung manchmal einen Kuss auf die Wange, aber nur so, wie man seine Lieblingstante küsste. Und zum Abschied umarmte er sie, wie er auch seine Geschwister umarmen würde.

Weil nämlich nicht nur Brock und Amanda Freunde waren, sondern auch *Tommy* und Brock. Auf so schäbige Weise würde Brock seinen Freund niemals hintergehen.

Zudem wusste Brock, dass sie schwanger war, denn sie musste ihm erklären, warum sie keinen Alkohol trank. Und da die ersten drei Monate nun mal eine große körperliche Umstellung waren, schlief sie beim Fernsehen manchmal schon nach fünfzehn Minuten ein. Wenn sie dann drei Stunden später aufwachte, hatte Brock sie mit einer Decke zugedeckt.

Barb schien es nicht zu stören, wenn sie nach einem Abend mit Brock spät nach Hause kam. Sie gab auch keine Kommentare ab, wenn Amanda fast täglich bis elf Uhr morgens schlief, um eine lange Nacht auszugleichen. Auch Bemerkungen über ihre mangelnden Fortschritte beim Malen verkniff sich Barb und gab Amanda zur Abwechslung mal Raum zum Atmen.

Und Tommy? Als sie – oder eher »Kelly« – ihm erzählte, dass sie und Brock viel zusammen unternahmen, sagte er, er sei froh, dass sie Freundschaft geschlossen hatten, so als wäre es keine große Sache.

Es war ja auch keine.

32. KAPITEL

In den nächsten beiden Wochen tat ich nichts anderes, als an diesem von der Routine dominierten Ort einen neuen, angenehmeren Tagesablauf zu entwickeln – mit Mitch Dupree im Mittelpunkt.

Es war wie in einem bizarren Buddy-Film, in dem alle Khakiklamotten trugen. Abends spielten wir Karten, nachmittags gingen wir zum Bocciaplatz, in den Fitnessraum oder sahen uns einen Fernsehfilm an; die Mahlzeiten nahmen wir größtenteils gemeinsam ein.

Mitch schien es zu gefallen, mein Mentor in Finanzdingen zu sein, und so ließ ich ihn gewähren, zumal ich eine Menge über die Finanzmärkte lernte. Er erzählte auch gern Geschichten, was sich gut traf, denn ich hörte ihm gern zu. Man konnte außerdem nie wissen, ob er vielleicht ein paar nützliche Details ausplauderte, zum Beispiel wo man am besten Wertsachen versteckte. Ich heuchelte sogar Interesse, als er übers Golfen sprach, dabei gibt es kaum etwas Langweiligeres als die Geschichten eines Mannes, der beim Putten seine Yips unter Kontrolle zu kriegen versucht.

Ich hörte ihm zu, worüber er auch immer sprechen wollte. Ich war einfach der gute alte Pete, der nahtlos die Lücke füllte, die Docs Abgang gerissen hatte. Einen besseren Freund konnte man sich kaum wünschen. Auch Mitch und Rob Masri freundeten sich an, was mir durchaus entgegenkam. Wir waren eine zufriedene kleine Gefängnisfamilie.

Was man von meiner Familie außerhalb der Gefängnismauern nicht behaupten konnte. Amanda hatte vorgeschlagen, nicht mehr jeden Tag zu telefonieren, weil dabei immer nur kurze, inhaltsleere Gespräche herauskamen. Wir beschlossen deshalb, dass ich nur noch jeden Freitagnachmittag anrief, damit wir längere, interessantere Unterhaltungen führen konnten.

Nur leider funktionierte auch das nicht. Wir besprachen die üblichen Themen – wie es meiner Cousine Amanda mit dem Baby ging (gut), wie es mit ihrer Malerei lief (schlecht), was sie gerade las oder welchen Film sie kürzlich mit meinem Highschool-Freund Brock DeAngelis gesehen hatte (egal) –, und dann waren wir auch schon am Ende. Ich konnte mir einreden, dass uns die Vorstellung hemmte, wer alles mithörte, denn jetzt konnte es außer der Gefängnisverwaltung *auch* das FBI sein. Doch in Wahrheit hatten wir beide nicht viel zu erzählen. Es traten zunehmend längere Pausen ein, in denen ich praktisch spürte, dass wir uns immer mehr entfremdeten.

Über meine Ängste redete ich weder mit Masri noch mit sonst jemandem, denn sie würden nur sagen, ich sollte mich daran gewöhnen – und dass es wahrscheinlich noch schlimmer würde. Morgantown war voller Männer, die bei ihrer Einweisung gedacht hatten, sie hätten eine solide Beziehung, und dann eines Besseren belehrt wurden.

Jerry Strother war so einer. Einmal machte er abends beim Poker beiläufig eine gehässige Bemerkung über seine Frau, zu der Mitch später den Kontext lieferte: Etwa drei Monate nach seiner Ankunft hier hatte ihn seine Frau wie selbstverständlich mit seinem besten Freund betrogen. Sie sagte Jerry, sie hätte Bedürfnisse, und wenn er sich einbuchten ließe, sei er selber schuld, wenn sie sie anderswo befriedigen musste.

Amanda würde das nie tun. Trotzdem stand außer Frage, dass wir bei diesem Fernbeziehungstest bestenfalls eine Vier minus bekamen.

Ich war gerade von einem unbefriedigenden Freitagnachmittag-Telefonat zurück, als ich auf dem Flur Mitch traf, der zur Drei-Uhr-Lebendkontrolle mit einem Stapel Bücher unterm Arm aus der Bibliothek kam.

»Verdammt«, sagte ich mit Blick auf den Bücherstapel. »Gibt's für den Rest von uns auch noch welche?«

»Ich muss mich ablenken. Normalerweise hätte ich an diesem Wochenende echt Spaß gehabt.«

»Und wie hätte das ausgesehen?«, fragte ich. Seit wir uns angefreundet hatten, verfolgte ich die Strategie, jede noch so kleine Möglichkeit zu einem Gespräch aufzugreifen, die er mir bot.

Und dann sagte er etwas, was mich alle meine Probleme mit Amanda sofort vergessen ließ.

»Einen Jagdausflug mit Freunden.«

Einen Jagdausflug. Die Worte ließen mein Herz schneller schlagen. Auch wenn ich nicht viel übers Jagen wusste, so doch, dass Jäger oft in der Nähe ihrer Jagdhütte jagten.

Ihrer abgelegenen, mit illegalen Dokumenten bestückten Jagdhütte.

Das war der Moment, auf den ich seit über einem Monat gewartet und mit allen möglichen und unmöglichen Winkelzügen hingearbeitet hatte, seit ich hierhergebracht worden war: dass Mitch mit mir vom Jagen sprach.

Ohne zu enthusiastisch zu klingen, sagte ich: »Du gehst jagen?«

»Sicher. Jedes Jahr sind ein paar College-Kumpel und ich am Wochenende vor Thanksgiving losgezogen. Unseren Frauen haben wir gesagt, sie sollen keinen Truthahn kaufen, weil wir welche schießen. Dann haben wir zwar mehr Wild Turkey Bourbon getrunken als die Viecher geschossen, aber das war egal. Jagst du auch?«

»Klar«, sagte ich, relativierte es dann aber mit einer So-so-Handbewegung, um es nicht zu übertreiben. Ich hatte keine Lust auf eine detaillierte Diskussion über den Drall von Gewehrläufen, zumal ein Junge aus Hackensack, New Jersey, höchstens beim *Big-Buck-Hunter*-Spiel in der örtlichen Spielhalle losballern konnte.

Aber West-Virginia-Pete wäre niemals gegen das Jagen, weshalb ich hinzufügte: »Als die Kinder dann da waren, hab ich aufgehört. Es war nicht fair gegenüber Kelly, sie an einem Samstag- oder Sonntagmorgen allein zu lassen, wenn ich die ganze Woche schon arbeiten war.«

»Verstehe«, sagte er.

»Wie hast du denn gejagt?«, fragte ich und hoffte, dass die Formulierung nicht total daneben war.

»Mit dem Bogen. Ich will die klassischen Jäger ja nicht beleidigen, aber ich finde, Jagen mit Gewehren hat mit Sport nicht viel zu tun. Das ist eher wie ein Trip zum Supermarkt. Mit den heutigen Zielfernrohren kann man das Wild aus hundertfünfzig, zweihundert Metern schießen. Was ist daran sportlich? Das Tier kann ja nicht einmal wissen, dass du überhaupt in der Nähe bist. Ich finde das nicht fair.«

Tommy Jump hätte erwidert, dass Jagen erst dann wirklich fair wäre, wenn auch die Tiere Gewehre hätten.

»Da ist was dran. Das kann jeder«, sagte ich und bewegte den Finger wie beim Abdrücken.

»Genau. Mit einem Bogen mit fünfundvierzig Pfund Spannkraft muss man bis auf dreißig Meter rangehen, man braucht Gegenwind und darf nicht laut denken, weil das Tier dann abhaut. *Das* nenne ich jagen.«

Ein verträumter Blick trat in seine Augen. »Letztes Jahr, als ich zu einer meiner üblichen Stellen unterwegs war und viel zu viel Krach gemacht hatte, weil ich erst mal nur gucken wollte, da hab ich diesen großen, voll ausgewachsenen Bock gesehen. Mindestens ein Zwölfender mit einer Spannweite, so was war mir noch nie unter die Augen gekommen. Normalerweise jagen wir keine Böcke, wir haben nämlich die Regel: Was geschossen wird, muss gegessen werden. Und ein junges Reh schmeckt viel besser. Aber der Kerl war einfach zu prächtig. Ich musste ihn haben und würde mich durch ein zähes Hirschsteak kämpfen, wenn dafür sein Kopf an meiner Wand hinge. Und ich schwöre, er hat mir den Kopf zugedreht und mich angestarrt, bis ich seinen Blick kaum noch aushalten konnte, als wollte er sagen: ›Echt jetzt? Du glaubst, du erwischst *mich*? Dann mal los.‹

Er ist losgelaufen, und ich eine Zeitlang hinter ihm her. Dabei hab ich eine Ahnung gekriegt, wo er sich normalerweise ungefähr aufhält, da waren Köttel, ich dachte, die sind von ihm. Meinen Kumpels sagte ich: ›Okay, der gehört mir.‹ Am nächsten Morgen bin ich um drei Uhr los, weil er dann noch schläft, und zum Hochsitz. Ich warte also und friere mir den Arsch ab, weil man sich nämlich nicht rühren darf, um überhaupt eine Chance zu haben.«

Mitch legte die Bücher ab, um mir seine Haltung zu demonstrieren, als wäre die Story ohne anschauliche Darstellung unvollständig.

»Also zwei Stunden später, als es allmählich hell wurde, kommt Mr. Bock den Hügel herunter auf mich zuspaziert. Um die Uhrzeit fällt noch kalte Luft vom Hügel hinab in die Senken, so dass er mich nicht wittern kann. Ich hocke also da und warte, dass er näher kommt, immer näher und noch näher. Er ist so verdammt groß, da will ich nicht von zu weit weg auf ihn schießen, denn wenn ich ihn dann nur verwunde, wär das für alle Beteiligten wirklich beschämend. Wie ich so warte, nähert sich die Sonne immer mehr dem Horizont, und ein orangefarbenes Licht steigt hinter dem nächsten Hügel hoch, und ich weiß, dass die Zeit knapp wird und er sich bald irgendwo wieder zum Schlafen hinlegt. Ich spanne also meinen Bogen und krieg ihn voll ins Visier, alles sieht nach einem perfekten Schuss auf den prächtigsten Bock aus, den ich je gesehen habe.«

Mitch winkelte den Ellbogen an, spannte eine imaginäre Bogensaite, den anderen Arm gestreckt.

»Und dann«, sagte er, und ich wartete auf das blutige Ende der Geschichte.

Doch er ließ einfach den Arm sinken.

»Du hast nicht geschossen?«, fragte ich.

»Ich konnte nicht. Dieser famose Kerl streifte schon so lange über die Hügel, wahrscheinlich war er ein Urururgroßvater. Ich dachte nur: ›Er ist schon ewig auf der Flucht vor Jägern‹, und konnte mich nicht überwinden, ihm ein Ende zu bereiten. Also erhob ich mich aus meinem Versteck und schrie: ›Erwischt.‹ Nur damit er wusste, wer gewonnen hatte.«

»Wow!«, sagte ich.

»Ich schwöre, er hat mich angesehen mit einem Blick, der sagte: ›Ja, du hast mich erwischt.‹ Und dann preschte er wie angeschossen durchs Gebüsch, und das sah so phantastisch aus, dass es sich schon wieder gelohnt hatte. Einfach überwältigend.«

»Hast du ihn jemals wiedergesehen?«

»Nee. Das war letztes Jahr. Damals hätte ich dir noch gesagt, dieses Jahr würde ich wieder dort sein und ihn suchen. Ich hätte nie gedacht, dass das hier passiert.«

»Tja, Pech«, sagte ich, so locker ich konnte. »Fahrt ihr jedes Jahr an denselben Ort?«

»Ja. Ich hab eine Hütte im Chattahoochee National Forest, die ist schon lange in Familienbesitz.«

»Chattahoochee?«, sagte ich enthusiastisch. »Echt jetzt? Da hat mein Onkel auch eine. Ich war oft als Kind mit meinem Dad da, wir sind mit meinem Onkel jagen gegangen. Er war ein passionierter Bowhunter, genau wie du.«

Natürlich, das war Onkel … Burt.

Burt Goodrich, Bowhunter. Freund aller Lebewesen. Außer Hirschen.

»Die Welt ist klein«, sagte Mitch.

»Echt klein«, sagte ich. Und dann so beiläufig wie möglich: »Wo genau ist denn deine Hütte?«

»Ganz weit im Osten, Route 23, ein Stück hinter Tallulah Falls.«

»Ich fass es nicht. Da ist Onkel Burts Hütte auch, nur ein paar Meilen von Tallulah Falls entfernt.«

»Unsere liegt östlich der 23, etwa ein, zwei Meilen Luftlinie vom Chattooga River, da wo sie *Beim Sterben ist jeder der Erste* gedreht haben. Im Film haben sie den Fluss Cahulawassee genannt, und die Bewohner dort machen Witze darüber. Wenn man beim Jagen Fremde sieht, sagt einer der Kumpel garantiert: ›Quiek wie ein Schwein, quiek wie ein Schwein.‹«

Ich kicherte, wollte das Thema Film aber beenden, vor allem wenn es um Vergewaltigungsszenen ging, und weiter über Geographie reden.

»Jap, ich glaube, Onkel Burt war auch nahe der 23«, sagte ich, als hätte ich gerade eine innere Landkarte vor Augen. »Ist aber schon eine Weile her. An den Straßennamen kann ich mich nicht mehr erinnern, ich glaube, wir sind nach links abgebogen. Also von Norden aus gesehen in Richtung Süden.«

»War er im Norden oder Süden von Tallulah Falls?«

»Norden«, sagte ich auf gut Glück. »Und du?«

»Ich auch, ist ja kaum zu glauben«, sagte er zunehmend begeistert. »Seine Hütte ist nicht an der Camp Creek Road, oder?«

»Nein, so hieß die Straße nicht«, sagte ich, wollte mich keinesfalls auf einen genauen Standort der erfundenen Hütte meines erfundenen Onkels festlegen und fragte zurück: »Und da ist deine Hütte?«

»Na ja, in etwa. Also wir fahren Richtung Norden und biegen dann nach rechts ab, gleich hinter Tallulah Falls«, sagte er.

»Camp Creek Road«, sagte ich. »Irgendwie hab ich das Gefühl, ich hätte das Schild schon mal gesehen. Bist du direkt an der Camp Creek Road? Das muss ich Onkel Burt erzählen, er fährt ständig zu seiner Hütte und kurvt dann in der Gegend rum. Vielleicht ist er sogar schon bei dir vorbeigekommen.«

»Kann ich mir kaum vorstellen. Wir sind an einer Straße, die von der Camp Creek Road abgeht, etwa eine Meile südlich. Ist eigentlich nur ein Feldweg, an der Einmündung steht auf einem Schild PRIVATGRUNDSTÜCK. Das hält Leute gewöhnlich vom Weiterfahren ab, es sei denn, sie kennen sich aus.«

»Wenn du willst, kann ich Onkel Burt bitten nachzusehen, ob dort alles okay ist.«

Ich hielt die Luft an und betete im Stillen, gleich die Worte *Klar, das wär wirklich gut, ich geb dir die Adresse* zu hören.

Doch den Gefallen tat er mir nicht. »Das ist nett von dir«, sagte er stattdessen, »aber wir haben Nachbarn, die sich darum kümmern. An der Straße gibt es nur wenige Häuser, und die Besitzer sind alle nur zeitweise da, deshalb haben wir immer auch ein Auge auf die Grundstücke der anderen.«

»Ah, das ist natürlich noch besser«, sagte ich.

Ich wollte nicht noch weiter bohren – und mein Glück überstrapazieren –, sonst würden womöglich noch seine Alarmglocken läuten. Außerdem konnte ich irgendwann so tun, als wäre »Onkel Burt« alias Danny Ruiz gerade dort in der Gegend, und noch mehr Fragen stellen, basierend auf konkreteren Infos. Ich war erst seit einem Monat hier und hatte noch fünf vor mir, da konnte ich mir etwas Geduld leisten.

Deshalb begnügte ich mich mit einem vergnügten: »Aber es ist echt schön in der Gegend.«

»Gesegnetes Land. Unsere zwei Hektar grenzen nach hinten an ein Gebiet der Forstverwaltung. Man hat das Gefühl, als gehörte einem die ganze Welt.«

»Das klingt echt so wie bei Onkel Burt«, sagte ich. »Bei ihm fließt ein kleiner Bach durch, da haben wir immer Flusskrebse gefangen. Einfach herrlich.«

»Hm. Wenn ich hier rauskomme, steht die Hütte ganz oben auf

meiner Liste«, sagte er. »Du kannst ja vorbeikommen, wenn du auch draußen bist. Ich bringe dir richtiges Bogenschießen bei.«

»Das wär echt toll«, sagte ich und beendete das Gespräch so höflich wie möglich.

Ich wollte, so schnell es ging, ans Telefon.

***

Bei den ersten drei Versuchen konnte ich Danny nicht erreichen, aber beim vierten antwortete er mit einem gereizten: »Ich bin in einem Meeting. Kannst du bitte aufhören, mich mit Anrufen zu bombardieren.«

»Meine Infos sind es wert, dass du dich aus einem Meeting verdrückst«, sagte ich.

»Jedenfalls hoffe ich, du brauchst nicht noch mehr Fisch.«

»Nein. Aber du musst mir einen Gefallen tun. Ein Freund sucht jemanden, der die Jagdhütte seiner Familie checkt.«

»Wirklich?«, sagte er, wobei seine Stimme die Tonleiter hochgeklettert war.

»Ja, er macht sich Sorgen, weil sie in seiner Abwesenheit so lange leer steht.«

»Verstehe«, sagte Danny. »Wie ist denn die Adresse?«

»Das ist das Problem, die kennt mein Kumpel nicht, weil er ja weiß, wie man hinkommt. Aber so wie er mir die Umgebung beschrieben hat, müsstest du sie finden.«

Dann gab ich ihm die Lage, so gut ich konnte, wieder: Chattahoochee National Forest, nördlich von Tallulah Falls, abseits Route 23. Weiter auf der Camp Creek Road, nach etwa einer Meile ein Feldweg mit dem Schild: PRIVATGRUNDSTÜCK. Fragliche Parzelle ist etwa zwei Hektar groß und grenzt nach hinten an ein Gebiet der Forstverwaltung.

»Okay, ich fange gleich an zu graben. Ruf mich in zwei Stunden noch mal an.«

In den nächsten beiden Stunden gab ich mich der Phantasie hin, dass Danny das Grundstück fand … einen Durchsuchungsbeschluss bekam … die Unterlagen entdeckte.

Und die ganze Sache würde ein paar Tage dauern, eine Woche Maximum …

Ich war nicht sicher, welche Aussicht mich mehr begeisterte: das Geld zu kassieren, mein Leben mit Amanda wiederaufzunehmen oder nicht länger unter einem Dach mit neunzig Kriminellen zu leben.

Um meine überschüssige Energie loszuwerden, ging ich in den Fitnessraum und warf eine Weile Medizinbälle durch die Gegend, dann drehte ich ein paar Runden auf dem Sportplatz. Hinterher beim Duschen zählte ich schon, wie oft ich noch hier in der seifenverkrusteten Kabine stehen und mir den Schweiß abwaschen würde.

Um fünf Uhr würden die Aufrufe zum Abendessen beginnen, aber Dannys zweistündige Deadline war kurz davor. Um zehn vor fünf rief ich ihn wieder an.

»Und, hast du was gefunden?«, fragte ich schnell nach der Ansage, dass er einen Anruf aus einem Bundesgefängnis bekam.

»Sieht so aus«, sagte Danny. »Vom Institut für amtliche Kartographie haben wir Satellitenaufnahmen eines Feldwegs bekommen, auf den die Beschreibung deines Freundes passen könnte. Deren hochmodernes Gerät ist was anderes als der Mist von Google Maps. Wir haben es mit den örtlichen Grundsteuerunterlagen verglichen und sechs Liegenschaften entlang der Straße gefunden, vier davon kleiner als zwei Hektar. Von den restlichen beiden ist eins auf einen Mann aus South Carolina eingetragen und das zweite im Besitz einer Familienstiftung. Das scheint das Grundstück zu sein: etwa zwei Hektar, die nach hinten an ein Gebiet der Forstverwaltung grenzen.«

Da sich niemand nahe der Telefone aufhielt, reckte ich ein paarmal die Faust in die Luft.

»Wie schnell kannst du denn mal nachsehen, ob alles in Ordnung ist?«, fragte ich.

»Nun, wie der Zufall es will, wollte ich am Wochenende sowieso nach Georgia reisen.«

33. KAPITEL

Sie flogen mit Delta Airlines nach Atlanta. Flog nicht *jeder* – FBI-Agenten, Gauner und alle dazwischen – mit Delta Airlines nach Atlanta?

Gilmartin wollte gleich Freitagabend los. Danny hielt dagegen, dass es sinnlos wäre, im Dunkel der Nacht eine abgelegene Hütte zu suchen, und sie genauso gut bis zum nächsten Morgen warten konnten.

Sie nahmen die erste Maschine. Da es ein Samstag war und sie davon ausgingen, den ganzen Tag in der Wildnis von Georgia rumlaufen zu müssen, trugen sie Zivil: kein Anzug, kein FBI-Aufdruck, sondern ganz normale Freizeitkleidung.

Sie hatten nicht einmal ihre Waffen dabei. Zu viel Theater.

Nach der Ankunft mieteten sie einen Geländewagen mit Allradantrieb. Wenig später fuhren sie in einem grünen Jeep – einen untypischeren Wagen gab es für FBI-Agenten kaum – aus Atlanta raus und auf der Interstate 85 Richtung Nordosten.

Es war ein grauer Morgen, zwölf Grad Celsius. Georgia im November. Außer den Wegbeschreibungen, die Gilmartin Ruiz gelegentlich gab, sprachen sie kaum. Im Prinzip führte der immer gleiche vierspurige Highway meistens geradeaus, bis es ein Stück vor Tallulah Falls nach links auf einer Schnellstraße weiterging.

Nachdem sie dann noch eine Zeitlang durch eine ländliche Gegend gefahren waren, rief Gilmartin plötzlich: »Okay. Wir sind da. Camp Creek Road.«

Ruiz nahm den Fuß vom Gas, bog in die Ausfahrt und hielt wenig später an einer T-Kreuzung.

»Nach rechts abbiegen und weiter auf der Camp Creek Road«, sagte Gilmartin, dessen nichtssagende Stimme mehr nach GPS klang als die meisten GPS.

Dann dauerte es nicht lange, und er rief: »Fahr langsamer.«

Sie passierten einen schmalen Feldweg, der im stumpfen Winkel nach links abbog. An der Einmündung stand auf einem schwarzen Schild in orangefarbenen Buchstaben: PRIVAT-GRUNDSTÜCK.

»Das ist es«, sagte Ruiz. »Genau so hat Tommy es beschrieben.«

Ruiz wendete den Wagen, und sie bogen in den Feldweg ein, wobei Schottersteine aufflogen und die Räder des Jeeps durchdrehten. Die leicht abschüssige Straße war rechts und links von Bäumen gesäumt, deren Kronen einen Baumtunnel über dem holprigen Weg bildeten.

Sie passierten erst ein Haus auf der linken Seite, dann eins auf der rechten, schlichte Hütten, in denen momentan niemand zu wohnen schien.

Gilmartin zeigte links auf einen schmalen Pfad und sagte: »Hier rein.«

Der Weg schien noch weniger befahren als der andere. Die Spurrillen waren so tief, dass Ruiz über die größere Bodenfreiheit des Jeeps froh war. In der Mitte bildete trockenes gelbes Gras eine gewölbte Narbe.

Dann wurde es flacher, und sie kamen zu einer kleinen Lichtung, genau wie auf dem Satellitenfoto. Sie hielten Ausschau nach einer Hütte, einer Garage und einem Schuppen.

Aber dort, wo auf dem Foto drei Gebäude zu sehen gewesen waren, standen keine Gebäude.

Keine Mauern, keine Dächer, kein Fundament.

Nur drei Stellen mit Dreck und Schutt.

»Ach du Sch…«, murmelte Ruiz.

»Jemand ist uns zuvorgekommen«, sagte Gilmartin.

»Aber wer?«

»Keine Ahnung. Doch er hat ganze Arbeit geleistet.«

34. KAPITEL

Auch als Herrera die Jagdhütte schließlich gefunden und aufgebrochen hatte, war schon jemand vor ihm da gewesen. Trotzdem stellte er alles auf den Kopf, doch er fand nichts.

Genau wie die Banker-Frau.

Aber anders als die Banker-Frau hatte Herrera an dem Punkt
nicht aufgegeben. Denn mal im Ernst: Wenn man in Mitchell
Duprees Haut steckte, einem das FBI und das Kartell im Nacken saßen und man etwas Voluminöses verstecken musste und
wenn man zudem eine versteckt liegende Jagdhütte hatte, von
der niemand etwas wusste, würde man es dann nicht genau dort
verstecken?

Die Unterlagen mussten irgendwo sein, entweder in, unter
oder nahe der Hütte. Herrera ging davon aus, dass es sich um
etwa viertausend Blatt Papier handelte, plus der Trennblätter, um
sie zu ordnen. Und die, dachte Herrera, würde ein Banker sicher
in Pappkartons verstauen.

Er musste bei der Suche einfach nur systematisch vorgehen,
und dazu brauchte er Verstärkung.

Es dauerte mehrere Tage, bis er einen Trupp Mexikaner durch
den Tunnel geschleust und das richtige Arbeitsgerät besorgt hatte.

Vorschlaghammer, Brecheisen, Bohrer, Sägen, Pressluftham-
mer, Löffelbagger und einen Kipplaster.

Das größere Gerät wurde gemietet, wobei Herrera sich keine
Sorgen machte, dass es jemand mitbekam oder Fragen stellte.
Erstens lag die Hütte weit abseits, und zweitens: Wer würde sich

schon um ein halbes Dutzend hispanische Bauarbeiter scheren? Es gab kaum noch Gegenden in Amerika, wo das ein ungewohnter Anblick war.

Sobald Herrera sein Team und alle Geräte vor Ort hatte, begannen sie mit der kontrollierten Zerstörung. Die Männer fingen mit dem Dachboden an und arbeiteten sich nach unten, gingen dabei äußerst gründlich vor: Sie rissen Wände raus, Wärmedämmung ab, legten das Holzskelett der Hütte frei, um sicherzugehen, dass nichts übersehen wurde; das Innenleben des Hauses karrten sie komplett zum Kipplaster.

Herrera inspizierte jedes Stück Abfall, bevor es weggeworfen wurde. Alles, was größer war als ein Pappkarton, wurde in kleinere Teile zerlegt, sogar die Haushaltsgeräte wurden auseinandergenommen.

Es ging nur langsam voran. Als sie am Ende des ersten Tages noch immer nichts gefunden hatten, schliefen sie in der teilweise zerstörten Hütte. Und auch nach dem zweiten Tag. Herrera war ein geduldiger Mann. Er hatte Zeit, denn wenn er die Unterlagen nicht fand, würde seine Zeit bald abgelaufen sein.

Sie demontierten das Gebäude bis auf die Stützbalken, und auch diese ließ Herrera nacheinander niederreißen. Es würde buchstäblich keine Stelle mehr geben, an der Unterlagen versteckt sein konnten. Sie luden den Kipplaster voll, leerten ihn und luden ihn wieder voll.

Als von der Hütte nichts mehr übrig war, zertrümmerten sie das Betonfundament sowie die kleine, mit Beton gegossene Rundum-Veranda. Herrera hatte gehofft, eine Falltür zu einer Art Keller zu finden oder eine Stahlkassette, irgendetwas.

Aber nichts. Langsam reichte es Herrera.

Doch noch gab er nicht auf. Als von dem kompletten Gebäude nur noch ein Häufchen Dreck auf der unkrautüberwucherten Lichtung übrig war, nahmen sie sich den Schuppen und die freistehende Garage vor.

Auch die zerlegten sie bis auf den letzten Stein. Mit dem gleichen Ergebnis. Inzwischen übernachteten sie in einem örtlichen Hotel, da nichts mehr da war, was ihnen hätte Obdach bieten können. Herreras Männer arbeiteten weiter. Als die Gebäude dem Erdboden gleichgemacht waren, ließ er sie das Grundstück absuchen, Meter für Meter, die ganzen zwei Hektar.

Irgendwo mussten die Unterlagen sein. In einem Unterstand, einer Baracke, in einem Baumhaus, einem Erdloch. *Irgendwo.*

Oder sie waren nirgendwo. Nach zwei Wochen und drei Rastersuchen des gesamten Grundstücks beendete Herrera die Operation.

Es befriedigte ihn, zu wissen, dass das Gesuchte mit Sicherheit nicht auf dem Grundstück war. Ansonsten war er jedoch äußerst unbefriedigt.

35. KAPITEL

Mein Hochgefühl, Mitch den Standort seiner Jagdhütte entlockt zu haben, endete mit Dannys Bericht, was er an der Stelle vorgefunden hatte.

Vermutlich waren die Kartellleute vor ihm da gewesen, hatten aber nichts gefunden.

Denn sonst wäre Mitch Dupree schon tot.

Für Danny und Rick war es ein kleiner Rückschlag. Für mich war es eine Katastrophe, die mir tagelang schwer zu schaffen machte. Ich hatte alles getan, was von mir erwartet worden war: mich mit dem Leben im Morgantown arrangiert, mich mit Mitch angefreundet und ihn dazu gebracht, mir den Standort seiner Hütte zu verraten.

Inzwischen hätte ich wieder bei meiner schönen, schwangeren Verlobten sein sollen, reich genug, um ein neues Leben mit ihr zu beginnen.

Stattdessen war ich komplett aus der Bahn geworfen. Wenn die Unterlagen nicht in der Hütte waren, wo dann? Und wie sollte ich Mitch dazu bringen, es mir zu verraten?

Ohne einen Plan B verbrachte ich weiterhin viel Zeit mit ihm. Vielleicht würde er ja ganz nebenbei eine aufschlussreiche Bemerkung fallenlassen: über eine zweite Jagdhütte in Familienbesitz, über seinen Lieblingsfischgrund oder über eine Eigentumswohnung auf den Bahamas.

Und dann war auch schon Thanksgiving. Wie man sich unschwer vorstellen kann, hatte Thanksgiving im Gefängnis nur wenig mit den Feierlichkeiten in der Welt draußen zu tun. Man bekam den Tag frei, was aber alles nur schlimmer machte, weil man mehr Zeit hatte, sich im Trennungsschmerz zu suhlen.

Ich versuchte, mich damit zu trösten, dass dies – im Gegensatz zu anderen Männern im Morgantown – mein einziges Thanksgiving war, an dem ich von meiner Familie getrennt sein würde. In einem Jahr würden Amanda und ich unser erstes Thanksgiving als Frischvermählte feiern, an einer festlich gedeckten Tafel mit unserem Kind im Hochstuhl. Aber auch diese Zukunftsphantasie rettete mich nicht über den Tag. Die Gefängniswärter waren mies drauf, weil sie an Thanksgiving arbeiten mussten, und ließen ihre schlechte Laune an uns aus, indem sie die Zimmer nach Schmuggelware auf den Kopf stellten. Was bei mir dazu führte, dass auch das bisschen Feiertagsfreude, welche ich mir vorzumachen versucht hatte, den Bach runterging.

Mittags gab es ein Essen, das auf dem Speiseplan als »Thanksgiving-Dinner« angekündigt wurde. Es umfasste Puten-Formfleisch, einen hellbraunen Haufen, der wie Kartoffelbrei aussah und wie Sägemehl schmeckte, sowie ein Sortiment aus fadem, verkochtem Gemüse. Das alles war mit einer gallertartigen Masse überzogen, die – unter Anwendung des Ausschlussverfahrens – der auf dem Speiseplan als »Soße« bezeichnete Posten sein musste.

Die Telefone waren fast den ganzen Tag über von übellaunigen Männern belegt, die einen auf gut gelaunt machten, wenn sie mit ihren Großcousins oder Großtanten sprachen. Als ich dann schließlich an der Reihe war, erreichte ich Amanda auf ihrem Handy, wobei die Hintergrundgeräusche vermuten ließen, dass sie in einem Stadion voller lachender, laut redender Menschen war. Sie drückte sich umständlich aus, falls jemand mithörte, doch ich begriff, dass sie und meine Mutter im Haus von Brock DeAngelis' Eltern waren, wo Brocks Großfamilie gerade ein mehrstündiges italienisches Thanksgiving-Dinner mit acht Gängen beendete. Offensichtlich ging es ihr hervorragend, und sie schien von mir hören zu wollen, dass es auch mir gut ging. Ich erzählte ihr also, dass eine Gruppe Quäker aus dem Ort gekommen war und uns mit einer üppigen Mahlzeit mit frischem Truthahn verwöhnt hatte. Ich konnte mich gerade noch bremsen zu sagen, dass sie Schnallenschuhe trugen.

Dann reichte Amanda das Telefon an meine beschwipste Mutter weiter, die aber so überdreht war, dass ich das Gespräch schnell beendete, bevor sie etwas Unüberlegtes sagen konnte. Gerade als sie auflegte, hörte ich im Hintergrund wieder fröhliches Gelächter und laute Rufe, die noch den ganzen einsamen Abend in meinen Ohren widerhallten.

Freitagfrüh fing der Alltagstrott wieder von vorn an. Aufwachen, arbeiten, mit irgendwas den Nachmittag rumkriegen, Poker am Abend. Laut Mitchs Statistik hatte ich gerade eine Glückssträhne.

Pete Goodrich zu sein – wie er zu denken, zu reden und sich zu benehmen – wurde immer mehr zu meiner zweiten Natur. Nur Tommy Jump wusste manchmal nicht, wo er war.

Währenddessen verfestigte sich die Freundschaft zwischen Mitch und mir. Es klingt vielleicht seltsam – angesichts meiner Geldgier, die uns zusammengebracht hatte –, aber ich fing an, den Mann richtig gern zu haben.

Wobei die Hingabe zu seinen Kindern mich besonders beeindruckte. Er gab sich große Mühe, trotz der beschränkten Möglichkeiten ein guter Vater zu sein, und ließ mich ständig an seinen schwer erkämpften Einsichten teilhaben. Zum Beispiel, dass es für Kids am allerwichtigsten sei, beachtet zu werden; dass man manchmal den Mund halten und zuhören sollte und dem Drang widerstehen musste, Ratschläge zu geben; und dass sie sich permanent vergewissern wollten, geliebt zu werden (»Auf der Couch eines Therapeuten wird man nie jemanden finden, der sich beschwert, der Vater hätte zu oft ›ich hab dich lieb‹ gesagt«, lautete ein denkwürdiger Satz).

Nichts davon half mir in meiner jetzigen Situation, aber ich behielt es im Hinterkopf.

Ansonsten war nichts von dem, worüber wir sprachen, irgendwie nennenswert. Das änderte sich erst am Donnerstag nach Thanksgiving, als uns der stellvertretende Gefängnisdirektor – aus unerfindlichen Gründen – anwies, nicht zum Arbeitsplatz zu gehen, sondern in unseren Häusern zu bleiben.

Ich hatte nichts dagegen, einen Tag lang mal nicht die Wäsche anderer Leute zu waschen. Ein kalter Nebel hatte sich in der Senke, in der unser Gefängnis lag, festgesetzt und wollte einfach nicht weichen. Es war ein guter Morgen, drinnen zu bleiben.

Nach der Zimmerkontrolle beobachtete ich, wie Mitchs Mitbewohner Richtung Fernsehraum wanderten, und nutzte die Gelegenheit, Mitch zu besuchen. Er lag auf seinem Bett und las das *Time Magazine*.

»Na, was gibt's Neues?«, fragte ich und musste mich nicht einmal bemühen, lustlos zu klingen.

»Es ist einfach unglaublich, was sie den Banken alles durchgehen lassen«, sagte er kopfschüttelnd. »Als hätten sie von 2008 absolut nichts gelernt.«

Da war es endlich, mein Stichwort: Banken. Wir hatten bis jetzt noch nicht darüber gesprochen, warum wir eigentlich im Morgantown saßen. Aber diese Schwelle mussten wir überschreiten – quasi als nächsten Schritt in unserer Beziehung, soweit man es so bezeichnen konnte.

Natürlich ließ Pete Goodrich sich nicht anmerken, dass er das wesentlich interessanter fand als »Damals, als ich in Pinehurst fast unter neunzig Schlägen geblieben wäre«. Es war einfach nur ein weiteres Thema, um sich die Zeit zu vertreiben.

»Ach, stimmt, du hast ja in einer Bank gearbeitet«, sagte ich.

»Ja. Union South Bank. ›Die maßgeschneiderte Bank für Sie‹«, sagte er sarkastisch, ihren langjährigen Slogan zum Besten gebend. »Oder wie wir gern gesagt haben: ›Die maßgeschneiderte Bank für Deppen wie Sie.‹«

Ich setzte mich auf seinen Schreibtisch, als wäre mir immer noch langweilig, und fragte: »Würde ein einfacher Geschichtslehrer verstehen, was du da gemacht hast?«

»Ich war Compliance-Manager in der Lateinamerika-Abteilung«, sagte er, gefolgt von einem aufgesetzten Lachen. »Das heißt, ich war dafür verantwortlich, dass die Bank die Gesetze befolgte. Ziemlich ironisch, dass ich dann hier gelandet bin, oder?«

»Wie meinst du das?«

Er ließ das Magazin auf seine Brust sinken und starrte auf die Unterseite des Bettes über ihm.

»Das hört sich jetzt wahrscheinlich wie eine der irren Geschichten an, die Häftlinge gern von sich geben, aber eigentlich sitze ich hier, weil ich meine Arbeit *zu* gut gemacht habe.«

»Wie das denn?«

»Vergiss es, es lohnt sich nicht, ins Detail zu gehen. Es klingt bloß nach gekränkter Eitelkeit, als hätten die Trauben für mich zu hoch gehangen.«

»Wozu soll das Gefängnis denn gut sein, wenn nicht, um die Trauben zu pflücken und Wein draus zu machen?«

»Ja, vermutlich«, sagte er und sah mich an. »Willst du das wirklich hören?«

»Hab nichts Besseres zu tun«, sagt ich mit genau der richtigen Portion Nonchalance.

»Also gut«, sagte er und drehte sich zu mir hin.

Und dann war Beichtstunde.

***

Ich lehnte mit dem Rücken an der kalten Steinwand und stellte die Füße auf den festgeschraubten Stuhl, tat so gleichgültig wie möglich, damit Mitch sich nicht zu sehr beobachtet fühlte.

Haben die Katholiken nicht aus dem Grund die Gitter im Beichtstuhl? Niemand wollte dabei angesehen werden, wenn er sein Herz ausschüttete.

»Als Erstes muss ich klarstellen, wie absolut wahnwitzig ich es finde, dass die Bankenaufsicht es den Banken überlässt, sich selbst zu regulieren«, sagte er. »Die Behörden gehen davon aus, dass Banker ehrlich sind und es der Kunde ist, der die ahnungslose Bank betrügt. Wenn eine Bank absichtlich gegen das Gesetz verstößt, kommt sie damit durch. Nur diejenigen, die versuchen, sich an das Gesetz zu halten, die kriegen sie dran.«

Er hielt inne. »Ich hab dich ja gewarnt, dass ich verbittert klinge.«

»Für mich klingst du ehrlich«, sagte ich.

»Okay. Eine meiner Aufgaben als Compliance-Manager war es, Berichte über verdächtige Aktivitäten zu erstellen, sogenannte SARs. Wenn mir etwas aufgefallen ist, was irgendwie komisch aussah, hab ich ein SAR ausgefüllt und es meinem Boss weitergeleitet, der den Bericht dann elektronisch an das FinCEN schickte, also das Financial Crimes … soundso soundso … O Mann, Enforcement Center, wie konnte ich das vergessen? Egal, das FinCEN wurde gegründet, um Geldwäsche zu bekämpfen, die Finanzierung von Terrornetzwerken und so weiter, die ganz großen Sachen. Die Behörde gehört zum Finanzministerium, wie die IRS, die Bundessteuerbehörde, falls dir das hilft, dir vorzustellen, mit wem wir es hier zu tun haben.«

»Also lauter nette Leute«, warf ich ein.

»Genau. Also der oberste Grundsatz eines Compliance-Managers, der die Einhaltung gesetzlicher Bestimmungen überwachen muss, heißt: *Know your customer* – Kenne deinen Kunden. Wir mögen diesen Grundsatz so sehr, dass wir ihm das Akronym KYC gegeben haben. Bei den Banken wird permanent von KYC-Richtlinien gesprochen, von KYC-Verfahren, KYC-Kontrollen. Du könntest den ganzen nächsten Monat vierundzwanzig Stunden am Tag damit verbringen, KYC-Vorschriften zu lesen, und würdest trotzdem nur die Hälfte wissen. Und, gähnst du schon heimlich?«

»Überhaupt nicht.«

»Keine Sorge, das kommt noch. Ich hab also vor ungefähr fünf Jahren den Job bei USB als Compliance-Manager für Lateinamerika übernommen, für mich ein Traumjob. Ich hatte schon in Latein- und Südamerika gearbeitet, bevor ich Banker wurde, und einen Collegeabschluss in Spanisch und Internationale Beziehungen. Es war genau das, worauf ich mein ganzes Erwachsenenleben hingearbeitet hatte, und ich bin zu einer spannenden Zeit eingestiegen. Denn nach der Finanzkrise hatte das FinCEN die KYC-Anforderungen enorm verschärft. Ein paar Banken mussten ansehnliche Strafen zahlen, weil sie sich nicht vollständig daran gehalten hatten. Das sind die Sachen, die einen Banker nachts nicht schlafen lassen. Du verstehst, was ich meine?«

»Ich denke schon«, erwiderte ich.

»Ich fange also diesen tollen neuen Job an, stürze mich so richtig rein und stolpere sofort über eine Verbindung der Bank zu den mexikanischen *casas de cambio*, den Geldwechselstuben. Das Ganze war ein verdammter KYC-Albtraum. Mein Vorgänger, der Typ, der das durchgehen ließ, hatte total gepennt. Im Prinzip konnte jeder in Mexiko mit einem dicken Bündel Bargeld oder Reiseschecks in eine der *casas de cambio* spazieren und das Geld auf ein bestimmtes Konto bei der USB transferieren. Man musste sich nicht mal ausweisen, und Überweisungsbeträge von zehntausend Dollar oder mehr wurden nicht etwa automatisch gemeldet, wie das in den USA der Fall wäre. Und sowie das Geld auf einem USB-Konto landete, war es blitzblank. Man konnte alles damit machen: es auf das Konto einer anderen Bank überweisen, ein Flugzeug kaufen, was immer man wollte.«

»Meinst du das ernst?«, fragte ich. Es klang alles viel zu einfach.

»Todernst. Ich bin zu meinem Boss gegangen, einem Typ namens Thad Reiner, dem Vizepräsidenten der Lateinamerika-Abteilung. Ich hab ihm die Vorgänge genau dargelegt und gesagt, wir müssen das entweder bereinigen oder abstellen. Ich dachte, er würde ausflippen und sofort anfangen, alles in Ordnung zu bringen. Stattdessen hat er mir seinen Standpunkt dazu erklärt: Milliarden von Dollar flössen über die *casas de cambio* hin und her, und die USB bekäme jedes Mal Transaktionsgebühren. Und die stellten einen Riesenanteil am Profit unserer Abteilung dar, und das würde er nicht wegen ein paar Transaktionen gefährden, die vielleicht nicht ganz sauber waren. Er betete mir diese traurige Leier von den armen Arbeitern vor, die davon betroffen wären, weil sie ja auf diesem Weg Geld an ihre Familien schickten oder von ihnen bekamen. Wenn wir jetzt anfingen, darauf zu bestehen, dass sie die Herkunft des Geldes nachwiesen, würden sie verhungern, weil viele von ihnen ja ohne Papiere arbeiteten. Und dass es Sache der *casas de cambio* wäre, ihre Kunden zu kennen, und wir deshalb darauf verzichten könnten.«

Mitch verdrehte die Augen.

»Ich war neu in dem Laden und hab es so hingenommen. Aber je mehr ich mitbekommen habe, desto schlimmer sah es aus. Ich bin nach Mexiko zu den *casas de cambio* gereist und hab mir die Originale der Einzahlungsbelege zeigen lassen. Auf den Dingern konnte man nicht mal die Unterschriften entziffern, es war ein absoluter Witz. Einige dieser Einzahlungen waren über eine Million oder zwei Millionen Pesos, je nach Devisenkurs also fünfzig- oder hunderttausend US-Dollar. Das sind zwar auf dem Markt der internationalen Geldwäsche keine riesigen Summen, aber es summiert sich, wenn an jedem Tag und an Dutzenden Orten in ganz Mexiko solche Überweisungen getätigt werden. Manche Einzahlungen wurden mit Reiseschecks gemacht, die bereits auf US-Dollar ausgestellt waren, oder gleich in baren Dollars. Das heißt also, dass das nicht nur mit Pesos lief, sondern es sah sogar so aus, als ob Geld aus Amerika über die Grenze geschafft und bei den *casas de cambio* eingezahlt wurde statt bei einer amerikanischen Bank. Denn wie gesagt, in Mexiko musste man sich nicht wie auf einer US-Bank ausweisen.

Im Prinzip hatte die USB ein perfektes Vehikel für Leute geschaffen, die Geld waschen und es ohne rechtliche Hürden ungehindert über internationale Grenzen verschieben wollten. Und als ich mir das Muster genauer ansah, das diesen großen, verdächtigen Einzahlungen zugrunde lag, war klar, dass ein Kartell den Dreh so richtig raushatte, denn ein Großteil des Geldes kam aus dem Bundesstaat Colima und Umgebung. Und dort ist der Hauptsitz des Kartells genannt New Colima.«

Er sagte den Namen, ohne zu zögern, und so, wie er alles vor mir ausbreitete, war klar, dass er davon ausging, dass ich keine Ahnung hatte, worum es da eigentlich ging.

»Aus Sicht eines Compliance-Managers war das wie TNT, eine hochexplosive Bombe, die jeden Moment in die Luft fliegen konnte«, fuhr er fort. »Dazu musste nur jemand vom FBI oder der Drogenvollzugsbehörde ein bisschen genauer hinsehen und beschließen, dem Geldstrom zu folgen. Thad Reiner hatte mich bereits angewiesen, den Mund zu halten. Also hab ich mir gesagt: ›Okay, er stellt das Ganze nicht ab, was er eigentlich müsste, also werde ich weiter meine SAR-Berichte erstellen, bis die Bankenaufsicht vor unserer Tür steht. Dann werden wir ja sehen, wie er damit umgeht.‹ Ich hatte mich ja wenigstens abgesichert – dachte ich jedenfalls. Ich nahm mir vor, mindestens ein SAR pro Tag zu schreiben. Ich wusste ja, wonach ich suchen musste: große Bar- oder Reisescheck-Transaktionen mit einer *casa de cambio* in oder nahe dem Staat Colima. Wenn ich so eine Einzahlung entdeckte, rief ich die betreffende *casa de cambio* an und verlangte, dass sie mir den Einzahlungsbeleg schickten, den ich gescannt und meinem SAR beigelegt habe. Das Verrückte daran war, dass ich bald die verschiedenen Unterschriften auf den Belegen wiedererkannte. Obwohl sie die Namen änderten, blieb die Handschrift immer die gleiche. Offensichtlich betraute das Kartell insgesamt zwölf Männer mit der Handhabung des Geldes, die die Einzahlungen abwechselnd bei bestimmten *casas de cambio* machten. Ich dachte, das würde eine richtig große Sache werden, wenn das FBI dahinterkam und bei uns auftauchte.«

»Und wann war es dann so weit?«

»Na ja, das ist es ja gerade, es ist nie was passiert. Ich hatte zwar nicht erwartet, dass es schnell geht, das FinCEN kriegt jedes Jahr mindestens eine Million SAR-Berichte. Das sind um die dreitausend pro Geschäftstag, und das nur von den Banken. Dazu kommen noch Versicherungen, Investmenthäuser, sogar Casinos – alle, die mit großen Geldbeträgen zu tun haben, müssen SARs abgeben. Ich wusste, dass die Regierung manchmal irre langsam war, und dazu kam, dass sich mit der neuen Regierung das Umfeld geändert hatte. Es fühlte sich ein bisschen an wie der Wilde Westen. Ich hab einfach weiter jeden Tag und ganz korrekt die Berichte über die faulen Transaktionen abgeliefert und gedacht, dass die Behörde vielleicht so weit hinterherhinkte, dass meine SARs noch nicht dran waren.

Nach vier Jahren hab ich dann schließlich gedacht: ›Was zum Geier …? Wird die ganze Sache wirklich einfach ignoriert?‹ Das elektronische Erfassungssystem beim FinCEN hab ich schon erwähnt, oder? Jedes Finanzinstitut erhält eine Identifikationsnummer und ein Passwort, und laut USB-Vorschrift bekommt es nur jemand auf der Ebene eines Vizepräsidenten oder höher. Ich hab mich also darauf verlassen, dass Thad Reiner meine SARs weiterleitet, und ihn schließlich rundheraus gefragt: ›Thad, hast du alle SARs eingereicht, die ich dir geschickt habe?‹

Und da erzählt er mir, ich müsse das große Ganze sehen und die Rolle, die unsere Abteilung dabei spielt, als ein Teil davon. ›Wir sind hier eine Familie, Mitch, lass uns keinen Staub aufwirbeln‹, sagte er ständig. Genau das Gleiche hatte er mir vier

Jahre zuvor auch schon gesagt, als ich ihm erzählte, dass wir zu wenig Informationen über unsere Kunden hätten. Und ich sagte: ›Thad, hast du jetzt die verdammten SARs eingereicht oder nicht‹, und er antwortete, ja. Aber ich wusste, dass er log. Und er machte mich darauf aufmerksam, dass ich ja wohl gut entlohnt würde und ein sehr angenehmes Leben führte. Er hat mir dann zwar nicht offen gedroht, aber mir klargemacht, dass ich meinen Job verliere, wenn ich in der ganzen Sache nicht endlich Ruhe gebe. Trotzdem hab ich nach dem Meeting gedacht: ›Egal, was er sagt, ich lasse das Ganze auffliegen.‹«

»Und, hast du?«, fragte ich.

»Nicht so schnell, wie ich es hätte machen sollen. Ich saß mit meinen Erkenntnissen zwar nicht gerade irgendwo in der Pampa, aber in Atlanta. Und FinCEN ist in Washington, D.C. oder Virginia oder so. Ich konnte nicht einfach dort hingehen, an die Tür klopfen und sagen: ›Hey, mein Boss begeht gerade massiven Betrug, wollt ihr das nicht mal untersuchen?‹ Ich musste vorsichtig sein. Ich hab mir die Whistleblower-Regelungen angeschaut und einen Anwalt gesucht, dem ich vertrauen konnte und der *nichts* mit meiner Bank zu tun hatte, aber trotzdem die Bestimmungen kannte. Ich war gerade mitten in den Vorbereitungen, als das FBI mit Durchsuchungsbeschlüssen in meinem Haus, im Büro und sonst wo auftauchte und alles auf den Kopf stellte. Ich hab's nicht gleich kapiert, es war wie: ›Moment mal, Leute, das ist doch alles ganz anders.‹

Aber als ich den FBI-Leuten dann versuchte klarzumachen, was vor sich ging, haben sie mir nicht zugehört. Den Grund dafür hab ich erst kapiert, als ich mit meinem Anwalt im FBI-Büro saß. In juristischen Kreisen kennt man es als ›Bank of Nova Scotia Subpoena‹ und … egal, die Details sind unwichtig. Der Punkt ist, dass Thad in meinem Papierkorb ein weggeworfenes Stück Papier ›gefunden‹ hat, was dermaßen grotesk ist, dass … sorry, ich unterbreche mich ständig selber. Jedenfalls führten Informationen darauf zu einem Konto in Jersey – nicht dem US-Staat, sondern der Insel im Ärmelkanal. Das Konto war auf meinen Namen eingerichtet, der Vertrag trug meine Unterschrift, die Reiner offensichtlich von einem meiner SARs abkopiert hatte. Auf dem Konto waren über vier Millionen Dollar, dank eines Wire Transfers von einem Konto auf den Caymans, von dem bekannt war, dass es eine direkte Verbindung zu New Colima hatte. ›Mein‹ Jersey-Konto war einen Tag, nachdem ich Reiner zur Rede gestellt hatte, eröffnet worden.«

»Er hat dich reingelegt«, sagte ich.

»Richtig. Und ich hab versucht, genau das den FBI-Leuten zu erklären. Aber die wollten eigentlich nur wissen, wie jemand, der in seiner Steuererklärung nie über zweihunderttausend Dollar Nettoeinkommen angegeben hatte, so ein riesiges Vermögen anhäufen konnte. Reiner hatte dem FBI erzählt, *er* hätte *mir* in dem Meeting vorgeworfen, meine Kunden nicht zu kennen. Und dass er vermutete, ich würde mit New Colima zusammenarbeiten und für das Geld, was mit meiner Hilfe gewaschen wurde, eine dicke Provision kassieren. Ich hab ihnen immer wieder gesagt, dass das nicht mein Konto war und ich nicht weiß, wie das Geld dort gelandet war, was mich aber nur noch tiefer reinritt. Schließlich riet mir mein Anwalt, den Mund zu halten, weil die Agenten sowieso nicht zuhörten.«

Ich setzte mich ein bisschen aufrechter hin und sagte: »Nur damit ich das richtig verstehe: Reiner hat es geschafft, dass es so aussah, als bezahlte das Kartell dich dafür, die Geldwäsche zu ermöglichen und dann wegzugucken?«

»Ja, so in etwa.«

»Aber wo hatte Reiner so viel Geld her?«

»Natürlich vom Kartell. Das kann ich zwar nicht beweisen, aber er war derjenige, der die Verbindung zu den *casas de cambio* hergestellt hatte. Und er hat nicht nur Boni kassiert, weil unsere Abteilung so nette Gewinne machte; ich bin sicher, das Kartell

282

hat ihn ebenfalls bezahlt. Wahrscheinlich ist er einfach zu denen hingegangen und hat gesagt: ›Hey, wir haben ein Problem, aber wenn ihr ein paar Millionen rüberschiebt, sorge ich dafür, dass es verschwindet.‹ Vier Millionen ist nichts für New Colima.«

»Und als du schließlich auspacken wolltest, hat er dich zum Sündenbock gemacht.«

»So ist es.«

»Dann bist du … in Wirklichkeit bist du unschuldig?«, sagte ich.

»Genau.«

Gilmartins Warnung – *alles, was Ihre Mitinsassen erzählen, ist wahrscheinlich gelogen –*, schoss mir mit so großer Wucht durch den Kopf, dass ein Erdbeben nichts dagegen war. Ich wusste, dass ich Mitch kein Wort glauben durfte.

Genauso wenig wie ich Bobby Harrison hätte glauben dürfen, dass man sich beim Poker mit fünf Dosen einkaufen musste. Oder Docs Geschichte von der Arzthelferin, die die Rezepte gefälscht hatte.

Aber was, wenn Mitch die Wahrheit sagte?

36. KAPITEL

Es zeigte meine Verwirrung und das absolute Fehlen eines kriminellen Verstandes, dass ich die Geschichte kaum auf die Reihe kriegte und den Rest des Tages wie benebelt durch die Gegend lief.

Abends beim Poker war ich noch immer so zerfahren, dass mir tatsächlich ein todsicherer Pot durch die Lappen ging – ich passte vor dem River, weil ich übersehen hatte, dass die beiden Herzen auf meiner Hand und die drei auf dem Tisch schon einen Flush ergaben.

Aber dann, nachdem ich nachts gut geschlafen und am nächsten Morgen ausgiebig Wäsche gefaltet hatte, gewann ich langsam Klarheit im Kopf. Genau genommen änderte sich durch Mitchs Beichte nichts. Ich war ins Gefängnis geschickt worden, um mich bei einem Straftäter einzuschmeicheln, und dass er vielleicht unschuldig war, hatte keinerlei Einfluss auf meinen Auftrag.

Im Prinzip besaß ich jetzt lediglich mehr Informationen. Nachdem ich meine Überraschung überwunden und die ganze Erzählung oft genug im Kopf wiederholt hatte, kam mir die Erkenntnis: Ich wusste jetzt, was genau er versteckt hatte, nämlich Kopien der verdächtigen Einzahlungsbelege und der von ihm erstellten SAR-Berichte von vier Jahren.

Die Einzahlungsbelege waren der entscheidende Beweis – vorausgesetzt, er hatte die Originale behalten. Ein kompetenter Graphologe könnte beweisen, dass die Unterschriften darauf von denselben etwa ein Dutzend Männern stammten, zweifellos führende Köpfe des New-Colima-Kartells. Noch wichtiger war jedoch, dass auf einigen Belegen bestimmte Fingerabdrücke sichergestellt werden konnten. Sie waren inzwischen zwar ein paar Jahre alt, aber ich hatte einmal eine Folge von *Cold Case* gesehen, und da hatten sie noch mit fünfzig Jahre alten Fingerabdrücken einen Killer überführt. Wenn man erst einmal einen Abdruck auf einem der Einzahlungsbelege hatte, konnte man sie der Unterschrift zuordnen und damit vielen hundert anderen.

Das alles zusammengefügt – eine Dokumentation Hunderter betrügerischer Transaktionen über Millionen von Dollar, mit Fingerabdrücken, die jeden möglichen Zweifel ausschlossen –, würde das Ende des Kartells und einen Karriereschub für jeden FBI-Agenten und Staatsanwalt bedeuten, der die Ermittlungen geführt hatte.

Da ich jetzt wusste, wonach ich suchen musste, ging es nur noch darum, geschickt vorzugehen. Das wie üblich frustrierende Freitagnachmittag-Telefonat mit Amanda, bei dem wir beide nicht sagen konnten, was sich in unserem Leben wirklich abspielte, beendete ich schon nach wenigen Minuten. Ich konnte mich einfach nicht konzentrieren, und zu hören, dass sie mich liebte, machte mir das Herz nur noch schwerer.

Es dauerte dann bis nach der Vier-Uhr-Lebendzählung, dass mir endlich klar war, wie ich aus dem Ganzen eine Win-win-win-Situation machen konnte: einen Gewinn für mich, mein Bankkonto und meine zukünftige Familie; einen Gewinn für das FBI und sein Bestreben, ein ruchloses Kartell zu bekämpfen; und sogar einen Gewinn für einen Mann, der nicht ins Gefängnis gehörte.

All das konnte ich erreichen, indem ich Mitch die Wahrheit sagte.

Mehr oder weniger.

»Hi, hast du einen Moment Zeit?«, fragte ich ihn nach der Zählung, als er gerade aus seinem Zimmer kam.

»Was gibt's?«

»Ich wollte über etwas reden. Aber nicht hier.«

»Okay«, sagte er interessiert. »Und wo?«

»Lass uns einen Spaziergang machen. Das soll auch gut für den Appetit auf das Dinner nachher sein.«

»Na dann, warte einen Moment«, sagte er, verschwand in seinem Zimmer und kam wieder heraus, den Reißverschluss seiner Jacke zuziehend.

Wir spazierten aus dem Randolph-Haus in Richtung Laufbahn. Es war ein kühler, der Jahreszeit angemessener Nachmittag mit schnell untergehender Sonne.

»Ich hab darüber nachgedacht, was du mir gestern Morgen erzählt hast«, begann ich. »Es kommt mir furchtbar falsch vor, dass du hier drinsitzt und dieser Typ, Thad Reiner, ungeschoren davongekommen ist.«

»Du klingst wie meine Frau«, sagte er. »Und ich kann ihr nur immer wieder klarmachen, dass wir nichts dagegen tun können.«

»Und wenn ich es könnte?«

Er blieb abrupt stehen und sah mich an. »Wie denn?«

Ich präsentierte ihm meine Halbwahrheit.

»Ein Freund von mir arbeitet beim FBI«, sagte ich. »Wir kennen uns seit Kindertagen. Er heißt Danny Ruiz. Bei unserem letzten Gespräch hat er mir erzählt, er arbeite in einer Abteilung, die mit Geldwäsche zu tun hat. Und als du dann ›New Colima‹ erwähnt hast, hat's in meinem Kopf klick gemacht. Ich bin ziemlich sicher, dass sie gerade versuchen, die dranzukriegen.«

»O Gott, vielleicht war er einer der Typen, die bei mir mit einem Durchsuchungsbeschluss aufgetaucht sind. Es waren eine ganze Menge.«

»Danny ist wirklich ein guter Kerl. Das wirst du nicht unbedingt glauben, nach allem, was du durchgemacht hast. Aber er hat das Herz am rechten Fleck und ist wegen ein paar persönlichen Erfahrungen hochmotiviert, das Kartell zu stoppen«, sagte ich in

Gedanken an die Fotos von Kris Langetieg. »Ich kann mir gut vorstellen, dass er gern mit dir reden würde, wenn ich ihm von deinem Fall erzähle.«

Mitch fing an weiterzugehen, und ich folgte ihm.

»Warum sollte er das wollen?«, fragte Mitch. »Ich bin nur ein Sträfling von vielen.«

Und dann ließ ich die Katze aus dem Sack: »Weil du ein Sträfling bist, der Kopien von all den SARs und den dazugehörigen Einzahlungsbelegen gemacht hat.«

Er blieb wie angewurzelt stehen. Und atmete schneller.

»Wie kommst du darauf?«

»Weil du sogar die Ergebnisse unserer Pokerspiele aufschreibst. Weil Banker von Natur aus alles dokumentieren«, sagte ich und wiederholte einen der ersten Sätze, die er zu mir gesagt hatte. »Du hast alles aufgehoben, weil du im Hinterkopf hattest, dass es klug wäre, nichts undokumentiert zu lassen.«

»Und wenn das stimmt?«, fragte er. Sein Blick war jetzt so hart wie die Hügel um uns herum.

»Wenn du sie dem FBI übergibst, sorgen sie dafür, dass deine Strafe reduziert wird. Wenn du es richtig anstellst, wird die schon abgesessene Zeit angerechnet, und sie lassen dich garantiert frei. Wahrscheinlich bezahlen sie dich sogar dafür. Nach dem, was mein Freund Danny mir erzählt hat, wärst du überrascht, wie viel Geld sie dir geben würden.«

Er schüttelte den Kopf. »Ich würde keine Gelegenheit haben, es auszugeben. Diese Kartelle kriegen einen überall. Selbst im Gefängnis. Verdammt, gerade im Gefängnis. Wahrscheinlich haben sie schon einen Mann hier eingeschleust, der nur auf den Befehl wartet, mir die Kehle durchzuschneiden.«

»Dann lass mich wenigstens meinem Freund Danny davon erzählen«, sagte ich. »Zumindest wüsstest du dann, was für einen Deal sie dir anbieten würden.«

»Einen Deal haben sie mir schon angeboten«, sagte er. »Im

Tausch gegen Unterlagen und das Schuldeingeständnis, dass ich der Drahtzieher war. Sie würden meine Familie in ein Zeugenschutzprogramm aufnehmen, mir eine neue Identität geben und nur vier Jahre Gefängnis aufbrummen. Weil sie jemanden wie mich, der eine so zentrale Rolle gespielt und davon profitiert hat, nicht mit weniger davonkommen lassen könnten. Das Ganze war ein Witz, aber eigentlich auf ihre Kosten. Erstens sollte ich gegen meinen, ich zitiere, ›Kontakt‹ beim Kartell aussagen, was unmöglich wäre, weil ich ja keinen hatte. Zweitens sollte ich ihnen das Geld vom Jersey-Konto geben, was ich nicht konnte, weil ich den Code dazu nicht habe. Das alles hab ich versucht, ihnen klarzumachen, aber sie wollten einfach nur den Typ vom Kartell in mir sehen. Und den dritten Witz will ich dir auch erzählen: Das Kartell hätte mich lange vor einer Aussage gegen sie umgebracht. Die Dokumente sind das Einzige, was mich am Leben hält.«

»Und wenn es jetzt einen besseren Deal gäbe?«, sagte ich. »Es ist einige Zeit vergangen. Inzwischen ist ihnen sicher klar, dass sie gegen New Colima nichts in der Hand haben, es sei denn, sie kriegen die Unterlagen von dir. Danny wäre nicht so engstirnig, er könnte sie zur Vernunft bringen. Ich würde sogar wetten, dass sie Thad Reiner drankriegen, wenn sie die Kartell-Typen verhaftet haben. Der säße dann an deiner Stelle hier.«

Er lachte bitter.

»Mit dem würde ich an deiner Stelle aber nicht Poker spielen«, sagte er.

»Garantiert nicht. Aber lass mich doch mit Danny reden. Wir sind seit dem Kindergarten befreundet. Er kann dir helfen. Und er muss dich hier rausholen und deine Frau und Kinder in Sicherheit bringen, bevor du die Unterlagen übergibst. Das Kartell würde keine Gelegenheit bekommen, dir was anzutun. Es kann doch nicht schaden, sich mal anzuhören, was sie vorschlagen? Wenn das alles so klappt, wärst du Weihnachten draußen und

288

könntest wieder lange Autofahrten mit deiner Familie machen, vermutlich Richtung Westen.«

Blinzelnd blickte er gen Westen. Die letzten Strahlen der schwachen Herbstsonne schienen ihm ins Gesicht. Ich suchte in seinen traurigen Augen nach einem Hinweis, was in seinem Kopf vor sich ging. Dass es dabei mehr um die Sicherheit seiner Familie als um seine eigene ging, war nicht schwer zu erraten.

Alles andere ließ sich kaum voraussagen. Angenommen, Mitchell Dupree war ein ehrlicher, anständiger Mann – schließlich hatte er nicht nur versucht, das Richtige zu tun, sondern auch anderen, die das nicht machten, die Stirn geboten. Und dann war er trotz aller Bemühungen im Gefängnis gelandet, beruflich diskreditiert und privat ruiniert. Bei dem ganzen Prozess hatte er sicher eine große Skepsis gegenüber der Behörde entwickelt, der er jetzt auf mein Anraten hin sein Leben anvertrauen sollte.

Aber der Wunsch nach Freiheit und die Sehnsucht, mit der Familie wiedervereint zu sein, waren sicher nicht weniger groß.

Schließlich sagte er: »Vermutlich kann es nicht schaden, zu hören, was dein Freund zu sagen hat.«

***

Ohne noch weiter darüber zu reden, gingen wir zum Abendessen. Während ich mir ein zerkochtes Schinkensteak einverleibte, dachte ich an das bevorstehende Telefonat mit Danny.

Ich konnte ihm unmöglich alle nötigen Informationen codiert geben, dafür hatte ich zu viel zu sagen. Ich musste normal mit ihm reden.

Falls ein Gefängniswärter mithörte, wäre klar, dass Häftling Peter Lenfest Goodrich nicht der war, der er zu sein vorgab. Wenn das herauskäme, wären die Konsequenzen katastrophal.

Dann dachte ich über die Wahrscheinlichkeit nach, dass das passierte. Etwa neunhundert Männer hatten im Monat dreihundert Telefonminuten zur Verfügung. Einige Insassen nutzten die Zeit nicht voll aus, also sagen wir, im Durchschnitt zweihundert. Das waren immer noch hundertachtzigtausend Minuten oder dreitausend Stunden mit »Ich liebe dich auch« und »Wie ist das Wetter in Cincinnati?«.

Selbst wenn ein Gefängnismitarbeiter nichts anderes machte, als Telefongespräche mitzuhören – wobei ich ziemlich sicher war, dass die mit Kürzungen kämpfende Verwaltung des Morgantown nicht annähernd so viel Zeit darauf verwendete –, fielen immer noch knapp zweihundert Stunden monatliche Arbeitszeit auf einen Mitarbeiter zum Mithören, die er aus über dreitausend Stunden auswählen musste. Also eine Chance von eins zu fünfzehn, dass mir jemand zuhörte, aber wahrscheinlich wesentlich weniger.

Trotzdem war es ein Risiko.

Aber eines, das ich eingehen konnte.

Ich beendete das Abendessen noch schneller als sonst, ging schnurstracks zu den Telefonen im Randolph-Haus und wählte Dannys Handynummer. Als er abnahm, hörte ich im Hintergrund laute Musik.

»Hi, wo bist du?«, fragte ich.

»Mit ein paar Kollegen ein Freitagnachmittagsbier trinken. Was gibt's?«

»Ich hatte heute ein interessantes Gespräch mit unserem Freund.«

»Tatsächlich? Worum ging's denn?«

»Um …«

Ich merkte, dass ich ins Telefon schrie. Aber ich wollte weder, dass Mitch noch sonst einer meiner inhaftierten Kumpel mithörte.

»Kannst du bitte nach draußen gehen?«, fragte ich. »Ich hab das Gefühl, schreien zu müssen, damit du mich hörst.«

»Ja, sicher, Moment«, sagte er.

Ich blickte mich im Flur um, aber da war niemand. Die meisten anderen waren noch beim Essen und kauten wahrscheinlich auf dem zähen Schinkensteak rum.

Die Musik, die ich jetzt durchs Telefon hörte, wurde erst noch lauter und dann von Straßengeräuschen abgelöst.

»Ist es jetzt besser?«, fragte Danny.

»Ein bisschen«, sagte ich. »Ich hab dir einiges zu erzählen, und ich mache mir nicht die Mühe mit den Lotterielosen.«

»Leg los.«

»Also zuerst: Unser Freund hat die Sache zugegeben, deretwegen ich hier bin.«

»Wirklich?« Danny schrie jetzt selbst. »Das ist ja großartig!«

»Du hattest recht mit dem, was er aufbewahrt. Ihr könnt bald die ganze Operation beenden.«

»Phantastisch. Hat er angedeutet, wo es ist?«

»Also das ist jetzt etwas komplizierter.«

»Inwiefern?«

»Und wenn ich dir sage, dass unser Freund unschuldig ist? Dass er das, was ihm vorgeworfen wird, nicht gemacht hat? Dass es ihm von seinem Boss in die Schuhe geschoben wurde und dass er vorhatte, das Ganze auffliegen zu lassen?«

»Aha. Und das nimmst du ihm ab?«

Nachdem ich mir lange den Kopf über genau diese Frage zerbrochen hatte, sagte ich, ohne zu zögern: »Ja, das tue ich. Was er beschrieben hat, kommt mir zu ausgeklügelt vor, um es zu erfinden. Und inzwischen kenne ich ihn ziemlich gut. Er ist … Okay, ich weiß, du denkst, ich hab mich einwickeln lassen, aber er ist ein guter Mensch. Er ist ein guter Vater und bescheißt nicht mal beim Poker, auch wenn er die Gelegenheit dazu hat. Er hat diese ethischen Grundwerte.«

»Die Leute, die ihn verurteilt haben, haben das anders gesehen. Daran erinnerst du dich doch, oder?«

»Sicher. Ich glaube trotzdem, dass ihm übel mitgespielt wurde.«

»Okay, also gut. Aber selbst wenn er unschuldig ist, ändert das nichts.«

»Vielleicht doch.«

»Wie das?«

»Weil dann das, worum ich dich jetzt bitte, für alle etwas leichter zu schlucken ist.«

»Und das wäre?«

»Ich will, dass du einen Deal für ihn aushandelst. Den absolut besten Deal, den du rausholen kannst. Dass du von seiner Unschuld ausgehst und davon, dass er für etwas im Gefängnis sitzt, was ein anderer getan hat. Und genau so musst du ihn behandeln. Schaffst du das?«

»Kommt drauf an, was für ein Deal das sein soll.«

»Erstens muss er nach der bereits abgesessenen Strafe auf freien Fuß gesetzt werden. Er sollte nicht einen Tag länger hier drinbleiben. Dann muss er ins Zeugenschutzprogramm aufgenommen werden, und zwar in eins, in dem er einen anderen Namen und ein anderes Gesicht kriegt und er und seine Familie irgendwo hingeschickt werden, wo sie niemals gefunden werden können. Und die ganze Sache muss so lange absolut geheim bleiben, bis er hier raus ist. Verdammt – bis wir beide hier raus sind. Keine Auslieferungsanträge, keine Anklagen, nichts, wovon die bösen Jungs im Vorfeld Wind kriegen könnten. Es geht hier um Mitchs Leben und das seiner Frau und Kinder.«

»Richtig, natürlich.«

»Dann biete ihm so viel Geld an, dass er nicht ablehnen kann.«

»Und das wäre?«

»Keine Ahnung. Aber sehr viel.«

»Okay«, sagte Danny. »Und wenn ich das alles genau so arrangiere, hast du dann seine Zusicherung, dass er den Deal annimmt?«

»Noch nicht.«

»Aber er war interessiert?«

»Ja. Wenn ihr die Sachen von ihm wollt, müsst ihr kreativ sein und euch eine gute Lösung einfallen lassen.«

»Verstehe. Ich werde bei meinen Leuten vorfühlen und sehen, wie das bei ihnen ankommt. Ruf mich morgen Mittag um zwölf Uhr an.«

»Mach ich«, sagte ich.

Dann legte ich auf und hoffte, dass niemand die Unterhaltung mitgehört hatte.

37. KAPITEL

Erneut wanderte Herreras Blick zum Horizont, ob sich vielleicht eine verräterische Staubwolke auf Rosario Nr. 2 zubewegte und ihm das Herannahen einer Phalanx Range Rover ankündigte.

Auch ein schrottreifer Pick-up, der mit dreißig Meilen die Stunde die Straße entlangkroch und kaum Staub aufwirbelte, löste bei ihm eine mittelschwere Panikattacke aus, oder die glitzernde Windschutzscheibe eines alten Datsun. Genau genommen alles. Herrera hatte jetzt immer ein Fernglas um den Hals hängen, um diejenigen schneller erkennen und abhaken zu können, die keine Bedrohung darstellten.

Es war schlicht unmöglich zu wissen, wann El Vio kam. *Unberechenbar sein.*

Dieses Gefühl der Bedrohung verfolgte Herrera, seit er zurück in Mexiko war. Natürlich wusste El Vio von der Operation in Georgia. Herrera hatte zu viele Männer und zu viel Geld gebraucht, als dass er nichts davon erfahren hätte.

Und hinterher hatte Herrera keine andere Wahl gehabt, als von dem Fehlschlag zu berichten. New Colima hatte einen E-Mail-Server mit eigener Verschlüsselung, bei dem Mails nach achtundvierzig Stunden automatisch gelöscht wurden. Etwas Sichereres gab es zurzeit nicht, und so hatte Herrera eine detaillierte Schilderung seiner Aktion an El Vios E-Mail-Adresse geschickt.

Dessen Antwort, die vierzehn Minuten später kam, lautete bloß: »Okay.«

Was Herrera mit der Frage zurückließ: Bedeutete das »Okay«

so viel wie »Ich begrüße deine Initiative, sehr *atrevido*, auch wenn das Ergebnis nicht das ist, was wir wollten«? Oder würde El Vio schon bald eine seiner Inspektionen machen und Herrera durch jemand anderen ersetzen?

Es gab Zeiten, da schwor Herrera sich, zu fliehen, sobald er eine der längeren Staubwolken in seine Richtung kommen sah.

Aber wo sollte er hin? Wo konnte er sich verstecken?

Nein. Er würde El Vio erhobenen Hauptes in die Augen sehen und sagen: *Ich bin noch immer Ihr Mann. Ich erledige das.*

Trotzdem befürchtete er das Schlimmste. Deshalb stand er auch gerade an der Grenze zu Rosario Nr. 2 und suchte den Horizont ab, als ihn einer seiner Lieutenants rief.

»General.«

Herrera drehte sich um.

»Im Bunker ist Ihre sofortige Anwesenheit erforderlich. Es geht um West Virginia.«

Mehr musste Herrera nicht hören. Er senkte den Blick und ging über die knochentrockene Erde zurück in den doppelt bewehrten Betonbunker. Der Lieutenant führte ihn zu einem der zahlreichen Computerterminals, wo eine Audiodatei zum Abspielen bereit war.

Denn nicht nur die US-Regierung hörte den Telefonverkehr des Gefängnisses Morgantown ab.

Herrera lauschte dem Gespräch, in dem es um den Banker ging, dreimal. Natürlich wusste er, wer der Angerufene war. Aber wer war der Anrufer? Welche Rolle spielte er dabei? Und wie war er so nah an den Banker rangekommen?

So viele offene Fragen. Herrera zog die Audiodatei in einen Ordner, wo er sie nötigenfalls noch einmal anhören konnte.

Dann holte er sein Telefon aus der Tasche, rief einen seiner Dienstleister in Amerika an und forderte Antworten.

38. KAPITEL

Am selben Abend, nach dem Essen und vor dem Kartenspiel, gab ich Mitch eine leicht veränderte Version meines Gesprächs mit Danny wieder, wobei ich Dannys Reaktion etwas enthusiastischer darstellte. Aber Mitch wollte sich auch dann nicht festlegen.

»Morgen Mittag um zwölf sprichst du wieder mit deinem Freund?«, fragte er.

»Richtig.«

»Dann warten wir einfach ab, was er sagt.«

Ich wartete also. Ich wartete während des Kartenspiels und die ganze lange Nacht hindurch, die durch Franks Erkältung noch länger wurde, denn er schnarchte wie ein Bär.

Als dann endlich Samstagmorgen war, herrschte wie immer vor der wöchentlichen Besuchszeit eine erwartungsvolle Stimmung, allerdings nicht bei mir. Wie üblich mied ich Gespräche darüber – *Hey, Pete, wieso kriegst du eigentlich nie Besuch?* – und vertiefte mich in ein Buch, einen Thriller mit dem Titel *Nicht ein Wort*, von dessen Autor ich noch nie etwas gehört hatte.

Ich sah wohl so alle sechs Minuten auf die Uhr, keine empfehlenswerte Methode, damit die Zeit schneller vergeht.

Um elf Uhr fünfundvierzig ging ich zu den Telefonen, um mir einen Platz in der Warteschlange zu sichern, was sich als unnötig erwies. Außer mir war niemand da.

Als es endlich elf Uhr neunundfünfzig und vierzig Sekunden war, wählte ich Dannys Nummer so langsam, dass auch die letzten zwanzig Sekunden verstrichen.

Nach der üblichen Verzögerung und Ansage hörte ich: »Hi, wie geht's?«

Ich atmete tief durch, dachte an die Chance von eins zu fünfzehn, dass jemand mithörte, und entschied mich erneut gegen das Lottozahlenspiel.

»Erzähl«, sagte ich. »Was haben deine Bosse gesagt?«

»Wir haben einen Deal.«

Noch feierte ich nicht. »Was für einen Deal?«

»Alles, was du gefordert hast. Wir haben mit David Drayer geredet. Er ist bereit, dem Richter zu empfehlen, deinen Freund aufgrund seiner außergewöhnlichen Kooperation nach der bereits abgesessenen Zeit auf freien Fuß zu setzen.«

»Gut. Du hast ihm gesagt, absolutes Stillschweigen zu wahren, ja? Keine Auslieferungsanträge und dergleichen?«

»Natürlich.«

»Okay. Erzähl weiter.«

»Also Strafe abgesessen, Aufnahme ins komplette Zeugenschutzprogramm, das heißt neue Identität, Umsiedlung, ein Gehalt und eine Bleibe, bis er Arbeit gefunden hat und wieder auf eigenen Füßen stehen kann. Plus eine Million Dollar, abhängig von den Anklagepunkten. Aber, und darauf besteht der Sonderermittler, wir brauchen vorher die Unterlagen. Nichts passiert – und ich meine wirklich *nichts* –, solange wir nicht die Dokumente in den Händen haben und unser Anwalt sie als echt anerkennt.«

»Und wenn er es andersherum will? Wenn er erst hier raus- und *dann* verraten will, wo die Dokumente sind?«

»Ausgeschlossen. An dieser FBI-Strategie ist nicht zu rütteln, wir haben uns schon zu oft die Finger verbrannt. Auch wenn du deinen Freund für unschuldig hältst, ist er immer noch ein verurteilter Straftäter. Das scheinst du vergessen zu haben, wir aber nicht.«

»Verstehe«, sagte ich. »Aber bist du sicher, dein Staatsanwalt wahrt absolutes Stillschweigen? Diese Dokumente garantieren sein Überleben.«

»Du hast mein Wort, dass von unserer Seite nichts passieren wird, bevor ihr beiden da draußen seid und seine Familie in Sicherheit ist. Das FBI ist nicht perfekt, aber wir lassen nicht zu, dass Zivilisten abgeschlachtet werden.«

»Okay«, sagte ich. »Sonst noch etwas?«

»Nicht, dass ich wüsste.«

»Gut. Hab dein Telefon in Reichweite. Mal sehen, was mein Freund dazu sagt.«

Die »Du kommst aus dem Gefängnis frei«-Karte. Ein neues Leben unter dem Schutz der mächtigsten Regierung der Welt. Eine Million Dollar – sieben fette Zahlen mit einem Dollarzeichen davor – als Startgeld.

Dazu konnte Mitch nicht nein sagen. Oder?

39. KAPITEL

Es war eine lange Woche für Amanda gewesen.

Mit ihrer Kunst kämpfte sie noch immer. An zu vielen Tagen nahm sie den Pinsel in die Hand, fest entschlossen, alles zu malen, was ihr in den Kopf kam. Doch dann war das immer nur Hudson van Buren, der ihr in den Schritt schielte, und schon war der Tag ruiniert.

Dennoch zwang sie sich zum Malen, auch wenn es bedeutete, weiter die Mülltonne zu füllen. Es war eine Frage der Selbstachtung. Eine Künstlerin ohne Disziplin war eine Arbeitslose, die anderen erzählte, sie wäre Künstlerin.

Doch sie gestand sich auch ein, dass ihr guter Freund – und ihre großartige Ablenkung – ihr sehr fehlte. Brock machte eine Kreuzfahrt in der Karibik, hatte sie bis zum Schluss gefragt, ob sie nicht doch mitkommen wollte, und sogar angeboten, ihr die Reise zu schenken.

Sie hatte abgelehnt mit der Begründung, dass sie Bedenken wegen des Zika-Virus hatte.

Das stimmte zwar, aber ausschlaggebend war, dass sie so eine Reise nicht mit gutem Gefühl antreten konnte, während Tommy im Gefängnis saß. Selbst wenn Brock sie inständig darum gebeten hätte, es sich doch einfach gutgehen zu lassen, hätte sie es nicht genießen können. Ihr schlechtes Gewissen hätte ihr den Spaß an der Reise verdorben.

Trotzdem fehlte ihr Brock. Und sie freute sich riesig, als ihr Telefon am frühen Samstagmorgen nach einer Woche Schweigen endlich den Eingang einer SMS verkündete. Deren Inhalt war jedoch rätselhaft:

Dinner heute Abend? Ich hole Dich um 19 Uhr ab? Ich muss Dir etwas sagen. Und dann muss ich Dich etwas fragen.

Sie antwortete nicht sofort. Er wollte ihr … was sagen? Und sie … was fragen? Es passte nicht zu Brock, so kryptisch zu schreiben. Sie musste aufhören zu spekulieren.

Und doch war sie beunruhigt. Sie wusste genug über Männer und wie sie tickten. Brock war jetzt eine Woche lang weg gewesen, Zeit genug zum Nachdenken. Ein Mann wie er – anständig, ein Gentleman und meilenweit davon entfernt, die Verlobte seines Freundes anzubaggern –, mochte so lange brauchen, um den Mut aufzubringen, ihr seine Gefühle zu gestehen.

Er würde mehr von ihrer Beziehung wollen, mehr als Freundschaft, mehr als schnelle Umarmungen und geschwisterliche Küsse auf die Wange. Es würde ihm nichts ausmachen, dass sie mit dem Baby seines Freundes schwanger war, er würde es wie sein eigenes mit ihr großziehen und auch noch ein gemeinsames Kind mit ihr wollen. Patchworkfamilien waren heutzutage ganz normal, nicht wahr?

Amanda sah es alles schon vor sich.

Aber wie würde sie reagieren? Es war ausgeschlossen, seinen Antrag auch nur in Erwägung zu ziehen. Oder etwa nicht?

In dem Moment, als sie sich diese Frage stellte, antwortete ihr Bauch für sie. Brock war ein gutaussehender, kultivierter, kluger, reicher und humorvoller Mann; er war der Spross einer erfolgreichen Juwelierfamilie, könnte die Amanda-Porter-Kollektion herausbringen und ihr eine Alternative zu ihrer stockenden Karriere als Malerin bieten. All das und noch tausend andere Dinge, die jede Frau glücklich machen würden.

Aber er war nicht Tommy. In seiner Gegenwart hatte sie nie dieses *Prickeln, Knistern, Knallen* gespürt.

Verdammt. Aber genau das fehlte ihr wie ein amputiertes Bein. Und ja, es war gerade schwierig mit Tommy, aber das lag auch an ihr – sie hatte ihm noch immer nicht von ihrer Begegnung mit Hudson van Buren erzählt.

Überhaupt hatten sie seit Monaten kein offenes Gespräch mehr führen können, denn er saß nun mal im *Gefängnis*. Was hatte sie denn erwartet, wie ihre Beziehung aussehen würde?

Sobald er wieder draußen war, wäre innerhalb von Sekunden alles wieder normal. Das wusste und das wollte sie: Normalität mit Tommy. Jetzt und für alle Zeiten.

Brock schrieb sie eine SMS zurück:

Klingt großartig. Bis heute Abend 19 Uhr.

Sie musste es ihm einfach schonend beibringen.

40. KAPITEL

Kalter Regen platschte spritzend in die Pfützen, so dass ich davon ausging, dass Mitch sich irgendwo im Randolph-Haus verkrochen hatte.

Aber ich fand ihn weder in seinem Zimmer noch in einem der Gemeinschaftsräume.

Weil es mir wichtiger war, seine Antwort zu hören, als trocken zu bleiben, stürzte ich mich hinaus in den Regen und sprintete mit zusammengekniffenen Augen zum Unterrichtsgebäude. Doch er war weder in einem der Klassenräume oder in der Bibliothek, noch fand ich ihn in einem der beiden Trainingsräume.

In so einem Moment fehlte mir fast schmerzlich das Handy. Eine simple Wo-bist-du-SMS hätte das Problem umgehend gelöst.

Ich rannte zum Speisesaal, falls er eine Extraschicht arbeitete, traf da jedoch nur auf die Putzkolonne, die nach dem Mittagessen sauber machte. Als ich es dann zitternd und triefend beim Gesundheitsdienst versuchte, sah mich die Krankenschwester dort an wie den nächsten Kandidaten für eine Lungenentzündung.

Schließlich fiel mir nur noch die Kapelle ein. Mitch und ich hatten uns über alle möglichen Themen unterhalten, doch obwohl unser Gefängnis eine Hochburg der Religiosität war – in den Haftanstalten gab es prozentual vermutlich mehr spirituelle Fundamentalisten als irgendwo sonst in Amerika –, hatten Gott, Religion und das Leben nach dem Tod nicht dazugehört.

Also joggte ich zur Kapelle, die vermeintlich nicht konfessionsgebunden war, aber ziemlich christlich aussah. Es gab Kirchenbänke, buntes Fensterglas, vorn im Raum eine altarähnliche Holzkonstruktion sowie seitlich davon eine unauffällige Kanzel. Der einzige Unterschied zu einer rein presbyterianischen Angelegenheit schien mir, dass nach dem Gottesdienst wohl kein Kaffee serviert wurde.

Als ich dann zum dritten Mal das Gelände überquert und die Kapelle betreten hatte, waren mein Shirt an den Schultern und meine Hose an den Oberschenkeln patschnass. Wasser tropfte mir vom Kopf, und beim Gehen quatschten meine Stiefel.

Ich ging davon aus, dass an einem Samstagnachmittag bestimmt niemand dort sein würde und ich gleich wieder umkehren könnte. Aber in der ersten Reihe saß ein Mann mit hängenden Schultern, der sich jetzt umdrehte.

Mitch.

»Hey«, sagte ich und ging zwischen den Kirchenbänken zu ihm hin. »Was machst du hier?«

»Beten.«

»Du betest?«

»Jeden Tag.«

»Aber du gehst nie zum Gottesdienst.«

»Beim Beten geht es um eine persönliche Beziehung zu Gott«, sagte er. »Ich bin mir nicht immer sicher, worum es im Gottesdienst geht, besonders bei dem im Gefängnis.«

Da war was dran. Vorn im Raum angekommen, tropfte ich den dünnen Teppich nass. Die ganze Kulisse – die Kirchenbänke, der Altar, die unerwartete Frömmigkeit – hatte mich von dem Grund meines Kommens abgelenkt.

»Egal, was gibt's?«, fragte er.

»Ich wollte mich eigentlich mit dir unterhalten, aber jetzt störe …«

»Komm, setz dich«, sagte er.

Ich ließ mich am Rand der Bank nieder und wischte mir mit dem feuchten Ärmel übers Gesicht, bevor ich begann.

»Ich hab mit meinem Freund vom FBI geredet«, sagte ich.

»Hab ich mir schon gedacht. Und?«

»Und ich finde … also ehrlich gesagt finde ich, dass es keine schwere Entscheidung sein sollte. Der Deal, den sie dir anbieten, ist ausgesprochen großzügig. Sie haben zugestimmt, dich sofort freizulassen, dich ins Zeugenschutzprogramm aufzunehmen und dir eine Million zu geben.«

Die letzten vier Wörter betonte ich besonders, um sicherzugehen, dass sie die richtige Wirkung erzielten, dann fuhr ich fort: »Außerdem haben sie mir zugesichert, dass sie so lange nichts gegen das Kartell unternehmen würden, bis du und deine Familie ganz weit weg seid. Für mich klingt das ziemlich perfekt.«

»Und ich muss nichts anderes machen, als ihnen die Unterlagen geben, richtig?«

»Jap«, sagte ich.

Er schloss die Augen. Die Tränensäcke kamen mir heute besonders dick vor. Ich war wohl nicht der Einzige, der letzte Nacht schlecht geschlafen hatte. Mitch atmete langsam, saß vollkommen still da und schien irgendeine höhere Instanz zu konsultieren, von der er sich eine Portion Weisheit erhoffte.

Schließlich massierte er seine Schläfen, öffnete die Augen und atmete zuletzt tief aus.

Und sagte: »Tut mir leid, Pete. Sag deinem Freund, ich kann das nicht machen.«

Ich hatte das Gefühl, hinter meinen Augäpfeln detoniere etwas. »Warum nicht?«

»Es ist kompliziert.«

»Nein, Mitch. Quantenphysik ist kompliziert, das hier nicht. Es bedeutet eine Million steuerfreie Mäuse und dass du wieder mit deiner Frau und den Kindern zusammen sein kannst.«

»So einfach ist es nicht.«

»Natürlich ist es das. Ich weiß, dass das Leben dir schwer zugesetzt hat, aber du kannst nichts tun, um den amerikanischen Traum, den du gelebt hast, zurückzubekommen. Und näher als mit diesem Deal wirst du ihm nicht mehr kommen. Es ist, wie wenn du mit einer Sieben und einer Drei All-In gehen musst und am Ende ein Straight Flush rauskommt. Überleg doch mal, was du mit einer Million Dollar machen kannst. Du kannst deine Kids auf jedes College ihrer Wahl schicken und hast noch eine Menge Geld übrig. Du kannst mit deiner Frau im Urlaub einen kleinen Bungalow am Strand mieten und bei Meeresrauschen Sex haben. Du kannst ein großes Wohnmobil mieten und mit deiner Familie überall hinfahren, egal, ob du dreißig Liter auf hundert Kilometer verbrauchst. Du kannst alles machen.«

Er schüttelte den Kopf. »Du würdest es nicht verstehen.«

»Stimmt, du hast recht. Ich verstehe es nicht. Aber dann hilf mir, es zu verstehen. Erklär mir, warum du so einen Deal ablehnen willst.«

»Warum ist dir das so wichtig?«

Weil es hier nicht nur um deine glückliche Zukunft geht, hätte ich am liebsten geschrien, in Gedanken an Amanda, unser Baby, dass ich endlich hier rauskam und an alles andere, was von seiner richtigen Antwort abhing.

Aber dann schämte ich mich für meine Tommy-Jump-Gedanken und ermahnte mich: *Reiß dich zusammen, Goodrich, reiß ich dich zusammen.*

Ich straffte die Schultern, drehte mich zu ihm hin und sagte: »Weil du mein Freund bist. Weil ich dein Bestes will. Und ich … also ich sitze hier fest. Wir haben nie darüber gesprochen, was ich gemacht hab, um hier zu landen, weil das irgendwie peinlich ist und keine Meisterleistung war. Ich bin einfach ein hoch verschuldeter Volltrottel, der eines Tages so frustriert war, dass er eine Bank überfallen hat. So ist es, Mitch. Du hast für eine Bank gearbeitet, und ich hab eine überfallen. Und als ich dann zu Hause war, hab ich Skrupel gekriegt und mich am Ende selber gestellt.

Der Punkt ist, dass zu mir niemand kommt und mir eine Million Dollar inklusive sofortiger Freiheit anbieten wird. Ich sitze hier acht Jahre lang fest. Und wenn du für mich beten willst, dann, dass meine Frau mich in der Zwischenzeit nicht verlässt, dass meine Fünfjährige sich wenigstens annähernd daran erinnert, wie ihr Daddy aussieht, wenn ich rauskomme, weil die Drei- und Einjährigen das nämlich garantiert nicht mehr tun. Du kannst beten, dass ich irgendwie meine Familie ernähren kann oder meine Würde wiederkriege, wenn ich rauskomme, und dass ich nicht bis zum Lebensende dazu verdammt bin, bei Popeyes zu arbeiten, weil ich bei jeder Bewerbung die Frage nach Vorstrafen mit ›ja‹ beantworten muss.

Und genauso würde es dir auch ergehen, nur dass dir jemand eine Chance gibt mitzukriegen, wie deine Kinder groß werden, und dir so etwas wie ein lebenswertes Leben anbietet, und ich … ich kann es einfach nicht mit ansehen, dass du diese Chance nicht ergreifst. Also akzeptier den Deal, wenn schon nicht für dich selbst, dann für mich. Ich würde mich ein bisschen besser fühlen, dich irgendwo da draußen zu wissen.«

Ein großartiger Monolog, wunderbar vorgetragen. Und auf der Bühne hätte er am Ende des letzten Aktes eines jeden Stücks, das jemals geschrieben wurde, rauschenden Applaus bekommen.

Aber Mitch saß einfach nur da und schüttelte den Kopf. »Tut mir leid«, sagte er wieder. »Ich weiß es wirklich zu schätzen, dass du extra deinen Freund gefragt hast, aber ich kann das nicht machen.«

Ich hockte auf der Bank in meiner Pfütze, die nassen Kleider fast so schwer wie der Schock. Erst das Jagdhütten-Debakel und jetzt das. Warum nahm er diesen wunderbaren Deal nicht an? Worauf wartete er? Zwei Millionen Dollar? Dass er auf einem weißen Rössel aus dem Gefängnis reiten durfte? Es machte einfach keinen Sinn.

»Also gut«, sagte ich.

Und weil ich hundertfünfzig Riesen dann doch nicht so ohne weiteres kampflos aufgeben konnte, fügte ich hinzu: »Ich sag meinem Freund, dass du Zeit brauchst, dir das zu überlegen. So liegt der Deal weiter auf dem Tisch, falls du deine Meinung änderst.«

41. KAPITEL

Die Kinder waren nicht zu Hause.

Charlie war bei einem Freund, glückselig mit Videospielen zugedröhnt, und Claire bei einem Tanztraining.

Somit war nur Natalie da, was bedeutete, dass Mitch nach den »Hallos« und dem »Wie geht es dir« gleich zur Sache kommen konnte.

»Das FBI hat mich heute kontaktiert«, sagte er, als wäre das so profan wie Sockenwechseln.

»Sie sind zu dir ins Gefängnis gekommen?«

»Nicht direkt. Es gibt hier einen Typ, Pete Goodrich, oder zumindest behauptet er, so zu heißen. Er ist angeblich ein Insasse, aber ich bin ziemlich sicher, dass er fürs FBI arbeitet. Ich glaube, sie haben ihn hier eingeschleust.«

»Warum?«

»Um mich rumzukriegen, um mein Vertrauen zu gewinnen.«

»Wie kommst du darauf?«

»Seit er hier ist, versucht er, an mich ranzukommen. Bobby Harrison hat mir erzählt, er hätte ihm etwas gezahlt, um bei unserer Pokerrunde mitzumachen. Zehn Dosen! Wer bezahlt schon zehn Dosen, um beim Arme-Leute-Poker mitzumachen?«

»Vielleicht pokert er einfach gern«, sagte Natalie.

»Okay, aber das ist nicht alles. Ich habe mal unsere Jagdhütte erwähnt, als ich ihm eine Jagdgeschichte erzählt habe …«

»Die von dem Zwölfender, den der ultimative Tier- und Menschenfreund dann nicht erschießen konnte?«

»Richtig, die. Er hat diese ganze Show abgezogen von wegen einem Onkel, der rein zufällig eine Hütte in Chattahoochee hat. Und wo genau ist deine Hütte? Ach komm, was ein Zufall, die Hütte meines Onkels ist auch in Georgia nahe Tallulah Falls. Hat nicht die ganze Welt eine Hütte in der Nähe von Tallulah Falls?«

»Na ja, möglich wäre …«

»Halt, warte. Also an dem Punkt war ich noch nicht ganz sicher, dass er vom FBI ist. Aber als ich ihm dann erzähle, warum ich hier drin bin, hat er natürlich rein zufällig einen Freund beim FBI, und vielleicht, aber nur vielleicht, kann er einen Deal für mich aushandeln. Versteh mich nicht falsch, Natalie, der Junge ist gut, wirklich gut. Ich hab ja schon gesagt, eine Zeitlang hatte ich ihn nicht in Verdacht. Aber egal.«

»Und was ist das für ein Deal?«

»Dass ich hier sofort rauskomme, Zeugenschutzprogramm und eine Million Dollar.«

Er hörte nur, wie sie tief Luft holte, gefolgt von einem leisen Stöhnen. »O Mitch, eine Million Dollar.«

»Ich muss ihnen nur verraten, wo die Unterlagen sind«, sagte er.

Sie erwiderte nichts. Es war zwecklos, noch mal alles durchzukauen.

»Mein Testament hast du nicht geändert, oder?«, fragte er.

»Nein, warum sollte ich?«

»Dann ist der Wortlaut unverändert, dass im Fall meines Todes und unabhängig von den Umständen die SARs und die Einzahlungsbelege an den Bundesstaatsanwalt geschickt werden, mit Kopien an die *Washington Post*?«

»Natürlich, mein Lieber«, versicherte Natalie ihm.

»Gut. Ich lege jetzt auf, es schadet ja nicht, ein paar Minuten zu sparen. Ich liebe dich.«

42. KAPITEL

Amanda trug einen grauen Pullover mit Wasserfallausschnitt und eine schwarze Hose, ihr am wenigsten sexyes Outfit, das trotzdem für ein gutes Restaurant in Frage kam.

Sie hatte den ganzen Nachmittag die Sätze geprobt, mit denen sie Brocks Gefühle so wenig wie möglich verletzte, dass er zum Beispiel ein toller Mann sei, den zu haben sich jede Frau glücklich schätzen könne. Dass sie ihn wirklich sehr möge und schätze – als Freund.

Dennoch wusste sie, wie sehr ihm die letzten beiden Wörter zusetzen würden. Am Ende war es egal, ob einem das Herz mit einem Gummihammer oder einem Eispickel gebrochen wurde. Eine Zurückweisung war und blieb eine Zurückweisung.

Als Brocks Mini Cooper am Bordstein hielt, eilte sie die Vordertreppe hinunter, weil sie diese unangenehme Aufgabe so schnell wie möglich hinter sich bringen wollte. Er trug wie immer Jeans und Blazer und begrüßte sie mit einem Küsschen auf die Wange. Und wie immer hielt er ihr die Autotür auf.

Auf dem Weg zum Restaurant machten sie etwas angestrengten Smalltalk. Die Kreuzfahrt war toll gewesen, und wenn sie vor Anker gegangen waren, hatte er immer getaucht. Auf dem Laufband war er auch öfter gewesen, um ein wenig von dem köstlichen Essen abzuarbeiten, das es an Bord gab. Sie hätte wirklich mitkommen sollen, denn er hatte in der ganzen Zeit keinen einzigen Moskito gesehen.

Amanda würde ihn nicht drängen, sein Anliegen vorzubringen.

310

Er musste von sich aus anfangen, er musste fragen, was er im Restaurant bei einem Glas Wein dann auch tat.

Er trank einen großen Schluck, stellte das Glas zurück auf den Tisch und sagte: »Meine mysteriöse SMS tut mir übrigens leid.«

»Schon gut«, sagte Amanda, als hätte sie sich keinerlei Gedanken darüber gemacht. »Was willst du mir denn sagen?«

Innerlich gewappnet, hörte sie dann die Worte:

»Ich habe jemanden auf dem Schiff kennengelernt.«

»Ach«, sagte sie und versuchte, eher begeistert als überrascht zu klingen. »Das ist wunderbar, Brock. Wer ist sie denn?«

»Er heißt Jonathan.«

Amanda fühlte sich erleichtert und gleichzeitig unglaublich dumm. Natürlich war Brock schwul. Sie hätte es schon an der Art, wie er bei der langsamen Musik tanzte, merken müssen. Wieder einmal hatte bei dem Mädchen aus Mississippi das Schwulenradar total versagt.

»Er wohnt in Baltimore, ich weiß also nicht, wie oft wir uns sehen können«, fuhr Brock fort. »Aber wir haben uns wirklich unheimlich gut verstanden. Auf gewisse Weise hat er mich an dich erinnert, weil er zuerst auch sehr ruhig war. Aber sobald er mir vertraute, war er wirklich offen. In den ersten Tagen hatten wir nicht viel miteinander zu tun – es ist erst gegen Ende passiert. Aber als es dann gefunkt hatte …«

»So weit weg ist Baltimore doch gar nicht«, sagte Amanda.

»Ich weiß, Amanda. Aber du darfst niemandem davon erzählen, okay? Meine Mom weiß es, und sie hat kein Problem damit, aber mein Dad ist furchtbar konservativ. Für ihn bedeutet Männlichkeit drei Frauen und fünf Kinder, und ich glaube nicht, dass er sich etwas anderes überhaupt vorstellen kann. Er fragt ständig, warum ich nicht endlich ein nettes Mädchen kennenlerne und eine Familie gründe. Manchmal bringe ich Frauen wie dich mit nach Hause, nur um ihn glücklich zu machen. Ich schwöre, wenn er tot ist, oute ich mich. Aber momentan … Er würde es einfach nicht verstehen. Ich bin auch deshalb so viel auf Reisen, damit ich mit Männern zusammen sein kann, ohne dass mein Vater es erfährt.«

»Das tut mir wirklich leid«, sagte Amanda. »Ist sicher nicht einfach.«

»Es geht ganz gut. Einige Leute in Hackensack haben es bestimmt schon bemerkt. Bei Ms. Jump bin ich mir ziemlich sicher, dass sie's weiß.«

Was natürlich erklärte, warum ihre zukünftige Schwiegermutter keine Bedenken hatte, ein Date für sie beide zu organisieren, und sie nichts dagegen hatte, dass sie so viel Zeit miteinander verbrachten.

Er fuhr fort: »Ich bin schon so lange eine Klemmschwester, dass es kaum noch klemmt. Aber es *dir* nicht zu erzählen, fand ich irgendwie falsch. Wir verbringen so viel Zeit miteinander und sind uns so vertraut, dass es mir wie Lügen vorgekommen wäre.«

»Also ich erzähle es bestimmt niemandem«, sagte sie und tätschelte seine Hand über den Tisch hinweg. »Und ich bin sehr froh, dass du mir vertraust.«

»Gern geschehen. Und wo ich dir jetzt mein Geheimnis verraten habe, erzähl du mir deins.«

Amanda zuckte zusammen. Wovon redete er?

»Als ich weg war, hab ich über dich nachgedacht – na ja, eigentlich hab ich mir Sorgen um dich gemacht«, sagte er. »Ich hab also ›Mamma Mia! + Wandertruppe‹ gegoogelt, um herauszufinden, wo Tommy über Weihnachten sein wird. Das sollte mein Geschenk für dich sein, ein Flugticket dorthin, wo immer er gerade auf der Bühne steht.«

Sie senkte den Blick, starrte auf das weiße Tischtuch.

»Liebste Amanda, es gibt keine *Mamma Mia!*-Wandertruppe, schon seit Jahren nicht mehr. Es geht mich ja nichts an, du musst es mir nicht sagen, aber … was macht Tommy denn *wirklich*?«

Amanda nahm eine erdbeerblonde Locke von ihrer Schulter

und wickelte sie um den Finger. Was sollte sie jetzt sagen? Sie kannte die Verschwiegenheitserklärung, die Tommy unterschrieben hatte. Darin stand ausdrücklich, welche Konsequenzen es hätte, wenn Tommys Vereinbarung mit dem FBI an die Öffentlichkeit kam.

Aber Brock hatte viel Erfahrung damit, ein Geheimnis für sich zu behalten. Und wem sollte er es schon verraten? Und so ließ sie ihn schwören, absolutes Stillschweigen zu bewahren, und gab ihm eine kurze Zusammenfassung der Ereignisse: dass Tommy von Danny Ruiz angeheuert worden war, einen ungewöhnlichen Schauspieljob fürs FBI zu übernehmen.

Brock hörte ihr sichtlich verdutzt zu.

»Danny Ruiz?«, sagte er. »*Unser* Danny Ruiz? Der Danny Ruiz, der in Hackensack aufgewachsen ist?«

»Ja, warum?«

»Das … das ergibt keinen Sinn.«

»Warum nicht?«

»Danny arbeitet nie im Leben fürs FBI«, sagte er.

»Wie meinst du das?«

»Soviel ich weiß, müsste er eigentlich im Gefängnis sitzen«, sagte Brock.

Amanda wurde schlecht, und das hatte nichts mit der Schwangerschaftsübelkeit zu tun. Sie musste sich am Tisch festhalten, um nicht vom Stuhl zu kippen.

»Kannst du mir das bitte erklären?«, sagte sie.

Brock beugte sich zu ihr vor. »Ich war auf einer Party in New York, das ist jetzt etwa zwei oder drei Jahre her, und da hab ich zufällig einen Typ wiedergetroffen, den ich das letzte Mal bei der Schulabschlussfeier gesehen hatte. Seine Eltern waren weggezogen, er hatte also nie einen Grund, nach Hackensack zurückzukommen. Er war gerade mit dem Jurastudium fertig und hatte eine Referendarstelle bei einem Bundesrichter. Ich hatte ihn gefragt, ob er noch mit jemandem aus der Highschool Kontakt hat, und er sagte: ›Du wirst es nicht glauben, wer letzten Monat bei mir im Gerichtssaal auf der Anklagebank saß.‹ Ich wollte natürlich wissen, wer das war, und er sagte: ›Erinnerst du dich an Danny Ruiz?‹«

Amanda war viel zu fassungslos, um etwas zu sagen. Der Boden unter ihren Füßen schwankte, und die Realität entglitt ihr.

»›Klar erinnere ich mich an Danny Ruiz. Danny Danger‹, hab ich gesagt, und dann hat er mir die ganze Geschichte erzählt: Also das FBI hatte Danny auf frischer Tat ertappt, wie er eine Riesenmenge Crystal Meth verschob. Und er war nicht nur ein Zulieferer, er war der Lieferant für die Zulieferer. Mein Freund meinte, er wäre wohl ziemlich erfolgreich gewesen, denn vor Gericht erschien er mit drei Anwälten in Designeranzügen. Für meinen Freund bestand kein Zweifel an Dannys Schuld, aber der hätte die ganze Zeit nur dagesessen und wie ein Honigkuchenpferd gegrinst. Und seine Anwälte haben ihn tatsächlich wegen eines Formfehlers freigekriegt. Irgendwas hatte mit dem Durchsuchungsbeschluss nicht gestimmt, und damit platzte der ganze Prozess. Danny ist aus dem Gerichtssaal stolziert, frei wie ein Vogel.«

Amanda hatte die Hand auf den Mund gepresst. Sie zitterte am ganzen Leib. Tränen strömten ihr aus den Augen und Rotz aus der Nase. Alle Ängste, die sie bei der ganzen Sache schon immer gehabt hatte, brachen jetzt hervor, nur größer, stärker und noch intensiver.

»Also Danny Ruiz ist nicht beim FBI«, schloss Brock. »Für mich klingt das so, als würde er für ein Kartell arbeiten.«

DRITTER AKT

Der Tod unterscheidet nicht zwischen Sündern und Heiligen.

Aaron Burr, aus dem Musical *Hamilton*

43. KAPITEL

Sie hatte den Colt immer in Reichweite.

Wenn Natalie Dupree das Haus verließ, steckte er in ihrer Handtasche. Wenn sie bei Fancy Pants arbeitete, lag er im Regal unter der Kasse. Wenn sie schlief, war er neben ihr unterm Kissen versteckt. Der mexikanische Typ sollte es nur noch mal *wagen*, ihr nahe zu kommen.

Es war am heutigen Samstagabend also keineswegs ungewöhnlich, dass bei ihrer ziellosen Fahrt mit dem Kia, dessen Getriebe verdächtige Geräusche machte, der Colt in ihrer Fendi-Tasche auf dem Beifahrersitz lag.

Es gab nur einen Grund für diese Fahrt, nämlich dass sie es in ihrem grauen, schäbigen Haus nicht mehr ausgehalten hatte. Zu deprimierend, zu leer.

Claire schlief bei einer Freundin, Charlie war nach der Videospiele-Session mit seinem Freund ins Kino gegangen. Und Natalie hatte allein mit ihren Gedanken zu Hause gesessen.

Eine Million Dollar.

Eine. Million. Dollar.

Was würde sie mit so viel Geld machen?

Vor Mitchs Inhaftierung gab es eine Zeit, da hatte sie kaum einen Gedanken an einen unerwarteten Geldsegen verschwendet. Selbst wenn sie an der Lotteriereklame am Highway vorbeigefahren war, die mit irgendwelchen absurden Jackpots warb, hatte sie nur gedacht, wie wenig das Geld ihr Leben verändern würde. Sie wären im selben Haus geblieben – sie hatte es geliebt –, sie hätten dieselben Freunde gehabt, ihre Kinder auf dieselben Schulen geschickt, und auch ihr Alltag hätte sich wohl kaum groß verändert. Okay, vielleicht hätten sie luxuriösere Urlaube gemacht oder neue Autos gekauft. Aber wenn es darum ging, was wirklich zählte, hatte sie alles gehabt.

Ich muss nicht im Lotto gewinnen, hatte sie gedacht. *Ich habe schon gewonnen.*

Dass sich das so sehr geändert hatte, tat richtig weh. Und dann rief Mitch auch noch an und erzählte ihr, das FBI hätte ihn mit einer Million Dollar und sofortiger Freiheit gelockt …

Jetzt fuhr sie an einem ihrer alten Lieblingsorte vorbei, einem vornehmen Restaurant in Buckhead, und duckte sich unwillkürlich. Hier hatte sie mit ihren Freundinnen dreizehn Dollar teure Cocktails getrunken und siebzehn Dollar teure Appetizer verspeist, die nach vier Bissen aufgegessen waren. Am Ende hatte sie sich die Rechnung geben lassen, ihre Kreditkarte gezückt und keinen Gedanken daran verschwendet, ob am Ende des Monats genug Geld da sein würde, um alles zu bezahlen.

Was für ein Leben.

Als Natalie sich dann einem weiteren ihrer Lieblingsorte näherte, fuhr sie noch langsamer. An einem Samstagabend würden dort viele Frauen sein, die nicht bei Fancy Pants arbeiten mussten, die Maniküre und Pediküre für ein Grundrecht hielten und für die Haarfärbemittel aus der Drogerie nur etwas für Sexarbeiterinnen und Flüchtlinge war.

Sie trat wieder aufs Gas. Folgte ihr da jemand? Mexikaner? Das FBI? Sie hatte kein konkretes Ziel und fuhr kreuz und quer durch die Gegend, aber diese beiden Autoscheinwerfer hinter ihr schienen überall da zu sein, wo sie gerade fuhr.

Als sie dann plötzlich verschwunden waren, kam sie zu dem Schluss, dass nur ihre Paranoia ihr überallhin folgte.

Noch bevor es ihr bewusst wurde, glitt sie auch schon an ihrem ehemaligen Haus vorbei, warf sehnsüchtige Blicke darauf und dachte an die schönen Zeiten dort mit ihrer Familie. Die neuen Besitzer hatten nichts verändert, so perfekt war das Haus gewesen.

Als Nächstes passierte sie einen neoklassizistischen Schandfleck mit bescheuerten Löwen, fuhr ein Stück daran vorbei, wendete in einer Einfahrt und blieb auf der gegenüberliegenden Straßenseite der Reiner-Residenz stehen. Sie stellte den Motor aus und rutschte tiefer in den Sitz, als würde sie dadurch unsichtbar.

Es war ein ruhiges Wohnviertel, und das Haus lag im Dunkeln. Das einzige Licht kam von den Fake-Gaslaternen entlang der Straße.

Sie wollte wirklich nur hier sitzen, sich ihrer gerechten Wut und der wiederkehrenden Rachephantasie hingeben – der Vorstellung, wie Thad Reiner sie fassungslos ansah, kurz bevor sein Hirn aus dem Hinterkopf spritzte – und es dabei belassen.

Fünf Minuten vergingen. Natalie dachte über Reiners unglaubliche Dreistigkeit nach, über den Tag, als Mitch nach Hause kam und erzählte, Reiner hätte die SARs nicht an die Behörde weitergeleitet, wie methodisch Mitch danach sein weiteres Vorgehen plante und wie schockiert sie waren, als das FBI mit einem Durchsuchungsbeschluss vor der Tür stand und ihr geliebtes Haus auf den Kopf stellte.

Zehn Minuten. Inzwischen schäumte sie innerlich, weil Reiner sein eigenes Vergehen Mitch angehängt hatte, und zwar so geschickt, dass fast alle an Mitchs Schuld glaubten und sich gegen ihn wandten, und gegen sie. Sogar ihre Eltern, die niemals an Mitch hätten zweifeln dürfen, hatten sie gefragt, ob sie *ganz sicher* sei, dass er nicht fürs Kartell arbeitete. Das alles machte sie unsäglich wütend.

Und dieser Wut gab sie sich gerade hin, als vor ihr Autoscheinwerfer auftauchten. Sie unterschieden sich von denen, die sie hinter sich gesehen hatte, weshalb sie noch ein Stück tiefer in ihren Sitz sank. Der Wagen fuhr jetzt langsamer und bog in Reiners Auffahrt.

Ein 5er BMW.

Thad Reiner fuhr einen 5er BMW.

Der Wagen hielt in der Einfahrt, durch einen Bewegungsmelder ging das Licht an, und Natalie sah, wie Reiner ausstieg und ins Haus ging.

Allein.

Natalies Gesicht war rot vor Erregung. Eine bessere Gelegenheit, um ihren sehnlichsten Wunsch in die Tat umzusetzen, ohne anderen dabei zu schaden, würde sich niemals bieten. Sie könnte ins Haus gehen, ihn erschießen und ein paar Sachen mitgehen lassen, damit es aussah wie ein Raubüberfall.

Nein, besser noch: Sie konnte ihm die Hose runterziehen, damit es wie ein schiefgelaufenes Stelldichein aussah. So würde Reiners Familie am eigenen Leib erfahren, wie Scham sich anfühlte.

Sie würde sich davonmachen, und niemand käme auf die Idee, eine Hausfrau aus der Vorstadt zu verdächtigen. Und ihre Waffe ließ sich nicht zurückverfolgen.

Sie griff in ihre Handtasche und nahm die Pistole heraus. Das Magazin war voll geladen, sie nahm es aber trotzdem heraus und checkte es. Um ganz sicherzugehen.

Ja, alle Patronen waren drin. Sie schob das Magazin zurück, spürte das Gewicht der Waffe, die schwerer wog, als sie aussah – und zwar in vielerlei Hinsicht. Sie steckte die Pistole zurück in die Tasche, hängte die Riemen über ihre Schulter.

Sie würde einmal auf ihn schießen. Vielleicht zweimal. Genug, um den Job zu erledigen, aber ohne dass es wie eine Tat aus Wut aussah.

Natalie musste sich beruhigen und atmete tief durch. Dann noch einmal. Sie schaffte das.

Sie öffnete die Autotür, stieg aus und überquerte die Straße. Nichts konnte sie jetzt mehr aufhalten.

Vom Bürgersteig führte ein Steinplattenweg, der mit einem kunstvoll geschmiedeten, tiefschwarzen Eingangstor gesichert war, zum Haus der Reiners. Natalie griff außen herum, schob den Riegel zurück und stieß es auf.

Nach einem kurzen Blick über die Schulter, um sicherzugehen, dass kein Auto vorbeikam, trat sie hindurch. Ihre flachen Absätze klackerten auf den Steinplatten. Reiner würde ihr bestimmt aufmachen. Er hatte sie bei jeder Begegnung mit den Blicken ausgezogen.

Der Mann war ja so ein Schwein. Trotzdem würde sie genau das nutzen, um ins Haus zu kommen. Sie wollte sagen, dass sie Geld brauchte und verzweifelt sei. Und dass sie alles dafür tun würde.

Und dann?

Rache. Gerechtigkeit. Würde ihre Tat ein Gefühl der Leere hinterlassen oder der Befriedigung? Sie hoffte auf Letzteres und würde es bald herausfinden.

Auf dem Weg zur Haustür öffnete sie ihre Jacke, einen weiteren Knopf ihrer Bluse und noch einen. Sie trug zwar nicht den richtigen BH, um ihr Dekolleté voll zur Geltung zu bringen, aber der hier würde auch reichen.

Sie war bereit. Noch etwa acht Schritte, dann würde sie an der Tür klingeln.

In dem Moment fiepte ihr Telefon.

Sie blieb stehen.

Es war der Ton für eine SMS von Charlie. Sicher wollte er nur vom Kino abgeholt werden und konnte ruhig ein paar Minuten warten. Zuerst musste sie das hier hinter sich bringen. Sie musste einfach nur noch ein paar Schritte weitergehen.

Doch das konnte sie nicht. Ihr Impuls war verpufft, und die Nerven dazu hatte sie auch nicht mehr. Der Bann, unter dem sie gestanden hatte, war gebrochen.

Und so schön die Phantasie auch gewesen sein mochte, war Natalie doch keine Mörderin, sondern eine Mutter. Eine Mutter, die nichts tun würde, um im Gefängnis zu landen und ihre Kinder zu Waisen zu machen.

Doch ganz ohne jede Befriedigung konnte sie auch nicht einfach umdrehen und gehen.

Sie nahm die Pistole aus der Tasche, zielte auf einen der Löwen und schoss ihm ins Gesicht.

44. KAPITEL

Weder Staubwolken noch spiegelnde Windschutzscheiben hätten Herrera oder einen seiner Männer vor El Vios Eintreffen warnen können.

Der Drogenboss war mit seiner Eskorte von Range Rovern in tiefdunkler Nacht durch das Tor von Rosario Nr. 2 gekommen, bevor jemand Alarm schlagen konnte. Sogar bevor Herrera sich aus dem Bett gerollt und begriffen hatte, dass er schnellstens abhauen sollte.

Unberechenbar. Immer.

Herrera eilte in den Bunker, fuhr sich auf dem Weg noch schnell durch die plattgelegenen Haare. Hoffentlich hatte er wenigstens sein Hemd ordentlich zugeknöpft. El Vio stand da, hellwach, ungeduldig, ganz in Schwarz gekleidet und mit verspiegelter Sonnenbrille. In seinem Ausrüstungsgürtel steckten zwei Pistolen und nicht wie sonst nur eine.

»Wo warst du?«, wollte er wissen.

Lügen war sinnlos. »Ich hab geschlafen«, sagte er.

»Glaubst du, die Polizei schläft auch gerade?«

Ja, das glaube ich, dachte Herrera.

»Wir haben Nachtwachen, El Vio«, sagte Herrera. »Sie sind angewiesen, auf alle größeren Gefahren zu reagieren. Wenn Leute vom Sinaloa hier anrücken, sind wir bereit, und sie würden es bitter bereuen. Auf eure Fahrzeuge waren drei Panzerfäuste gerichtet, als du dich mit deiner Eskorte genähert hast, aber glücklicherweise haben meine Männer euch erkannt und den Finger vom Abzug genommen. Das nächste Mal solltest du uns vielleicht Bescheid geben, wenn du kommst.«

Das mit den Nachtwachen war gelogen, aber offensichtlich schluckte El Vio den Bluff. Er wirkte sogar leicht verunsichert, als stellte er sich gerade vor, wie sein Range Rover in Flammen aufging. Als er dann ruckartig den Kopf zur Seite drehte, war kurz das Weiß seines rechten Auges zu sehen.

»Na schön«, sagte er und wandte sich ihm wieder zu. »Was gibt es Neues von unserem Freund in West Virginia?«

Fast wäre Herrera zusammengezuckt. Es hätte keinen schlechteren Zeitpunkt für El Vios Auftauchen und diese Frage geben können. Viermal hatte Herrera sich das Telefongespräch zwischen dem Banker und seiner Frau angehört, und für ihn klang es nicht so, als ob der Banker den FBI-Deal annehmen würde. Aber wenn El Vio dasselbe Gespräch mitgehört hatte und zu einem anderen Schluss gekommen war …

Das wäre eine Katastrophe. Und zwar eine so große, dass El Vio über einen neuen Sicherheitschef nachdenken könnte.

»Wir haben zwei Dienstleister in Amerika«, sagte Herrera. »Sie sind wirklich gut und konzentrieren sich einzig und allein auf unseren Freund. Sie überwachen jeden seiner Schritte.«

»Das reicht nicht. Ich will Resultate. Ich habe es satt, mit diesem ungelösten Problem zu leben. Du bist nicht aggressiv genug.«

»Wir machen alles, was wir können.«

»Wie heißen die Dienstleister?«

»Ruiz und Gilmartin.«

»Ich will mit ihnen sprechen. Jetzt sofort«, sagte El Vio.

Was blieb Herrera anderes übrig? Zumindest war das eine Möglichkeit, El Vios Zorn auf die beiden Männer umzulenken. Herrera nahm sein Telefon und rief Ruiz an, damit sie Spanisch reden konnten. Als Ruiz abnahm und murmelte, es sei drei Uhr morgens, stellte Herrera das Handy auf Lautsprecher.

»Zeit aufzuwachen«, verkündete Herrera. »El Vio steht neben mir.«

»El Vio!«, sagte Ruiz, mit einem Schlag hellwach. »Das ist eine Ehre, Sir!«

»Was gibt es Neues aus West Virginia?«, fragte El Vio.

»Wir sind jetzt vor Ort«, sagte Ruiz. »Wir haben einen Mann im Gefängnis, der das Vertrauen unseres Freundes gewonnen hat.«

»Ist das der große Schwarze, von dem der General mir erzählt hat?«

»Nein, ein anderer, El Vio.«

»Erklär mir das.«

»Ich hab dem General gesagt, dass wir einen Mann eingeschleust haben, aber nicht die Wahrheit darüber, um wen es sich handelt«, sagte Ruiz. »Entschuldige meine Lüge, El Vio. Ich wollte verhindern, dass jemand unsere Operation vermasselt und unseren Mann kontaktiert. Wir haben zu lange daran gearbeitet. Unser Mann ist kein großer Schwarzer, sondern ein kleiner Weißer. Und er ist auch kein Auftragskiller, sondern Schauspieler.«

»Ein Schauspieler!«, sagte El Vio.

Irrte Herrera? Oder klang El Vio tatsächlich … besänftigt?

»Ja, El Vio. Und er weiß nicht, für wen er wirklich arbeitet. Er denkt, wir sind vom FBI. Gerade hat er unserem Freund ein großzügiges Angebot gemacht – eine Million Dollar im Tausch gegen die Unterlagen.«

»Aber in Wirklichkeit kommt das Angebot von uns«, sagte El Vio, tatsächlich lächelnd. Herrera hatte El Vio noch nie lächeln gesehen.

Jetzt wollte Herrera erst recht nicht, dass El Vio das Gespräch zwischen dem Banker und seiner Frau hörte. Denn nichts würde das Lächeln schneller aus El Vios Gesicht löschen, als zu erfahren, dass der Banker den Deal wahrscheinlich nicht akzeptierte.

»Richtig«, sagte Ruiz. »Wir sind überzeugt, dass unser Freund das Angebot annimmt. Im Moment denkt er darüber nach.«

»Sehr gut. Biet ihm zwei Millionen an oder drei. Was immer er will. Geld spielt keine Rolle.«

»Ja, El Vio.«

»Und der Schauspieler weiß wirklich nicht, für wen er in Wirklichkeit arbeitet?«

»Ich versichere dir, El Vio, er hat keinen blassen Schimmer.«

45. KAPITEL

An diesem Samstagabend ließ ich die Pokerrunde ausfallen.

Meine offizielle Entschuldigung lautete, dass ich im Regen rumgerannt war und mir irgendwas eingefangen hatte. Masri war für mich eingesprungen, und die anderen hatten anscheinend nichts dagegen.

Die Nacht verbrachte ich mit Grübeln. Ich hatte Danny angerufen und gesagt, dass Dupree Zeit brauchte, um über das Angebot nachzudenken. Für diese einfache Nachricht benutzte ich wieder unseren Zahlencode. Ich wollte die Chance von eins zu fünfzehn nicht überstrapazieren.

Danny erwiderte – ebenfalls codiert –, dass er den zuständigen Sonderermittler bitten würde, das Angebot eine Woche lang aufrechtzuerhalten.

Was mir eine Woche gab, Mitch zu überreden, seine Meinung zu ändern. Das musste möglich sein.

Ansonsten konnte ich nur die nächsten gut vier Monate ausharren und hoffen, dass Mitch versehentlich eine Bemerkung fallenließ, die einen Hinweis auf das Versteck gab. Dem konnten Danny und Rick dann nachgehen – mit hoffentlich größerem Erfolg als bei der Jagdhütte.

In beiden Fällen war ich jedoch fest entschlossen, nicht aufzugeben. Das stand für mich fest. Ich hatte fast zwei Monate hier drin verbracht und würde auch noch die restlichen vier schaffen. Selbst wenn ich den dicken Bonus nicht bekam, fünfundsiebzig Riesen waren mehr, als ich zwischen jetzt und dem neunten April irgendwo anders verdienen konnte. Ich musste einfach die Zähne zusammenbeißen.

Als ich am nächsten Morgen aufwachte, regnete es noch immer. Zudem war es kalt, und ich hatte das Gefühl, *wirklich* krank zu werden. Sonntags wurden die Zimmer nicht kontrolliert, daher kletterte ich nach dem Frühstück zurück in mein ungemachtes Bett. Frank war bereits zum Gottesdienst gegangen, so dass ich das Zimmer für mich allein hatte. Ich plante, mindestens bis zum Mittagessen nichts zu tun und nur in meinem Buch zu lesen, was auch so lange funktionierte, bis kurz nach acht Uhr ein Randolph-Wärter ins Zimmer kam.

»Goodrich«, sagte er. »Sie haben Besuch.«

»Wirklich?«, fragte ich verblüfft. »Wer denn?«

»Ihre Cousine.«

Das schien mir eher unwahrscheinlich. Ich hatte zwei Cousinen in Yonkers, aber selbst wenn ich nicht im Gefängnis säße, würden sie mich kaum …

Dann wurde mir klar, dass er sicher Amanda meinte. Sie war die einzige nicht fiktive Person auf meiner Besucherliste.

Aber warum kam sie her? Und ohne Vorankündigung? Wir hatten wie immer am Freitag telefoniert, und das Gespräch in Gang zu halten war wieder wie Zähneziehen gewesen. Sie hatte weder erwähnt, dass sie mich besuchen wollte, noch irgendwie angedeutet, dass sie es überhaupt in Betracht zog.

Ich trat die Bettdecke weg und sprang auf den Boden. Als ich die Stiefel zuschnürte, zitterten meine Finger. Was hatte meine Verlobte dazu bewogen, einen fünf Stunden langen Trip nach West Virginia zu unternehmen und das Risiko einzugehen, mich zu besuchen?

Keiner der Gründe, die mir einfielen, war gut. Zuerst dachte ich, dass sie das Baby verloren hatte. Oder dass etwas mit dem Fötus oder mit ihr selbst nicht stimmte.

Es gab aber auch noch andere Möglichkeiten, wie dass meine

Mutter schwer krank war, einen Unfall gehabt hatte oder jemand in der Familie gestorben war. Auf jeden Fall musste es so schwerwiegend sein, dass sie es mir nicht am Telefon sagen wollte und es auch nicht bis nächsten Freitag warten konnte.

Der Wärter war schon wieder gegangen, so dass ich mich allein zum Verwaltungsgebäude aufmachte, in dem sich auch der Besuchsraum befand. Ich rannte. Am Eingang des Gebäudes saß gleich hinter der Tür ein weiterer Wärter, der meinen Namen in ein Buch eintrug und mich daran erinnerte, dass ich von dem Besucher nichts annehmen durfte und beim Verlassen durchsucht würde. Doch ich hatte Mühe, ihm zu folgen.

Dann wurde ich in das Besucherzimmer geführt, einen großen, kantinenähnlichen Raum mit Verkaufsautomaten an der Wand und zahlreichen Tischen mit Stühlen, von denen nur wenige belegt waren.

Amanda saß an einem Tisch in der Ecke und stand auf, als ich eintrat. Sie trug den Pullover mit Wasserfallkragen, den sie für unsexy hielt, was ich natürlich anders sah. Als sie ihn das letzte Mal anhatte, waren wir auf eine Party gegangen, nach Hause gekommen und sofort im Bett zugange gewesen, wo wir hinterher nackt und ineinander verschlungen einschliefen.

Auf den ersten Blick war mir klar, dass meine nächste Erinnerung an den Pullover nicht annähernd so schön sein würde. Amanda sah müde aus, erschöpft. Als hätte sie viel geweint.

Mein Kopf, sowieso schon voller Schreckensvisionen, drohte zu platzen, und mein Herz hämmerte bis zum Hals. Sie zu sehen war gleichzeitig schön und schlimm. Etwas Entsetzliches musste passiert sein, das sie aus der Bahn geworfen hatte, was es gleich auch mit mir machen würde.

Ich ging zu ihr hin, und ohne ein Wort zu sagen – und ohne mich darum zu kümmern, was die Wärter dachten, weil Amanda ja als meine Cousine auf der Liste stand –, küsste ich sie zärtlich auf den Mund. Dann nahm ich sie in die Arme. Die Strafanstalt

Morgantown erlaubte je einen Kuss und eine Umarmung zur Begrüßung und zum Abschied – o ja, die Gefängnisverwaltung bestimmte sogar, wie viel Zuneigung ein Häftling bekam. Und ich würde das optimal ausnutzen.

Trotz der Umstände, trotz der Umgebung und trotz meiner Angst vor der schlimmen Nachricht, die ich gleich hören würde, fühlte sich ihre Nähe wunderbar an. Als Gefängnisinsasse wird man vieler Freiheiten und materieller Annehmlichkeiten beraubt, angefangen mit bedeutsamen wie der Bewegungsfreiheit, bis zu so einfachen wie der Wahl der eigenen Zahnpasta. Aber die schlimmste aller Entbehrungen ist die fehlende liebevolle menschliche Berührung. Sie fehlte mir mehr, als mir bewusst war, sowohl auf emotionaler wie auf körperlicher Ebene: Es dauerte keine zwei Sekunden, und ich hatte eine Erektion. Ich presste mich an Amanda, sie zog mich noch fester an sich und umfasste meinen Hintern mit beiden Händen. Ich sog ihren Duft ein, der mir gefehlt hatte, was ich aber erst jetzt merkte.

Ich hätte den ganzen Tag so mit ihr dastehen können. Nicht reden, nicht bewegen, sie einfach nur im Arm halten und ihre Wärme spüren, die Rundungen ihres Körpers. Auch wenn ich auf der Bühne schon oft Personen dargestellt hatte, die nicht loslassen konnten, war es das erste Mal, dass ich es selbst empfand.

Schließlich kam der Wärter, der bei den Verkaufsautomaten gestanden hatte, und sagte leise: »Okay, Häftling, das ist genug.«

Wir ließen die Arme sinken und setzten uns. Sie rückte so nah zu mir hin wie möglich. Ich wollte unbedingt ihre Hand halten, nur um weiter Körperkontakt zu haben. Aber da das sonst niemand hier tat und ich keine Lust hatte, den Wärter weiter auf der Pelle zu haben, verkniff ich es mir.

»Du hast mir so gefehlt, so …«, begann ich.

»Du mir auch. Aber darüber können wir jetzt nicht reden, weil ich dir etwas ganz Wichtiges sagen muss.«

Okay, gleich kommt's. Ich holte tief Luft und sagte: »Und was?«

Und dann sagte sie etwas, womit ich nie gerechnet hätte.

»Danny Ruiz ist nicht beim FBI.«

Ich sah sie stirnrunzelnd an. »Was redest du da? Natürlich ist er beim FBI.«

Amanda erzählte von Brocks Entdeckung, dass ich gar nicht auf Theatertournee war, woraufhin sie ihm die Wahrheit gesagt hatte. Und dann hatte Brock ihr von einer Begegnung auf einer Party berichtet, bei der er sich mit einem ehemaligen Highschool-Freund unterhalten hatte – der Danny Ruiz im Gerichtssaal begegnet war.

Als Angeklagter, nicht als Zeuge der Anklage.

»Das kann nicht … das ist bestimmt ein Missverständnis«, sagte ich. »Du hast ihn doch gesehen. Er hat den FBI-Wagen und die FBI-Marke. Die FBI-Visitenkarte und die FBI-Telefonhotline und das FBI-Geld und die FBI-Dokumente … ich meine, das war …«

»Fake. Das war alles gefakt«, sagte sie ruhig.

»Nein. Ich bin sicher, Brock verwechselt da was. Es muss eine Erklärung geben …«

»Ich hab gerade die ganze Nacht mit Brock im Auto gesessen«, sagte sie. »Er hat mich noch so spät hergefahren, weil er wusste, dass ich nicht in der Verfassung bin, selbst zu fahren. Ich hab fast die ganze Zeit im Internet recherchiert. Daniel Ruiz ist kein ungewöhnlicher Name, aber Brock hatte sich an sein Geburtsdatum erinnert, der zehnte November, ein Tag nach seinem eigenen.«

»Stimmt, in der Schule gab's immer an zwei Tagen hintereinander Cupcakes.«

»Ja, schön. Also ich hab für eine Website bezahlt, über die man auf öffentliche Register zugreifen kann, und bin dabei auf einen Daniel Roberto Ruiz mit besagtem Geburtsdatum gestoßen, der wegen Drogenhandel vor einem Bundesgericht stand. Die Klage wurde *sua sponte*, also von Amts wegen, abgewiesen, der Grund ist hier unwichtig. Das war im US-Bezirksgericht für den südlichen Bezirk von New York, vor zwei Jahren.«

Am Labor Day hatte Danny mir auf dem Weg vom Morgenthau zum Diner von seinem Leben nach der Highschool erzählt, dass er bei der Armee gewesen war, das College besucht hatte und dort vom FBI rekrutiert wurde. Und dass er seit drei Jahren dabei war.

Drei Jahre, ja. Kaum zu glauben. Aber es gefällt mir gut, waren seine Worte gewesen.

In der Zeit konnte er wohl schlecht wegen Drogenhandels vor einem Bundesgericht gestanden haben, und ganz sicher war beim FBI kein Platz für einen Mann, der nur aufgrund eines Formfehlers einer Verurteilung entgangen war. Vielleicht als Informant, aber nicht als Agent.

»O mein Gott«, stieß ich aus.

Ich sah hinauf zur Decke, versuchte, die Tränen wegzublinzeln, aber es gelang mir nicht. Sie strömten wie ein Wasserfall über meine Wangen angesichts der Riesendummheit, die ich begangen hatte.

»O Amanda«, stöhnte ich, und noch einmal: »O mein Gott.«

»Ganz ruhig, Liebling, ganz ruhig.«

Aber ich konnte mich nicht beruhigen. Jedenfalls nicht im Moment, und das wusste sie und ließ mich eine Weile heulen.

Seltsamerweise musste ich dabei an etwas denken, was ich vor vielen Jahren im Naturkundeunterricht gelernt hatte, nämlich dass wir in jedem Augenblick und an jedem Tag eine Luftsäule auf unseren Schultern tragen, die so hoch ist wie die Atmosphäre selbst. Es ist ein enormes Gewicht: fast achtzehntausend Kilogramm für einen erwachsenen Menschen, was etwa dreizehn Honda Civics entspricht. Wir spüren es jedoch nicht, weil wir gleichzeitig, während es von oben auf uns runterdrückt, von einer gleich großen Kraft von unten gestützt werden. Dadurch ist es okay.

Oder zumindest sollte es so sein. Nur dass das bei mir nicht mehr funktionierte. Das ganze Gewicht der Säule donnerte auf mich herab, und ich hatte ihm nichts entgegenzusetzen. Mir war, als könnte ich nie wieder von dem Stuhl aufstehen und einen Schritt laufen.

Das Gesicht in den Händen vergraben, atmete ich mühsam. Die ersten verständlichen Worte, die ich nach einer Reihe unverständlicher herausbrachte, waren: »Ich bin ja so ein Idiot. Ich bin ja *so ein* Idiot.«

»Wir alle haben uns für dumm verkaufen lassen.«

»Aber ich bin der größte Idiot. Ich war ... geblendet. Vom Geld. Von meiner Freundschaft mit Danny. Von ...«

Von dem riesengroßen Bedürfnis, mit dir zusammen zu sein, Amanda. Aber das sagte ich nicht. Ich wollte nicht klingen, als würde ich ihr für meine eigene Dummheit die Schuld geben.

Und dumm war ich über die Maßen, wenn ich jetzt zurückblickte. Ich dachte an den Tag nach unserer ersten Begegnung, als wir uns morgens wieder im Diner getroffen hatten. Da sah ich Dannys Rat, mehr Geld zu verlangen, als Zeichen seiner Fürsorge an. Weil ich das glauben wollte. Dabei war es nur ein weiterer Schachzug gewesen, um mich zu ködern. Als ich Gilmartin fragte, ob ich den Vertrag nicht besser einem Anwalt zeigen sollte, hatte er sicher gewusst, dass ich mir keinen leisten konnte.

Und so weiter. Beim Fahren sollte ich unbedingt die Geschwindigkeitsbeschränkungen einhalten, um nicht die Aufmerksamkeit der Polizei zu erregen. Letzteres war auch der wahre Grund dafür, dass sie nicht in die Nähe des Gerichtsgebäudes in Martinsburg kommen wollten. Sie bezahlten immer alles mit Bargeld, sogar die Sachen für sich selbst, weil nicht einmal das Kartell eine FBI-Kreditkarte fälschen konnte.

Ich nahm die Hände vom Gesicht und sah Amanda an. »Es tut mir so leid, so furchtbar leid. Es ist alles meine Schuld. Und ich hab nicht nur mein eigenes Leben ruiniert, ich hab auch deins ruiniert. Und das unseres Kindes. Ich habe alles kaputtgemacht.«

»Jetzt beruhig dich erst einmal«, sagte Amanda.

Ich blickte zum Wärter, der uns aus fünf Metern Entfernung besorgt beobachtete – offensichtlich hatte ich eine Nervenzusammenbruch –, und flüsterte grimmig: »Ich soll mich beruhigen? Kapierst du es denn nicht? Ich habe mich schuldig bekannt. Freiwillig, in einem echten Gerichtssaal vor einem echten Richter. Und das FBI wird mich nicht hier rausholen können, weil das echte FBI nicht einmal weiß, dass ich hier bin. Für die nächsten acht Jahre meines Lebens sitze ich hier fest. *Acht Jahre.*«

»Ganz ruhig«, sagte Amanda wieder.

»Das ist die *Realität.* Was soll ich denn machen? Zum echten FBI gehen und sagen: ›Tja, es hat da eine kleine Verwechslung gegeben …‹ Die Gefängnisleitung hier wird mich nicht einmal mit dem FBI reden lassen. Im Verhaltensleitfaden steht ganz klar, dass ich mit keiner Strafverfolgungsbehörde Kontakt aufnehmen darf, sondern nur mit einem Gericht. Und die Gerichte gucken sich meine Verurteilung an und sagen: ›Sorry, Kumpel, du hast ein Geständnis abgelegt, da ist nichts zu machen.‹ Und auch das nur, wenn ich sie dazu bringe, mir zuzuhören – vermutlich schaffe ich nicht einmal das. Es ist gut möglich, dass sie mich einfach ignorieren, denn ich bin bloß einer von vielen irren Häftlingen, denen das Gefängnis den Rest gegeben hat und die jetzt wilde Geschichten erzählen, die kein Mensch glaubt.

Und ich kann nicht einmal sagen: ›Ha, ha, das war aber Pete Goodrich, der sich schuldig bekannt hat, nicht Tommy Jump, ihr könnt Pete Goodrich behalten, aber Tommy Jump müsst ihr gehen lassen.‹ Sie haben meine Fingerabdrücke. Und ja, ich könnte vielleicht hier abhauen, und ein paar Stunden lang würde es unentdeckt bleiben. Aber du kannst verdammt sicher sein, dass sie mich suchen werden, und wenn sie mich gefunden haben, ist es ihnen egal, ob es Tommy Jump oder Pete Goodrich ist. Es interessiert sie nur, dass es die Fingerabdrücke von einem Typ sind, der ins Gefängnis gehört. Damit würde ich nur erreichen, dass auf meine Strafe noch weitere fünf Jahre wegen Fluchtversuchs draufgepackt würden. Und die würde ich in einem Gefängnis absitzen, das wesentlich schlimmer ist als das hier.«

Ich beendete meine Tirade mit: »Ich bin total und hoffnungslos geliefert.«

Und dann bekam Amanda, die nicht den ganzen Weg hierhergekommen war, um ihrem Verlobten bei einem Nervenzusammenbruch zuzusehen, diesen entschlossenen Gesichtsausdruck und sagte im reinsten Mississippi-Tonfall: »Nun, vielleicht auch nicht.«

***

Sie forderte, dass ich mich jetzt zusammenriss, und erzählte mir dann, was sie damit meinte.

Was zunächst auch bedeutete, dass sie mich wie ein Kleinkind behandelte. Ich hatte mich ja entsprechend benommen. Sie kaufte mir eine Flasche Wasser und Kekse aus dem Automaten, ließ mich tief ein- und ausatmen und ein paar Runden im Raum drehen.

Woraufhin der Wärter natürlich wissen wollte, was los war. Doch Amanda hatte ihre Antwort schon parat: »Seine geliebte Omi ist ganz plötzlich gestorben, dabei war sie noch bei bester Gesundheit gewesen.«

Nachdem ich meinen Tränenfluss gestoppt hatte und auch fast wieder normal atmete – nur hin und wieder schluchzte ich noch –, musste ich mich wieder setzen. Wir sprachen leise, die Köpfe zusammengesteckt.

»Geht's dir besser?«, fragte sie.

»Ein bisschen. Wieso bist du so ruhig?«

»Glaub mir, am Anfang war ich das auch nicht. Mir ging's noch viel schlimmer als dir, nachdem Brock mir das über Danny erzählt hatte. Wir waren in einem Restaurant. Mein Verhalten war mir so peinlich, dass ich rausgerannt bin. Ich hatte zwölf Stunden Zeit, um das alles zu verarbeiten. Auf dem Weg hierher haben Brock und ich die meiste Zeit darüber geredet. Er ist ein echter Schatz.«

»Bitte danke ihm von mir.«

»Mach ich. Aber eins nach dem anderen. David Drayer.«

Der Staatsanwalt, der mich, zumindest formaljuristisch, angeklagt hatte. »Was ist mit ihm?«

»Er ist mit von der Partie. Das muss er sein, es geht gar nicht anders. Er ist das Bindeglied zwischen dem unechten FBI von Danny Ruiz und dem echten Justizsystem, das dich zu dieser Strafe verurteilt hat. Er war derjenige, der sämtliche Dokumente erstellt hat, damit es so aussieht, als würdest du dich eines echten Verbrechens schuldig bekennen. Ohne David Drayer, der weiß, wie das System funktioniert, wäre nichts von alldem zustande gekommen.«

»Okay, angenommen, du hast recht. Was nützt uns das?«

»Ich glaube nicht, dass er freiwillig mitmacht«, sagte Amanda. »Erinnerst du dich noch an sein Verhalten, als er zu uns ins Holiday Inn gekommen ist? Ihm war die ganze Zeit sichtlich unwohl, und er hat immer wieder Danny und Gilmartin angesehen, als wollte er wissen: ›Ist das so richtig?‹ Er wusste, dass sie Betrüger waren. Und zurückblickend denke ich, er hatte Angst vor ihnen.«

»O mein Gott. Kris Langetieg«, sagte ich.

»Wer ist das?«

»Erinnerst du dich, als Danny wollte, dass du das Zimmer verlässt, damit er uns absolut vertrauliche Dokumente zeigen konnte?«

»Ja, klar.«

»Es waren keine Dokumente, es war ein Foto von einem ermordeten Staatsanwalt namens Kris Langetieg. Er war vor seinem Tod offensichtlich gefoltert worden. Es war … entsetzlich.

Unbeschreiblich grausam. Danny hatte erzählt, er wäre deshalb ein so engagierter FBI-Agent geworden und präsentierte sich quasi als Kris Langetiegs Racheengel. In Wirklichkeit hat er auf diese Weise Drayer wissen lassen: Halt deinen Mund, oder dir wird es genauso gehen.«

»Warum hast du mir nichts davon gesagt?«

»Es klingt jetzt dumm, aber ich wollte nicht, dass du dir Sorgen machst. Vielleicht … ich wollte nicht, dass du mir die ganze Sache ausredest.«

Sie runzelte die Stirn. »Okay, verstehe. Aber ab jetzt müssen wir absolut ehrlich miteinander sein. Bei allem. Nichts mehr verschweigen, okay? Und ich muss dir auch gleich etwas gestehen. Erinnerst du dich noch an deinen Freund in Arkansas?«

»Sicher«, sagte ich.

»Als du dich an Labor Day draußen auf der Terrasse mit deiner Mutter unterhalten hast, hat er angerufen, um dir den Job beim Arkansas Repertory Theatre anzubieten. Ich hab gesagt, du hättest dich schon für einen anderen Job entschieden, was im Prinzip stimmte. Dann hab ich getan, als hätte es den Anruf nie gegeben, weil ich nämlich in Wahrheit nicht wollte, dass du deine Entscheidung rückgängig machst. Ich war von dem vielen Geld genauso geblendet wie du. Wenn es dir also leidtut, dass du unser beider Leben ruiniert hast, geh nicht so hart mit dir ins Gericht. Ich bin für die Situation genauso verantwortlich wie du. Und wenn du wütend auf mich sein willst, ist das dein gutes Recht.«

Aber davon war ich weit entfernt. Ich sah ihr in die Augen und fühlte eine enorme Dankbarkeit für das Glück, das Schicksal oder den Zufall, der mich mit dieser sagenhaften Frau zusammengeführt hatte. Hier saß ich, am tiefsten Punkt meines Lebens angekommen, ein Wrack von einem Mann, und sie hätte mich ganz einfach verlassen können. Und doch hielt sie nicht einfach nur zu mir, sie munterte mich auf und lud sich die Hälfte von jenen dreizehn Honda Civics auf die Schultern.

Früher hatte Amanda gesagt, unsere Beziehung sei noch nie einer ernsthaften Belastungsprobe ausgesetzt gewesen. Das hatte sich jetzt geändert. Und sie bestand sie absolut glorreich.

»Du hast ja keine Ahnung, wie sehr ich dich im Moment liebe«, platzte ich heraus.

»Bring mich nicht zum Weinen. Wir müssen uns konzentrieren. David Drayer.«

»Okay«, sagte ich.

»Was du über Kris Langetieg gesagt hast, bestätigt, dass Drayer eigentlich nicht mitmachen wollte. Vermutlich hat das Kartell zuerst Kris Langetieg, Drayers Kollegen, angesprochen. Vielleicht hat Langetieg eine Weile mitgemacht und wollte dann nicht mehr, oder er hat sie gleich zum Teufel geschickt. So oder so, sie brachten ihn um und wandten sich dann an Drayer mit einer Kombination aus finanziellem Anreiz und Drohungen.«

»Also nach dem Motto ›Nimm das Bestechungsgeld oder dir ergeht es wie Langetieg‹?«

»So in etwa, ja«, antwortete Amanda. »Ich will damit sagen, dass er meiner Meinung nach nicht aus Überzeugung fürs Kartell arbeitet. Dafür war er zu zurückhaltend. Ich muss nach Martinsburg fahren und mit ihm reden.«

»Und wenn er schnurstracks zu Danny läuft?«

»Das kann ich mir nicht vorstellen. Tief im Inneren gehört David Drayer bestimmt noch zu den Guten.«

»Und du glaubst, wenn er zur Kooperation mit dem Kartell genötigt wurde, können wir ihn irgendwie dazu bringen, die Wahrheit zu sagen?«

»Oder er hat eine Idee, wie du aus der Sache rauskommst«, sagte Amanda. »Er kam mir wie ein Mann vor, der in die Enge getrieben worden war. Vielleicht weiß er einen Ausweg.«

»Möglicherweise. Und vielleicht kann er auch Mitch helfen«, sagte ich und erzählte ihr von dem Verrat, den SARs, den Einzahlungsbelegen und dem falschen Spiel von Thad Reiner.

Inzwischen hatte sich das Besucherzimmer gefüllt, und ich musste immer lauter sprechen. Womit es schwieriger wurde, etwas zu sagen, was nicht auch andere mithören durften.

Deshalb beschlossen wir schweren Herzens, den Besuch zu beenden, um nicht das Risiko einzugehen, dass etwas in die falschen Ohren geriet. Ich musste wieder Pete Goodrich sein und jetzt auch noch so tun, als wüsste er nicht mehr als in dem Moment, als er den Raum betreten hatte.

Dazu kam – und das impfte ich Amanda ein –, dass Pete nicht einmal mehr mit seiner Frau, Kelly, offen am Telefon sprechen konnte, weil ich die Apparate ja fürs Kartell verwanzt hatte. Wir mussten bis Freitag warten, um wie üblich zu telefonieren, und dann so tun, als hätte sich nichts geändert.

Mein Verhalten oder sonst etwas zu verändern – zum Beispiel die Abhörgeräte zu zerstören –, konnte die Kartellleute vermuten lassen, dass ich ihnen auf die Schliche gekommen war. Falls David Drayer wirklich eine Möglichkeit sah, Mitch und mich hier rauszuholen, würden wir dadurch einen unserer wenigen Vorteile gegenüber dem Kartell verspielen: den Überraschungseffekt.

Also küssten und umarmten wir uns, wie von der Gefängnisordnung erlaubt, beides jedoch viel zu kurz, und ich flüsterte Amanda ins Ohr: »Versprich mir, auf dich aufzupassen. Wenn du auch nur den leisesten Verdacht hast, dass Drayer doch mit dem Kartell unter einer Decke steckt, renn, so schnell du kannst, ganz weit weg. Du kannst mich hierlassen, mach dir meinetwegen keine Sorgen. Das Kartell darf auf keinen Fall in dir eine Bedrohung vermuten.«

Und dann fügte ich hinzu: »Ich hab gesehen, was sie einer Bedrohung antun.«

46. KAPITEL

Auf der Fahrt nach Martinsburg führte Amanda zwei Gespräche, von denen das eine wesentlich besser lief als das andere.

Bei dem ersten erzählte sie Brock, was sie von Tommy erfahren hatte.

Bei dem zweiten war eine vollkommen aufgelöste Barb am anderen Ende, die voller Entsetzen entdeckt hatte, dass ihre zukünftige Schwiegertochter – die sie am Sonntagmorgen mit einem leckeren Waffelfrühstück verwöhnen wollte –, nicht etwa lange schlief, sondern gar nicht im Haus war. Barb hatte sie auf dem Handy angerufen, davon überzeugt, dass Amanda »irgendwo in einem Straßengraben lag«.

Da half es auch nichts, dass Amanda beteuerte, dass sie in keinem Straßengraben lag, sondern in West Virginia war. Woraufhin Barb sich natürlich nicht mit vagen Andeutungen und dubiosen Erklärungen abspeisen ließ.

»Jetzt reicht's«, verkündete sie umgehend, nachdem sie die Wahrheit erfahren hatte. »Ich komme sofort hin. Wir sehen uns in ein paar Stunden.«

Amanda protestierte, dass es momentan nichts gab, womit Barb helfen könnte.

Woraufhin Barb antwortete: »Ich würde dir recht geben, aber dann hätten wir beide unrecht.«

Dann legte sie auf.

Kurz darauf fuhren Brock und Amanda zurück zum Exit 13, wo wenige Stunden später auch Barb eintraf. Sie quartierten sich nicht im Holiday Inn ein, weil Amanda die ganze Zeit Angst gehabt hätte, hinter der nächsten Ecke auf Rick Gilmartin zu treffen. Stattdessen übernachteten sie im Day Inn.

Am Montagmorgen quetschten sie sich zu dritt in Brocks Mini Cooper und fuhren das kurze Stück zum W. Craig Broadwater Federal Building and United States Courthouse in Martinsburg, wo Brock die Frauen am Eingang absetzte. Sie hatten beschlossen, dass er im Wagen blieb, denn falls Drayer etwas Unerwartetes tat – die Frauen verhaften ließ oder beim Kartell verpfiff –, war Brock ihre einzige Absicherung.

Sie gingen durch dieselben Glastüren wie Tommy, als er sich gestellt hatte, und trafen auf dieselben Justizwachtmeister in blauen Uniformjacken. Amanda sagte, sie wollten mit David Drayer sprechen, woraufhin einer der Wachtmeister ihre Ausweise verlangte. Amanda konnte natürlich nicht Kelly Goodrich sein und reichte ihm ihren Amanda-Porter-Führerschein.

Der Name sagte Drayer wahrscheinlich nichts, was aber gut war.

»Haben Sie einen Termin?«, fragte er.

»Nein«, erwiderte sie knapp.

»Kann ich ihm sagen, worum es sich handelt?«

»Nein«, sagte sie wieder. »Das geht nur mich und Mr. Drayer etwas an.«

Der Mann musterte sie einen Moment. Amanda war fest entschlossen, sich nicht abwimmeln zu lassen. Wenn es sein musste, würde sie den ganzen Tag in der Eingangshalle bleiben, sie würde Drayer auf dem Weg zum Mittagessen nachstellen, ihm zum Auto folgen, was immer nötig sein würde. Amanda war bereit zu kämpfen.

Denn in ihrem Kopf hatte etwas klick gemacht. Vielleicht auf dem Weg von New Jersey hierher, vielleicht auch während des Gesprächs mit Tommy oder auf der Fahrt nach Martinsburg. Irgendwann in den letzten Monaten – wahrscheinlich in der schrecklichen halben Stunde in Hudson van Burens Büro – hatte sie sich verloren. Sie hatte aufgehört, das kampflustige Mädchen aus Mississippi zu sein, hatte in Selbstmitleid gebadet und sich von den Hindernissen auf ihrem Weg aufhalten lassen.

Zum Teufel damit. Amanda wollte nicht länger Opfer sein, es reichte ihr, immer wieder Hudson van Burens anzügliches Grinsen vor Augen zu haben. Sie war eine Frau, ein Meter siebenundfünfzig groß, mit rotblondem Haar, bezaubernden Sommersprossen und fest entschlossen, einigen Leuten in den Arsch zu treten.

Vielleicht hatte sie dem Mann in der blauen Uniformjacke genau das mit einem eiskalten Blick signalisiert, denn nach einigem Hin und Her via Walkie-Talkie sagte er: »Okay, vierte Etage.«

***

Sie fuhren schweigend im Aufzug nach oben, wo sie von einer Sekretärin empfangen und in Drayers Büro geführt wurden. Er saß am Schreibtisch und starrte durch seine randlose Brille auf einen Computerbildschirm. Sein dünnes Haar war ungepflegter als bei ihrer ersten Begegnung.

Als er Amanda wiedererkannte – sie war die Frau im Hotelzimmer, deren Mann er ins Gefängnis geschickt hatte –, wurde sein Gesicht fast so weiß wie sein Haar.

»Barb, bitte schließ die Tür«, sagte Amanda mit der ruhigen Entschlossenheit einer Frau, die keinen Widerspruch akzeptierte.

Barb schloss die Tür und setzte sich. Amanda baute sich mit verschränkten Armen vor Drayers Schreibtisch auf.

»Ich sehe, Sie erinnern sich an mich«, sagte sie. »Mein Verlobter, den Sie im Oktober ins Gefängnis geschickt haben, heißt in Wahrheit nicht Pete Goodrich, sondern Tommy Jump. Und er hat auch keine Bank überfallen. Aber das wissen Sie sicher schon alles.«

Drayer konnte – oder wollte – nicht antworten.

»Die Männer in dem Hotelzimmer waren keine FBI-Agenten«, fuhr Amanda fort. »Sie arbeiten für das New-Colima-Kartell, aber das wissen Sie ebenfalls.«

»Ich weiß nicht ... Ich weiß nicht, wovon Sie reden«, sagte er. Die Worte kamen stockend aus seinem Mund und stürzten noch über dem Schreibtisch ab. Keiner im Raum glaubte das, am wenigsten Drayer selbst.

Sein Blick wanderte von Amandas finster entschlossener Miene zu Barb, die aussah, als würde sie ihm am liebsten den Hals umdrehen. Er fing an, nervös mit dem rechten Bein zu wippen, er konnte nicht länger so tun, als tangierte ihn das alles nicht. Er war ein Mann, der seine Karriere auf Wahrheiten aufgebaut hatte, die mit unwiderlegbaren Beweisen untermauert werden mussten.

Schließlich gab er den Versuch auf, den Unwissenden zu spielen.

»Sie verstehen nicht, ich ... Ich hatte keine Wahl«, stieß er leise aus. »Sie sind zu mir nach Hause gekommen und haben mir haarklein erzählt, was mit Langetieg passiert ist. Sie hatten ihm ein Angebot gemacht, er weigerte sich, und sie brachten ihn um. Einfach so. Und das Gleiche würden sie mir und meiner Familie antun, nur noch schlimmer. Zu der Zeit wussten hier schon alle, dass Langetieg ermordet worden war, sein Körper verstümmelt und er vermutlich gefoltert wurde, bevor er starb. Was sollte ich denn machen? Es drauf ankommen lassen, dass sie das mit mir auch machen würden? Ich konnte ...«

»Und da haben Sie lieber einen unschuldigen Mann ins Gefängnis geschickt«, fuhr Amanda ihn an.

»Hören Sie, ich habe nichts über ihn gewusst. Er ist Ihr Verlobter? Ich weiß nach wie vor rein gar nichts«, protestierte Drayer. »Ich bin davon ausgegangen, dass er ebenfalls fürs Kartell arbeitet. Ich dachte ... ich weiß nicht, was ich dachte. Ich hab nur

Befehle ausgeführt. Mehr nicht. Die beiden vom Kartell wollten, dass ich eine Anklageschrift abfasse, und das hab ich gemacht. Sie haben gesagt, der Mann würde alles akzeptieren, was ich mir ausdenke, und sich schuldig bekennen, und so ist es auch gewesen. Ich wollte die ganze Sache einfach nur hinter mich bringen.«

»Aber das Geld des Kartells haben Sie genommen«, sagte Amanda. »Sie haben das Geld genommen, genau wie wir auch. Aber der Unterschied ist, dass Tommy wirklich glaubte, die zwei Männer wären FBI-Agenten. Doch Sie wussten, dass das nicht stimmte.«

»Ich hab das Geld einer karikativen Einrichtung gespendet«, sagte Drayer. »Meine Tochter arbeitet für eine Non-Profit-Organisation, das Virginia Institute of Autism. Ich hab alles ihnen gegeben.«

»Das ist sicher gut für Ihr Gewissen, aber mein Verlobter sitzt noch immer im Gefängnis.«

Drayer schüttelte den Kopf und wiederholte: »Ich hatte keine Wahl.«

»Aber jetzt haben Sie eine«, sagte Amanda. »Jetzt können Sie das Richtige tun. Mein Verlobter ist kein Verbrecher, er ist Schauspieler. Deshalb hat New Colima ihn angeheuert. Sie haben gesagt, er solle eine Rolle spielen, und zwar im Gefängnis. Ich weiß, es klingt verrückt, aber er hat mitgemacht. Er sitzt vollkommen unschuldig dadrin, er gehört nicht hinter Gitter.«

»Und was glauben Sie, dass ich tun kann?«

»Sie haben ihn da reingebracht. Es muss einen Weg geben, ihn wieder rauszuholen.«

»Aber wie?«, fragte Drayer. »Ich bin nur Staatsanwalt, kein Gott. Ich kann den Bundesgerichten oder der Gefängnisverwaltung nicht sagen, was sie zu tun haben. Selbst wenn ich damit zu einem Richter ginge und sagte: ›Euer Ehren, dieser Häftling hat mit den Bundesbehörden kooperiert, und ich möchte, dass Sie seine Haftstrafe verkürzen‹, müsste es eine Anhörung geben. Der

Richter würde darauf bestehen, dass das FBI vor Gericht aussagt, und ich kann keine Kooperation erfinden, die es nicht gibt. Tut mir leid, ich wünschte, ich könnte Ihnen helfen, aber ich kann es nicht.«

Barb, die es bis jetzt geschafft hatte, zu schweigen, konnte sich nicht länger zurückhalten.

»Aha, Sie können es nicht?«, sagte sie. »Das ist wirklich schade. Mir ist auf dem Weg hierher nämlich etwas aufgefallen. Neben dem Gerichtsgebäude ist ein Zeitungskiosk, und wissen Sie was? Journalisten lieben hübsche, junge weiße Frauen, die Amanda heißen.

Aber was sie noch mehr lieben als ihren Namen, sind Fotos von ihr. Zeitungen *lieben* es, Fotos von hübschen, jungen weißen Frauen zu bringen, die in Schwierigkeiten stecken. Dabei ist es egal, worum es geht, ob sie ein echtes Problem oder sich einfach nur in Aruba verlaufen haben. Die Zeitung wird die Geschichte auf der Titelseite bringen, nur damit alte geile Männer, die am Zeitungskiosk vorbeigehen, stehen bleiben und sich fragen, was mit der hübschen, jungen weißen Frau wohl passiert ist. Und die die Zeitung dann kaufen, um es herauszufinden. Müssen wir wirklich diesen Weg einschlagen? Müssen wir wirklich in die Redaktionsbüros gehen, damit sie ihre Geschichte erzählt und für Fotos posiert?«

Es schien zwar unmöglich, aber Drayer sackte noch mehr in sich zusammen.

»Bitte, tun Sie das nicht«, sagte er kaum hörbar.

»Okay, aber dann müssen Sie kreativer an der Lösung des Problems arbeiten. Tommy Jump, der Mann, den Sie ins Gefängnis geschickt haben, ist mein Sohn. Und wenn die Zeitung die Geschichte meiner zukünftigen Schwiegertochter gebracht hat, wird sie zu mir kommen. Zwar lieben Zeitungen faltige, alte Frauen nicht so sehr wie hübsche, junge Mädchen, aber zornige Mütter lassen sich trotzdem gut verkaufen.«

»Okay, ich hab verstanden«, sagte Drayer schwer atmend. »Ich will Ihnen helfen, wirklich. Ich weiß nur nicht …«

Er schüttelte den Kopf. »Mir fallen nur zwei Möglichkeiten ein. Die erste wäre, eine neue Gerichtsverhandlung anzuberaumen. Das Problem dabei ist, dass ich nicht weiß, wie das gehen soll. Man kann einen Fall nur wieder aufrollen, wenn es neue Beweise gibt, die zur Zeit der Verurteilung nicht hätten vorliegen können. Die Latte dafür hängt sehr hoch. Besonders dann, wenn es sich um ein Verbrechen handelt, das komplett erfunden war. Wir werden wohl schwerlich jemanden finden, der sagt: ›Hallo, eigentlich war ich es, der die Bank überfallen hat.‹ Weil es keinen Banküberfall gegeben hat.«

»Und was ist mit einem Alibi?«, fragte Barb. »Ich weiß nicht, wann dieser fiktive Banküberfall stattgefunden haben soll, aber Tommy war sicher Hunderte von Meilen weit entfernt und stand auf irgendeiner Theaterbühne.«

»Auch das wird schwer zu verkaufen sein, weil das Gericht sagen wird: ›Moment mal, wenn der Mann ein so solides Alibi hatte, warum wurde das nicht bei der ersten Verhandlung präsentiert? Und warum hat er ein Geständnis abgelegt?‹ Das wirft einfach zu viele Fragen auf, die wir nicht beantworten können. Deshalb glaube ich, wir müssen die zweite Möglichkeit in Erwägung ziehen.«

»Und die wäre?«, fragte Amanda.

»Er bekommt ein neues Urteil, das auf seiner außergewöhnlichen Kooperation mit den Strafverfolgungsbehörden beruht. Das scheint mir der leichtere Weg zu sein, und es passiert auch öfter. Die Frage dabei ist, in welcher Hinsicht kooperiert er? Es muss etwas Brauchbares sein, worauf das FBI sofort anspringt, wenn ich damit zu ihnen gehe.«

Barb stellte es so dar, als wäre das doch nun wirklich offensichtlich: »Er kann gegen Danny Ruiz und Rick Gilmartin aussagen, weil sie sich als FBI-Agenten ausgegeben haben.«

Drayer schüttelte schon den Kopf, bevor Barb überhaupt zu Ende gesprochen hatte. »Tut mir leid, aber ich bezweifele, dass uns das weiterbringt. Wenn Richter die Bereitschaft zur Kooperation abwägen, ist eine der ersten Fragen, wie wichtig diese Kooperation tatsächlich ist. Wie sehr dient sie dem Gemeinwohl? Sich als Polizist auszugeben würde als geringeres Verbrechen angesehen werden, als eine Bank zu überfallen. Der Richter würde die Strafe vielleicht um ein Jahr verringern, was natürlich gut wäre, aber sicher nicht das ist, was Sie wollen.«

Dann herrschte frustriertes, gelähmtes Schweigen.

»Das ist doch verrückt«, sagte Barb schließlich. »Er hat nie eine Bank überfallen! Wie kann er für etwas im Gefängnis sitzen, was er nicht getan hat?«

»Es tut mir leid, Ma'am, aber so dürfen Sie nicht denken«, sagte Drayer leise. »Aus Sicht des Gerichts hat er seine Chance schon gehabt. Und dort reißt man sich ein Bein aus, um sicherzustellen, dass die erste Verurteilung so fair wie möglich ist. Deshalb gibt es ja die Unschuldsvermutung. Aber wenn man einmal verurteilt wurde, ist es sehr schwer, ein neues Verfahren zu bekommen. Und wenn wir versuchen, den Fall wieder aufzurollen, müsste er zugeben, dass sein Geständnis vor Gericht gelogen war. Das ist Meineid. Und er müsste zugeben, dass er für den Gesetzesbruch Geld vom Kartell bekommen hat, was den Tatbestand einer kriminellen Verschwörung erfüllt. Das sind dann schon zwei Straftaten. Deshalb glaube ich, dass Kooperation der einzige Weg ist. Aber es muss eine große Sache sein. Hat er gegen das Kartell irgendetwas in der Hand?«

»Nein«, sagte Amanda sofort. »Aber der Mann im Gefängnis, wegen dem er ja reingegangen ist, weil er sich mit ihm anfreunden sollte, hat ganz sicher etwas zu bieten.«

Amanda erzählte Drayer, was sie von Tommy über Dupree und die schlagenden Beweise gegen das Kartell in dessen Besitz erfahren hatte.

»Wäre das genug?«, fragte sie am Ende.

»Aber sicher«, sagte Drayer. »Wenn Ihr Verlobter hilft, den berüchtigtsten Drogenboss in der westlichen Hemisphäre hinter Gitter zu bringen, gibt es wohl keinen Richter, der da nicht mitspielen würde.«

»Okay, und was ist der nächste Schritt?«, fragte Amanda.

»Wir reden mit dem FBI«, sagte Drayer. »Dem *echten* FBI.«

47. KAPITEL

Herrera wartete, bis El Vio aus Rosario Nr. 2 verschwunden war. Dann rief er die Dienstleister an und forderte, alles – *alles* – über diesen angeheuerten Schauspieler zu erfahren. Wie hatten sie ihn gefunden? Mussten sie ihn überreden, den Job zu machen, oder war er scharf darauf gewesen? Bestand die Möglichkeit, dass dieser »Schauspieler« nicht wirklich Schauspieler war, sondern für jemand anderen arbeitete?

Immerhin war der Schauspieler jetzt ein Sub-Dienstleister für New Colima und in ihrem Auftrag tätig, auch wenn er selbst das nicht wusste. Was bedeutete, dass der Sicherheitschef ihn einer genauen Überprüfung unterziehen musste.

Ruiz versicherte Herrera, dass alles genauso war, wie es aussah. Allerdings wusste Herrera, dass er nie vorsichtig genug sein konnte. Die Polizei war gerissener als je zuvor, besonders wenn es um Ziele von hoher Priorität wie New Colima ging.

Dieser Schauspieler könnte ebenso gut eine Art Schläfer-Agent sein. Herrera hatte verheerende Geschichten über solche Leute gehört – Polizisten, die über Jahre als Kriminelle aufgebaut wurden und bis tief in die Organisation eingedrungen waren, um sie eines Tages zu zerstören. Um ihre Tarnung nicht auffliegen zu lassen, hatten sie sogar Gesetze gebrochen.

Sie würden den kritischsten Moment abwarten – zum Beispiel wenn das avisierte Verbrechersyndikat im Begriff war, Dokumente wiederzubeschaffen, die dessen Fortbestand sicherten –, um ihr wahres Gesicht zu zeigen.

Ein weiteres beängstigendes Szenario: dass der Schauspieler nicht für die Polizei arbeitete, sondern für ein rivalisierendes Kartell. Einer ihrer Feinde könnte die Unterlagen benutzen, um New Colima seine schwer erkämpften Gebiete und Versorgungswege abzupressen.

Alles war möglich. Irgendetwas an dieser ganzen Aktion war faul. Außerdem missfiel ihm, dass sein Dienstleister ihn hinsichtlich des eingeschleusten Mannes belogen hatte. Und die gemeinsame Vergangenheit von Ruiz und dem Schauspieler machte ihn ebenfalls nervös.

Wer war der Schauspieler also *wirklich*?

Das waren die Gründe, weshalb Herrera zwei Tage später noch einmal durch den Tunnel – vorbei am »Grenzübergang«, wo dem Präsidentenfoto neue Beleidigungen hinzugefügt worden waren – in die USA reiste. Als Hector Jacinto flog er weiter nach Newark, wo er wieder ein Auto mietete.

Er fuhr zuerst in einen nördlichen Stadtteil von Newark, wo er kurz den geheimen Unterschlupf von New Colima aufsuchte und von zwei Mittelsmännern – die sich glücklich schätzten, einem so hochrangigen Kartellmitglied helfen zu können – mit Waffen versorgt wurde. Dann machte er sich weiter auf den Weg in den Norden New Jerseys.

Der Schauspieler und Ruiz waren in einer Stadt namens Hackensack aufgewachsen. Laut des Dienstleisters hatte der Schauspieler eine Mutter und eine Verlobte, was Herrera freute. Sie waren potenzielle Druckmittel.

Es dauerte nicht lange, und Herrera manövrierte sich wieder einmal durch das Straßengewirr einer amerikanischen Vorstadt. Kurz nach zweiundzwanzig Uhr – und früher, als klug gewesen wäre, aber Herrera war müde – bog er in die Straße ein, wo der Schauspieler wohnte, und passierte sein Haus. Ein einziges Mal. Es war klein, wie alle Häuser in dieser Straße, und vollkommen dunkel. Die kurze Auffahrt war leer, eine Garage gab es nicht. Also kein Auto, was vermuten ließ, dass niemand zu Hause war. Mehr konnte Herrera bei der langsamen Vorbeifahrt nicht erkennen.

Er parkte um die Ecke und ging dann zu Fuß los, ein Mann, der einen Abendspaziergang machte. Kein Neumond, was ihm lieber gewesen wäre, außerdem brannten die Straßenlaternen. Dafür würde er hier weniger auffallen als vor kurzem in Atlanta, denn in dieser Gegend lebten mehr Mexikaner.

Nachdem er einmal am Haus vorbeigegangen war, kehrte er um und passierte es ein zweites Mal, um ganz sicherzugehen, dass seine Bewohner nicht da waren. Aber jetzt ging im Nachbarhaus die Außenbeleuchtung an, und ein hochgewachsener, dunkelhäutiger Mann mit Turban trat auf die Veranda.

Seine Absicht war unmissverständlich. *Ich sehe dich. Ich kenne meine Nachbarn. Du gehörst nicht hierher.*

Herrera eilte weiter, verschwand um die Ecke in seinen Wagen und fuhr los. Er ärgerte sich über seine Unvorsichtigkeit, seine Ungeduld. Im übernächsten Ort checkte er als Hector Jacinto in ein Marriott Hotel ein. Dann wartete er.

Um zwei Uhr morgens war er zurück in dem Viertel. Obwohl der Mann mit dem Turban jetzt wohl schlief, näherte sich Herrera dem Haus des Schauspielers sicherheitshalber von der anderen Seite. Er war kein netter Schlenderer mehr, sondern ein Mann mit einem Plan.

Zwei Häuser entfernt zog er die Sturmhaube über. Die Handschuhe hatte er bereits an. Eiligen Schrittes bog er in die Auffahrt des Hauses, an dem rechts ein schmaler Pfad nach hinten führte, auf beiden Seiten von Zäunen gesäumt, die die Grenze zum Nachbarhaus bildeten. Herrera stieg über den linken Zaun und stand kurz darauf hinten im Garten.

Jetzt im Winter lag der schmale Grasstreifen verlassen da. Zudem war es dunkel, denn das Haus schirmte die Straßenbeleuchtung ab. Endlich hatte Herrera das Gefühl, sich unbeobachtet in Ruhe umsehen zu können.

Das Haus war einfach, ein schlichter weißer Kasten, nicht wie die eleganten Häuser in Jalisco, Herreras Heimatstadt. Auf einer winzigen Terrasse standen billige Gartenmöbel, der Sonnenschirm war fest verschnürt; in der hinteren Ecke befand sich ein Schuppen.

Im Haus war es vollkommen dunkel, nicht einmal ein Nachtlicht brannte im Flur. Herrera stieg die drei Stufen hinauf zur Terrasse und spähte durch eines der Fenster. Er versuchte, es hochzuschieben, aber es war verriegelt.

Somit blieb nur die Glasschiebetür. Da sie nicht einmal mit einem Stangenschloss gesichert war, wusste er, auf welchem Weg er ins Haus kommen würde.

Er ging die Treppenstufen hinunter zurück in den Garten und weiter zum Schuppen. Dort würde zwar kein Set mit Dietrichen rumliegen, dafür fand er einige Schraubenzieher, ein Kabel, eine Grabegabel und einiges mehr, was seinen Zweck erfüllen würde. Und um Geräusche brauchte er sich ja keine Gedanken zu machen.

Fünfzehn Minuten später war er im Haus. Wer immer zuletzt dort war, hatte es eilig verlassen – in der Spüle stand schmutziges Geschirr und auf dem Küchentisch ein Teller mit inzwischen vertrockneten Waffeln.

Herrera sah sich im ganzen Haus um, um so viel wie möglich über dessen Bewohner zu erfahren. Es gab Fotos von einer zierlichen Frau, wahrscheinlich die Mutter des Schauspielers, und einem kleinen Jungen, der ihr ähnlich sah, sicher der Schauspieler selbst. Als Teenager und auch noch als junger Mann war er dürr gewesen, nur auf den späteren Fotos hatte er sich ein paar Muskeln antrainiert.

Ein Foto zeigte den Schauspieler mit dem Arm um die Taille einer sehr schönen, blonden jungen Frau, offensichtlich seine Verlobte. Der enge Pulli umschmeichelte ihren Oberkörper, und der Rock brachte ihre Beine zur Geltung. Herreras Blick verweilte lange auf ihr – da war sie wieder, seine Vorliebe für Blondinen.

Mit der Handykamera fotografierte er das Foto, dann ging er weiter. Nichts im Haus ließ Herreras Alarmglocken schrillen. Keine Fotos eines jungen Mannes beim Abschluss der Polizeiakademie und auch kein Collegediplom in Strafrecht. Kein Hinweis auf Reisen nach Mexiko, keine verdächtigen Anzeichen von plötzlichem Reichtum, der möglicherweise einem rivalisierenden Kartell zu verdanken gewesen wäre.

Zuletzt kam Herrera in ein zweites Schlafzimmer. Hier stand alles voll mit gerahmten Schnappschüssen von Broadwaymusicals. Und jeder einzelne zeigte den Schauspieler. Wenn es keine Bühnenfotos waren, dann Gruppenbilder mit anderen Leuten, offensichtlich ebenfalls Schauspieler – und allen war dieses Strahlen gemeinsam.

Herrera sah sich die Fotos aus der Nähe an. Sie waren echt, nicht gephotoshoppt. Und mal ganz ehrlich, nicht einmal das FBI oder Sinaloa hätte sich die Mühe gemacht, so viele Fakes herzustellen. Der Schauspieler war tatsächlich ein Schauspieler.

Er ging weiter ins Bad, das ans Zimmer anschloss, und wiederholte, was er schon in dem anderen Badezimmer gemacht hatte: Er zog sämtliche Türen und Schubladen auf und hielt nur inne, als er das Medizinschränkchen inspizierte. Auf dem zweiten Regal, neben einigen Pinzetten, stand ein Glas mit Vitamintabletten.

Aber nicht den üblichen Tabletten – Vitamine für die werdende Mutter.

Die Verlobte war schwanger.

Interessant.

48. KAPITEL

Drei Tage lang befand ich mich in einer Art Schockstarre. Während mein Körper funktionierte, weil ihm nichts anderes übrigblieb, versuchte mein Kopf mit der sehr realen Möglichkeit klarzukommen, dass ich die nächsten acht Jahre für ein erfundenes Verbrechen im Gefängnis festsaß. Und während ich noch so sehr gegen Danny Ruiz und das New-Colima-Kartell wettern konnte, war letztlich doch nur ich selbst mit meiner Leichtgläubigkeit schuld.

Das Grauen darüber erfasste mich in Wellen. Es gab Zeiten, da konnte ich mich beinahe davon überzeugen, dass ich schon damit zurechtkommen würde. Ich hatte einen kolossalen Fehler gemacht, für den ich bitter büßen musste, aber andere Menschen in der ganzen Welt haben noch viel schlimmere Fehler gemacht, oder noch Schlimmeres ist ihnen passiert. Sie haben überlebt, und das würde ich auch.

Acht Jahre waren kein ganzes Leben. Aber es fühlte sich so an.

Doch manchmal traf mich das Ausmaß der Katastrophe so schwer, dass ich kaum mehr atmen konnte. Acht Jahre lang geisttötende Monotonie, verlorene Zeit und großes Leid, das ich meinen Liebsten zufügen würde.

Acht Jahre meiner späten Zwanziger und frühen Dreißiger, die Blütezeit meines Lebens. Sie umfassten obendrein die ersten sieben Jahre und drei Monate des Lebens meines Sohnes oder meiner Tochter, der oder die so gut wie keine Beziehung zu ihrem Daddy haben würde. Und ich durfte gar nicht daran denken, was es für ihn oder sie bedeutete, mit welcher Scham es verbunden wäre, einen Vater zu haben, der im Gefängnis saß. Der Charakter meines Kindes würde zum größten Teil – eigentlich vollständig, oder? – ohne meine Hilfe oder meinen Beitrag geformt werden. Und die ganze Zeit über müsste Amanda sich als alleinerziehende Mutter durchschlagen. Ich wollte mir gar nicht vorstellen, wie verbittert sie mir gegenüber sein würde oder wie unsere Beziehung aussähe, wenn ich nach acht Jahren hier rauskam.

Gedanken wie diese verstärkten in mir den Wunsch nach einem Ort, an dem ich mich verstecken konnte. Aber Bundesgefängnisse gewährten einem Häftling keine Auszeit.

Und so funktionierte ich weiter, war anwesend, aber nicht da. Morgens schleppte ich mich in die Wäscherei, abends spielte ich Poker – warum auch nicht? – und tat, als hätte sich für Pete Goodrich nichts geändert: Es gab kein Davor und Danach in seinem Leben, ausgelöst von der Erkenntnis, dass er hereingelegt worden war.

Obwohl ich mich sehr bemühte, mir die Veränderung nicht anmerken zu lassen, hätte ich schwören können, dass Mitch sich mir gegenüber anders verhielt. Die ersten Male dachte ich, es läge an meiner Wahrnehmung, aber nach einigen Tagen stand für mich fest: Mitch verhielt sich zurückhaltender, vorsichtiger. Er erzählte mir keine weiteren Jagdgeschichten, und auch über seine Zeit bei der Bank sprach er nicht mehr.

Was mir letztlich egal war. Meine Mission hatte sich geändert, es ging jetzt nicht mehr um Mitch.

Es ging nur noch darum, hier rauszukommen.

Dass ich mit Amanda nicht reden konnte, machte alles noch schlimmer. Hatte sie schon etwas erreicht? Hatte Drayer sie mundtot gemacht? Hatte sie aufgegeben und war zurück nach New Jersey gefahren? Ließ sie mich hier verrotten? Ich hatte keine Ahnung.

Das vielleicht Merkwürdigste an diesen drei Tagen war, dass

sich eigentlich nichts geändert hatte. Denn während meine Welt am Sonntagmorgen aus den Angeln gehoben worden war, war in der Strafanstalt Morgantown alles beim Alten geblieben.

Und dann, am Mittwochvormittag, als ich gerade von meiner Arbeit aus der Wäscherei kam, fing Karen Lembo mich ab.

Sie umfasste sanft meinen Arm und führte mich an eine Stelle, wo niemand uns hören konnte. Und dann sagte sie leise: »Der Wärter schickt mich, ich soll Sie ins Verwaltungsgebäude bringen. Zwei FBI-Agenten warten im Konferenzraum auf Sie.«

Sofort dachte ich, dass Ruiz und Gilmartin echt Nerven hatten, sich mit gefälschten FBI-Marken ins Morgantown zu wagen. Müsste ein Bundesgefängnis nicht das Fleckchen Erde sein, das sie nicht zu betreten wagten?

Dann bekam ich Angst. Das Risiko, das sie mit ihrem Kommen eingingen, grenzte an Fahrlässigkeit. Was bedeutete, dass es einen triftigen Grund geben musste. Hatte Amandas Manöver eine Kettenreaktion ausgelöst? War Drayer schnurstracks zu ihnen gerannt? Waren sie jetzt hier, um mir klarzumachen, dass sie wussten, was ich jetzt wusste? Das würden sie mir natürlich nicht klarmachen, ohne mir gleichzeitig zu drohen. Oder schlimmer noch, Amanda.

Und auf einmal kam mir der Gedanke – der auf dem Weg zum Verwaltungsgebäude immer mehr Gestalt annahm –, dass ich versuchen könnte, den Besuch von Ruiz und Gilmartin für mich zu nutzen. Könnte ich unbemerkt von meinen falschen FBI-Freunden Mrs. Lembo oder einem anderen weit oben in der Morgantown-Hierarchie signalisieren, dass diese sogenannten FBI-Agenten in Wirklichkeit Kartell-Schergen waren? Hatten die beiden mit ihrem Kommen einen Riesenfehler gemacht, den ich zu meinem Vorteil nutzen konnte?

Diese und andere Überlegungen wirbelten mir durch den Kopf, während wir den Hügel zum Verwaltungsgebäude hochliefen.

Mrs. Lembo schloss die Tür auf, und wir gingen durch den mit Teppichboden ausgelegten Korridor in einen Teil des Gebäudes, in dem ich noch nie gewesen war. Ohne jede Erklärung öffnete sie die Tür zu einem Konferenzraum, in dem zwei Personen auf uns warteten.

Nicht Ruiz und Gilmartin.

Sondern ein Mann und eine Frau, beide in Anzügen. Die Frau hatte schulterlanges braunes Haar mit ein paar grauen Strähnen; sie wirkte ausgesprochen nüchtern. Der Mann war blond, mit einem kantigen Gesicht. Beide hatte ich nie zuvor gesehen.

Sie boten mir einen Stuhl an, und ich setzte mich. Ich war noch dabei, die neue Entwicklung zu verarbeiten, als die Tür aufging.

Und Mitch Dupree hereinkam.

***

Er sah weder mich noch die beiden Fremden in Anzügen an, sondern schien hauptsächlich an dem Tisch interessiert.

»Ich bin Special Agent Lia Hines«, sagte die Frau an mich gewandt. Sie hatte eine warme Stimme, die gut zu einer Grundschullehrerin gepasst hätte. Sie zeigte auf den Mann. »Das ist Special Agent Chris Hall.«

Er sah mich kurz an, wobei seine Miene ernst blieb. Langatmige Ausführungen waren von ihm nicht zu erwarten.

»Wir arbeiten beim FBI im Bereich Wirtschaftskriminalität«, fuhr Agentin Hines fort. »Mr. Dupree kennt uns bereits recht gut. Schön, Sie wiederzusehen, Mr. Dupree.«

Sie blickte zu Mitch, der noch immer grimmig den Tisch anstarrte, und schob uns Visitenkarten hin, was mir wie ein Déjà-vu vorkam. Danny Ruiz hatte das auch getan. Aber diesmal waren sie sicher echt, oder? Dupree kannte die beiden schon.

Ich sah mir die Visitenkarte an:

LIA HINES
SPECIAL AGENT
FEDERAL BUREAU OF INVESTIGATION
ATLANTA FIELD OFFICE
3000 FLOWERS ROAD S.
ATLANTA, GA 30341

Sie kam mir echt vor. Aber das war bei Dannys ja auch so gewesen.

Gebranntes Kind scheut das Feuer. Also bat ich Mrs. Lembo, auf der FBI-Website die Telefonnummer der Atlanta-Außenstelle zu finden, dort anzurufen und Lia Hines' Arbeitsverhältnis zu verifizieren. Es dauerte ein paar Minuten, bis sie den Daumen in meine Richtung hochhielt und sich bei ihrem Gesprächspartner am anderen Ende bedankte.

Lia Hines wartete geduldig das Ende der Aktion ab, dann sagte sie: »Mr. Goodrich, offensichtlich vertrauen Sie mir nicht, was ich verstehen kann. Mr. Dupree wird Ihnen bestätigen können, dass ich ein ziemlich ehrlicher Mensch bin. Sie sollten also alle Ihre Karten auf den Tisch legen. Das Ergebnis wird Ihnen gefallen oder auch nicht, aber ich werde mich nicht dafür entschuldigen, egal, wie es ausfällt. Wie klingt das für Sie?«

»Ganz okay, denke ich mal«, antwortete ich, noch immer verwirrt, was sich hier abspielte.

»Was uns heute hier zusammenführt, ist ein wenig ungewöhnlich«, sagte sie. »Wir wurden von David Drayer, einem Staatsanwalt des nördlichen Distrikts von West Virginia, kontaktiert. Er sagte, Sie hätten ein Gespräch mit Ihrer Verlobten geführt, die daraufhin Mr. Drayer den Inhalt des Gesprächs wiedergegeben habe in der Hoffnung, eine Strafreduzierung im Tausch gegen eine Kooperation mit uns zu erlangen. Aber bevor wir ins Detail gehen, sollten Sie wissen, dass das FBI nicht das Bundesgericht ist. Wir können eine Strafe weder verringern noch umwandeln. Bestenfalls können wir einem Richter eine Empfehlung geben, danach haben wir auf die weitere Entwicklung keinen Einfluss mehr. Haben Sie das verstanden?«

»Ja«, sagte ich.

»Okay, gut. Also weiter. Die Geschichte, die uns unterbreitet wurde, war … Nun ja, sie unterscheidet sich offensichtlich von der Version, die wir kannten. Und sie enthält einige neue Details über die Unterlagen, die Mr. Dupree uns vorenthält. Ich nehme an, Sie wissen, wovon ich spreche?«

»Ja«, sagte ich aufrichtig.

»Würden Sie bitte wiederholen, was Sie Ihrer Verlobten erzählt haben? Nur um sicherzugehen, dass ich alles korrekt verstanden habe?«

Mitch warf mir einen angewiderten Blick zu, denn ich übte Verrat am altehrwürdigen Anti-Spitzel-Codex. Aber das war mir egal. Ich würde alles tun, um dem Ausgang der Haftanstalt Morgantown auch nur fünf Zentimeter näher zu kommen.

Ich gab den Agenten eine gekürzte Version dessen wieder, was Mitch mir anvertraut hatte. Als Amateurdetektiv vermutete ich, dass Agentin Hines sich hauptsächlich für die Einzahlungsbelege interessierte. Ich erzählte, was ich wusste.

Als ich fertig war, wandte sie sich an Mitch.

»Nun, Mr. Dupree. Das sind sicherlich mehr Einzelheiten, als wir Ihnen jemals entlocken konnten. Sind Sie gewillt zu bestätigen, was Mr. Goodrich gerade erzählt hat?«

Mitchs Gesicht bekam einen hässlichen Ausdruck. Er hatte den Unterkiefer vorgeschoben, so dass seine Zähne in die Oberlippe bissen. Seine Stimme klang giftig.

»Oh, *jetzt* wollt ihr mit mir reden?«, sagte er. »Jetzt? Als ich versucht habe, euch klarzumachen, was wirklich bei der USB los ist, wolltet ihr nichts davon hören. Aber *jetzt* interessiert es euch? Nachdem ihr mich ins Gefängnis geworfen und mein Leben ruiniert habt? Das könnt ihr vergessen. Heute, morgen und übermorgen. Ich habe euch nichts zu sagen.«

Agentin Hines hörte gelassen zu. Die Grundschullehrerin hatte Erfahrung mit bockigen Drittklässlern.

Aber sie konnte noch so ruhig sein, Mitch würde das nicht besänftigen. Er war außer sich vor Wut. Das wäre ich in seiner Situation vermutlich auch: fälschlicherweise verurteilt wegen eines Verbrechens, das er zu verhindern versucht hatte.

Das Problem war jetzt, dass seine Wut ihn blind gemacht hatte. Er war so unglaublich sauer auf das FBI – so unversöhnlich, dass er ihnen keinerlei Sieg gönnte –, dass er nicht mehr sah, was das Beste für ihn war.

Ich musste ihn davon überzeugen, dass er mit der Übergabe der Unterlagen sich selbst und seiner Familie half.

Und meiner auch.

Letzteres würde ich natürlich nicht hervorheben. Doch plötzlich wurde mir klar, dass ich als Pete Goodrich nicht das sagen konnte, was ich sagen musste.

Er musste es von Tommy Jump hören. Agentin Hines hatte bereits zu ihrer nächsten strategischen Attacke angesetzt, doch ich unterbrach sie. »Entschuldigung, Agentin Hines, könnte ich bitte einen Moment mit Mitch reden? Es gibt da etwas, was ich klarstellen muss.«

Lia Hines sah mich neugierig an, doch sie sagte einfach: »Sicher, legen Sie los.«

Ich wandte mich Mitch zu und begann: »Als Erstes musst du wissen …«, und dann sprach ich ohne meinen West-Virgina-Akzent, »dass ich nicht Pete Goodrich heiße. Ich bin kein Geschichtslehrer, ich habe keine Bank überfallen, ich habe keine Frau und drei Kinder. So ziemlich alles, was ich dir über mich erzählt habe, war gelogen.«

Ich hielt inne, um zu sehen, welche Wirkung meine Eröffnung hatte. Da er keinerlei Reaktion zeigte, fuhr ich fort:

»Mein Name ist Tommy Jump. Ich bin Schauspieler und lebe in New Jersey. Ich habe eine schwangere Verlobte und eine besorgte Mutter und ansonsten nicht viel vorzuweisen. Ich wurde vom FBI angeheuert, um hierherzukommen und dir das Versteck deiner Unterlagen zu entlocken. Sie haben mir fünfundsiebzigtausend Dollar bezahlt und das Doppelte versprochen, wenn ich Erfolg habe. Nur dass sich der Mann, den ich für einen FBI-Agenten hielt, weil er ein Kindheitsfreund war und ich ihm vertraute, als Kartell-Scherge entpuppte. Was ich natürlich nicht wusste, als ich hier reinkam. Ich hatte wirklich geglaubt, ich arbeite für die richtige Seite.«

Ein Schauspieler kann sein Publikum lesen, und es war offensichtlich, dass hier im Raum keiner so eine Wendung erwartet hatte. Diesen Teil hatte David Drayer wohl unterschlagen, was einleuchtete. Denn sonst hätte er seine schmähliche Rolle dabei zugeben müssen.

»Letztes Wochenende hat meine Verlobte die Wahrheit erfahren und ist hergekommen, um mich zu warnen. Danach hat sie mit dem Staatsanwalt gesprochen, und deshalb sitzen wir jetzt hier. Letztlich geht es aber nicht darum, dass ich ein Vollidiot bin und dich die ganze Zeit angelogen habe – was mir übrigens leidtut. Es geht darum, dass das Kartell weiterhin die Einzahlungsbelege haben will und deshalb so viel Geld investiert und so viele Leute darauf ansetzt wie nötig. Und sie werden kreativer und rücksichtsloser vorgehen, um ihr Ziel zu erreichen. Mit mir hat das offensichtlich nicht geklappt, aber es ist klar, dass sie es weiter versuchen, weiter und immer weiter, bis sie haben, was sie wollen.

Und dann – und der Moment wird kommen – bist du geliefert. Diese Szenarien enden immer gleich. Deshalb lass uns jetzt über ein anderes Szenario nachdenken, bei dem du die Unterlagen dem FBI übergibst. Ich weiß, du hältst nichts vom FBI, und ich kann dir das nicht verdenken. Aber überleg mal, was sie mit den Einzahlungsbelegen machen können. Sie werden damit das Kartell vernichten. Es vernichten, und zwar total. El Vio wird sich entweder selber umbringen, weil er ihnen nicht lebend in die Hände fallen will, oder in einem Hochsicherheitsgefängnis sitzen, vom Rest der Welt isoliert. Seine Komplizen sind entweder tot, sitzen auch im Gefängnis oder arbeiten für eine andere Seuche, die New Colimas Platz einnimmt. Es wird zwar eine Weile dauern, aber irgendwann gibt es niemanden mehr, der den Willen und die Mittel hat, dich umzubringen. Du musst nicht mehr ständig hinter dich gucken. Du bist frei, richtig frei. Also mach schon, Mitch, gib ihnen die Unterlagen, damit wir zu unseren Familien zurückkehren können.«

Ich sah ihn hoffnungsvoll an. Meine Worte waren nicht ohne Wirkung geblieben, das war offensichtlich. Er schien nicht mehr ganz so wütend.

Zumindest sah es aus, als dächte er darüber nach. Sein Bankerhirn war darin geschult, Risiken abzuwägen und Schaden abzuwenden. Was ich vor ihm ausgebreitet hatte, betraf beides.

Nach einer Pause sah er Agentin Hines an und fragte: »Wird das hier alles aufgenommen?«

»Nein«, sagte sie.

»Dann sollten Sie jetzt damit anfangen«, sagte er.

Sie griff in ihre Jackentasche, holte ihr Telefon heraus, tippte etwas ein und legte es auf den Tisch. Um das Ganze offiziell zu machen, nannte sie Datum und Ort, ihren Namen und die Namen der anderen Anwesenden.

»Nun, Mr. Dupree«, sagte sie, »alles, was Sie jetzt sagen, wird vom Federal Bureau of Investigation zu Protokoll genommen. Fangen Sie an.«

»Also gut. Aber zuerst muss ich sicher sein, dass ich alles richtig verstanden habe. Wenn ich die Unterlagen übergebe, werde ich als kooperierender Zeuge behandelt, ist das korrekt?«

»Ja«, sagte Hines.

»Und was würde das FBI für mich tun?«

»Wir würden Ihnen wahrscheinlich ein besseres Angebot machen als zuvor.«

»Besser heißt?«, wollte Mitch wissen.

»Da wir nun wissen, wie wichtig die Beweise möglicherweise sind, können wir empfehlen, dass Sie aufgrund der abgesessenen Zeit sofort auf freien Fuß kommen. Vermutlich wollen Sie, dass Sie und Ihre Familie dann ins Zeugenschutzprogramm aufgenommen werden, wofür wir sorgen.«

»Das wäre ein Anfang«, sagte Mitch, »reicht aber nicht. Ich will Ihr Versprechen, dass Sie gegen Thad Reiner ermitteln und die Höchststrafe für ihn und alle anderen bei USB fordern, die von dieser Intrige gegen mich wussten. Ich will eine schriftliche Entschuldigung vom FBI, in der steht, dass es unrecht war, mich strafrechtlich zu verfolgen, dass ich hundert Prozent unschuldig bin und ihr absolut und vollständig inkompetent wart.«

Agentin Hines schürzte kurz die Lippen – die einzige Gefühlsäußerung, die sie bislang gezeigt hatte –, dann setzte sie wieder ihren neutralen Gesichtsausdruck auf.

»Wenn die Beweise bestätigen, was Sie sagen, werden wir alle Fehler unsererseits einräumen«, sagte sie.

»Schriftlich.«

»Schriftlich«, wiederholte sie.

Mitch saß da, starrte sie so lange an, bis sie wegsah, und genoss diesen Sieg, dem noch ein gewichtigerer folgen würde.

»Also: Entlassung, Zeugenschutzprogramm, Ermittlungen gegen Reiner, eine schriftliche Entschuldigung im Tausch gegen meine Unterlagen«, sagte er. »Ist das richtig so?«

»Mit den erwähnten Vorbehalten, ja«, sagte Hines.

Ich hielt die Luft an, dachte an Amanda, unser Baby, dass ich nicht länger die Unterwäsche von Häftlingen waschen musste und mein ruhiges, alltägliches und herrlich langweiliges Leben wieder aufnehmen konnte.

Und dann lächelte Mitch boshaft und sagte: »Vergesst es, zum Teufel mit euch. Das reicht nicht.«

Dieser Mistkerl. Mitch hatte das ganze Theater nur veranstaltet, um noch Salz in die Wunden zu streuen, die er uns gerade zugefügt hatte.

Mitch Dupree würde die Unterlagen nicht übergeben. Was bedeutete, dass ich fast ein ganzes Jahrzehnt meines Lebens verlor, bevor ich wieder ein freier Mann war. Bei der Vorstellung stöhnte ich auf.

»Ich bin froh, dass alles protokolliert ist«, sagte er genüsslich. »Aber jetzt entschuldigen Sie mich bitte, ich muss meine Strafe absitzen.«

Er schob seinen Stuhl zurück, stand auf und ging zur Tür, ließ uns alle fassungslos zurück.

Und dann machte Chris Hall, der blonde Agent, zum ersten Mal den Mund auf.

»Mr. Dupree, vielleicht bleiben Sie doch lieber noch einen Moment«, sagte er.

Mitch überhörte die Worte geflissentlich und hatte die Hand schon am Türknauf, als Hall ein Foto aus seiner Aktenmappe zog und es auf den Tisch legte. Es war ein zwanzig mal siebenundzwanzig Zentimeter großes Hochglanzfoto von einer zierlichen Frau mit blonden Strähnchen im Haar.

Duprees Frau.

Und sie hatte eine Pistole in der Hand.

49. KAPITEL

Mitchs Hand lag noch immer auf dem Knauf, aber er war stehen geblieben und sah zum Tisch.

»Was … was ist das?«, fragte er.

»Vielleicht setzen Sie sich wieder«, sagte Hall.

»Vielleicht sagen Sie mir, was zum Teufel hier gespielt wird.«

»Nun, Mr. Dupree, das ist Ihre Frau …«

»Das weiß ich, Arschloch«, erwiderte Mitch zornig. Und an Hines gerichtet: »Stellen Sie das verdammte Aufnahmegerät ab.« Dann wandte er sich an mich. »Wusstest du was davon?«

»Nein, nichts«, sagte ich. »Das schwöre ich.«

Mitch stand noch immer an der Tür, hatte keinen Schritt zurück ins Zimmer gemacht.

»Nehmen Sie Platz, Sir«, sagte Hall jetzt bestimmter.

Mitch schien noch kurz unentschlossen, ging dann aber zurück und ließ sich auf seinem noch warmen Stuhl nieder.

»Okay«, sagte er. »Reden Sie.«

»Ihnen ist sicher bewusst, dass wir Ihre Frau im Auge behalten«, sagte Hall. »Nicht ständig, dafür fehlen uns die Leute. Aber gelegentlich fahren wir zu ihr hin und richten eine Satellitenschüssel auf ihr neues Haus. Und manchmal beschatten wir sie und hoffen, dass sie uns an einen Ort führt, von dem wir noch nichts wissen.«

Mitchs Kiefermuskeln waren angespannt, anscheinend knirschte er mit den Backenzähnen.

»Vor ein paar Tagen, am Samstagabend, ist ihr ein Agent gefolgt. Wir haben festgestellt, dass Leute, die damit rechnen, beschattet zu werden, am Wochenende sorgloser sind, weil sie glauben, wir würden dann nicht arbeiten. Jedenfalls haben wir einige interessante Aufnahmen gemacht. Aber um ehrlich zu sein, wussten wir nicht, was wir in der Sache unternehmen sollten. Besonders als Mr. Drayer am Montag an uns herangetreten war. Sie kamen … eher ungelegen. Wollen Sie vielleicht einen Blick darauf werfen?«

Hall begann, ein paar Fotos auf den Tisch zu legen, die alle diesen merkwürdigen Grünstich von Nachtsichtkameras hatten, aber dennoch gestochen scharf waren. Das erste zeigte Natalie Dupree hinter dem Lenkrad eines Kia, der vor einem riesigen Haus mit weißem Säulenportal parkte.

»Ich muss Ihnen sicher nicht sagen, dass das Thad Reiners Domizil ist«, meinte Hall.

Mitch erwiderte nichts. Auf dem nächsten Foto hatte Natalie eine Waffe in der Hand, die sie auf einer weiteren Aufnahme zurück in ihre Handtasche steckte.

»Gleich wird sie eine Straftat begehen«, sagte Hall. »Im Staat Georgia ist es erlaubt, im eigenen Haus oder im eigenen Auto eine Waffe zu tragen. Aber in dem Moment, wo man mit einer Waffe das Auto verlässt, braucht man einen Waffenschein – den Ihre Frau laut unserer Akten nicht hat. Es ist zwar nur eine Ordnungswidrigkeit, aber ein Anfang. Und so geht es weiter.«

Das nächste Foto zeigte, wie Natalie die Hand an der Gartentür des Gebäudes mit den Säulen hat, den Kopf zur Straße umgewandt, offensichtlich um zu checken, ob sie beobachtet wird. Ich hatte keine Ahnung, was als Nächstes kam, aber als Jurymitglied würde ich sie in dem Moment für schuldig befinden. Es war fast, als hätte ein Regisseur sie gebeten, etwas schuldiger dreinzuschauen.

Hall genoss seinen Auftritt sichtlich. »Und hier kriegen wir sie wegen unerlaubten Betretens eines Grundstücks dran, in ver-

brecherischer Absicht. Wir haben übrigens Fingerabdrücke vom
Tor, das mit Hochglanzlack gestrichen ist und wirklich perfekte
Abdrücke liefert.«

Auf dem nächsten Foto ging sie den Fußweg zur Haustür entlang, wobei man aufgrund des Winkels nur das halbe Gesicht erkennen konnte. Aber selbst so war ihre Entschlossenheit nicht zu
übersehen.

»Und jetzt begeht sie eine Straftat«, sagte Hall und legte hintereinander vier Fotos auf den Tisch.

Natalie Dupree richtet die Waffe aufs Haus, Natalie hat den
Finger am Abzug, Natalie hat die Augen geschlossen, die Mündung der Waffe ist vom Rückschlag leicht nach oben gerichtet.
Zuletzt kam die Nahaufnahme eines Steinlöwen neben dem Ein-
gangsportal des Hauses. Sie war bei Tageslicht gemacht worden,
und ein kleines Stück des Kopfes fehlte.

»Wir haben die Kugel gefunden, falls Sie Zweifel haben«, sagte Hall. »Sie war ein wenig deformiert, aber unsere Forensiker
sind gut. Sie werden sie problemlos mit der Waffe abgleichen
können, mit der sie abgefeuert wurde.«

Mitch wirkte so angespannt, als wäre er auf das Schlimmste
gefasst: ein furchtbares Blutbad oder Fotos von Thad Reiners
Autopsie. Weil das Ganze aber relativ harmlos endete, ging er
sofort zum Angriff über.

»Sie hat also auf einen beschissenen Steinlöwen geschossen«,
sagte Mitch. »Na und? Die Hälfte der Einwohner in dem Viertel
würden das sicher auch gern machen.«

Hall schüttelte den Kopf, als machten Mitchs Worte ihn traurig. »Im Staat Georgia ist die Bedrohung eines Zeugen eine ernste Angelegenheit.«

»Das kann ja wohl nur ein Witz sein«, erwiderte Mitch.

»Das Gesetz besteht aus zwei Teilen«, fuhr Hall unbeeindruckt
fort. »Im ersten geht es um versuchten Mord oder die Bedrohung
eines Zeugen, was mit zehn bis zwanzig Jahren bestraft werden

kann. War es vielleicht sogar versuchter Mord? Es gibt einen Präzedenzfall, in dem das Abfeuern einer Waffe auf ein Haus als Versuch gewertet wurde, die Bewohner umzubringen. Natürlich hängt es vom Staatsanwalt ab, wie er das hier beurteilt. Aber angesichts des Hasses, den Mrs. Dupree gegenüber Mr. Reiner hegt, lässt sich diese Sichtweise durchaus vor Gericht vertreten.«

»Sie hat auf den verdammten Löwen geschossen«, wiederholte Mitch, schrie praktisch.

»Der zweite Teil des Gesetzes lässt sich hier leichter anwenden. Darin geht es um eine Person, die dem Eigentum oder der Familie eines Zeugen zu schaden droht oder schadet. Das Eigentum *oder* die Familie, Mr. Dupree. In diesem Fall geht es um beides. Das rechtsverbindliche Minimum wären zwei Jahre. *Plus* des Gebrauchs einer Feuerwaffe beim Begehen der Straftat. Dieses Gesetz erlaubt ein Strafmaß von bis zu zehn Jahren.

Wie hoch die Strafe letztlich auch ausfällt, Ihre Frau wäre eine Straftäterin und würde ins staatliche Gefängnis kommen. Die Eltern Ihrer Frau sind unseres Wissens nicht mehr in der Lage, Ihre Kinder zu betreuen, und laut des Berichts Ihres Bewährungshelfers haben Sie keine weiteren Angehörigen im Staat Georgia. Das Sozialamt würde Ihre Kinder bei Pflegeeltern unterbringen, wobei Kinder, die älter als fünf Jahre sind, bekanntermaßen schwer zu vermitteln sind und wohl in ein Heim kämen.«

»Okay, ich hab's kapiert, hören Sie auf«, sagte Mitch. »Warum erzählen Sie mir das alles?«

Jetzt ergriff Agentin Hines wieder das Wort. »Es ist im Grunde ziemlich einfach, Mr. Dupree. Ein Teil unseres Deals wäre es, wir vergessen, dass wir diese Fotos haben. Im Moment verdächtigt Thad Reiner Ihre Frau zwar, auf den Löwen geschossen zu haben, aber er hat keine Beweise. Wir würden dafür sorgen, dass es so bleibt, weil wir nicht wollen, dass ein kooperierender Zeuge sich Sorgen wegen der möglichen Strafverfolgung seiner Frau macht. Und falls Mrs. Dupree mit einer neuen Identität ins

Zeugenschutzprogramm kommt, wäre es unpraktisch, wenn sie wegen einer Strafanzeige zurück nach Georgia müsste. Es wäre wesentlich einfacher für uns, die Sache zu vergessen.«

»Dann bieten Sie also nicht nur mir, sondern auch meiner Frau Straffreiheit an?«, fasste Mitch das Gesagte zusammen.

Und schüttelte den Kopf. Mit jedem Atemzug schwankte sein Körper leicht hin und her.

»Ihr seid echt Abschaum, aber das wisst ihr ja selber«, sagte er. »Beschattet meine Frau und benutzt die Fotos, um mich zu erpressen. Ich weiß wirklich nicht, wie ihr nachts noch schlafen könnt.«

»Es macht mir keinen Spaß, solche Mittel anzuwenden, Mr. Dupree«, sagte Hines. »Aber das ist nichts, verglichen mit dem, was das Kartell so treibt. Und indem Sie uns Ihre Unterlagen vorenthalten, ermöglichen Sie, dass dieses Kartell immer weitermachen kann – mit Mord, mit Terror, mit den Drogen und so fort. Ich werde alles in der mir rechtlich übertragenen Macht Stehende tun, um diese Leute zu stoppen. Und ja, ich schlafe gut, danke.«

»Geben Sie uns einfach die Unterlagen, Dupree«, sagte Hall genervt. »Es wird Zeit.«

Jetzt lachte Mitch tatsächlich und schüttelte den Kopf, Ton und Geste so hämisch wie nachtragend. Er sah hinab auf den Tisch, schüttelte noch ein paarmal den Kopf, als könnte er nicht begreifen, was gerade passierte. Dann blickte er wieder auf.

»Sie haben recht«, sagte er. »Es wird Zeit. Es wird Zeit, die Wahrheit zu sagen.«

Er hielt inne. Einen Moment lang war er ein Mann mit einer tickenden Zeitbombe. Dann betätigte er den Auslöser.

»Die Wahrheit ist, ich habe keine Unterlagen.«

***

Wie jeder gute Schauspieler ließ Mitch dieser vernichtenden Eröffnung – *ich habe keine Unterlagen* – eine weitere bedeutungsschwere Pause folgen.

Er wollte jedem in seinem Publikum Gelegenheit geben, diese Information auf eigene Weise zu verarbeiten. Die nüchterne Lia Hines blickte äußerst besorgt drein. Mr. Tough Chris Halls kantiges Kinn war plötzlich asymmetrisch, als würde diese Enthüllung heftig an seiner Fassung rütteln.

Für mich war es schlicht zu viel. Ich hatte ein erfundenes Verbrechen gestanden, damit ich auf Geheiß eines Betrügers ins Gefängnis kam, um das Versteck von Unterlagen zu enthüllen, die nicht existierten. Das Ganze war eine Serie von Lügen, aufeinandergestapelt wie eine Schichttorte und glasiert mit Ironie.

»Ich würde nichts lieber tun, als die Dokumente auszuhändigen, aber ich kann nichts aushändigen, was ich nicht habe«, sagte Mitch. »Was ich Pete hier – oder wie immer er heißt – erzählt habe, ist wahr. Ich war ein pflichtbewusster kleiner Compliance-Manager, habe jahrelang SARs ausgefüllt und zusammen mit gescannten Einzahlungsbelegen an Thad Reiner geschickt und geglaubt, er würde sie an das FinCEN weiterleiten. Aber das ging alles via Computer, die Einzahlungsbelege habe ich vernichtet, jedes verfluchte Mal. Ich kann Ihnen gar nicht sagen, wie oft ich mir gewünscht habe, wenigstens einen aufgehoben zu haben, weil ich nämlich ziemlich sicher bin, dass ich dann nicht hier wäre. Aber nein, ich habe alle Belege geschreddert. Ich bin einfach nie auf den Gedanken gekommen, dass mein Boss mich aufs Kreuz legen würde. Ich dachte, irgendwann kommt das FinCEN, sieht sich die ganze Geschichte an und bereitet allem ein Ende. Im schlimmsten Fall würde ich mir einen neuen Job suchen müssen, weil die Beziehung zu Reiner und den Leuten über ihm vergiftet wäre. Aber ich würde mir als der Held einen neuen Job suchen, der seine Bank vor einer Riesenstrafe bewahrt hat, weil er das Ganze selbst gemeldet hatte.

Als mir schließlich klarwurde, dass Reiner keine der SARs wei-tergeleitet hatte, wollte ich sofort anfangen, neue Beispiele für illegale Transaktionen zu sammeln und die Einzahlungsbelege aufzuheben. Aber am Morgen nach dem Tag unserer Konfronta-tion sind mir diese mexikanischen Typen zur Arbeit gefolgt. Zu-erst dachte ich, ich bilde mir das nur ein, weil es nicht wahr sein konnte, aber es war wahr. Sie sind mir gefolgt, und das hat mir einen ziemlichen Schreck eingejagt. Ich hab aber trotzdem weiter versucht, Belege zu sammeln, um das Ganze auffliegen zu lassen. Doch Reiner kam mir zuvor, und dann standet ihr plötzlich mit euren Dienstmarken und Durchsuchungsbeschlüssen in der Tür und habt mich verhaftet.«

Er verdrehte kopfschüttelnd die Augen.»Ihr hattet offensicht-lich die schwarzen mit den weißen Schafen verwechselt, aber ich konnte euch nicht davon überzeugen. Objektiv gesehen, waren die Beweise gegen mich erdrückend, und ich wusste, egal was, ich würde untergehen. Und erst recht, als ich mitbekam, dass die SARs gar nicht mehr existierten. Thad hatte sie nicht nur nicht eingereicht, sondern sie auch vom Server gelöscht, zu dem er als Vizepräsident Zugang hatte. Er hatte alle Spuren verwischt. Und dann ist mir schnell klargeworden, dass ich nur eine weitere Be-drohung fürs Kartell war und sie mich eliminieren würden – ein Mitwisser weniger. Dass ich auch Angst um meine Familie hatte, weil die mexikanischen Typen ja wussten, wo ich wohnte, ist ja wohl klar. Und da hab ich dann die Geschichte mit den zurück-behaltenen SARs und Einzahlungsbelegen erfunden und darüber geredet, wann immer ich glaubte, dass jemand mithörte. Das war die einzige Möglichkeit, mich und meine Familie zu schützen.

Meine Frau und ich haben gemeinsam diese Geschichte er-funden, dass sie ins Zeugenschutzprogramm will und ich nicht und dass ich wusste, wo die Unterlagen sind, sie aber nicht, und dass ich den Nachtrag in mein Testament aufgenommen habe. Aber es war alles nur Show. Ihr könnt mich also erpressen, die

Unterlagen auszuhändigen, nur dass ich keine Unterlagen habe. Damit erreicht ihr lediglich, euren eigenen Fehler zu verschlimmern und eine Familie zu bestrafen, die schon mehr als genug durchgemacht hat.«

Mitch lehnte sich auf dem Stuhl zurück und verschränkte die Arme. Agentin Hines sah immer noch so aus, als hätte sie etwas sehr Bitteres geschluckt. Agent Hall raffte sich schließlich auf, etwas zu sagen.

»Ich glaube Ihnen nicht. Sie versuchen, die Haut Ihrer Frau zu retten.«

»Würden Sie bitte einen Moment lang Ihr Hirn benutzen?«, fuhr Mitch ihn an. »Überlegen Sie mal: Wenn ich die SARs und Einzahlungsbelege *tatsächlich* hätte, hätte ich sie dann nicht vor Gericht benutzt, um meine Unschuld zu beweisen?«

»Nein, weil Sie sich vor dem Kartell schützen wollten, wie Sie das gerade wieder tun«, schoss Hall zurück. »Sie werden Ihre Zeit absitzen und Ihren *eigenen* Plan durchziehen, weil Sie wissen, dass das Kartell Sie am Ende dafür belohnen wird.«

Mitch warf die Hände in die Luft. »Ich weiß nicht, wie oft ich Ihnen das noch sagen muss: Ich arbeite nicht fürs …«

»Natürlich tun Sie das«, konterte Hall. »Sie sprechen Spanisch, Sie saßen an der Schaltstelle und hatten die Kontakte. Diese ganzen Trips runter nach Mexiko …«

»Das waren legitime Geschäftsreisen für die Bank«, protestierte Mitch. »Ich hab in der Lateinamerika-Abteilung gearbeitet. Wo sollte ich denn sonst hinreisen? Nach Australien?«

»Und wahrscheinlich haben Sie inzwischen auch eine bessere Erklärung für das Konto in Jersey? Lassen Sie mich raten: Sie haben das Geld geerbt.«

»Können Sie mir vielleicht *ein Mal* zuhören? Ich hab von dem blöden Konto *absolut nichts* gewusst. Thad Reiner hat das alles …«

Mitch brach mitten im Satz ab und stieß ein entnervtes Stöhnen aus. »Vergessen Sie's«, fuhr er schließlich fort. »Es ist zwecklos. Sie wollen meine Frau vor Gericht stellen, weil sie auf einen Steinlöwen geschossen hat? Bitte schön. Meine Kinder zu Waisen machen? Wenn Sie das brauchen, um die Karriereleiter hochzusteigen, hoffe ich sehr, dass Sie auf Ihre nächste Beförderung mächtig stolz sind, Sie herzloser Mistkerl.«

»Ich bin nicht derjenige, der geschossen hat«, sagte Hall hochmütig. »Ich bin nicht derjenige, der …«

Agentin Hines legte die Hand auf Halls Arm, schnitt ihm das Wort ab.

»Okay, meine Herren, ich glaube, wir sind hier fertig«, sagte sie. »Mr. Dupree, wenn Sie Ihre Meinung ändern, reden Sie mit Mrs. Lembo, sie weiß, wie wir zu erreichen sind.«

»Es geht nicht darum, dass ich meine Meinung …«

»Gehen wir«, sagte sie zu Hall, Mitch ignorierend.

Hines stand auf, holte die Aktentasche unter dem Tisch hervor und öffnete sie. Hall sammelte die Fotos ein.

Das Meeting war vorbei, aber nicht meine Inhaftierung: Ich würde die vollen acht Jahre absitzen müssen. Tief in meinem Innern wusste ich, dass Mitch keine Unterlagen hatte. Der Mitch Dupree, den ich in den letzten beiden Monaten so gut kennengelernt hatte, hätte alles getan, um seine Frau vor dem Gefängnis und seine Kinder vor Pflegeeltern zu bewahren.

Ob die beiden Agenten Mitch letztlich glaubten oder nicht, war Nebensache, zumindest was mich betraf. Wenn er keine Unterlagen hatte, saß ich hier fest. Da konnte ich noch so viel jammern und stöhnen, dass ich von Ruiz und Gilmartin reingelegt worden war, oder David Drayer beschuldigen und die Gerichte auf meine missliche Lage aufmerksam machen.

Nichts davon würde irgendetwas ändern, am Ende würde es immer heißen: Ich habe ein Geständnis abgelegt, ergo gehöre ich hierher.

Mitch beobachtete die Agenten mit diesem verlorenen Ausdruck im Gesicht, der sich tief darin festgeschrieben hatte, seit er vom Leben so unfair aus der Bahn geworfen worden war. Seine Wut verflog schnell und machte einer tiefen Verzweiflung Platz.

»Was haben Sie mit meiner Frau jetzt vor?«, fragte er.

Die Agenten packten weiter ihre Sachen ein,

»Was passiert jetzt mit Natalie?«, fragte Mitch wieder.

Hines schloss die Aktentasche, Hall knöpfte sein Jackett zu.

»Bitte«, sagte Mitch jämmerlich. »Ihre Mutter ist alles, was meine Kinder noch haben. Sie haben ihnen schon den Vater genommen, nehmen Sie ihnen nicht auch noch die Mutter. Ich schwöre, ich habe keine Unterlagen, wenn das anders wäre, hätte ich sie schon vor langer Zeit übergeben. Bitte, glauben Sie mir. Ich kann nichts aus dem Hut zaubern, was nicht existiert. *Bitte.*«

Seine Stimme zitterte. Und ich war so gefesselt von seiner Verzweiflung, dass ich beinahe den wichtigsten Satz überhört hätte, den er den ganzen Tag gesagt hatte.

Ich kann nichts aus dem Hut zaubern, was nicht existiert.

Dieser Satz brachte mich auf eine Idee – keine ausgereifte, sondern eine vage, nur leicht umrissene. Bestenfalls glich sie einem feuchten, unförmigen Klumpen Lehm. In jedem anderen Meeting hätte ich erst einmal den Mund gehalten, bis sie gereift wäre.

Doch so viel Zeit hatte ich nicht. Diese FBI-Agenten aus Atlanta würden nicht zurück nach West Virginia kommen, nur weil ein unbedeutender Häftling irgendwann behauptete, einen sagenhaften Plan ausgeheckt zu haben. Halbgar musste reichen.

Ich kann nichts aus dem Hut zaubern, was nicht existiert.

Und dann stellte ich mir schließlich die richtige Frage. *Und wenn wir es doch könnten?*

Die Agenten gingen um den Tisch herum zur Tür. Sie hatten sich von Mrs. Lembo verabschiedet und ihr für ihre Unterstützung gedankt. Sie hatte sich im Gegenzug bei ihnen bedankt. Noch fünf Schritte, vielleicht weniger, dann wären sie für immer aus meinem Leben verschwunden.

Wenn ich meine Idee loswerden wollte, dann jetzt.

»Moment noch«, sagte ich. »Ich glaube, wir lassen uns gerade eine einmalige Gelegenheit entgehen.«

***

Das genügte, um die Agenten innehalten zu lassen. Sie wandten mir ihre Gesichter zu, und die Worte sprudelten aus mir heraus.

»Ich glaube Mitch, wenn er sagt, dass es keine Unterlagen gibt. Aber ob Sie es glauben oder nicht, ist im Grunde unwichtig. Wichtig ist nur, dass *New Colima* an ihre Existenz glaubt. Und dafür hat Mitch auf brillante Weise gesorgt. Das können wir doch gegen sie ausspielen.«

Alle hörten mir aufmerksam zu, also sprach ich weiter.

»Ich nehme an, das FBI hat großes Interesse daran, zwei Kartell-Mitglieder zu verhaften, die sich als FBI-Agenten ausgegeben haben und für den Tod des Staatsanwalts Kris Langetieg verantwortlich sind. Das haben sie nämlich gegenüber David Drayer zugegeben. Ich bin sicher, er würde das bezeugen.«

»Ich höre«, sagte Agentin Hines.

»Gut. Weil meine falschen FBI-Agenten im Moment nämlich glauben, Mitch denke über ihr Angebot nach: Eine Million Dollar plus Zeugenschutzprogramm und Blablabla im Tausch gegen das Versteck der Unterlagen. Sie haben keine Ahnung, dass ich Sie getroffen habe. Ich könnte sie anrufen und sagen: ›Hey, Jungs, das Spiel ist aus, ich hab rausgefunden, dass ihr nicht vom FBI seid. Aber Mitch ist trotzdem bereit, mit euch zusammenzuarbeiten. Jetzt will er fünf Millionen Dollar für die Unterlagen. Und ich will fünf Millionen, weil ich den Deal ausgehandelt hab.‹ Sie werden die Dokumente natürlich zuerst sehen wollen, und wir geben sie ihnen, weil Mitch ein paar SARs und Einzahlungsbelege fälschen wird. Das kannst du doch, oder?«

Mitch musste nicht lange überlegen. »Klar, wenn ich Zugang

zu einem Computer kriege. Ich habe vier Jahre lang solche Formulare ausgefüllt, ich kann das im Schlaf.«

Er wandte sich an Hines. »Wenn Sie jemanden zu ein paar *casas de cambio* in Mexiko schicken und Blankoformulare besorgen, könnte ich richtig gute fabrizieren. Die Unterschriften waren sowieso alle gefälscht, und die spanischen Namen klangen wie von einem Zufallsgenerator generiert. Juan, Carlos, Pablo, José und so weiter. Manche Belege waren ziemlich zerknittert, als hätten sie schon eine ganze Zeit in der Hosentasche gesteckt, aber das kriegt man ja leicht hin.«

Mitch war wieder bei der Sache. »Das einzige Problem ist, dass ich die SARs vier Jahre lang eingereicht hatte, und das so ziemlich jeden Tag. Ich hab behauptet, ich hätte neunhunderteinundfünfzig SARs gesammelt, das Kartell wird also neunhunderteinundfünfzig SARs sehen wollen. Das sind dreiseitige Formulare, und es wird richtig lange dauern, so viele zu fälschen. Ich brauche etwa zwanzig Minuten für eins. Aber selbst wenn es so schnell geht, würde es immer noch Monate …«

»Das ist gar nicht nötig«, sagte ich. »Die SARs sind ohne die Einzahlungsbelege wertlos. Wir sagen Danny einfach, du hast nur die Belege behalten und sie mit ins Gefängnis genommen. Das klingt glaubwürdig, weil wir juristische Dokumente mitnehmen dürfen. Und neunhunderteinundfünfzig Einzahlungsbelege passen locker in einen Schuhkarton.«

»Wir benutzen die gefälschten Einzahlungsbelege als Köder, dann schlagen wir zu und verhaften die Männer?«, sagte Hines.

»Genau«, sagte ich. »Was halten Sie davon?«

Etwa zehn Sekunden lang herrschte Schweigen, dann verpasste Mitch meinem Enthusiasmus einen fetten Dämpfer.

»Sorry, aber ich sehe einfach nicht, was für mich dabei rausspringt«, sagte er. »Die erwischen ein paar Kartell-Typen«, er zeigte mit dem Kopf zu den Agenten, »und du kannst beweisen, dass du überhaupt nicht hier reingehörst, was einen Richter vielleicht milde stimmt. Und was kriege ich? Zur Belohnung nimmt das Kartell mich und meine Familie dann so richtig ins Visier. Und falls es euch noch nicht aufgefallen ist, ich habe auch so schon genug Probleme.«

»Aber wenn du kooperierst, würde das beweisen, dass du nicht fürs Kartell arbeitest«, sagte ich.

»Ach ja? Ich kriege einen Orden als Bürger des Jahres? Bei dem Risiko ist das lachhaft.«

»Die Agenten würden bestimmt auch die Fotos von deiner Frau in der Versenkung verschwinden lassen.«

Bei der bloßen Erwähnung der Aufnahmen verzog Mitch das Gesicht. Aber Hall sagte: »Das ließe sich vermutlich machen.«

Nachdenkliches Schweigen. Das Ganze würde auch ohne Mitch funktionieren, wir könnten die Einzahlungsbelege auch ohne seine Hilfe fälschen. Sie wären zwar nicht ganz so gut, aber gut genug.

Doch mein Plan schien bei keinem große Begeisterung auszulösen. Auch wenn Ruiz und Gilmartin für mich total wichtig waren, für New Colima gehörten sie bloß zum gehobenen Fußvolk. Kartelle waren so aufgebaut, dass man Typen wie sie jederzeit verlieren und trotzdem reibungslos weiterfunktionieren konnte. Hines und Hall bekämen von ihrem Vorgesetzten freundlich auf die Schulter geklopft, und ich würde hier rauskommen oder auch nicht. Insgesamt erbärmlich wenig.

Mir musste etwas Besseres einfallen – etwas viel Besseres.

In dem Moment nahm der Lehmklumpen in meinen Gedanken Gestalt an.

»Und wenn ich Ruiz sage, dass Mitch die Einzahlungsbelege nur El Vio selbst übergeben will?«, fragte ich. »Das würde dann so ablaufen: Mitch verlangt fünf Millionen Dollar *und* ein Treffen, weil El Vio ihm persönlich versichern muss, dass er und seine Familie nicht in dem Moment umgebracht werden, wenn er die Belege übergibt. Wir könnten sagen, dass die Übergabe nachts im Dorsey's Knob Park stattfinden müsste. Gilmartin kennt den Park, wir haben uns da schon einmal getroffen.«

Hines und Hall schienen von der Idee elektrisiert. Und zu Recht. Denn sagen zu können, sie hätten El Vio gefangen genommen, würde ihnen beim FBI und auch sonst überall ewigen Ruhm verschaffen.

Bücher würden darüber geschrieben werden.

Filme gedreht.

Ehrenmedaillen verliehen.

Hall benahm sich, als hätte ihm jemand Reißzwecken in die Schuhe getan. Hines gab sich Mühe, den verträumten Ausdruck im Gesicht zu verbergen.

»Dann würden Sie arrangieren, dass El Vio hierher nach West Virginia kommt?«, sagte sie. »Und wir lauern ihm auf und fassen ihn, wenn er auftaucht.«

»Richtig. Aber ihr müsstet verdammt vorsichtig sein, denn wenn El Vio nur den geringsten Verdacht schöpft, dass ihr auf ihn wartet …«

»Lassen Sie das unsere Sorge sein«, sagte Hall. »Wir wissen, wie man so was macht. Und Sie glauben wirklich, Sie kriegen das hin? Dass Sie El Vio dazu bringen, hierherzukommen?«

»Ja«, sagte ich zuversichtlicher, als ich mich fühlte.

Und dann fügte ich hinzu: »Allerdings …«

Hines sah mich gespannt an. Hall stoppte seine Beinzuckungen.

»Ich verlange eine absolut wasserdichte Zusicherung von Ihnen«, sagte ich.

»Und die wäre?«

»Wir beide kommen sofort frei«, sagte ich. »Wenn herauskäme, dass Mitch El Vio reingelegt hat, wäre es für ihn hier drin nicht mehr sicher. Und ich dürfte überhaupt nicht hier sein.«

Die Agenten tauschten kurz Blicke aus. Dann sagte Hines:

»Wenn Sie uns El Vio ans Messer liefern, sorge ich persönlich dafür, dass Sie beide mit einer Limousine hier abgeholt werden.«

50. KAPITEL

In den nächsten Stunden besprachen wir die Details.

Um drei Uhr nachmittags hatten wir schließlich etwas Tragfähiges ausgetüftelt, und ich war bereit, Danny Ruiz anzurufen. Oder jedenfalls so bereit wie nur möglich.

Ich sollte den Anruf mit einem Wegwerfhandy machen, denn wenn ich die Randolph-Telefone benutzte, würde die Gefängnisverwaltung zuhören – was nicht zuletzt Danny davon abhalten würde, offen zu reden. Agent Hall fuhr also los, um mit Mrs. Lembos Segen ein Klapphandy zu besorgen, das – dem Aussehen nach – das FBI nicht allzu viel gekostet hatte.

Dann sagte ich, dass ich den Anruf nicht in ihrer Anwesenheit machen wollte, was Hines zuerst ablehnte. Aber ich überzeugte sie davon, dass mein Job auch ohne Publikum schwierig genug war, wobei letztlich mein Hinweis überzeugte, dass unser Plan nur gelingen konnte, wenn wir uns in den kommenden Tagen gegenseitig vertrauten.

Schließlich willigte sie ein, und ich wurde in das leere Büro am Ende des Flurs gebracht. Es war ein seltsames – und machtvolles – Gefühl, nach zwei Monaten im technologischen Mittelalter wieder ein Handy in der Hand zu halten. Es fühlte sich an wie Excalibur.

Als ich dann wie ein mittlerer Angestellter der Gefängnisverwaltung am Schreibtisch saß, atmete ich ein paarmal tief durch, um mich mental auf das Gespräch vorzubereiten. Ich musste derselbe Schauspieler sein, den Ruiz und Gilmartin angeheuert hatten. Sie durften nicht einmal ahnen, dass ich hinter ihrem Rücken die Seiten gewechselt hatte.

Ich wählte Dannys Nummer. Es klingelte dreimal, dann antwortete er mit einem vorsichtigen: »Hallo?«

Es war mein erstes Gespräch mit ihm, seit ich wusste, wer er wirklich war. Sein Verrat und die Kaltschnäuzigkeit, mit der er mich reingelegt hatte – und die absolute Arglosigkeit, mit der ich ihm die ganze Zeit begegnet war –, brodelten in mir in Form von Demütigung und Wut.

Aber ich schluckte die Galle, die mir hochkam, runter, sagte mit meiner normalen Stimme und nicht dem Pete-Goodrich-Akzent: »Hey, hier ist Tommy.«

»Slugbomb? Was ist das für ein Telefon, mit dem du mich anrufst?«

»Ein Wegwerfhandy. Ein Wärter hat es für mich reingeschmuggelt. Ich wollte mit dir reden können, ohne dass die Gefängnisverwaltung zuhört.«

»Oh, gut, echt clever. Also, was gibt's? Hat Mitch sich endlich entschieden?«

»Ja, hat er.«

»Und was hat er gesagt?«

»Erzähl ich gleich. Vorher müssen wir noch was Geschäftliches besprechen«, sagte ich, und dann präsentierte ich ihm die ungeschminkte Wahrheit über mein neues Wissen. »Ich weiß, wer du wirklich bist, Danny, ich weiß, für wen du wirklich arbeitest.«

»Sorry? Ich verstehe nicht.«

»Ich weiß, dass du nicht beim FBI bist.«

»Bin ich nicht?« Und dann, in seiner aalglatten Manier, machte er einen Witz daraus: »Und warum trage ich dann gerade diesen Anzug?«

»Lass stecken, Danny. Ich weiß, dass du wegen Drogen vor Gericht gestanden hast. Ich weiß, dass du Kris Langetieg umgebracht hast. Ich weiß, dass du David Drayer gedroht hast, damit er mit euch kooperiert. Ich weiß, dass du mich hinten und vorne belogen hast.«

»Moment, Tommy, mach mal langsam. Ich hab keine Ahnung, wovon du redest. Hat jemand … Hast du irgendwas gehört, das dich so aufgebracht hat? Du musst mir helfen, ich bin verwirrt, wer erzählt so was?«

»Hör auf. Hör auf, mir was vorzuspielen. Es ist vorbei.«

»Ich spiele dir gar nichts vor, ich bin …«

»Okay, dann beweis es mir. Komm hierher ins Gefängnis und bring Rick Gilmartin mit oder wie immer er heißt. Sag dem Wärter, du bist vom FBI und dass du mit einem Häftling sprechen willst. Halt ihm deine dicke fette Goldmarke unter die Nase, und dann sehen wir, ob du damit länger als fünf Minuten durchkommst.«

»Wow, bleib mal locker, Slugbomb. Ich … ich bin gerade in einem Meeting und kann nicht alles stehen und liegen lassen, nur weil du irgendeine wilde Story über mich gehört hast …«

»Es ist keine wilde Story«, sagte ich und log ein wenig, um Amanda zu decken. »Hör einfach auf, Danny. Ich hab einen Anwalt beauftragt, Nachforschungen anzustellen, und der hat Akten von deinem New Yorker Prozess gefunden. Die Klage wurde *sua sponte*, also von Amts wegen, abgewiesen, und zwar vor zwei Jahren, als du angeblich schon beim FBI warst. Also kannst du jetzt vielleicht aufhören, mich anzulügen, damit wir hier vorankommen? Oder willst du weiter meine Zeit verschwenden? Weil Mitch Dupree nämlich beschlossen hat, den Deal zu machen, aber darüber rede ich erst, wenn du aufhörst, mich für dumm zu verkaufen.«

Es gab bestimmte Ausdrücke, die ein Schauspieler einfach nicht draufhatte, und *sua sponte* gehörte dazu. Vermutlich suchte Danny gerade krampfhaft nach einer Ausrede, weil ich ihn verbal in die Enge getrieben hatte.

In den nächsten Sekunden drang außer einem Knistern

und Knacken nur sein gedämpftes Atmen aus dem Wegwerfhandy.

»Okay, also gut. Ich bin nicht beim FBI«, sagte er schließlich.

»Du arbeitest fürs New-Colima-Kartell.«

»Ja und nein. Nach der Armee hab ich mich als Söldner verdingt, und dann kam eins zum anderen. Ich hatte da unten ein paar Leute kennengelernt und für sie Ware verteilt, als ich erwischt wurde. Sie haben den Anwalt bezahlt, der mich rausgehauen hat. Danach wollten sie mich für so was nicht mehr haben. Jetzt arbeite ich als selbständiger Dienstleister, und ja, momentan ausschließlich für New Colima.«

»Okay, super«, stieß ich aus, mühevoll meine Wut im Zaum haltend.

Ich wollte Entschuldigungen und Erklärungen hören. Ich wollte, dass er bereute, mich so kaltblütig angelogen zu haben, ich wollte, dass es ihm aufrichtig leidtat, mich durch seine Machenschaften im Gefängnis verfaulen zu sehen, ohne jede Hoffnung, zu entkommen. Mit anderen Worten: Ich wollte, dass er sich wie ein Mensch verhielt.

Dann machte ich mir klar, dass ich das niemals von ihm bekommen würde und es inzwischen sowieso unwichtig war. Der Schauspieler musste seine Gefühle raushalten und sich auf die Rolle konzentrieren.

»Also, was ist mit Mitch Dupree?«, wollte Danny wissen.

»Er weiß auch, wer du bist und wer ich wirklich bin. Und er ist bereit, einen Deal zu machen.«

»Er verrät uns, wo die Unterlagen sind?«

»Noch besser, er hat sie hier«, sagte ich. »Als ich ihm erzählt hab, was hier läuft, hat er zugegeben, dass er nicht die SARs, sondern nur die Einzahlungsbelege aufgehoben hat. Aber die sind im Prinzip sowieso die einzige Verbindung zwischen Kartell und Geldwäsche. Sie sind in einem Schuhkarton, alle neunhunderteinundfünfzig Stück, hier im Morgantown weggeschlossen. Aber er hat ungehinderten Zugang, weil sie Teil seiner persönlichen Dokumente sind. Er kann damit zum Dorsey's Knob Park kommen, zu der Stelle, wo ich Gilmartin mit den Makrelen getroffen hab. Er weiß, wo das ist. Aber der Preis hat sich geändert.«

»Wie viel?«

»Fünf Millionen. Für jeden von uns beiden. Da du nicht wirklich vom FBI bist und uns nicht hier rausholen kannst, ist das eine adäquate Entschädigung für die Zeit, die wir hier absitzen müssen. Wir richten Konten im Ausland ein, und das Geld muss drauf sein, bevor Mitch auch nur einen Finger für dich krummmacht. Außerdem …«

Ich wartete einen Moment, bevor ich zum wichtigsten Teil kam.

»… will Mitch die Einzahlungsbelege nur El Vio persönlich übergeben.«

Dannys Antwort kam umgehend. »Keine Chance. Vergiss es.«

»Sorry. So oder gar nicht. Mitch will El Vio von Angesicht zu Angesicht gegenüberstehen und sein persönliches Versprechen, dass sie nach dieser Transaktion nie wieder Kontakt haben und die Sache ein für alle Mal erledigt ist. El Vio kann weiter ein internationaler Drogenboss sein, ohne mit der Befürchtung leben zu müssen, ausgeliefert zu werden. Und Mitch kann seine Strafe absitzen und sicher sein, dass weder ihm noch seiner Familie etwas passiert und er fünf Millionen Dollar auf dem Konto hat, wenn er rauskommt. Das ist der Deal.«

»Du verstehst das nicht. El Vio ist nicht irgendein Clown, den du bestellen kannst, damit er auf der Geburtstagsparty von deinem Kind Luftballons aufbläst. Er kommt nicht zu irgendwelchen Terminen, selbst seine eigenen Leute wissen nie, wann er auftaucht. Er ist dann einfach da.«

»Gut. Dann kannst du deinen Bossen sagen, dass Mitch die Papiere dem FBI übergibt. Dem echten FBI.«

In der Leitung knackte und knisterte es wieder, was immer

dann gut zu hören war, wenn Schweigen herrschte. Und mir war klar, dass ich gerade El Vios Vorstellung von einer Apokalypse formuliert hatte.

»Okay, ich bin ziemlich sicher, dass er das nicht riskieren will«, sagte Danny.

»Das hatte ich mir gedacht. Und noch was.«

Jetzt kam der Teil, bei dem ich unsicher war. Aber Hines hatte in mehreren Berichten von FBI-Psychologen gelesen, dass bei solchen Deals Schnelligkeit entscheidend war.

»Ich gebe dir genau vierundzwanzig Stunden für die Entscheidung«, sagte ich. »Wenn die Antwort nein lautet, gehen die Unterlagen ans FBI. Lautet die Antwort ja, läuft die Übergabe morgen Nacht. Ich rufe morgen um die gleiche Zeit wieder an, um deine Antwort zu hören.«

51. KAPITEL

Herrera hatte die E-Mail sofort abgeschickt, nachdem ihm Ruiz vom Angebot des Schauspielers berichtet hatte.

El Vios Antwort kam vier Minuten später und bestand aus drei Wörtern: »Wo bist du?«

Herrera schrieb zurück, er sei im Marriott Hotel in Saddle Brook, New Jersey, wo er vor Ort einen Hintergrundcheck des Schauspielers vornahm.

»Bleib dort«, lautete El Vios Antwort.

Bald darauf war es vier Uhr nachmittags, dann sieben Uhr abends, dann neun Uhr.

Herrera wurde nervös. Er hatte tagsüber das Haus des Schauspielers observiert. »Hector Jacinto« hatte drei weitere Autos gemietet, damit der neugierige Mann mit dem Turban nicht immer denselben Wagen vorbeifahren sah.

Den Morgen über war es im Haus ruhig gewesen, aber kurz nach dreizehn Uhr standen zwei Autos in der Einfahrt. Etwa eine halbe Stunde später fuhr er wieder daran vorbei und sah, wie die Verlobte des Schauspielers einen Matchbeutel aus dem Kofferraum des SUV holte.

Eigentlich wollte er im Dunkeln wiederkommen und sie weiter beobachten, aber jetzt saß er im Hotelzimmer fest. Herrera hatte nicht die leiseste Ahnung, was gerade vor sich ging. Sicher brauchte El Vio nicht so lange, um das Geld zusammenzubekommen. Zehn Millionen Dollar waren Peanuts für El Vio. Offensichtlich wägte er den anderen Teil des Deals ab, Risiko versus Belohnung.

Dass er ihn so lange warten ließ, bereitete Herrera Unbehagen. El Vio war Action in Person. Noch nie hatte er für etwas so lange gebraucht, zumal der Zeitdruck ihm bewusst sein musste. Zwar war die Drohung des Schauspielers, zum FBI zu gehen, möglicherweise ein Bluff, aber der Preis, es darauf ankommen zu lassen, war viel zu hoch.

Herrera sah immer wieder auf die Uhr. Zu schlafen wagte er nicht, denn er durfte keine Textnachricht verpassen.

Die kam dann um dreiundzwanzig Uhr fünfundvierzig. Wieder nur zwei Wörter: »Welches Zimmer?«

War das nicht egal?, dachte Herrera, antwortete aber trotzdem. Wenn El Vio eine Frage stellte, bekam er eine Antwort.

Vier Minuten später klopfte es an der Tür. Herrera sah durch den Spion. Er blinzelte dreimal, um sicherzugehen, dass seine Augen ihn nicht trogen.

Es war El Vio. Der Boss höchstpersönlich, flankiert von zwei Bodyguards, im Korridor eines Marriott Hotels in Amerika.

Unberechenbar sein.

Herrera war sowohl aufgeregt als auch angsterfüllt. Letzteres vermutlich mehr. Aber El Vio brachte in gehobenen Hotels niemanden um. Oder doch?

Für solche Überlegungen war jedoch keine Zeit mehr. Herrera machte die Tür weit auf, zwang sich zu lächeln und sagte: »El Vio! Was für eine Überraschung.«

»Ja«, erwiderte El Vio. »Genau.«

Er wandte sich den beiden Bodyguards zu. »Bleibt draußen.«

Dann kam er ins Zimmer. Herrera war zur Seite getreten, um ihn vorbeizulassen. El Vio trug wie immer schwarze Kleidung, Sonnenbrille und seinen Ausrüstungsgürtel, in dem ausnahmsweise keine Waffen steckten. Was Herrera nicht unbedingt beruhigte. Er konnte die Männer vor der Tür hereinrufen und die Sache erledigen lassen, falls El Vio entschied, einen neuen Sicherheitschef zu brauchen.

Da er nicht wusste, was auf ihn zukam, wartete Herrera reglos und mit geschärften Sinnen auf El Vios nächsten Schritt. Und dann sank El Vio im hinteren Teil des Zimmers so nachlässig in einen Sessel, wie Herrera es noch nie gesehen hatte. Er nahm die Sonnenbrille ab, legte sie auf den kleinen Beistelltisch neben dem Sessel und rieb sich die Augen, das gute und das schlechte.

Was immer El Vio gerade hinter sich hatte – vielleicht die Reise hierher aus … Mexiko? Europa? Jedes Land schien möglich –, er war tatsächlich erschöpft.

»Ich brauche etwas zu trinken«, sagte er mit brüchiger Stimme. Herrera stutzte. El Vio meinte doch bestimmt keinen *Drink*? Im Zimmer gab es keine Minibar. Herrera war nervös.

»Etwas Wasser«, stellte El Vio dann klar.

»Mit Eis?«, fragte Herrera.

»Bitte.«

Herrera nahm den Eiskübel, trat hinaus in den Korridor und ging an den Bodyguards vorbei in Richtung Aufzug, wo er die Eiswürfelmaschine gesehen hatte. Es war schon fast surreal: Er, Herrera, sollte dem wohl mächtigsten Mann Mexikos ein kaltes Getränk bringen.

Zurück im Zimmer, füllte er ein Glas mit Wasser und reichte es El Vio. Er trank es in einem Zug leer und sagte: »Mehr, bitte.«

Nach zwei weiteren Gläsern sagte er: »Danke.« Er klang bereits kräftiger, atmete einmal tief ein und langsam wieder aus. Herrera bemühte sich, nicht in El Vios weißes, totes Auge zu sehen, das sich nicht gleichzeitig mit dem braunen bewegte.

»Die Dienstleister in Amerika haben gute Arbeit geleistet«, sagte El Vio. »Das ist eine echte Chance.«

»Ja. Obwohl ich Bedenken habe, dass es eine Falle sein könnte.«

In den letzten Stunden hatte Herrera kaum an etwas anderes gedacht.

»Von der Polizei oder von einem unserer Rivalen?«, fragte El Vio.

»Beiden. Wir müssen in alle Richtungen wachsam sein.«

»Ich stimme dir zu«, sagte El Vio. »Ich kann mir nicht vorstellen, dass der Banker mit der amerikanischen Polizei zusammenarbeitet. Die Gelegenheit dazu hatte er schon früher, aber er hat sie nie genutzt. Außerdem ist es eher unwahrscheinlich, dass in einem Gefängnis mit niedriger Sicherheitsstufe jemand von einem anderen Kartell sitzt. Aber der Schauspieler ist ein neuer Mitspieler. Was wissen wir über ihn?«

Herreras Zuversicht wuchs beträchtlich. Diese Frage konnte er unbesorgt beantworten.

»Er ist das, was er zu sein scheint«, sagte Herrera. »Ruiz ist mit ihm aufgewachsen, er ist wirklich Schauspieler. Ich bin heute Nacht in sein Haus eingestiegen, da waren Fotos, auf denen er in vielen Musicals mitspielt. Ich glaube nicht, dass man die alle fälschen kann.«

»Wie heißt er?«

»Pete Goodrich. Peter Lenfest Goodrich.«

El Vio bewegte ruckartig den Kopf, speicherte den Namen, dann fragte er: »Gab es Hinweise darauf, dass er mal in Mexiko war?«

»Nein.«

»Dann ist unsere größte Sorge, dass dieser Peter Lenfest Goodrich mit dem FBI zusammenarbeitet. Ist das möglich?«

»Möglich, aber unwahrscheinlich. Ich habe nichts gefunden, was darauf hindeutet.«

El Vio schloss die Augen. Die Lider funktionierten offensichtlich beide. Herrera hatte diese Seite seines Bosses nie gesehen. Unsicherheit, Zögern, Zweifel.

»Wir könnten einen Doppelgänger benutzen«, schlug Herrera vor.

»Der so aussieht?«, sagte El Vio, öffnete die Augen und starrte

Herrera ostentativ an, wobei er es schaffte, das schlechte Auge zusammen mit dem guten in die gleiche Richtung zu lenken. »Im Internet gibt es Fotos von mir ohne Brille. Wenn wir die Belege nicht kriegen, weil wir uns für ein Katz-und-Maus-Spiel entschieden haben …«

El Vio beendete den Satz nicht. Er schüttelte den Kopf. »Ich will, dass das endlich vorbei ist.«

Ich auch, sogar mehr als du, dachte Herrera. Und genau diese Vorstellung – kein Damoklesschwert mehr über dem eigenen Kopf – motivierte seine nächste Äußerung.

»*Atrevido* – dann sei verwegen«, sagte er. »Für zehn Millionen Dollar und einen Abend in deinem Leben können wir der Bedrohung ein für alle Mal ein Ende setzen.«

El Vio kniff die Augen zusammen, als Herrera *atrevido* sagte.

»Und wenn der Schauspieler uns in eine Falle lockt?«, fragte El Vio.

»Für den Fall habe ich eine Idee.«

»Und die wäre?«

»Wir schließen eine Versicherung ab«, sagte Herrera, zog sein Smartphone hervor und zeigte El Vio das Foto der schönen Verlobten des Schauspielers.

»Sie ist schwanger«, fügte er hinzu.

El Vio betrachtete das Foto kurz, dann nickte er. »Ruf Ruiz an. Sag ihm, wir nehmen das Angebot an.«

52. KAPITEL

Am nächsten Morgen war ich schon vor dem Frühstücksaufruf wach.

In den zwei Monaten im Randolph-Haus hatte ich zwar gelernt, meinen Schlaf von nächtlichen Geräuschen nicht stören zu lassen, aber was ich jetzt hörte, klang irgendwie anders: Immer wieder ging quietschend eine Spindtür auf und zu, jemand schlurfte barfuß im Zimmer herum, ein Reißverschluss wurde zugezogen.

Es klang, als packte jemand seine Sachen. Ich schlug die Augen auf und sah Frank im kompletten Gefängnisoutfit im Zimmer umherlaufen. Ich griff nach meiner Digitaluhr, die ich am Metallgestell des Bettes festgemacht hatte.

Fünf Uhr achtunddreißig. Mein langes Warten bis drei Uhr nachmittags begann früher, als mir lieb war.

»Tut mir leid, Sie geweckt zu haben, Sir«, sagte Frank. »Ich war zu aufgeregt zum Schlafen.«

Er hatte seinen ganzen Besitz – nicht gerade viel – aus dem Spind genommen und auf den Schreibtisch gelegt.

»Sie gehen woandershin?«, fragte ich mit belegter Morgenstimme.

»Ja, Sir«, sagte er und reckte seinen gewaltigen Körper noch ein wenig höher. »Heute ist mein letzter Tag. Ich gehe nach Hause.«

Ein Lächeln breitete sich auf meinem Gesicht aus. »Mann, Frank, das ist großartig. Wirklich großartig. Wie lange waren Sie hier?«

390

»Meine Strafe war achtzehn Monate, aber wegen guter Führung darf ich zwei Monate früher raus.«

»Herzlichen Glückwunsch«, sagte ich.

Vielleicht hätte ich versucht weiterzuschlafen, doch mein eigenes Vorhaben, bald nach Hause zu kommen – auf etwas weniger konventionellem Weg als Frank –, flutete meinen Körper schon mit Adrenalin. Ich stützte mich auf den Ellbogen und sah ihm beim Packen zu.

Außer dem einen Mal, als ich ihn bestochen hatte, Mitch anzugreifen, war meine Beziehung zu Frank minimal gewesen. Er hatte seine Kirche, ich meinen Schmu. Wir hatten ein höfliches, aber distanziertes Verhältnis zueinander, was uns beiden wohl ganz recht war.

Aber jetzt wollte ich es wissen:

»Warum haben Sie hier gesessen, wenn ich fragen darf?«

Er drehte mir seinen riesigen Kopf zu. Da ich oben auf dem Stockbett lag, konnten wir uns mühelos in die Augen sehen, ein für mich ungewöhnlicher Zustand. Aber eigentlich konnte ich nur das Weiß seiner Augen erkennen, der Rest verschwamm in der Dunkelheit des Zimmers.

»Mein kleines Mädchen war krank geworden«, sagte er. »Etwas mit den Nieren, was ich nie aussprechen konnte. Sie brauchte Medikamente für zweiundzwanzigtausend Dollar im Jahr. Ich habe mein Geld mit Rasenmähen verdient, Sir. Meine Frau ist Friseuse. Wir sind über die Runden gekommen, aber wir hatten keine Versicherung und auch keine zweiundzwanzigtausend Dollar. Der Staat wollte uns keine kostenlose Versicherung für unsere Kleine geben, weil wir zu viel verdienten. Und da hab ich die Versicherungskarte einer Familie gestohlen, die Sozialhilfe bekommt, und bin mit meiner Tochter zum Arzt gegangen und hab ihr dann die Medikamente besorgt.«

»Krankenversicherungsbetrug?«, sagte ich. »Sie haben die Krankenversicherung betrogen?«

»Über viele Jahre. Deshalb bin ich hier. Der Staat hat gesagt, wenn es nicht so viel Geld gewesen wäre, hätte ich nur eine hohe Geldbuße bekommen, aber weil es über hundertfünfzigtausend Dollar waren, musste ich ins Gefängnis.«

»Weil Sie wollten, dass Ihr kleines Mädchen gesund wird«, sagte ich.

»Ja, Sir. Sie haben gesagt, dass mich die Zeit hier drin lehren soll, ein besserer Mensch zu werden, aber ich würde es wieder tun, wenn ich müsste.«

Das wenige Licht, das jetzt ins Zimmer drang, spiegelte sich in seinen feuchten Augen.

»Mein kleines Mädchen«, sagte er. »Ich würde alles für sie tun.«

»Das kann ich mir vorstellen«, sagte ich, verstand ihn nur zu gut. »Wie geht es ihr jetzt?«

»Es geht ihr gut, solange sie ihre Medikamente bekommt. Nachdem man mich hier reingesteckt hatte, waren wir endlich arm genug für die staatliche Krankenversicherung. Gott sorgt für uns, manchmal geht er nur seltsame Wege.«

Er hängte sich die Tasche über, die klein wirkte an seiner riesigen Schulter.

»Ich muss los«, sagte er. »Sie haben gesagt, ich muss um sechs Uhr im Verwaltungsgebäude sein, dann fährt ein Van dort ab, der mich mitnehmen kann.«

»Viel Glück, Frank«, sagte ich.

»Ihnen auch, Sir.«

Wir gaben uns zum Abschied die Hand, und dann war er weg.

53. KAPITEL

Amanda hätte schwören können, noch nie im Leben so müde gewesen zu sein. Dabei hatte sie nichts Besonderes gemacht, jedenfalls nichts körperlich Anstrengendes.

Barb, Brock und sie waren gestern lediglich mit ihren zwei Autos von West Virginia zurückgefahren, aber Amandas Körper fühlte sich an, als wäre sie den ganzen Weg zu Fuß gegangen. Um acht Uhr abends gab sie es auf, die Augen offen halten zu wollen, und verabschiedete sich ins Bett. Ihre Frauenärztin hatte sie schon darauf vorbereitet, dass sie in den ersten drei Monaten mehr Schlaf brauchte, weil sich in dem winzigen Wesen in ihr die Lebensgrundlagen ausbildeten. Aber dass es sich wie die Schlafkrankheit im fortgeschrittenen Stadium anfühlen würde, hatte Amanda nicht erwartet.

Selbst jetzt, zwölf Stunden später, lag sie noch im Bett und würde überhaupt nur mit einem enormen Kraftakt aufstehen können.

Der Trip nach West Virginia hatte sie mehr strapaziert, als es ihr unterwegs bewusst gewesen war. Zuerst der Anblick von Tommy, wie er im Besucherzimmer fast einen Nervenzusammenbruch erlitten hatte. Dann musste sie David Drayer zur Kooperation überreden und schließlich die Meetings mit den FBI-Agenten Hines und Hall, die ihr am Anfang schlicht nicht geglaubt hatten. Erst nach mühevoller Überzeugungsarbeit waren sie wenigstens offen für ihre Version der Ereignisse gewesen.

Jeder Schritt war eine qualvolle Herausforderung gewesen,

denn sie brauchte auf einmal Fähigkeiten, die sie auf der Kunsthochschule nicht gelernt hatte. Umso dankbarer war sie Brock und Barb. Selbst das kampflustige Mädchen aus Mississippi benötigte manchmal Unterstützung.

Amanda hatte in West Virginia bleiben wollen, um näher bei Tommy zu sein. Aber Drayer und die Agenten hatten gesagt, es könnte Wochen dauern, bis sie einen konkreten Plan ausgearbeitet hatten, und vielleicht noch weitere Wochen, bis Tommy eine Anhörung bekam, die – selbst im günstigsten Fall – nur eine Strafminderung bewirken würde.

Deshalb sei es besser, dass sie alle nach Hause fuhren. Amanda hatte nur zögernd eingewilligt, denn sie fragte sich, ob die Agenten nicht bloß einen Vorwand brauchten, um sie, Brock und Barb loszuwerden.

Und so lag sie wieder in ihrem eigenen Bett. Oder eher Tommys Bett. Sie blinzelte ein paarmal, schaffte es dann mit großer Anstrengung, die Füße auf den Boden zu setzen und aufzustehen.

Sie betrachtete sich im Spiegel über Tommys Kommode. Sie trug das Nachthemd, das er besonders mochte, weil es leicht auszuziehen war. In letzter Zeit hatte sie sich angewöhnt, den Saum zu heben und kurz ihren Bauch zu betrachten.

Er schien ihr ein wenig runder als normal, aber er könnte auch nur gebläht sein. Sie gähnte, streckte sich und ging dann den Flur entlang zur Küche. Manchmal reichte es, eine Kleinigkeit zu essen, um die aufkommende Übelkeit im Zaum zu halten.

In der Küche saß Barb auf dem Sofa, was ungewöhnlich war. Barb sitzend? Barb saß nie einfach so da, sie war immer in Bewegung. Und müsste sie nicht längst an der Arbeit sein?

Außerdem stimmte mit Barbs Wangen etwas nicht. Sie waren straff gespannt, aber nicht zu einem Lächeln, eher deformiert. So hatte Amanda sie noch nie gesehen.

Und dann ertönte eine Männerstimme hinter Amanda, die die bizarre Szene komplettierte.

»Guten Morgen. Mein Name ist Herrera. Ich hoffe, Sie haben gut geschlafen, ich wollte Sie nicht wecken.«

Amanda fuhr herum und blickte auf drei Männer, dem Aussehen nach alle Mexikaner. »Was geht hier vor?«, fragte sie.

Derjenige, der sich als Herrera vorgestellt hatte, trat einen Schritt auf sie zu. »Ich fürchte, Sie müssen mit uns kommen«, sagte er.

Sie sah ihn nicht an, als er sprach, starrte nur auf die Waffe in seiner Hand.

54. KAPITEL

Um fünfzehn Uhr war ich zurück im Verwaltungsgebäude und saß wieder im leeren Büro des mittleren Angestellten der Gefängnisverwaltung. Das leichte Wegwerfhandy wog schwer in meiner Hand.

Die Agenten Hines und Hall hatten die nötigen Vorkehrungen getroffen und genug Leute von den umliegenden FBI-Außenstellen zusammengetrommelt, um jeden Einzelnen überwältigen zu können, mit dem New Colima vielleicht anrückte. Vermutlich würde El Vio ein Team vorschicken, um den Dorsey's Knob Park zu inspizieren, und dann erst mit mehreren bewaffneten Bodyguards aufmarschieren.

Deshalb war eine gute Tarnung das A und O des ganzen Einsatzes, oder wie Hall es ausdrückte: »Unser Job ist es, sicherzustellen, dass alle unsere Leute im Umkreis von einer Meile des Parks aussehen wie Ortsansässige, Baumstämme oder Büsche.«

Auch Mitch hatte genug zu tun gehabt, denn am Morgen war ein Express-Päckchen mit tausend unbenutzten Einzahlungsbelegen aus Mexiko eingetroffen. Er hatte Jerry Strother, Bobby Harrison und Rob Masri rekrutiert, sie zur Verschwiegenheit verpflichtet und dann ins »Fake-Team« eingeführt, wie er es nannte. Ausgestattet mit über einem Dutzend Stiften in unterschiedlichen Farben, Stärken und Tintenarten saßen sie in einem Raum mit einem großen Whiteboard. Darauf standen alle spanischen Vor- und Nachnamen, die nach Mitchs Erinnerung vom Kartell benutzt worden waren.

Mitch instruierte sie, die Einzahlungsbelege alle mit einer anderen Kombination aus Namen und willkürlichen Beträgen auszufüllen. Einige wurden ordentlich und sauber direkt in die Schuhkiste zurückgelegt, der Rest landete nach Zerknittern, Draufsitzen, In-die-Hosentasche-Stecken und so weiter mehr oder weniger vergammelt obendrauf. Sobald die Männer den Dreh raushatten, brauchte jeder etwa eine Minute pro vollständig gefälschtem Einzahlungsbeleg. Bei diesem Tempo würden sie alle neunhunderteinundfünfzig Belege in Kürze fertig haben.

Der Plan war, dass Mitch mit mir den Hügel hinaufging, von El Vio zugesichert bekam, ein langes und glückliches Leben führen zu können, und ihm dann die Schachtel übergab. Weder Mitch noch ich würden verkabelt werden – zu riskant, meinten alle Beteiligten übereinstimmend –, aber das FBI hatte in der Umgebung bereits so viele Abhörgeräte installiert, dass selbst der Furz einer Grille mitgehört werden konnte.

Die Hoffnung des FBI war, dass El Vio etwas Belastendes zu Mitch sagte. Doch selbst wenn er das nicht tat, würden sie in dem Moment, wo Mitch und ich in Sicherheit waren, aus der Deckung kommen und ihn zunächst wegen Behinderung der Justiz verhaften, weil er Diebesgut – also die von Mitch gestohlenen Dokumente – in Empfang genommen hatte. Es war ein bisschen, als würde Al Capone wegen Steuerhinterziehung verklagt, aber was soll's.

Hines und Hall würden daraufhin Ruiz und Gilmartin so lange bearbeiten, bis sie gestanden, Kris Langetieg im Auftrag El Vios getötet zu haben. Die Ermordung eines Bundesstaatsanwaltes würde El Vio und jedem anderen in der Befehlskette lebenslange Freiheitsstrafen ohne Bewährung einbringen.

Es war alles vorbereitet. Ich brauchte nur noch die Bestätigung, dass El Vio den Deal akzeptierte.

Ruiz nahm nach dem ersten Klingeln ab. »Hallo«, sagte er schroff.

Ich verschwendete keine Zeit mit Höflichkeiten. »Seid ihr dabei?«

»Ja«, sagte er.

Ich ballte triumphierend die Faust. »Gut. Wir treffen uns heute Nacht um Punkt ein Uhr. Ich trage dieselbe Wärteruniform, in der Gilmartin mich das letzte Mal gesehen hat. Dupree ist bei mir, und er wird alle neunhunderteinundfünfzig Einzahlungsbelege dabeihaben. Hast du was zum Schreiben, um die Bankleitzahl und zwei Kontonummern für die zehn Millionen aufzuschreiben?«

»Ich höre«, sagte er.

Ich las ihm die Nummern vor, die Hines mir gegeben und dabei erklärt hatte, dass das Geld vom FBI beschlagnahmt und für die nächsten, größeren rechtlichen Schritte gegen New Colima verwendet werde. Mir war das recht, ich hatte dem Gott des Geldes einmal gehuldigt und war für alle Zeiten kuriert.

»Ich hab's«, sagte er, als ich fertig war.

»Die Bank hat einen 24-Stunden-Telefonservice für hochvermögende Kunden. Ich habe Bescheid gegeben, dass ich zwei große Einzahlungen erwarte, und rufe dort um null Uhr dreißig an. Wenn das Geld nicht da ist, kontaktieren wir sofort das FBI.«

»Hab's verstanden.«

»Und damit ihr nicht auf den Gedanken kommt, uns zu erschießen, nachdem Mitch die Belege übergeben hat: Mein Zimmergenosse weiß, dass wir den Hügellauf machen«, sagte ich, obwohl mein Zimmergenosse hoffentlich schon in South Carolina angekommen war. »Ich hab ihm gesagt, wenn ich um ein Uhr dreißig nicht zurück bin, soll er Alarm schlagen und allen im Morgantown sagen, Leute vom New-Colima-Kartell hätten mir zur Flucht verholfen. Innerhalb von fünf Minuten wird dein Boss die Zielperson einer Großfahndung sein, bei der alle Straßen und alle Flughäfen geschlossen sind und Helikopter den Himmel bevölkern, das volle Programm. Polizisten leben für solche Action.«

»Okay«, sagte Ruiz. »Und damit *du* nicht auf dumme Gedanken kommst, werden wir den Schuhkarton nach Peilsendern untersuchen. Wenn es irgendetwas Metallisches, Elektronisches oder sonst etwas gibt, was Signale aussendet, stellen wir das fest. Also lasst die Spielchen. Ach, und noch etwas.«

Da nichts mehr kam, sagte ich: »Und was?«

»Ich will, dass du jetzt auflegst und die Leitung in den nächsten zwei Minuten freihältst. Jemand wird dich anrufen und kurz mit dir plaudern. Danach rufe ich dich zurück.«

»Okay, und wer?«

Ich wartete auf eine Antwort, doch vergeblich. Er hatte aufgelegt.

Nach dreißig Sekunden klingelte mein Telefon. Die Vorwahl 973, Nord-New-Jersey, kannte ich, die Nummer aber nicht.

»Hallo?«, sagte ich.

»Hi, Schatz, ich bin's«, sagte Amanda. Ihren honigsüßen Mississippi-Akzent zu hören hätte mich beglücken müssen, hätte nicht ein Zittern mitgeschwungen, das nicht dahin gehörte.

»Hallo, Liebling, was ist los?«

Überraschend ruhig sagte sie: »Ich soll dir ausrichten, dass deine Mutter und ich gekidnappt wurden. Es geht uns gut, sie behandeln uns gut. Wir werden in einem …«

Weiter kam sie nicht.

»Amanda!«, schrie ich. »Amanda!«

Die Leitung war tot. Ich schwankte, Übelkeit und Panik stiegen in mir hoch, kein greifbarer Gedanke war in meinem Kopf, nur schreckliche Angst gleich einem weißen Rauschen, das alles andere ausblendete. Ich brauchte alle meine Kraft, um nicht vom Stuhl zu kippen.

Dann klingelte das Telefon wieder.

Ruiz.

Ich verfluchte ihn, seine Mutter, seine ganze verdorbene Sippe bis zurück zu dem Moment, als seine Vorfahren aus dem Urschleim gekrochen waren.

Er wartete, bis ich fertig war. »Nur dass das ganz klar ist«, sagte er. »Falls das eine Falle ist – falls wir also Anzeichen von Polizei, einem anderen Kartell oder sonst was mitkriegen, was vom verabredeten Tausch abweicht –, sind sie tot, kapiert? Wir behalten sie so lange bei uns, wie wir das für richtig halten. Wenn uns jemand folgt, wenn El Vio nicht sicher zurück nach Mexiko kommt, sind sie tot. Wenn El Vio nicht hundert Prozent zufrieden ist mit den Dokumenten, die er bekommt, sind sie tot. Wenn wir mitkriegen, dass jemand versucht, sie zu retten, entweder die Polizei oder sonst jemand, mit dem du unter einer Decke steckst, sind sie tot. Sie sind unsere perfekte Rückversicherung. Hast du das verstanden?«

Ich hörte die Worte. Aber wenn ich sie wirklich verstanden hätte – wenn ich begriffen hätte, in welcher Gefahr sich meine zukünftige Frau und meine Mutter befanden –, wäre ich sicher in Ohnmacht gefallen. Doch auch so war mir schwindlig von all dem Blut, das mein Herz mir auf Hochtouren durch die Adern jagte.

»Und du … du tust ihnen nichts?«, brachte ich mühsam heraus.

»Ich habe es nicht vor«, erwiderte er. Das war nicht das, was ich hören wollte.

»Aber wie kann ich wissen, dass du sie nicht umbringst, wenn der Deal gelaufen ist?«

»Gar nicht«, sagte er. »Bis heute Nacht.«

***

Ich taumelte aus dem Büro den Korridor entlang ins Konferenzzimmer, wo Hines, Hall und ihre Kollegen über Laptops gebeugt in Mobiltelefone sprachen.

Die Tür stand zufällig offen, ich hätte auch nicht die Kraft gehabt, sie zu öffnen. Ich schaffte es gerade so, mich an das Stimmtraining zu erinnern und wie man genug Luft in die Lunge bekam, um gehört zu werden.

»Die Operation ist beendet«, sagte ich und unterbrach mindestens drei verschiedene Unterhaltungen. »Es ist vorbei. Ich will, dass alle außer Mitch und mir so weit vom Park entfernt sind wie überhaupt menschenmöglich.«

Ein halbes Dutzend Agenten waren im Raum. Alle hatten aufgehört zu reden und sahen mich verständnislos an.

Ein Mann in Gefängniskleidung hatte ihnen keine Befehle zu geben.

»Können Sie uns sagen, was los ist?«, fragte Hines.

Mit abgehackter Stimme gab ich ihnen mein Gespräch mit Ruiz sowie die kurze Unterhaltung mit Amanda wieder. Dabei lief Hines' Gesicht dunkelrot an.

»Diese Reaktion des Kartells hätten wir vorhersehen und Schutzmaßnahmen ergreifen müssen«, sagte sie. »Wir haben einen Fehler gemacht.«

»Da haben Sie verdammt recht«, schnaubte ich.

»Rufen Sie die Newark-Außenstelle an und lassen Sie sie wissen, was dort bei ihnen vor sich geht«, wies Hall einen der andern Agenten an, wandte sich dann an einen weiteren und fügte hinzu: »Und Sie rufen sofort in Atlanta an und finden heraus, was mit Duprees Familie ist.«

Es war, als hätten sie nicht zugehört.

»Nein, nein, nein«, rief ich. »Kein Newark, kein Atlanta. Ihr verschwindet alle nach Hause, ihr habt's vermasselt. Die gewinnen, wir verlieren. Und tschüs, es ist vorbei.«

Hall hatten sich schon die Nackenhaare aufgestellt, bereit zu einem guten alten Hahnenkampf.

»Tut mir leid, Mr. Jump, wirklich. Ich sage es ungern so unverblümt, aber die Gelegenheit, den Kopf von New Colima zu erwischen, ist um einiges bedeutsamer als Ihre Familie. El Vio hat Tausende Familienmitglieder getötet und wird so weitermachen, wenn wir ihn nicht aufhalten. Verstehen Sie das?«

»Und Sie sind einfach so bereit, noch zwei weitere Leben hinzuzufügen?«, sagte ich. »Sie sind ein kaltherziger Scheißkerl, ist Ihnen das klar?«

»Damit kann ich leben«, sagte er steif.

»Ich nicht. Und damit Ihnen das absolut klar ist: Sie blasen auf der Stelle alles ab, weil ich heute Nacht nämlich nicht zu dem Treffen gehe, bis ich vollkommen davon überzeugt bin, dass in ganz West Virginia jeder Mensch mit einer Polizeimarke meilenweit entfernt von dem Park ist. Sie können mir noch so viel drohen, noch so viel Geld versprechen oder mich noch so viel foltern, ich bleibe dabei. Haben *Sie das* verstanden?«

Hines sprach mit Lehrerinnenstimme. »Alle atmen jetzt erst einmal tief durch, okay?«

Selbst wenn ich es wollte, hätte ich es nicht gekonnt. Ich war viel zu wütend. Aber zumindest hörte ich auf zu reden und starrte Hall nur weiter an, als Hines fortfuhr.

»Um es gleich vorweg zu sagen, Mr. Jump, Sie erteilen hier keine Befehle, ich tue das. Wir werden diese Operation nicht beenden, weil Sie das wollen. Wir beenden diese Operation, weil ich das anordne. Ist das klar?«

Hall wollte gerade ein Gegenargument vorbringen, doch Hines ließ ihn erst gar nicht zu Wort kommen.

»Chris, es tut mir leid, aber wir haben ganz klare Richtlinien. Das FBI ist nicht Machiavelli. Das ist nicht meine Meinung, sondern eine Grundregel. Wir können keine Operation zu Ende führen, von der wir wissen, dass sie den Tod zweier Zivilisten mit sich bringt. Mr. Jump könnte uns wegen widerrechtlicher Tötung verklagen, woraufhin der Leiter des FBI jeden feuern würde, der auch nur entfernt mit dem Fall zu tun hatte. Das ist unsere Situation, die Sie im Auge haben sollten. Ich fürchte, Mr. Jump hat recht. Das Kartell hat uns ausmanövriert. Diese Runde gewinnen sie. Unser einziges Ziel ist es jetzt, dafür zu sorgen, dass alle lebend aus der Sache herauskommen. Und deshalb müssen wir uns zurückziehen.«

Jetzt konnte ich zum ersten Mal, seit ich Amandas Stimme gehört hatte, wieder Luft holen.

»Ich danke Ihnen«, sagte ich. »Vielen Dank.«

»Ihnen ist aber sicher bewusst, dass wir nichts mehr für Sie tun können, wenn El Vio jetzt nicht gefasst wird«, sagte Hines. »Mr. Dupree wird trotzdem ins Zeugenschutzprogramm aufgenommen, was rechtens ist, um seine Sicherheit zu garantieren. Außerdem wird er heute Nacht wohl kaum mit uns kooperieren, wenn wir die Vereinbarung nicht einhalten. Aber für Sie können wir nichts tun. Sie können mit Ihrem Fall vor Gericht gehen, und ich hoffe wirklich, es kommt zu einer Anhörung. Aber es besteht die reale Möglichkeit, dass Sie im Gefängnis bleiben und Ihre Strafe voll absitzen müssen.«

»Das ist in Ordnung«, sagte ich. »Absolut in Ordnung.«

Es war ein Segen, die Chance zu haben, dieses Opfer zu bringen.

»Okay«, sagte sie. »Sie können wie geplant die Übergabe heute Nacht durchführen. Wir überlassen Ihnen das Wegwerfhandy, um checken zu können, dass das Geld wirklich eingezahlt wurde, aber kommen Sie nicht auf den schlauen Gedanken, es woandershin transferieren zu lassen. Beide Konten sind für Abhebungen gesperrt, und morgen früh ändern wir die Passwörter.«

»Kein Problem.«

»Ich werde den diensthabenden Wärter über das Geschehen heute Nacht informieren, damit er Ihnen nicht in die Quere kommt. Hall und ich bleiben hier, um Dupree mitzunehmen, sobald es vorbei ist. Alle anderen verschwinden. Was bedeutet, dass Sie vollkommen schutzlos sind, ohne jede Rückendeckung, ist Ihnen das klar? Wenn das Kartell beschließt, Sie reinzulegen …«

»Das Risiko nehme ich in Kauf«, sagte ich.

»Dann sind wir hier fertig. Sie können zurück ins Randolph-Haus gehen.«

»Danke«, sagte ich.

Und dann sagte sie die erlösenden Worte: »Also gut, Leute. Wir packen alles zusammen und verschwinden.«

55. KAPITEL

Während die Zeit auf der Bühne immer zu schnell verging und so angenehm dahinfloss, dass ich kaum merkte, wie sie verstrich, schien die Zeit nach Verlassen des Verwaltungsgebäudes geradezu stillzustehen.

Ich konnte an nichts anderes denken als an Amanda, meine Mutter, mein ungeborenes Kind und die schreckliche Gefahr, in der sie sich befanden. Solange sie nicht in Sicherheit waren, würde sich nichts in meinem Universum – nicht Raum, nicht Zeit, nicht die entfernteste Materie in der entlegensten Galaxie – wieder normal bewegen.

Ich stellte mir Amanda vor, vielleicht schon mit einem winzigen Bäuchlein, wie sie tapfer nach jeder auch noch so kleinen Gelegenheit suchte, ihre Überlebenschancen zu verbessern. Sie und meine Mutter waren beide starke Frauen. Keine von ihnen würde der Angst nachgeben, die sie haben mussten, weil es die andere belasten würde. Aber eines stand fest: Ihre Furcht musste riesengroß sein.

Hatte ein Kartell-Scherge sie gefesselt? Hatte man sie in einen Keller gesteckt, sie geschlagen, gefoltert oder ihren Willen auf andere Weise gebrochen, um sie gefügig zu machen? Ich wollte nicht daran denken und konnte doch nichts anderes tun.

Grauenvolle Tatsache war, dass ihr Überleben vom Anstand des brutalsten Verbrechersyndikats der Welt abhing. Dieses Wissen war so beklemmend, dass ich fürchtete, daran zugrunde zu gehen. Dass mein Körper trotzdem durchhielt, hatte einen einzigen Grund, nämlich dass unsere lebenswichtigen Funktionen – Atmung, Blutkreislauf und so – mechanisch abliefen und er deshalb nicht wusste, wann es Zeit war, aufzugeben.

Sobald ich allein war, holte ich mindestens ein Dutzend Mal mein Wegwerfhandy hervor und rief Amanda an, meine Mutter, unser Festnetz. Bei allen dreien sprang der Anrufbeantworter an, dem ich lauschte, nur um ihre Stimmen zu hören.

Nach dem Abendessen und nachdem die Sonne untergegangen war, schlich ich zu dem Baum, in dem das Einhorn versteckt war. Erleichtert stellte ich fest, dass es noch immer da war.

Zurück im Zimmer, stopfte ich das Paket unter Franks nackte Matratze. Von Mr. Munn wusste ich, dass das Bett vorerst nicht belegt wurde. Zu sagen, das Zimmer fühle sich ohne ihn leerer an, wäre eine Untertreibung von Frank'schem Ausmaß.

Als das Licht ausging, legte ich mich aufs Bett. Ich deckte mich erst gar nicht zu, sondern lag einfach nur da und starrte wie an meinem ersten Tag im Morgantown die Holzbretter an. Das konnte unmöglich erst zwei Monate her sein. Aber genauso unmöglich schienen mir die vielen Monate, die ich diese Bretter noch anstarren würde.

In diesen nächtlichen Stunden verdüsterten sich auch meine Gedanken weiter. Das grauenvolle Bild von Kris Langetiegs entstellter Totenmaske suchte mich heim wie ein kranker Song, den ich nicht aus dem Kopf bekam.

Drohte den Menschen, die ich am meisten liebte, ein ähnliches Schicksal? Sah das Geschäftsgebaren des Kartells immer so aus? Könnte ich nach ihrem Verlust weiterleben?

Über die letzte Frage brauchte ich nicht nachzudenken. Ich wusste schon, dass das unmöglich wäre.

Meine Gedanken wanderten zu einer Einsicht, die ich in meinen frühen Zwanzigern gewonnen hatte: Sosehr wir auch schon seit Jahrhunderten danach suchen, gibt es doch keine allumfassende Epistemologie, kein Metanarrativ, das die grundlegende

Wahrheit erklären würde, und kein Rosettastein kann unsere rätselhafte Existenz in eine verständlichere Sprache übersetzen. Im Grunde wursteln sich die Menschen nur durch, jeder einzelne konstruiert sich seine eigene Welt, um ein paar sinnvolle Erklärungen für etwas zu finden, was andernfalls lediglich eine Ansammlung zufälliger, chaotischer Interaktionen wäre.

Kurz gesagt, wir erfinden Geschichten mit uns selbst als Protagonisten. Und obwohl das stimmt, funktioniert es auch umgekehrt: nämlich dass Menschen, die andere Menschen in den Mittelpunkt ihrer Geschichte stellen, ein erfülltes Leben führen. Wer nur für sich selbst lebt, ist ziemlich einsam.

Was bliebe mir also ohne Amanda und meine Mutter?

Aber darüber durfte ich jetzt nicht nachdenken, diese Tür musste geschlossen bleiben, denn dahinter befand sich nur unvorstellbares Leid.

***

Ich zwang mich, trotz meiner düsteren Gedanken bis null Uhr fünfundzwanzig im Bett zu bleiben, dann zog ich meine Gefängniskleidung aus und das Einhorn an.

Als ich mein Zimmer verließ und den Flur entlang am Wärterbüro vorbeiging, war mir egal, ob dort jemand saß.

Draußen im Freien schaltete ich mein Wegwerfhandy ein und rief den Kundenservice der Bank an. Nachdem ich die korrekte Nummer und das Passwort, das morgen geändert würde, durchgegeben hatte, informierte mich eine junge Frau mit freundlichem karibischem Akzent, dass am Vorabend fünf Millionen Dollar auf dem Konto eingegangen waren. Ich wiederholte das Ganze für das zweite Konto und erhielt die gleiche Antwort.

Wir waren startklar. Es ging los.

Da ich beim letzten Hügellauf um zwölf Uhr vierzig losgegangen war, was sich als ausreichend erwiesen hatte, wollte ich es diesmal genauso machen. Weil ich mich jetzt nicht um Heimlichkeit scherte, würde ich etwas schneller sein, mit Mitch im Schlepptau aber wiederum etwas langsamer, was sich letztlich ausglich.

Bis zwölf Uhr achtunddreißig trieb ich mich draußen rum, dann ging ich zurück und holte Mitch ab, der vor seiner Zimmertür auf mich wartete. Wir sahen uns kurz an. Unter dem Arm hatte er den Schuhkarton mit den neunhunderteinundfünfzig hoffentlich besten Fälschungen aller Zeiten.

Wir redeten nicht. Ich drehte mich einfach um und ging zurück zur Haustür, er folgte mir. Im Freien überließ ich ihm die Führung, das hatten wir so beschlossen, falls uns einer von El Vios Typen mit dem Fernglas beobachtete. So sah es aus, als ob ein Wärter einen Gefangenen eskortierte, und das war unsere Absicht.

»Danke, dass du mitmachst«, sagte ich bei unserem Marsch durch die Freizeitanlagen. »Das alles wird für deine Familie eine große Veränderung bedeuten.«

»Trotzdem ist es besser so. Was du über das Kartell gesagt hast, stimmt. Sie würden niemals aufhören, mich zu jagen. Das hier macht sie hoffentlich glücklich.«

»Und was genau passiert mit dir danach?«

»Das haben sie mir noch nicht gesagt. Ich hoffe bloß, wir kommen irgendwo ins Warme, vielleicht Arizona. Ich hab noch nie den Grand Canyon gesehen.«

»Viel Glück«, sagte ich.

»Danke, wir werden sehen.«

Kurz darauf sagte er: »Das mit … deiner Familie tut mir leid. Hines hat es mir erzählt.«

»Lass uns das jetzt einfach hinter uns bringen«, sagte ich. »Wenn ich zu viel daran denke, breche ich zusammen.«

Wir erreichten relativ schnell die Baumgrenze, danach wurde es beschwerlicher. Wie ich vermutet hatte, dauerte es mit Mitch länger.

Ich blieb wachsam, wollte sichergehen, dass Hines ihr Wort gehalten und ihre Leute vollständig abgezogen hatte, denn ich konnte das Ganze noch jederzeit abbrechen. Das FBI konnte El Vio so lange nicht aufgrund eines hinreichenden Verdachts verhaften, wie er die Beweise nicht in Besitz genommen hatte. Durch die vielen Polizeiserien, die ich gesehen hatte, wusste ich, dass eine gesetzeswidrige Verhaftung alles vermasseln konnte. Wenn mich irgendetwas stutzig machte, würde ich Mitch angreifen und so lange auf ihn einschlagen, bis er entweder besinnungslos war oder mir die Schachtel freiwillig übergab.

Aber außer Bäumen war hier nichts. Alles deutete darauf hin, dass das FBI den Dorsey's Knob Park den Verbrechern überlassen hatte.

Wir erreichten den Kamm und kurz darauf die Lichtung. Diesmal hatte ich mir einen besseren Weg ausgedacht, so dass wir noch näher am Rastplatz aus dem Wald kamen.

Drei Fahrzeuge standen dort, alles schwarze SUVs. Eine Gruppe Männer hielt sich im Umkreis der Tische auf. Ich zählte acht. Theoretisch musste einer von ihnen El Vio sein. Ruiz und Gilmartin waren sicher auch da, so dass fünf Männer zusätzlich mitgekommen waren – Schmieresteher, Muskelmänner, Bodyguards, wie immer man sie nennen wollte.

»Okay, dort sind sie«, sagte ich zu Mitch, als könnte er sie nicht selber sehen.

Sobald die Männer uns bemerkten, leuchteten sie uns mit ihren Taschenlampen direkt ins Gesicht.

»Das ist nah genug«, rief Danny. »Kommt nacheinander her, mit erhobenen Händen.«

Ich ging zuerst. Da mir eine Taschenlampe jetzt voll in die Augen schien, war es schwer auszumachen, wer oder was mir gleichzeitig entgegenkam. Ich wusste nur, dass mich eine Menge Hände abtasteten, was sich anfühlte, als begrapschte mich eine Krake. Einer hob mein Shirt hoch, ein anderer zog mir die Hose runter, und ein Dritter fuhr mit einem Scanner über meinen ganzen Körper. Er piepte weder bei meinem Gürtel noch bei meinen Stahlkappenstiefeln, war also auf Funkwellen eingestellt, nicht auf Metall. Ein Wanzendetektor also. Und die ganze Zeit über wanderten die Strahlen von Taschenlampen an mir auf und ab.

»Beeilt euch«, sagte ich. »Wir müssen um ein Uhr dreißig zurück sein, oder die Hölle bricht los.«

»Sorry, Slugbomb«, sagte Danny, wobei mir klarwurde, dass er der Mann mit dem Körperscanner war. »Wir bestimmen, wie es hier abläuft.«

Ich ließ ihre Abtasterei über mich ergehen, bis eine der Kraken etwas auf Spanisch murmelte und sie aufhörten.

»Okay, Mitchell, jetzt Sie«, sagte Danny.

Während ich meine Klamotten richtete, wurde Mitch der gleichen Behandlung unterzogen. Den Schuhkarton hielt er dabei mit beiden Händen über dem Kopf. Wieder endete die Untersuchung mit einem Halbsatz auf Spanisch. Mitch klemmte den Schuhkarton unter den Arm und ordnete hastig seine Kleidung.

Dann trat eine Gestalt mit Kapuze auf dem Kopf aus dem Dunkel heraus auf uns zu. Aus dem Verhalten der anderen Männer – respektvoll und etwas eingeschüchtert – schloss ich, dass das El Vio sein musste.

Er war kleiner, als ich gedacht hatte, vielleicht ein paar Zentimeter größer als ich. Um ihn richtig sehen zu können, war es zu dunkel, aber einiges erkannte ich: braune Haut, ziemlich viel aus der Kapuze hervorlugendes dunkles Haar – offensichtlich irgendwo aus Lateinamerika. Er trug eine verspiegelte Sonnenbrille, wobei mir nicht klar war, wie er im Dunkeln damit sehen konnte.

Ihm offensichtlich auch nicht, denn als er näher kam, nahm er sie ab. Sein weißes Auge, von dem Danny mir in dem Ewigkeiten zurückliegenden Meeting im Diner erzählt hatte, leuchtete in der Nacht.

Aber bei seinem Anblick spürte ich, dass er eine eindrucksvolle Aura des Bösen ausstrahlte. Es war, als ob kurz nach Sonnenuntergang eine unheilvolle Wolke vorbeizöge und das letzte verbliebene Licht auslöschte, der Wind plötzlich stärker bliese, man nur ein dünnes T-Shirt und Flip-Flops anhätte und sich augenblicklich von der Kälte durchnässt fühlte, obwohl man gar nicht nass war.

Er war zu Mitch gegangen und blieb jetzt vor ihm stehen.

»Ich bin El Vio«, sagte er auf Englisch mit spanischem Akzent. »Was ist es, das Sie mir unbedingt sagen müssen?«

Mitch hatte die Antwort sicher einstudiert, denn sie kam ohne Zögern. »Ich wollte Sie einfach kennenlernen, Ihnen von Mann zu Mann gegenübertreten und aus Ihrem Mund hören, dass wir jetzt keine offene Rechnung mehr miteinander haben. Sie bekommen, was Sie wollen, und ich will sichergehen, dass ich ebenfalls bekomme, was ich will, nämlich dass Sie uns in Ruhe lassen. Ich will Ihr Versprechen, dass Sie mich, meine Frau und meine Kinder nicht weiter jagen.«

»Ich bin ein friedfertiger Geschäftsmann«, sagte El Vio aalglatt. »Ich habe noch nie jemanden ›gejagt‹. Ich wünsche Ihnen und Ihrer Familie ein langes und glückliches Leben.«

»Ich möchte, dass wir darauf einschlagen«, sagte Mitch.

Er hielt ihm die Hand hin. El Vio sah sie einen Moment an, als erwartete er, dass sie in Flammen aufging.

»Wo ich herkomme, wird ein Versprechen mit Handschlag besiegelt«, sagte Mitch.

Er hielt ihm die Hand weiter hin. Es dauerte einen Moment, dann sagte El Vio: »Okay.«

Sie schüttelten sich die Hand. Etwa eine Sekunde lang.

»Gut«, sagte Mitch, dann sah er in meine Richtung, als wäre ich jetzt dran.

»Und meine Familie wird freigelassen, sobald Sie wieder in Mexiko sind«, sagte ich, die Nerven zum Zerreißen angespannt.

»Ich weiß nicht, wovon Sie sprechen«, sagte El Vio selbstgefällig.

Seine Nonchalance machte mich so wütend, dass ich mich vergaß. Ich sprang zu ihm hin, packte sein Sweatshirt am Kragen und zog ihn zu mir. Die Männer bei El Vio waren total baff. Dass ein kleiner, unbewaffneter Mann so etwas wagen würde, war für sie undenkbar gewesen.

»Und ob Sie das wissen«, knurrte ich so nah an seinem Gesicht, dass ich ihn zusammenzucken sah, als mein Speichel auf seiner Wange landete. »Ich schwöre, wenn Sie ihnen etwas antun, wird es meine Lebensaufgabe sein, Sie unter die Erde zu bringen.«

Ich hatte den Satz gerade fertig gekriegt, als ein Bodyguard mich mit einer Hand packte, von El Vio wegzog und zu seinem Kumpel stieß – dem massigsten von allen, wahrscheinlich dreißig Zentimeter größer als ich –, der mich in den Würgegriff nahm. Ich versuchte, seinen Unterarm wegzudrücken, aber er hatte mit der freien Hand schon seinen anderen Unterarm gepackt und den Griff verstärkt. Er hob mich ein Stück hoch, wobei mir mein eigenes Körpergewicht die Luft noch mehr abdrückte.

El Vio rückte gelassen sein Sweatshirt zurecht und sagte in dem Moment, als ich Sterne vor den Augen sah: »Lass ihn los.«

Der Bodyguard ließ mich fallen, ich landete auf allen vieren, und ein weiterer Bodyguard trat mir in die Rippen. Vielleicht nicht so hart, wie er gekonnt hätte, aber sein Standpunkt war klar. Das bisschen Luft, das ich noch in der Lunge gehabt hatte, war raus.

Noch immer japsend, aber wild entschlossen, allen zu zeigen, dass ich tougher war, als sie dachten, hievte ich mich auf die Füße. Mitch sah mich an, fragte sich vermutlich, ob ich es noch einmal probieren würde. Aber auch ich hatte meinen Standpunkt verdeutlicht.

»Mach schon«, sagte ich schwer atmend zu Mitch. »Gib dem Mann, wofür er gekommen ist.«

Mitch hielt El Vio die Schachtel hin, der sie mit beiden Händen entgegennahm.

All das Lavieren, all die Machenschaften, all das viele Geld, und am Ende war es so simpel: Ein mexikanischer Drogenboss zahlte zehn Millionen Dollar für neunhunderteinundfünfzig wertlose Papierschnipsel.

»Ich danke Ihnen, Mr. Dupree«, sagte El Vio.

»Also dann«, sagte Mitch.

El Vio sagte etwas auf Spanisch. Seine Männer bildeten eine Mauer um ihn, und sie gingen geschlossen zum Rastplatz.

Weder Mitch noch ich warteten auf die schriftliche Aufforderung, ebenfalls zu verschwinden. Er machte sich auf den Rückweg in Richtung Bäume, ich folgte dicht hinter ihm. Der Wald bedeutete Sicherheit.

Wir waren etwa fünfzehn Schritte gegangen und von der Baumgrenze noch circa fünfzig Meter entfernt. Ich konnte langsam wieder normal atmen und hätte nie für möglich gehalten, einmal so schnell zurück ins Gefängnis zu wollen.

Und dann wurde die Stille der Nacht von drei Explosionen zerrissen.

***

Im ersten Moment konnte ich nichts mehr hören, die Explosionen hatten mich taub gemacht.

Aber sehen konnte ich noch, zumindest ein bisschen. Es war, als wären Menschen in schwarzer Kampfmontur und mit Gasmasken vom Himmel gefallen.

Sie kamen von überallher, es schien sogar, als kämen sie aus dem Boden gesprossen. Sie hatten AR-15-Sturmgewehre und rannten zu dem Trupp Männer mit El Vio in der Mitte, von denen ich aber keinen mehr erkennen konnte, denn sie waren in einer Rauchwolke verschwunden.

Die ersten Geräusche, die zu meinem erschütterten Schädel durchdrangen, waren Schüsse, wobei ich nicht sagen konnte, ob sie von den Mexikanern oder von den Leuten mit Gasmasken abgefeuert wurden. Ich hätte mich wahrscheinlich auf den Boden werfen sollen, konnte mich aber nicht bewegen.

Rick Gilmartin tauchte aus der Rauchwolke auf. Er war bloß ein Dienstleister und hatte keine Lust, El Vio bis zum bitteren Ende zu verteidigen. Er lief gebückt in Richtung Wald, wobei er eine Pistole in der Hand hielt und direkt auf eine geschlossene Reihe Soldaten zusteuerte. Sie hatten keine andere Wahl, als auf ihn zu schießen. Seine Arme flogen in die Luft, als er fiel.

Danny Ruiz versuchte ebenfalls zu fliehen, auch er bewaffnet. Auch er kam nicht weit, ein Schnellfeuer wirbelte ihn herum, die nächste Salve landete in seinem Rücken. Sein Körper wölbte sich, dann fiel er mit dem Gesicht auf den Boden. Es kam mir alles total irreal vor. So etwas hatten wir als Kinder auf dem Spielplatz in Hackensack gespielt, wo wir uns mit Stöcken beschossen und taten, als wären es *Star-Wars*-Blaster. Nur dass Danny Danger keine Camouflage-Hose anhatte und nicht wieder aufstand, um weiterzuspielen.

Und dann, inmitten des dröhnenden Gewehrfeuers, schrie jemand:

»*FBI! FBI! Runter auf den Boden! Runter!*«

Ein Urschrei entkam meinem Mund, von tief unten aus meinem Zwerchfell.

»Nein!«, schrie ich. »Nein! Nein! Nein!«

Ungeachtet der Kugeln, die um mich herum durch die Luft flogen, rannte ich auf den erstbesten Menschen mit Gasmaske zu, der mit seiner AR-15 im Anschlag langsam und geduckt vorwärtsging, um jeden aufs Korn zu nehmen, der aus der Rauchwolke auftauchte. Ich packte ihn an seiner kugelsicheren Weste, als könnte ich dieses ganze grauenvolle Geschehen damit beenden, dass ich ihn aufhielt.

»Ihr Idioten«, brüllte ich. »Ihr bringt sie um! Wisst ihr denn nicht, dass ihr sie tötet?«

Aber das war ihm natürlich egal. Allen war das egal. Lia Hines hatte mich mit dem Gerede über FBI-Richtlinien und Anklagen wegen widerrechtlicher Tötung reingelegt, schlichtweg angelogen, damit ich kooperierte, weil ich sonst niemals mitgemacht hätte. Und ich war auf ihren lehrerinnenhaften Auftritt reingefallen und hatte ihr geglaubt.

Sie hatte eine Show abgezogen und getan, als würden sie sich zurückziehen, um mich bei der Stange zu halten. Wahrscheinlich hatte sie nie auch nur erwogen, die Operation abzublasen.

Der widerwärtige Chris Hall war es gewesen, der die hässliche Wahrheit gesagt hatte: Das FBI würde sich die Gelegenheit, El Vio zu schnappen, nicht entgehen lassen. Vielleicht glaubten sie ja, die Zivilisten rechtzeitig retten zu können. Vielleicht hatten sie aber auch eine schwangere Frau und die Mutter irgendeines Mannes eiskalt als Kollateralschaden einkalkuliert. Für irgendwelche Anzugträger in Washington bedeutete ihr Leben kaum etwas.

Der Agent, den ich an der Weste gepackt hatte, versuchte, mich wegzustoßen. Vor lauter Wut griff ich nach seiner Waffe, wollte sie ihm entreißen und alle verdammten Agenten erschießen, die mir vor die Mündung kamen. Wenn El Vio sah, wie ich für ihn kämpfte, würde ihm vielleicht klar, dass *ich* ihn nicht verraten hatte. Vielleicht würde er dann meine Familie verschonen.

Mein Plan überlebte genau zwei Sekunden, dann griff mich ein anderer Agent an, und zwei weitere stürzten sich auf mich. Ich schlug, schrie, fluchte, spuckte und brüllte nach Leibeskräften, aber sie drückten mich zu Boden und hielten mich problemlos nieder.

Ich wünschte, sie hätten mich erschossen. Das wäre schmerzloser gewesen als alles, was jetzt auf mich zukam.

Denn eines wusste ich mit tödlicher Gewissheit:

Wenn Amanda und meine Mutter nicht schon tot waren, dann würden sie es bald sein.

56. KAPITEL

Die Frauen waren mit Fesseln, Knebeln und Augenbinden komplett außer Gefecht gesetzt. Und doch hatte Herrera den Raum seit Stunden nicht verlassen, ja kaum je den Blick von ihnen abgewandt. Er würde nichts dem Zufall überlassen.

Sie waren in Newark im ersten Stock des geheimen Unterschlupfs von New Colima, in einem Raum mit Pappe vor den Fenstern. Der Lieferwagen, mit dem sie hergebracht worden waren – ein weiteres Mietauto von Hector Jacinto –, parkte draußen.

Die ältere Frau trug noch ihre Arbeitskleidung von heute Morgen, als Herrera durch die Glasschiebetür – die er extra offen gelassen hatte – ins Haus gekommen war. Die jüngere Frau trug noch das Nachthemd und nutzte das bisschen Spielraum, das sie mit den Händen hatte, um es ständig runterzuziehen.

Herrera hatte die ältere Frau an ihrer Arbeitsstelle anrufen und sagen lassen, dass sie noch ein paar Tage länger wegbleiben werde. Sie hatte bereits die ersten drei Tage der Woche freigehabt, es kam also nicht völlig unerwartet. Mit der anderen Frau, der blonden, war es einfacher gewesen – sie hatte keinen Job, wo sie Bescheid sagen musste.

Niemand würde sie suchen, und falls doch, würden sie nicht einmal wissen, wo sie anfangen sollten.

Die beiden Mittelsmänner, die den Unterschlupf leiteten und Herrera vor zwei Tagen mit Waffen versorgt hatten, waren mit im Raum. Sie waren Einheimische und rangierten in der Hackordnung weit unten. Ihr Leben bestand im Wesentlichen darin, permanent den Lagerbestand zu aktualisieren und gelegentlich zu helfen, Streitigkeiten über die Zuständigkeitsbereiche beizulegen. Das hier war das Aufregendste, was sie je erlebt hatten.

Jede Stunde nahm Herrera den Frauen die Knebel aus dem Mund und gab ihnen Wasser zu trinken. Es war wichtig, die Geiseln noch am Leben zu halten, falls der Schauspieler einen Beweis dafür verlangte.

Die ältere Frau fluchte lautstark und spuckte ihm ins Gesicht. Die blonde dachte wahrscheinlich an ihr Baby und nahm bereitwillig das Wasser an.

El Vio hatte Herrera den Befehl erteilt … Nun ja, El Vio hätte sich das auch sparen können, denn Herrera hatte es ohnehin schon geplant. Herrera wusste genau, was er zu tun hatte, bereitete sich seit langem darauf vor. Er musste nur auf den richtigen Zeitpunkt warten, auf den Anruf.

Außer dem Gefluche der älteren Frau und dem gelegentlichen Grunzen eines der beiden Mittelsmänner war es still im Raum.

Und dann klingelte endlich Herreras Telefon.

Jemand in West Virginia.

»¡Dígame!«

Er ging hinaus in den Flur und hörte eine Weile zu. Dann sagte er: »Verstehe, danke, ich kümmere mich darum.«

Herrera ging zurück in den Raum.

»Ist es so weit?«, fragte einer der Mittelsmänner.

»Ja. Stellt euch da drüben hin«, befahl Herrera und zeigte auf die Ecke gegenüber von den beiden Frauen. »Es sei denn, ihr wollt ihr Blut abkriegen.«

Herrera zog die Pistole aus dem Hosenbund. Das Magazin war mit fünfzehn Kugeln voll geladen. Er hatte die Waffe gesäubert, einmal ohne Patrone im Lauf abgedrückt, um sicherzustellen, dass sie perfekt funktionierte. Er wollte keinen Fehler machen.

»Wir sollten mit der kleinen Blonden vorher noch ein bisschen Spaß haben«, sagte der andere Mittelsmann.

»Ja, du hast recht«, sagte Herrera. »Amüsieren wir uns ein bisschen.«

Und dann richtete er die Waffe auf die Mittelsmänner.

»Hände hinter den Kopf«, sagte er. »Ihr seid verhaftet.«

Die beiden Mittelsmänner sahen ihn an, als hätte er einen Witz gemacht. Aus dem Erdgeschoss drangen zweimal vielsagende Geräusche zu ihnen hoch. Zuerst ein lauter Knall, dann das Krachen von Holz, als die Haustür aufgebrochen wurde.

»FBI, FBI!«, schrien mehrere Stimmen auf einmal.

»Hände hinter den Kopf«, sagte Herrera noch einmal, diesmal energischer. »Das ist Widerstand gegen die Staatsgewalt. Ich weiß, dass ihr bewaffnet seid. Wenn ihr eine Bewegung zu euren Waffen macht, bin ich berechtigt, euch zu erschießen. Also Hände hinter den Kopf.«

Einer der Mittelsmänner folgte seiner Aufforderung, der andere fuhr mit der rechten Hand zum Gürtel.

Er kam nicht weit. Herrera zielte zweimal auf seinen Oberkörper, und die Wucht der Kugeln warf ihn gegen die Wand. Während er langsam zu Boden glitt, hinterließ sein lebloser Körper eine blutige Spur.

Die blonde Frau schrie in ihren Knebel.

»Schüsse fallen! Schüsse fallen!«, ertönte es von unten.

Der andere Mittelsmann hatte die Hände hinter den Kopf gelegt. Auf der Treppe hörte man Stiefelschritte.

»Wir sind hier«, sagte Herrera ruhig. »Ein Mann tot, der andere hat sich ergeben.«

Zwei FBI-Agenten mit kugelsicheren Westen betraten den Raum. Sie legten dem verbliebenen Mittelsmann Handschellen an und führten ihn ab.

Erst jetzt steckte der Mann, der sich seit Jahren Herrera nannte, seine Waffe weg. Er durchquerte den Raum, kniete sich neben die Frauen und nahm ihnen vorsichtig die Augenbinden ab und die Knebel aus dem Mund.

»Es ist vorbei«, sagte er. »Sie sind in Sicherheit.«

Er zog sein Jackett aus und legte es der blonden Frau, die jetzt zitterte, um die Schultern.

»Wie Sie inzwischen sicher gemerkt haben, gehöre ich nicht dem New-Colima-Kartell an«, sagte er. »Ich bin Polizist der Policía Federal Ministerial, PFM, in Mexiko. Wir arbeiten mit dem FBI zusammen. Mein richtiger Name ist Sánchez. Ich bin ein sogenannter Schläfer-Agent, und es tut mir leid, dass Sie das hier durchmachen mussten. Aber es war wichtig, dass El Vio und alle anderen vom Kartell, dass Tommy und selbst Sie glaubten, Sie seien in großer Gefahr.«

Die ältere Frau schob ihren Unterkiefer hin und her, der noch steif vom Knebel war. Die jüngere Frau sprach zuerst.

»Ist Tommy okay?«

»Es geht ihm gut«, versicherte ihr Sánchez. »El Vio wurde vor kurzem in West Virginia verhaftet und sitzt jetzt in Untersuchungshaft, zusammen mit seinen Männern, die klug genug waren, sich kampflos zu ergeben. Tommy weiß, dass Sie in Sicherheit sind. Er wird gerade eingehend befragt und ruft Sie wahrscheinlich in Kürze an. Bis morgen bleibt er in Gewahrsam des FBI, dann wird es unter Ausschluss der Öffentlichkeit eine Dringlichkeitsanhörung zur Neufestsetzung seines Strafmaßes geben. Wir gehen davon aus, dass er morgen um diese Zeit auf freiem Fuß ist.«

»Aber frei ist er nicht«, sagte die junge Frau, »weil das Kartell ihn jagen wird.«

»Das Kartell hat jetzt größere Probleme, als sich an jemandem zu rächen, der wahrscheinlich nicht gegen sie aussagen muss«, erwiderte Sánchez. »Aber selbst wenn sie es wollten, wüsste ich nicht, wie sie es anstellen sollten. Ich war das einzige Mitglied von New Colima, das jemals den Namen Tommy Jump gehört hat. Alle anderen, von El Vio abwärts, glauben, von Peter Lenfest Goodrich reingelegt worden zu sein. Und wir beide wissen, dass sie die ganze Welt nach Mr. Goodrich absuchen können, aber kein einziges Dokument mit seinem Namen finden werden, weil er eine Erfindung des Kartells ist.«

»Und was ist mit Ruiz und Gilmartin?«, wollte die junge Frau wissen.

Sánchez schüttelte den Kopf. »Sie wurden bei dem Schusswechsel während der Festnahme von El Vio getötet. Außer ihnen wusste niemand, wer Pete Goodrich wirklich war. Tommys Geheimnis ist mit ihnen gestorben.«

EPILOG

Vor der Show füllten sich alle Plätze, und obwohl ich nicht selbst auf der Bühne stehen würde, um das Publikum zu verzaubern, war ich in der gleichen Hochstimmung wie immer.

Dies war nicht die Fortführung der Karriere des Schauspielers Tommy Jump.

Dies war das Debüt von Tommy Jump, Regisseur des alljährlichen Frühjahrsmusicals an der Highschool von Hackensack. Wir führten *Anything Goes* auf. Der Titel passte perfekt zu all dem, was ich in den vergangenen Monaten durchgemacht hatte. Allerdings hatte nicht ich die Entscheidung für dieses Musical getroffen, sondern mein Vorgänger, der aber wegen eines Vorfalls, bei dem zu viel Alkohol und Autofahren im Spiel waren, vorzeitig seinen Hut nehmen musste.

Ich war für ihn eingesprungen, sowohl als Regisseur als auch als sein längerfristiger Stellvertreter an der Highschool. Natürlich in der Funktion eines Geschichtslehrers. Die Hintergrundüberprüfung hatte ich problemlos bestanden: Tommy Jump war ja auch niemals für irgendeine Straftat schuldig gesprochen worden.

Da mein Vorgänger schon bald darauf stillschweigend ausgeschieden war, um seine Pensionsansprüche zu retten, sah es ganz so aus, als könnte ich beide Stellen dauerhaft behalten. Jedenfalls hatte der Schulleiter – der in tödlicher Angst vor der spitzen Zunge meiner Mutter lebte – mir die Stelle fest zugesichert, wenn ich bis zum Schulbeginn im Herbst nächsten Jahres mein Lehrerdiplom hatte. Und das würde ich mit den Punkten, die ich bereits hatte oder die ich noch online machen konnte, auch schaffen.

Aber das Ganze machte nur ein Teil dieses herrlich hektischen Monats aus. Eine Woche nachdem ich aus dem Gefängnis entlassen worden war, haben Amanda und ich im Rathaus von Hackensack geheiratet. Ich verwendete den Satz aus *Harry und Sally* in meinem Eheversprechen. Es gab nur eine kleine Zeremonie mit meiner Mutter und Brock DeAngelis, die unsere Trauzeugen waren. Zur Hochzeit schenkte Brock uns wunderschöne Eheringe. Ansonsten sahen wir Brock nicht oft. Er verbrachte die Wochenenden meistens in Baltimore.

Mit den fünfundsiebzigtausend Dollar von Danny und Rick – die ich bereits erhalten hatte und die uns das FBI stillschweigend überließ, weil es nicht wusste, wohin damit – leistete ich eine Anzahlung auf unser eigenes Haus. Glücklicherweise stand gerade eins bei meiner Mutter um die Ecke zum Verkauf. Das Kinderzimmer war schon gestrichen und einsatzbereit.

Auch sonst war einiges geschehen. El Vio wurde wegen zahlreicher Verbrechen angeklagt, unter anderem – und mit am wichtigsten – wegen des Mordes an Kris Langetieg. Mit vielen weiteren Anklagepunkten war zu rechnen. Das New-Colima-Kartell war komplett kollabiert, wobei viele aus El Vios Führungsriege ausgeliefert worden oder untergetaucht waren. Es wurde bereits spekuliert, welche der verschiedenen konkurrierenden menschlichen Ausgeburten seinen Platz einnehmen würde.

Am Tag von El Vios Festnahme wurde auch Thad Reiner verhaftet. Er fiel schneller um als ein Kleinkind, das laufen lernt, und gestand die Geldwäsche, dass er jahrelang mit New Colima kollaboriert und alles Mitch Dupree in die Schuhe geschoben hatte. Er gab sogar zu, nach Mitchs Verurteilung weiterhin Geld fürs Kartell gewaschen und seine hohe Stellung in der Bank benutzt zu haben, um schwarze Konten einzurichten. Deshalb hatte das Kartell ihn auch am Leben gelassen.

Er befand sich inzwischen zu seiner eigenen Sicherheit an einem geheimen Ort, vom Rest der Bevölkerung isoliert. Trotz seiner Kooperation würde er viele Jahrzehnte im Gefängnis sitzen.

Wir hatten das Geschehen hauptsächlich in den Nachrichten verfolgt. Das FBI wollte keinen Kontakt mit Peter Lenfest Goodrich und ihn schon gar nicht in die Nähe eines Gerichtssaals bringen. Während meiner Vernehmung war mir erklärt worden, dass Petes Aussage »rechtlich problematisch« sei – angefangen mit der Tatsache, dass er keine reale Person war und gar nicht im Gefängnis hätte sein sollen. Außerdem bezog sich das meiste, was ich hätte bezeugen können, auf Ruiz und Gilmartin, die beide tot waren.

Meinen Schlussstrich unter das Ganze hatte allerdings nicht das FBI, sondern Mitch Dupree gezogen. Etwa drei Monate nach meiner Entlassung aus dem Morgantown bekam ich eine Ansichtskarte vom Grand Canyon. Sie war ohne Absender, und nur zwei Sätze standen darauf: »Mache gerade eine wunderbare Reise mit dem Auto. Genieß Du die Kekse mit Schokostückchen.«

Ihm zu Ehren backten wir abends ein ganzes Blech, und auch heute denke ich noch jedes Mal an ihn, wenn ich solche Kekse sehe.

Kurz nach meiner Heimkehr hatte Amanda wieder angefangen, sich ernsthaft ihrer Malerei zu widmen. Sie wollte so viele Bilder wie möglich malen, bevor das Baby da war und ihre Produktivität einschränken würde. Sie nahm an einer Wettbewerbsausstellung für Künstlerinnen und Künstler unter dreißig teil, die sie haushoch gewann, woraufhin eine kleine Galerie an der Upper West Side Interesse an ihren Werken zeigte. Zwar wurde sie nicht über Nacht berühmt, aber es war ein nächster, bedeutender Schritt. Ihre erste Einzelausstellung war für Herbst geplant.

Und Hudson van Buren bekam endlich seine wohlverdiente Strafe. Die *New York Times* veröffentlichte Interviews mit einem Dutzend prominenten Künstlerinnen, die von seinen jahrzehntelangen sexuellen Übergriffen berichteten. Die Zeitung nannte ihn den Harvey Weinstein der Kunstwelt. Amanda und ich diskutierten, ob sie sich melden sollte, und beschlossen, erst einmal abzuwarten und zu sehen, was passierte. Sollte van Buren jedoch alle Vorwürfe von sich weisen, würde sie ihre Geschichte erzählen, um die anderen Frauen zu unterstützen. Bald darauf entschuldigte van Buren sich mit einer schriftlichen Stellungnahme »bei allen Frauen, die ich durch mein rücksichtsloses Verhalten verletzt habe«, und verkündete, seine Galerie für immer zu schließen und sich aus dem öffentlichen Leben zurückzuziehen. Gleichzeitig leistete er eine großzügige Spende an eine gemeinnützige Hilfsorganisation für Opfer sexueller Gewalt. Die Entschuldigung und die Spende fanden wir beide ausreichend, um die Angelegenheit als erledigt zu betrachten.

Zumal wir Wichtigeres zu tun hatten. Amanda war jetzt in der neununddreißigsten Woche, und unser keines Mädchen schien rundherum gesund zu sein. Wir waren in der Phase ihrer Schwangerschaft, die ihre Frauenärztin »spätes drittes Trimester« nannte. Ich nannte es die »Kissen-Zeit«, weil Amanda nur noch mit kunstvoll arrangierten Kissen ein wenig Schlaf fand.

Bei der Premiere von *Anything Goes* saß sie nicht im Publikum, weil es auf der ganzen Welt nicht genug Kissen gab, um einen Stuhl in der Highschool-Aula so bequem auszupolstern, dass sie zwei Stunden darauf hätte durchhalten können. Meine Mutter, die sich einen Platz in der ersten Reihe gesichert hatte, versprach, ihr eine umfassende Kritik der Show zu liefern.

Und ich? Ich war backstage, was sich bereits anzufühlen begann, als gehörte ich dorthin. Diesen Kindern all die Tricks beizubringen, die ich gelernt hatte, und zu sehen, wie sie aufblühten, erfüllte mich auf eine Weise, wie ich das so nicht erwartet hatte. Meine anfangs zögerliche Nachtclubsängerin Reno Sweeny hatte nur lernen müssen, beim Singen ihren Mund weit zu öffnen, und schon verwandelte sich ihre Stimme in einen durchdringenden

Alt, dessen Fortissimo noch in der letzten Reihe jeden umhaute, der nicht fest auf seinem Stuhl saß. Meinem Billy Crocker – einem Jungen, halb Mexikaner, halb Japaner – hatte ich nur zeigen müssen, wie man richtig atmete, und schon offenbarte er eine der schönsten Tenorstimmen, die man in letzter Zeit auf der Bühne in Hackensack gehört hatte.

Und ich habe gelernt, dass der Applaus für andere noch befriedigender ist als der Applaus für einen selbst.

Ein paar der jüngeren Ensemblemitglieder überlegten schon eifrig, welches Musical wir nächstes Frühjahr aufführen sollten. Ich dachte an *Pippin* und wollte ihnen zu Beginn der Proben erzählen, wie es war, sein eigenes Stück vom Himmel zu finden.

Aber aufgegeben hatte ich es nicht, irgendwann selbst wieder auf der Bühne zu stehen. In meiner freien Zeit tüftelte ich noch immer an einem eigenen Musical herum, allerdings handelte es jetzt von einem ehemaligen Broadway-Kinderstar, den es glücklich machte, bei Schulaufführungen Regie zu führen. Vielleicht würde ich auch irgendwann wieder anfangen vorzusprechen, wenn ich alt genug für Charakterrollen war und der Alltag mich weniger forderte.

Aber das lag noch in weiter Ferne. Denn meine eigenen Träume und Ambitionen waren längst nicht mehr so wichtig wie früher. Schauspieler müssen bis zu einem gewissen Grad egoistisch sein. Väter können das nicht.

Bei dieser Show ging es nicht mehr um mich.

Was dazu führte, dass die wichtigste Person der neuen Produktion – jedenfalls für mich – ein Mitglied der Bühnen-Crew war, ein absolut verantwortungsbewusstes, brillentragendes siebzehnjähriges Mädchen namens Beth Flanders. Ihr hatte ich mein Telefon anvertraut mit dem Auftrag, alle Anrufer abzuwimmeln.

Außer es war *der Anruf* von Amanda.

Deshalb hatte ich ein faustgroßes Flattern im Bauch, als Beth eine Stunde vor der Show keuchend angelaufen kam.

»Mr. Jump, Mr. Jump«, sagte sie atemlos. »Ihre Frau hat angerufen. Sie glaubt, es ist so weit.«

Ich nahm ihr das Telefon aus der Hand und sagte: »Vielen Dank. Ich muss jetzt weg.«

»Aber Mr. Jump, was sollen wir denn ohne Sie machen?«

»Ihr schafft das schon«, versicherte ich ihr. »Hat dir noch niemand gesagt, dass die Show weitergehen muss?«

Und bestimmt ging sie auch weiter, aber ganz sicher war ich mir nicht. Denn ich war bereits auf dem Weg zu Amanda und zu etwas, was wirklich zählte. Einem größeren, bedeutenderen Schauspiel als alles, was ich je auf der Bühne erlebt hatte. Und es war nicht einmal der letzte Akt.

Ehrlich gesagt, es war erst der Anfang.

DANKSAGUNG

Als ehemaliger Journalist bin ich bestrebt, meine Romane mit einer großen Portion Wahrheit zu würzen, und bin dabei oft Nutznießer der Arbeitsergebnisse meiner vormaligen Zunft.

Für mich persönlich ist die sogenannte Vierte Macht, die Presse, eine sprudelnde Quelle für Erkenntnisse, Inspirationen und Informationen über Themen, die mir sonst in vielen Punkten unklar bleiben würden.

Im Ganzen gewinnt sie zudem immer mehr an Bedeutung. Der entscheidende Konflikt in unserer heutigen Welt besteht zwischen denen, die die Existenz objektiver Fakten anerkennen, und jenen, die sie für ihre eigenen Zwecke verleugnen. Deshalb brauchen wir jetzt mehr als je zuvor unbeirrbare, aufrichtige Journalisten, die Licht ins Dunkel bringen und uns vor Augen führen, dass Wahrheit ein wichtiges Gut ist.

Beim Schreiben dieses Romans haben mir die exzellenten Berichte über das gesetzwidrige Verhalten der US-Bank Wachovia sowie die Reportagen von der US-Grenze zu Mexiko von Ed Vulliamy wichtige Informationen geliefert. Ich habe Vulliamy, der für *The Guardian* arbeitet, weder kennengelernt noch je mit ihm persönlich gesprochen, doch bin ich ihm zu großem Dank verpflichtet.

Gleichwohl lasse ich auch meiner Phantasie freien Lauf, und Sie hätten niemals die Chance, irgendetwas von alledem zu lesen, gäbe es nicht das unglaublich hilfreiche Team von Dutton Books, angefangen bei meiner Lektorin Jessica Renheim und ihrer Stellvertreterin für dieses Buch, Stephanie Kelly, sowie ihrer fähigen Mitarbeiterin Marya Pasciuto. Darüber hinaus ziehe ich meinen Hut vor den Pressefrauen Maria Whelan, Becky Odell und Amanda Walker; vor den Marketingprofis Elina Vaysbeyn und Carrie Swetonic; vor Umschlaggestalter Christopher Lin; der Korrektorin LeeAnn Pemberton; Taschenbuch-Guru Benjamin Lee sowie der Triade aus John Parsley, Christine Ball und Ivan Held.

Ein großes Danke an euch alle, ihr seid die Besten.

Dank schulde ich ebenfalls den vielen ausländischen Verlagen, die mein Buch in der ganzen Welt verbreitet haben, einschließlich Angus Cargill von Faber & Faber, dessen kluge Bearbeitung ich sehr zu schätzen weiß, sowie Andrea Diederichs und ihrem Team bei Fischer Scherz, deren Erfolg meine deutschen Vorfahren stolz gemacht hätte. *Herzlichen Dank.*

Alice Martell von der Martell Agency widme ich voller Dankbarkeit einen eigenen Absatz und in meinem Herzen einen Ehrenplatz. Wo wäre ich ohne dich?

Wie immer habe ich den Großteil dieses Buches in der Sitzecke eines Hardee's geschrieben, meinem zweiten Zuhause, wo immer ich gerade bin und es ein Hardee's gibt. Hier möchte ich besonders Benji Frye erwähnen, der Hardee's seit zwanzig Jahren tagtäglich und in bester Laune aufsucht.

Darüber hinaus geht mein Dank an:

Marilyn Veltri, Tim Thompkins und die Mitarbeiter des Morgantown, die mich ins Gefängnis rein- und, noch viel besser, wieder rausließen.

Joyce Flanagan, Pat DiMunzio und die verstorbene Shirley Kibbe, die mir vor langer Zeit auf der Bühne der Ridgefield High School die Liebe für Musicals eingepflanzt haben.

Shevon Scarafile und Greg Parks, die für eventuelle juristische Fehler in diesem Buch selbstverständlich keinerlei Verantwortung tragen.

Rob Masri, dessen Frau Natalie eine großzügige Spende an das Virginia Institute of Autism geleistet hat, so dass ich den guten Namen ihres Mannes schlechtmachen konnte.

Pete Goodrich, Amanda Porter und dem Rest unserer großen Familie von der Christchurch School. Es ist schön, wieder zurück zu sein.

Kris Langetieg und den wunderbaren Menschen der Cardigan Mountain School, die es schaffen, jeden Sommer zu verzaubern.

Den Bibliothekaren allerorten, besonders jedoch Sarah Skrobis von der Staunton Public Library (die, was hier betont werden muss, keinerlei Probleme mit Ohrhaaren hat).

Buchhändlerinnen wie Veronica Vargas von Barnes & Noble in Springfield, New Jersey, die ihren Kundinnen und Kunden seit vielen Jahren meine Bücher empfiehlt.

Und schließlich möchte ich auch meinen verehrten Leserinnen und Lesern danken. Ich liebe es, Schriftsteller zu sein, und ich werde niemals vergessen, dass ich nur mit Ihrer Unterstützung weiterhin Romane schreiben kann. Danke, dass Sie meine Bücher kaufen, zu meinen Lesungen kommen und mir E-Mails schicken, in denen Sie gestehen, sich vor Ihren Pflichten gedrückt zu haben, um mein Buch weiterlesen zu können. Ich genieße es, Ursache für ungewaschene Wäsche zu sein.

Zum Schluss dürfen auch die nicht unerwähnt bleiben, die wahrscheinlich den Anfang hätten machen sollen: meine Eltern Marilyn und Bob Parks, die weiterhin zu meinen größten Fans gehören, sowie meine Schwiegereltern Joan und Allan Blakely, die zudem wunderbare Großeltern für meine Kinder sind.

Und natürlich meine Frau und meine Kinder. In diesem Buch beschreibe ich einen Moment, in dem Tommy plötzlich bewusst wird, warum er auf diesem Planeten weilt. Ich selbst weiß das schon lange. Danke, dass ihr der Grund seid.